SV

Ralf Rothmann
Stier
Roman

Suhrkamp

Zweite Auflage 1991
© Suhrkamp Verlag Frankfurt am Main 1991
Alle Rechte vorbehalten
Satz, Druck: Pustet, Regensburg
Printed in Germany

Der Mensch ist ein Gott in Trümmern.

Emerson

I

Stein auf Stein

An dem Tag, an dem mir auffiel, daß es nichts Zufälliges mehr gibt, war die Jugend vorüber.
Seit meiner Rückkehr aus Frankreich rätselte ich, warum das Leben mich in diese Höllenmaschine von Haus verschlagen hatte. Es stand in Berlin, in jenem Stadtteil, in dem die Pflastersteine zwar locker saßen, doch selten flogen, denn gewöhnlich tobten die Straßenkämpfe, loderten die Brände auf der anderen Seite des Landwehrkanals, und die Anteilnahme der Diesseitigen beschränkte sich darauf, aus den Bars und Restaurants zu treten und, das Weinglas oder die Serviette in der Hand, dem Geflacker der Blaulichter zuzusehen, dem Funkenflug.
Eine garantiert ruhige Hinterhauswohnung war mir von der Vermieterin zugesagt worden, und anfangs hatte die nette ältere Dame, die Goethes Gedichte und Steiners Schriften liebte, nicht unrecht. Ich kam aus Paris, und man weiß, daß den Bewohnern dieser Stadt der Rohstoff Ruhe unbekannt ist; sie fertigen ihre Tagesabläufe aus Baugeräuschen und Rock'n'Roll, aus Tellerklappern, Türenschlagen, Vollgas, Standgas, Voilà, und in meinem Zimmer am Boulevard St. Germain dröhnte der Verkehrslärm derart dicht, daß man einen Nagel hineinschlagen konnte. So war ich betäubt und mit flirrenden Nerven nach Berlin zurückgekehrt und hatte wohl die eine oder andere Äußerung der Vermieterin überhört.
Denn nach einigen Tagen träger, spätsommerlicher Ruhe, in denen höchstens ein Vogel in der gegenüberliegenden Efeuwand raschelte oder die weißblonde Fri-

seuse aus dem Vorderhaus einen Eimer voll Haare zu den Mülltonnen brachte, nahm ich Töne wahr, deren eigentliche Belästigung zunächst in ihrer Rätselhaftigkeit bestand. Ein Summen und Klicken, Scharren und Schnarren, Piepen und Tickern – doch das Perfide daran war, daß sie sich nie wirklich zu Lärm auswuchsen, daß die Geräusche die Ränder der Wahrnehmung oft nur streiften, allenfalls ankratzten mit kleinen akustischen Krallen; jede noch so schüchterne Bitte um Ruhe wäre lauter ausgefallen. Schließlich bildete ich mir ein, nicht mehr arbeiten zu können in diesem Antikrach; verstummte er aber einmal, wartete ich gebannt auf sein Wiedereinsetzen. So blieben die Bleistifte spitz.

Die Vermieterin klärte mich auf. In der Wohnung, die zur Hälfte unter meiner lag, lebte Jack Greg, ein fünfundzwanzigjähriger Amerikaner, Informatiker und bald schon Doktor der Mathematik. Nichts als das harmlose Schnurren und Tickern seiner Computer und Drucker war es, was meine Ruhe perforierte, und als hätte die Erklärung lästiger Geräusche bereits einen Schallschutzwert, hörte ich sie in der Folge kaum noch.

Einmal kam mir Jack im Treppenhaus entgegen. Ein blonder, sportlicher Mann in modisch zerrissenen Jeans und leuchtend weißem Hemd, schien er vor Energie und heiterer Selbstgewißheit zu federn, als wäre sein ganzes Biosystem eine von ihm selbst erdachte, höchst raffinierte Zahlenreihe, ein von niemandem zu knackender Super-Code. Da wir fast dieselben Hornbrillen trugen, mochten wir einander auf den ersten Blick, begrüßten uns mit Handschlag und verabredeten, bei Gelegenheit gemeinsam eine Flasche Wein zu leeren.

Auch kam mir der Gedanke, mich einmal in die gröbsten Geheimnisse seines Metiers einführen zu lassen, denn mein diesbezügliches Nullwissen wurde mir immer unbehaglicher, sah man doch schon karamelverklebte Schulanfänger Programme in Taschencomputer tippen, die, hochgerechnet, ganze Galaxien in eine Handvoll Staub verwandeln konnten.

Es gibt einen Humor, der die schärfsten Kanten rund macht; er ist in Amerika zu Hause, hauptsächlich wohl in New York, wo man ohne ihn kaum überleben kann, und Jack Greg hatte ein gesundes Maß davon mitgebracht; riß er doch eines Nachts, genauer eines Morgens gegen vier sein Fenster auf und brüllte aus vollem Hals: Oh Mann! in den Hof. – Ich glaub, meine Diskette eiert!
Anlaß für diesen Ausbruch war ein langanhaltender Brummton, der nach und nach zu einem höllischen Geheul hochgeschraubt wurde. Die Fußböden vibrierten, Gläser klirrten, Krumen auf dem Brotbrett tanzten – offenbar befand sich das ganze Haus auf rasender Talfahrt; dann ein Krachen, zwei Atemzüge lang Ruhe, und schließlich ein endloses, von Möwenschreien durchsetztes, rhythmisches Rauschen, so gewaltig, als hielte sich jemand Pazifikwellen im Keller.
Das alles war natürlich Musik, und der Komponist ein gerade zwanzigjähriger französischer Punker namens Jean-Claude, der manchmal grüne oder gelbe, manchmal bordeauxrote Haare trug. Er hatte das Hochparterre bezogen und begann den Tag gewöhnlich um drei Uhr nachmittags mit »My Way« von den SEX PISTOLS. Dann, bis Mitternacht etwa, solange seine vielen Freunde bei ihm saßen und die Bierdosen sich unter

dem Fenster häuften, spielte er die etwas angestaubten Klassiker des Punk, die bekannte Preßluftmusik, die immerhin den Vorzug hat, daß die Stücke kurz sind; ehe man sich über ihre Lautstärke aufregen kann – vorbei. Nach zwölf aber, bei offenen Fenstern und in der Einsamkeit süß duftender Haschischwolken, komponierte und probierte er seine Synthesizer-Sinfonien, endlose Start- und Landegeräusche, elektronisch verstärktes Urblubbern, zweitausendzweihundertzweiundzwanzig Mal »Kein Anschluß unter dieser Nummer« mit Baßhintermalung.

Der Bub hat Talent, sagte meine rührende Vermieterin und bat mich alten Knacker um Verständnis für die Jugend im allgemeinen und das »Künstlervolk« im besonderen. Sie empfahl mir »Stopstop«, kleine, gelbe Schaumgummikugeln, die sich dick machten im Ohr und wirklich keine Geräusche mehr durchließen, nicht einmal das eigene Husten; doch blieben die dumpfen Schwingungen, das allgegenwärtige Vibrieren, und ich bewegte mich durch meine Zimmer wie unter Wasser.

Jean-Claude hörte natürlich kein Telefon, und traf ich ihn beim Bäcker oder im Supermarkt, grüßte er stets so freundlich und heiter vertraut, daß ich es nicht fertigbrachte, mich über die Musik zu beschweren. – Obwohl sein schmales, blasses Gesicht gezeichnet war von den normalen Exzessen durchwachter Nächte, sah man ihm ein schlummerndes Format an, den Adel der Leidensfähigkeit, was um so faszinierender wirkte, als der Junge davon nichts zu wissen schien. Er tänzelte vor der Kasse herum, schnitt einem Baby Fratzen, ließ die Finger über Keksdosen, Chipstüten und Waschpulvertrommeln trappeln, imitierte Gitarren- und Posaunentöne mit den Lippen und lachte, als die Kassiererin ihn zurechtweisend ansah, lachte so strahlend und über sich selbst erstaunt unter seinen königsblauen Strähnen, daß sie sich mehrmals nach ihm umdrehte und mir achtzehn Mark für ein Päckchen Brühwürfel berechnete.

Eines Nachts – Stunden lag ich bereits wach auf meiner dröhnenden Matratze – war das Maß jedoch voll. Ich streifte die Straßenschuhe über die nackten Füße, zog meinen Morgenmantel an (seit dem Tod meines Vaters besaß ich einen Morgenmantel) und lief hinaus, in den Flur.

Aber während ich, den Gürtel zusammenzurrend, die Treppenstufen hinunterstieg, fand ich mich auch schon unmöglich. Alle Appartements, Zimmer und Löcher fielen mir ein, in denen ich gewohnt hatte, Mietshäuser voll rechtschaffener Menschen, die früh aufstehen und hart arbeiten mußten und unter denen es immer einen gegeben hatte, der kurz nach Mitternacht vor meiner Tür stand in dieser Uniform der Trostlosigkeit – blaugrau gestreifter Morgenrock, offene Schuhe an den nackten Füßen, Haare zerzaust – und sich über mein dauerndes Schreibmaschinengeklapper beschwerte. Natürlich sah ich das stets ein, aber ebenso natürlich war ich wütend auf diese Schlafmützen, die mich wieder und wieder aus dem Rhythmus rissen mit ihrem Geklingel, und betete zu meinem Stern, mich niemals so werden zu lassen, so kleinlich im Kopf und im Herzen so alt.

Nun, mit sechsunddreißig Jahren, stand ich vor Jean-Claudes Tür, die übrigens schwarz gestrichen war, mattschwarz, und ließ die Faust, die ich zum Klopfen erhoben hatte, wieder sinken. »Cops are Bastards«

stand rot auf der verbeulten, in der Zugluft rappelnden Briefschlitzklappe, und in der Wohnung schien ein Waldbrand zu toben; ich hörte es fauchen und lodern, knistern und knacken, hörte galoppierende Wildschweinherden und röhrende Hirsche und stellte mir vor, wie hart dieser kleine Teufel schuftete an seinen Foltermaschinen und daß er wohl auch einmal müde werden würde. Also stopfte ich die Hände in die Taschen und drehte mich auf den Absätzen um.

Das Treppenlicht ging aus und wieder an – und plötzlich stand, Lutscher im Mund, Jean-Claude vor mir mit großen Augen. Im linken Arm ein Sixpac Bier, im rechten eine Plastiktüte, aus der es nach Pommes Frites und Brathähnchen roch, trat er einen Schritt zurück und wurde rot.

Seinen Lippenbewegungen zufolge fragte er, ob die Musik zu laut sei, und ich, unfähig so schnell mein strenges Beschwerdegesicht wiederzufinden und auch schon bedauernd, bei ihm diese Verlegenheit verursacht zu haben, rief: Ein bißchen!

Während er sich an der Tür zu schaffen machte, stammelte er wohl Entschuldigungen und sah mich reuevoll an. – Wie deprimierend spießig stand ich nun vor diesem sanften Wilden, der sich die Lidränder schwarz nachgezeichnet hatte und für den ich vermutlich ein alter Sack, die Ausgeburt des Üblichen, eine gestreifte Normalnull war. Und gab es bei aller Einsicht nicht auch etwas Skeptisches in seinen Augen, als wäre ich nicht recht bei Trost, als hätte ich gesagt, paß auf, mir blühen deine Blumen zu laut?

Hast du das alles ganz allein komponiert? fragte ich schnell, und wieder wurde er rot, der Gute, und lud mich mit einer Kopfbewegung in die Wohnung.

Der lange Flur sah aus wie das Innere eines U-Bahnwagens: Zeitungsfetzen und zertretene Bierdosen auf dem Boden und an den Wänden keine Stelle, die nicht besprüht oder bekritzelt war mit unleserlichen Graffitys. Dagegen roch es aus der dunklen Küche eher ländlich. In dem Zimmer, über dem ich zwei Stockwerke höher schlief, waren Lautsprecher, Verstärker, Rhythmusmaschinen und Synthesizer bis unter die Decke gestapelt, überall lehnten elektrische Gitarren, ein halbes Dutzend, und in der Ecke stand ein komplettes Schlagzeug aus Plexiglas. In einer der Trommeln lebte eine weiße Ratte, der Jean-Claude ein paar Pommes Frites zuwarf, ehe er die Tonbandmaschinen, riesige Mehrspurräder, die während seines Einkaufs weitergelaufen waren, etwas leiser stellte.

Er zerpflückte das Hähnchen in handliche Stücke, und wir hockten uns auf herumliegende, mit Silberstoff bezogene Kissen und aßen. Dabei freute er sich über mein staunendes Interesse an seinem Gerätepark und drückte mit fettigen Fingern oder abgenagten Knochen auf Knöpfe, Tasten und Regler. Klangwelle um Klangwelle, riesige Brecher, schlugen über uns zusammen, und er zeigte mir, was Delta-Trigger, Bluegrass-Sticker oder Squeeze-Boomer sind und wie man dieses irrsinnig steife Waldbrandfeeling rauskriegt. Auch gefielen mir die Experimente, die er mit einem winzigen selbstklebenden Mikrophon anstellte: Er brachte es zum Beispiel an meiner Gurgel an, drehte den Verstärker laut auf, und als ich aus einer Bierdose trank, hatte ich momentlang die Vision, von einem Erzengel verschluckt zu werden.

Zum Abschied – es wurde bereits hell im Hof – versprach er mir, in Zukunft weniger Lärm zu machen.

Seine Crash- und Trash-Zeit gehe sowieso zu Ende, und er wolle nun einmal den Mondschein vertonen. – Den Mondschein vertonen? – Die Lichtwellen einer Mondphase in Schallwellen übersetzen und mit dem Material dann schöne, softe Lieder machen, sagte Jean-Claude mit einem schönen, soften Ausdruck in den Augen und schenkte mir ein paar Cassetten, die er mit eigenen Kompositionen bespielt hatte. Und noch heute, wenn ich sie in angenehmer Lautstärke höre, kann ich ihnen einen gewissen Zauber nicht absprechen. Der Junge hat Talent.

Ich fand mich also ab mit den Geräuschen unter mir, und zwar nicht nur, weil mir die Verursacher sympathisch waren, obwohl das in solchen Fällen von Bedeutung ist, wie ich noch erfahren sollte. Vielmehr begriff ich die Nachbarschaft dieser Leute auch als Chance, als eine Art Belebung meiner eigenen Existenz, die zusehends Staub ansetzte, wie mein bedenklicher Hang zu blankpolierten Schuhen zeigte und die Eigenart, alles Neue oder Fremde gleich als Bedrohung zu empfinden statt als Bereicherung. Jean-Claude und Jack Greg verkörperten die unmittelbare Gegenwart, und der Kontakt zu ihnen würde die Textur meines Lebens hoffentlich vor dem Verfilzen bewahren, dachte ich und staunte einmal mehr über die sanfte Logik meines Schicksals, in dem sich bisher noch alles Widrige – irgendwann, irgendwie – als förderlich erwiesen hatte.

Trotzdem träumte ich eines Nachts, die beiden Jungen hätten mich gefesselt und geknebelt, in einen Sarg gelegt und den Deckel über mir zugeschlagen, wobei sie unzählige Nägel gebrauchten und noch hämmerten, als ich bereits erwacht im Bett lag und mir den Schweiß

abwischte. – Bei näherem Hinhören kam der Lärm jedoch aus der Wohnung über mir: Stiefelabsätze und herumgeschleifte Kisten oder Koffer, und plötzlich polterte es, als würde eine Wagenladung Kohlen auf den Holzfußboden gekippt. Ich dachte an neue Mieter, einen nächtlichen Einzug, und suchte nach meinen »Stopstop«-Kugeln.
In den folgenden Wochen wiederholte sich dieser Krach, der Klang harter Absätze auf nacktem Holz, fast täglich. Offenbar gab es keinen Fetzen Teppich dort oben, und dem Mann – nur um einen Mann konnte es sich der klotzigen Gangart nach handeln – schienen die Knobelbecher an den Füßen festgewachsen zu sein. Er kam mal früher, mal später am Abend nach Hause und steppte mir dann das Grundmuster seiner täglichen Verrichtungen in die Schädeldecke: Ich wußte, wann er durch Bad, Küche oder Flur, durch das vordere oder hintere Zimmer stapfte, und oft klopfte ich seine Trampelpfade meinerseits mit dem Besenstiel ab, was er aber nicht zu hören schien. Nach einer Weile Ruhe, in der er wohl zu Abend aß, wurden stets diverse Baugeräusche laut, Bohrer, Schleifmaschinen, elektrische Sägen oder das Klingklang von Hammer und Meißel; der Kerl schien dauernd irgendwelche Blumenkästen, Durchreichen oder Hochbetten zu bauen. Und das nur, damit er an den Wochenenden, an denen er zweifellos sturzbetrunken war, etwas zum Zerschlagen hatte; jedenfalls rumpelte, schepperte und knirschte es dann dort oben, als würden ganze Zimmer verschoben, und es versteht sich fast von selbst, daß dabei der Fernseher lief, ein Domchor sang und Tarzan schrie.
Ich lebte, von einigen Unterbrechungen abgesehen, seit gut fünfzehn Jahren in Berlin und konnte mir denken,

mit welcher Sorte Mitmensch ich es nun zu tun bekam. Es handelte sich vermutlich um einen jener »Mir kann keener«-Typen, ohne die ein Kreuzberger Hinterhof unvorstellbar wohnlich wäre, den dumpfdreisten »Prolli« mit schnapsglänzenden Augen und angriffslustigem Schnauzergesicht unter dem strohigen Haar, der nicht über den Rand seiner Bierkiste hinausdenkt und für den Rücksicht ein Fremdwort ist. Die oft einschüchternde Physis dieser Ureinwohner besteht hauptsächlich aus Fett, und in einer Auseinandersetzung mit ihnen zählt vor aller Geschicklichkeit und Muskelkraft eines: Man muß, wie sie, eine laute Stimme haben.
Ich hole tief Luft, nachdem ich an der Wohnungstür dieses Nachbarn geklingelt hatte, und horchte, wie der Klang der Absätze im Rhythmus meines Herzschlags näherkam. – Mit einem Ruck wurde die Tür aufgerissen, und der Mann, der da inmitten einer Fuselwolke auf der Schwelle schwankte, blinzelte mir wie aus dem Traum gerissen ins Gesicht. – Was'n los? flüsterte, ja hauchte er fast.
Er reichte mir knapp bis zum Kinn. Seine fettigen Haare waren in der Mitte gescheitelt, die vorderen, teilweise grauen Strähnen hinter die beträchtlich abstehenden Ohren gelegt, und der Rest hing, akkurat wie nach der Schnur geschnitten, zwei Finger breit über den Schultern. Zu einer grobgestrickten Wolljacke und zerbeulten Cordhosen trug er jene halboffenen weißen Gesundheitsschuhe, die man oft an Krankenpflegern oder Ärzten sieht. – Guten Tag, sagte ich und zeigte auf das Namenschild neben der Tür: Kann ich Herrn Klemke sprechen?
Sein gebräuntes, von tiefen Falten durchkreuztes Ge-

sicht war wie umflort von einer Müdigkeit, die tiefer ist als jeder Schlaf. Herabhängende Mundwinkel, eine große, stumpfe Nase, schwere Hautsäcke unter den Augen – ein lebensmüder Cockerspaniel fiel mir ein, wenn auch nur auf den ersten Blick. Bei genauerem Hinsehen fehlte diesem weit über vierzig Jahre alten Mann die gutmütige Ausstrahlung jener Hunde, und sein Blinzeln war eine Mischung aus Argwohn, Verachtung und Bauernschläue. Aber vielleicht täuschte ich mich.
Klemke? – Er blickte zurück in die Diele und zeigte mir so, daß er vermutlich größer war, als es den Anschein hatte, ließ er sich doch unglaublich hängen; seine Wirbelsäule beschrieb ein Fragezeichen und war im oberen Drittel fast wie ein Buckel gebogen; der Jackensaum baumelte leer.
Wer bin ich denn? fragte er in die stille Wohnung hinein und lauschte eine Weile, wobei seine Lider schwerer und schwerer zu werden schienen. – Ich bin Klemke, sagte er schließlich und drückte die Tür zu.
Moment! rief ich und klopfte. – Hören Sie!
Fast eine Minute verging lautlos; dann öffnete er noch einmal, doch nur einen Spalt breit, und fragte erstaunlich wach, verblüffend nüchtern: Also?
Ich erklärte, was zu erklären war: Daß ich unter ihm nicht nur leben, sondern auch arbeiten müsse und eine gewisse Ruhe deshalb unerläßlich sei; daß mich sein lauter Fernseher und das dauernde Bauen und Umbauen störe und er doch bitte seine Holzpantinen ...
Und so weiter, unterbrach er. Reg dich ab. Was würdest du denn machen, wenn hier Kinder wären, wa? –

Er schlug die Tür endgültig zu und ich dachte: Verdreschen. Trotzdem lebte er in der ersten Zeit nach der Beschwerde etwas leiser, jedenfalls waren seine Schuhe nur noch zu hören, wenn er, wie man im Ruhrgebiet sagt, die Hacken voll hatte; nüchtern schien er auf Strümpfen zu laufen, so daß statt der Schritte in klotzigen Clogs bloß kleine, wattierte Donner zu mir drangen, und ich arbeitete leidlich.

Eine Zeitlang. Doch als er mir nach erneutem Protest ein müdes: Jetzt wirst du langweilig! entgegenhielt, berichtete ich der Vermieterin, die im Vorderhaus wohnte, von Klemkes gesammelten Lärmbelästigungen.
Die gütige Dame legte mir einen Handrücken an die Wange. – Sind sie da nicht ein bißchen *sehr* empfindlich? Lieber Herr Carlsen, wenn Sie wüßten, was der arme Mann mitgemacht hat, Sie würden ihm ganz andere Dinge verzeihen! – Wir plauderten eine Weile, in der sie mir erzählte, daß mein Nachbar Tischler sei und in einem »Behindertenprojekt« arbeite, was immer das war. In seiner Wohnung sei alles aus Holz, sagte sie beeindruckt und runzelte verständnislos die Stirn, als ich: Nicht nur in seiner Wohnung! murmelte. In den Sommerwochen lebe er gewöhnlich in einem alten, von ihm selbst restaurierten Haus in der Toscana, darum hätte ich ihn bisher nicht gehört.
Auf der Baustelle des Hauses seien seine Frau und seine kleine Tochter verunglückt. Tödlich. Ein explodierender Heizungskessel ... Viele Jahre sei das her, doch erst jetzt, ganz langsam, scheine Klemke wieder zu sich zu finden. – Sie lächelte fein. – Er hat immer Freundinnen

mit Kind, ist Ihnen das schon aufgefallen? – Ich verneinte. – Doch, doch, sagte sie, er sucht sich immer eine mit Kind. Aber das wird nichts mehr ...
Und während sie noch dies und das über andere Mieter klatschte, fühlte ich eine laue, graue Resignation in mir aufsteigen, wie so oft, wenn ich mir die Motive meines Geschicks nicht erklären konnte. Hatte es mich in dieses Irrenhaus verfrachtet, bloß damit ich wieder auszog? Denn wenn sogar die Hausbesitzerin zu keinem Machtwort gegen Klemke zu bewegen war, wenn diese tragische Figur mit höchstem Segen auf meiner Schädeldecke herumtanzen durfte und mir noch zu verstehen gegeben wird, daß nicht der Lärm, sondern meine Empfindlichkeit das Bedauerliche war, konnte ich hier nicht länger bleiben. Dann schon lieber Paris, wo der Krach am Ende weniger aufreibend war, weil es nicht diese trügerischen Ruheintervalle gab. Und während die Dame mich zu ihrer Wohnungstür begleitete, packte ich im Geist meine Bücherkisten.

Tags darauf brach das vorläufig letzte Donnerwetter herein. Es hatte Übergewicht und hieß Gregor.
Das Rechteck Himmel über dem Hof war rotviolett, und obwohl fast alle Fenster offenstanden, störte kein Laut, nichtmal ein Piepen in der Efeuwand, den warmen Abend. Mit schnellen, federnden Sprüngen hüpfte eine Elster über den Mauerrand, die Dinge ließen mir meinen Lauf, und ich faltete den Brief an eine alte Freundin zusammen, über dem ich ins Träumen gekommen war.
Zwischen ihrem letzten Lebenszeichen und der Postkarte, die sie mir vor kurzem aus Essen geschickt hatte, lagen über fünfzehn Jahre. Greta Wagner hieß sie und

hatte mir, einem damals jungen Maurer aus üblichem Haus, der täglich im Akkord arbeitete und die Kosten für seinen Gebrauchtwagen abstotterte, in vielem die Augen geöffnet: Mir gezeigt, wie man einen Joint baute, welche Trips man nahm, welche besser nicht, wie man sich gegen die Wehrpflicht wehrte und was von Carlos Castañeda oder Hermann Hesse man gelesen haben mußte.

Nun schrieb sie, daß sie verheiratet sei, drei Kinder habe, als Altenpflegerin arbeite und zweimal pro Woche zu den Treffs der Anonymen Alkoholiker gehe. Sie habe meinen Namen im Schaufenster einer Buchhandlung gesehen und gedacht: Das kann doch nicht *der* sein. – Zu deinen Büchern sage ich erstmal nichts, fügte sie im Postskriptum an. Mein lieber Kai, wenn das dein Bild von uns Frauen ist, kannst du mir nur leid tun.

Ich schob die Antwort ins Kuvert, lehnte es an die Lampe und freute mich auf die Nacht, die vor mir lag. Ich wollte eine kleine Arbeit, an der ich aufreibend lange geschrieben hatte, endlich zum Abschluß bringen und fühlte, der Augenblick war gut. Nach einer Tasse Tee und einem Schluck milden Feuerwassers, nach einem stillen Gruß an den ersten, zaghaft flackernden Stern begann ich, meine Bleistifte anzuspitzen, legte sie wie kleine Orgelpfeifen nebeneinander und räumte allerlei Papiere und Prospekte vom Tisch.

»Wer nicht lärmempfindlich ist, hat bereits einen Gehörschaden.« – Als ich auf diesen Satz in der Broschüre meiner Krankenkasse stieß, mußte mir vor lauter Triumphgefühl das Quietschen der Hoftür entgangen sein.

Mal Obacht! rief eine seltsam verzerrte, künstlich klingende Stimme. – Herhörn alle! Das Haus ist umstellt!

Klemke, schmeiß die Waffen runter! Jeder Fluchtversuch wird sofort erschossen!
Der Junge, der dort unter der Wandlampe stand und durch ein blauweißes Megaphon heraufbrüllte, schien ungefähr so hoch wie breit zu sein. Er trug eine Mütze mit riesigen Mickymouse-Ohren, und in der Gesäßtasche seiner prall ausgefüllten Lederhose steckte ein Revolver. – Achtung Klemke, die Zeit läuft! brüllte er. – Wir kommen jetzt mal rauf und schleifen dir und deiner kommunistischen Schwulenbande die Eier ab!
Greee-gor! – Die Frau in dem zerknitterten Trenchcoat, die nun den Hof betrat, trug eine Einkaufstüte voller Flaschen und einen grellbunten Schulranzen, aus dem ein Plastikschwert ragte. Zwar war ihr vergangene Schönheit anzusehen, doch wirkte sie müde und ausgezehrt, und die Farbe ihrer stumpfen, zerfransten Haare lag irgendwo zwischen einem gelblichen Grau und einem gräulichen Blond. Das Kind imitierte ein Martinshorn und rannte ins Treppenhaus. Ich schloß meine Fenster.
Über mir wurde der Fernseher eingeschaltet, dann deckte man den Tisch. Gregor stürmte ein Zimmer nach dem anderen und schoß wild um sich, wobei er selbst mehrfach getroffen wurde, Bauchschüsse vermutlich, jedenfalls wälzte er sich schreiend und trampelnd auf dem Boden, und ich fragte mich, ob man diesen Gören neuerdings Eisenschuhe anzog, damit sie, aufgebläht von all dem Gummifood, nicht davonsegelten.
Nach dem vergleichsweise friedlichen »Plopp« eines Korkens war es eine Stunde lang still, und ich schrieb annähernd, was ich mir vorgenommen hatte, nur manchmal aus dem Takt gebracht von Gregors Mega-

phonstimme, wenn sie Salz!, Limo! oder Kartoffelbrei! brüllte. Doch als man beim Nachtisch angelangt war, zeichnete sich Unstimmigkeit ab in der Truppe; jedenfalls schrie Gregor sein erschrockenes und gleichzeitig protestierendes, mit einem Dutzend I's versehenes *Nein!* auch ohne Sprachrohr so markerschütternd, als ginge man ihm nun wirklich ans Leben.
Ich hörte die hohe, erregte Stimme der ausführlich dozierenden Frau, ohne ein Wort zu verstehen. Dann wurde auch Klemke laut und schien dem Tonfall nach darzulegen, daß die Mutter recht habe und das Kind sich gefälligst nicht so kindisch anstellen solle.
Ich! Will! Eis! brüllte es. Basta! – Und wieder hörte ich die Frau, noch hitziger, noch höher, den Tränen nahe.
Klemke soll sich seine gesunde Banane in den Arsch schieben, krächzte die verstärkte Stimme. Er ist nicht mein Vater. Schneid die Eisbombe an!
Zwei Klatschlaute, rasch, dann huschte eine Art blauweißer Kondensstreifen durch den Lichtschein meines Fensters und zersprang als Megaphon im Hof.
Das brauchte Gregor nun auch nicht mehr. Nach einer Pause, der ich sein Entsetzen anzuhören meinte, wurde sein Wimmern laut und lauter, bis es, skandiert von trotzigem Gestampfe, ungefähr das Volumen einer jungen Luftschutzsirene hatte. Die immer dann besonders schneidend aufheulte, wenn die Frau versuchte, ihn mit ihrer dünnen, durchsichtig flackernden Stimme zur Räson zu rufen oder Klemke mit der Faust auf den Tisch schlug.
Am Ende räumten die Erwachsenen das Feld, ich hörte Türen knallen, Schritte, die sich in Richtung Küche entfernten, und Gregor ging daran, die Welt in Eisen-

schuhen zu umrunden. Heulend lief er wieder und wieder um den Eßtisch und schien sich in eine Art Trance zu stampfen, aus der ihn nur ein gezielter Schuß oder ein Eis herausholen würde. Zwar weinte er jetzt leiser, gewissermaßen ökonomischer, doch brüllte er zwischendurch immer mal wieder: Mist-al-te! oder: Scheiß-klem-ke! und bekräftigte das durch einen besonders harten Auftritt. Dann wackelte meine Lampe und die »Stopstop«-Kugeln auf der Untertasse zitterten.
Trauer ist ein weites Land. Gregor lief und schrie und lief, und ich erinnerte, wie inbrünstig ich in meiner Kindheit weinen konnte, bevorzugt auf der Schaukel, wie erleichternd, ja befreiend ich den Tränenfluß empfunden hatte, dessen Anlaß manchmal lachhaft war, wie ich die unangreifbare Einsamkeit und Geborgenheit im Trauern genoß, die stille Betroffenheit der Umstehenden, und mir insgeheim wünschte, immer so weiter zu weinen, zu schaukeln, zu weinen ...
Nun war es aber bereits zwölf Uhr, dieses Kompaktkind stampfte seit über zwei Stunden auf meinen Nerven herum, und ich begann, mir das Weiße von den Zähnen zu knirschen. Statt seine ungerührten Tyrannen zu verwünschen, hatte es sich neuerdings ein Aua-Aua-Gejaule zugelegt, mit dem sie samt der festgefrorenen Eisbombe erweicht werden sollten: Vergeblich. Eine Bleistiftmine nach der anderen brach mir ab, und schließlich hatte ich genug.
Aber während ich die Stufen zu Klemkes Wohnung hinaufstieg, fiel mir sein: Wirst langsam langweilig! ein, und ich befürchtete, daß er diesmal die Tür zuschlagen würde, ehe ich den Mund aufgemacht hatte. Also beschloß ich, eine etwas abgegriffene Taschendialektik

für den Alltag zu bemühen und blickte wohl auch gehörig teilnahmsvoll und hilfsbereit, als Klemke, nach meinem Klingeln, die Tür aufriß – so weit, daß es fast wie ein Willkommen wirkte: Willkommen, was mich von diesem Balg befreit!
Dann wurde er verlegen und in der Verlegenheit annähernd sympathisch. Er sah kurz zu Boden.
Kann ich helfen? fragte ich mit gespielter Atemlosigkeit und trat vor bis an die Schwelle. – *Helfen?* Wieso, sagte er und blickte verdutzt zur Küchentür, die langsam geöffnet wurde. – Na, soll ich einen Arzt rufen? fragte ich dringlicher. Er verstand immer noch nicht. – Einen Arzt? Nanu. Ist denn jemand ...
Ach was! rief die Frau aus der Küche und kam zwischen der Wäsche hervor, die sie dort aufgehängt hatte. Ohne Trenchcoat sah sie schmächtiger aus, der Rand ihrer dünnen Haare reichte kaum bis auf die Schultern, die Tränensäcke unter den müden Augen gaben dem Gesicht einen tragisch resignierten Ausdruck, und ich unterdrückte die Vorstellung, daß ihr graues Blut durch die Adern floß. Mit einer Kopfbewegung wies sie auf die Tür, hinter der ihr Sohn wohl gerade das Geschirr zerschoß. – Der flippt heut nur'n bißchen aus, sagte sie mit einer schleppenden, wie von Beruhigungsmitteln gedämpften Stimme, und natürlich hätte ich jetzt erwidern müssen, daß er schon ein bißchen lange ausflippe, daß es auch schon etwas spät sei zum Ausflippen in dieser Lautstärke, daß man ihm doch endlich sein gottloses ...
Doch sagte ich zunächst gar nichts und starrte nur die Frau an, diese Erscheinung.
Sie trug eines jener knöchellangen Kleider, die man Anfang der siebziger Jahre oft gesehen hatte. Meistens

waren sie langärmelig und hochgeschlossen, meistens aus rostroten und dunkelblauen oder auch schwarzen Stoffteilen gefertigt und mit hauchfein gezeichneten Sonnen und Monden bedruckt, eine Inspiration aus Indien, aus Afghanistan, und das Auffälligste an diesen schlichten Gewändern, deren Schnitt mehr verbarg als hervorhob, war der prunkvoll bestickte Brustteil, ein Rankenwerk aus silbernen oder goldenen Ornamenten, dem als Blüten oder Früchte Spiegelstückchen aufgenäht waren, was vielen Frauen etwas Märchenhaftes gab, etwas Übersterntes. Dazu wurden flache Samtschuhe oder auch ein Stirnband getragen.
Schritt eine derart Geschmückte durch das Abendlicht, etwa über die Wiese, auf der ein Open-Air-Konzert stattfand, wurden sogar die versoffenen, kettenrasselnden Rocker still und hielten ihren Lederbräuten den Mund zu.
Das Kleid, das Klemkes Freundin trug, war freilich mit ihr in die Jahre gekommen: Angestoßene Ärmelbündchen, verblichene Farben, lose Brokatfäden, die wie Drähte von der Brust abstanden, und die Hälfte der Spiegelchen fehlte. Trotzdem reflektierten die übrigen den Deckenstrahler derart stechend, daß ich die Frau ein paar Herzschläge lang wie durch einen Gazeschleier sah, ein sanfter Schatten, die Silhouette der Sehnsucht, von grellweißen Funken umzuckt, und ich fragte etwas in die Blendung hinein, das ich selbst nicht verstand.
Die Frau bückte sich und zog ein zusammengeklumptes Laken aus dem Wäschekorb hervor. – Nee, nee, sagte sie und lächelte matt. – Da mußt du mich verwechseln. Ich heiße nicht Sonja. Find ich aber wahnsinnig nett, daß du dir Sorgen um den Kleenen machst. Werd ihm sagen, daß er nu still sein soll.

Sie verschwand wieder zwischen der aufgehängten Wäsche, und Klemke und ich verabschiedeten uns mit einem knappen Kopfnicken voneinander, wortlos.
Als ich aber die Hälfte der Treppe hinter mir hatte, öffnete er noch einmal die Tür.
Hör mal, sagte er, und obwohl sie sich zu verbergen suchte, bemerkte ich die Frau hinter ihm. Ich staunte, wie sanft und rührend besorgt mein Nachbar aussehen konnte. – Haste nich ne Arbeit für ihr? fragte er leise, und ich griff nach dem Geländer.
Ich? Wieso sollte ich eine Arbeit für sie haben?
– Na, sie kann mit alle zehn Finger tippen ...
Ich stieg erneut ein paar Stufen hoch und erklärte ihm, daß ich für die wenigen Zeilen, die ich täglich zu Papier bringe, keine Tippkraft brauche, erklärte es möglicherweise etwas zu umständlich und wichtigtuerisch, zu hochdeutsch auch – wann wird ein Mensch aus meiner sozialen Klasse schon mal um einen Arbeitsplatz gebeten. Jedenfalls kehrte die alte Unwilligkeit in sein Gesicht zurück, der feindselige Blick aus jäh verengten Augen, und er sagte: Ja, ja, ist gut! und knallte die Tür zu.

Flatternde, flackernde Ränder des Schlafs. Nachtwind wellte den Efeu, als wäre keine Wand dahinter, und die Blätter glänzten wie Drachenschuppen. Auf dem Dach, zwischen Schornsteinen und Antennen, stand Ecki. Die Hände in den Hosentaschen, blickte er mich über den Hof hinweg an und lächelte nicht.
Ich denke, du bist tot! sagte ich und setzte mich auf im Bett.
Er zuckte mit den Schultern. – Was heißt das schon.
Ich wollte etwas fragen und fühlte doch: Die Zeit,

wieviel Menschenalter sie auch dauern würde, war zu kurz. Es ist die Sehnsucht der Verstorbenen, die an uns zerrt, ihre Liebe macht uns und die Dinge vergänglich. Der volle Mond wurde schwarz, und Ecki, entfernter nun, winkte und rief: Ist sie immer noch so schön, mein Bester?
Sie ist ein Traum, murmelte ich.

*

Im Heimatkundeunterricht der Kardinal-von-Galen-Schule lernte man einst: »Oberhausen ist die Wiege der Ruhrindustrie.« Als Strafarbeit mußte ich diesen Satz unzählig oft in mein Schönschreibheft malen.
In dem Randbezirk, in dem ich aufgewachsen bin und den ich viele Jahre nicht besucht hatte, waren mir während der Beerdigung meines Vaters beträchtliche Veränderungen aufgefallen. Größere Bäume, üppigere Hecken, mehr Autos und weniger Menschen auf den stets gefegten Straßen. Durch die offenen Balkontüren sah man auf »Stilmöbel« voller Nippes und Zinngeschirr, und neben den goldglänzenden Buchrücken der »Reader's-Digest«-Anthologien konnte man nun auch kunstlederumhüllte Videokassetten erkennen. Statt der kleinen Mülltonnen, eine für jede Familie, hatte man neuerdings einen Container pro Haus, und während einer Radfahrt durch das altvertraute, gesichtslose Viertel bemerkte ich einen zweiten Supermarkt und einen neuen Hospitalflügel, eine Abteilung zur Behandlung von Alkohol- und Tablettensucht.
Nach der Stillegung vieler Zechen und Eisenhütten und dem Auszug der türkischen Familien in die Heimat oder dahin, wo es noch Arbeit gab, blieben auf der soge-

nannten Ausländerseite der Siedlung – Häuser ohne Gärten, Balkone ohne Blumen – mehr und mehr Wohnungen leer; man erkannte sie an den eingeschlagenen, zugenagelten und wieder eingeschlagenen Fenstern. In manchen Räumen lebten Taubenschwärme und bauten Nester zwischen kniehohen Haufen aus Kot, Eierschalen und Kadavern, und dann und wann machte sich eine der Elstern aus den dürftig bewaldeten Schotterhalden hinter der Siedlung den Spaß, in diese Höhlen einzubrechen, daß die Federn flogen.
Neben dem Kinderspielplatz, am grüngestrichenen Schaltkasten, wo mir die dünne Lilly so manchen Pickel ausgedrückt hatte, balgten sich immer noch Halbwüchsige, führten einander frisierte Mofas und brandneue Klamotten vor und beklatschten die riesige Kaugummiblase der Lolita, die auf dem Kasten thronte und heftig am Saum ihres roten Röckchens riß, ohne dessen rosa Baumwollherz ganz verdecken zu können. Einer der Jungen reichte einen Flachmann herum, und während ich das Rad meines Vaters anhielt, um Luft nachzupumpen, und mich fragte, ob man dieses unbeirrbare, wohlgemute Weitermachen des Lebens nun bejahen oder endlich von der Brücke springen sollte, hob das Mädchen einen Finger.
Die drei Jungen, die sich gerade darüber stritten, ob DEPECHE MODE absolut obergeil oder nur noch geil seien, verstummten. Man lauschte ins Leere, einer legte eine Handmuschel ans Ohr, und nun hörte auch ich einen Mopedmotor hinter den Häusern.
Atze, sagte einer.
Quatsch Atze! erwiderte das Mädchen. – Mach mich nicht schwach, du Wichser. Mit dem bin ich fertig. Das ist Didis Kreidler, hör ich doch genau!

Aber hallo. Scheint zu stimmen, sagte der Junge. Ich frag mich, wo er diese irre Mühle herhat.
Na, von seinem Vater. Dem verstaubte sie im Keller. Kann mir gar nicht vorstellen, daß der alte Theuerbrot mal so einen verschärften Hobel gefahren hat.
So alt ist er nun auch wieder nicht, sagte das Mädchen und zeigte auf mich: Etwa wie der da, ungefähr vierzig.
Sechsunddreißig, dachte ich und blickte die Jungen, die mir plötzlich interessiert beim Luftpumpen zuschauten, so erwachsen und freundlich wie möglich an; und ja, es gab mir einen Stich, als der mit der Schnapsflasche seinen Kaugummi ausspuckte. Verächtlich.
Ich fuhr in den Teil der Siedlung, in dem die Straßen nach den Kohleflözen benannt waren, die darunter verliefen, und wo ich mir als Kind oft vorgestellt hatte, wie mein Vater sich mit dem Preßlufthammer durch Steine, Staub und Dunkelheit des Flöz »Matthias« schlug, während ich achthundert Meter höher über die gleichnamige, sonnenhelle Straße spazierte und ein Eis aß. Hier standen zum größten Teil Eigenheime, es gab Kleinvieh und Gemüsegärten, und im Lauf der Jahre hatte jedes der ähnlichen Häuser eine andere Fassade bekommen. Verputzt, verschalt oder verklinkert, efeubewachsen oder mit aufgemaltem Fachwerk versehen war allen jedoch eins gemeinsam: Bergschäden. Risse; immer wieder Risse vom Keller bis zum Dach.
Bevor er mit seinem Motorrad unter einen Lastwagen gerast war, hatte mein Freund Pogo hier gelebt, und während ich auf sein Elternhaus zuradelte, fragte ich mich, was wohl aus der Treppe geworden war, die wir gemeinsam gebaut hatten – vor wieviel Jahren? (Seit dem Tod meines Vaters schien sich ein neues Erleben

von Zeit in mir breit zu machen, eine stille Bestürzung über ihr reißendes Vergehen.)

Pogo und ich hatten in derselben Firma zu lernen begonnen, er als Betonbauer, ich als Maurer, und eines Tages bat uns seine Mutter, die alte, vor lauter Bergschäden gefährlich aus den Fugen geratene Treppe zur Haustür zu erneuern. Mein Freund verschalte und betonierte das Podest und die fünf fächerartig angelegten Stufen, und ich verklinkerte sie mit gelben, später dunkelgrün ausgefugten Ziegeln.

Obwohl ich bereits ein halbes Jahr lernte, war diese Treppe meine allererste Maurerarbeit, denn auf dem Bau wurde ich vorerst nur zum Schuttabkarren, Kantholzstapeln oder Bierholen verwendet, ein Umstand, der mich bereits an einen Firmenwechsel denken ließ.

Tatsächlich hatte ich die Maurerlehre begonnen, weil ich im Innersten nicht wußte, was ich machen sollte, und noch heute erscheint es mir völlig absurd, von einem Vierzehnjährigen eine Berufswahl fürs Leben zu verlangen. Durch und durch Träumer und bereits unheilbar infiziert von der Herzkrankheit Frau, wollte ich sowieso nur Popstar werden und spielte täglich endlose, halsbrecherische Gitarrensoli auf dem Teppichklopfer oder wälzte mich auf dem Boden und brüllte »I'm down! I'm really down!« in die Zahnpastatube, das Mikrophon. Als die Freunde Pogo und Theuerbrot am Ende der Schulzeit verkündeten, daß sie auf den Bau gehen würden, ging ich kurzerhand mit; damals bekam man mit einem gewöhnlichen Volksschulabschluß noch jede gewünschte Lehrstelle. Mir war zwar etwas mulmig bei der Wahl, denn die Bauarbeit galt neben der des Bergmanns als die härteste, doch als die Sekretärin, die meine Bewerbung entgegennahm, mich schmunzelnd musterte und fragte, ob ich nicht etwas zu leicht sei für einen derart schweren Beruf, gab es entschieden kein Zurück mehr. – Maurer werde ich, Maurer! sagte ich in einem Ton, der so stark war, wie mich ihre langen, schwarzbestrumpften Beine unter dem Glastisch schwach machten.

Auf der Baustelle galt ich in der ersten Zeit als renitent und durchtrieben und wurde zu allen erdenklichen Drecksarbeiten verdonnert. Renitent, weil ich mir trotz aller Aufforderungen, Verspottungen und Schikanen die Haare nicht abschneiden ließ, was einem gegen Ende der sechziger Jahre bekanntlich eine Kriegserklärung der älteren Generation eintrug; in Oberhausen gab es damals Taxifahrer, die zu Dutzenden Jagd auf einzelne Langhaarige machten, sich per Funk über den Fluchtweg des Opfers verständigten, es mit mörderischen Manövern in die gewünschte Richtung trieben, in einer Sackgasse stellten und vor den Augen der johlenden Anwohner schoren.

Auch mich tunkten die lieben Kollegen mehrfach ins Mörtelfaß, oder sie brachten mir mit der Blechschere Macken bei – nur durch Kurzhaarschnitt auszugleichen. Doch ich lebte mit den hellen Rattenlöchern im dunklen Haar, und Jean-Claude hätte meine damalige Frisur sicher hyper-turbogeil gefunden.

Als durchtrieben galt ich im Grunde nur, weil ich naiv war – eine Naivität, die mir die älteren Maurer und besonders Rudi nicht abnahmen.

Wie die meisten kleinen Männer mit einer riesigen Profilneurose geschlagen, war er unglücklicherweise auch noch dick und sah mit seinen stets geröteten

Wangen aus, als tränke er täglich einen Liter Schweineblut zum Frühstück. Er quälte sich offenbar mit dem Ruf herum, ein Teufelskerl zu sein, den Schalk im Nacken zu haben, und es war ja auch amüsant, als ich ihn zum ersten Mal Hier! vom Gerüst herunterbrüllen hörte: Hier, junge Dame! Hier! Und als die Passantin sich wirklich umdrehte und zu ihm hinaufblickte, wies er mit großer Gebärde über die Baustelle und sagte: Hier war früher alles Wald!
Doch wiederholte sich das fast täglich. Zudem machte Rudi sich einen Spaß daraus, dem etwas trotteligen Hilfsarbeiter Manni heimlich Seife auf das Pausenbrot zu schmieren oder eine Schaltafel so über ein Loch zu legen, daß jeder Darübergehende einbrechen mußte. Dann winkte er einen der Türken herbei, die für ihn alle Ali hießen, und rief: Du fahren Mörtel hier! – Lag der verdutzte Mann mitsamt der Karre im Loch, schallte Rudis hohe, sich immer wieder an sich selbst entfachende Lache über den Platz, bis alle Maurer und Monteure die Köpfe aus den Fensterlöchern steckten und grinsten und sogar der Polier ein anerkennendes Sauhund! oder Satan! zischte.
An meinem ersten Arbeitstag, kurz vor dem Ende der Frühstückspause, gab mir dieser noch unbekannte Rudi ein Fünfmarkstück und sagte etwas müde, etwas strapaziert: Ich muß da oben gleich einen runden Schornstein mauern. Geh mal rüber zu »Edeka« und hol mir eine Bogenschnur, bitte. – Aber Nylon, sagte der Kranführer, keine Seide!
Ich hatte das Wort *Bogenschnur* noch nie gehört, und auch der freundliche Verkäufer konnte sich nichts darunter vorstellen und schaute im Regal für Haushaltswaren nach; da gab es nur Wäscheleinen und Schleifenbän-

der. – Haben wir nicht, bedauerte er, und ich kletterte auf das Gerüst und gab Rudi die fünf Mark zurück.
Sie haben keine Bogenschnur, sagte ich, woraufhin er mich lange ansah, forschend und erwartungsvoll, und ich fügte tröstend hinzu: Vielleicht kriegen sie ja wieder welche 'rein. – Er schien nicht wenig irritiert und sagte nur: Naja, vielleicht. Dank dir.
Gegen Ende der Mittagspause gab er mir noch einmal Geld und sagte ernst: Wir müssen nachher das Gerüst aufstocken. Hol uns mal ein Kilo Lufthaken, bitte. – Aber »Siemens«-Lufthaken, sagte der Polier. Bring bloß nicht die von VW!
Ich staunte, daß VW auch Lufthaken fabrizierte – unter denen ich mir übrigens nichts vorstellen konnte, keinen Schimmer. Aber schließlich war dies mein erster Tag auf dem Bau, beruhigte ich mich, mit der Zeit würde ich schon lernen, was hinter den Spezialausdrücken steckte.
Doch auch der »Edeka«-Verkäufer war ratlos. Lufthaken? Er sah sogar in seinem Warenverzeichnis nach, fand aber nur die Wörter Luftpumpe, Luftschokolade und »Luftikus«-Toilettenspray. – Vielleicht gibt es die in der anderen Filiale, sagte er, und ich bedankte mich und stieg wieder auf's Gerüst.
Rudi, in der Linken einen Ziegel, in der Rechten eine Kelle voll Mörtel, starrte mich an, gespannt, und verengte dann die Augen, was aussah, als würde er sie schärfer stellen: Um etwas zu erkennen in meinem Gesicht, das offenbar nicht darin war. Jedenfalls machte mir dieses Lauern in seinem Blick Angst, und ich streckte ihm die Hand mit dem Geldstück entgegen. – Sie haben keine Lufthaken, sagte ich. Tut mir leid. Vielleicht können wir uns irgendwie behelfen?

Wie? Was? – Er blickte rasch zu den anderen Maurern, die sich grinsend tiefer über ihre Arbeit beugten, der Kranführer lachte, und sogar Manni runzelte die Stirn und sah mich mit belustigtem Interesse an. Was war denn ... Meine Stimme, vor Beklommenheit, klang blaß. – Oder soll ich mal in anderen Filialen fragen?
Rudi holte Atem, seine roten Wangen wurden hochrot, die Augen groß, und in den Lippenwinkeln platzten Speichelbläschen. – Du ab-ge-wichs-ter Hund, krächzte er. Durchtriebenes Aas! Mich hochnehmen? Mich? – Er trat zurück, hob die Kelle mit dem Mörtel –
Da stellte sich der Polier zwischen uns und bedeutete mir mit einer Kopfbewegung, das Gerüst über die Leiter zu verlassen.

Pogos Elternhaus war zu verkaufen, im Vorgarten lag Schutt. Auch ein paar gelbe Ziegelsplitter waren darunter, und ich starrte sie derart traurig an, daß ich zunächst gar nicht bemerkte, wie mein Rad über eine tote Taube rollte.
Als ich aber um die Ecke bog, strahlte mich die Treppe breit und einladend an. Zwischen roten Oleanderbüschen saß jeder Stein noch genau so, wie ich ihn derzeit hingemauert hatte, und ich fühlte einen lange vergessenen Handwerkerstolz. Ich hockte mich auf die Stufen, stellte befriedigt fest, daß nicht einmal nachgefugt werden mußte in der langen Zeit, und sah mich um.
Es war Samstag, überall wurden Autos gewaschen, Hecken geschnitten, Rasen gemäht oder Hunde gebürstet, und ich erkannte in vielen Familienvätern, die das Grillgerät vorbereiteten, die Rufe ihrer Frauen überhörten oder den Nachwuchs zurechtstutzten, ehema-

lige Spielgefährten oder Mitschüler wieder. Zum Beispiel Wolf Träger, der gerade in einem fabrikneuen Kombi vorfuhr, japanisches Fabrikat, und mich wie einen Strauchdieb anblitzte, ehe er Bier- und Limonadekästen ins Haus trug. Aus dem nun drei Kinder stürzten, kriegsbemalt, und Einkaufstaschen von den Sitzen zerrten.

Ihr werdet alle als desinfizierte Pantoffelspießer enden, war einer seiner Lieblingssprüche gewesen, wenn Pogo und ich genug hatten von seinem klugen Gerede und in die Stadtmitte fuhren, Mädchen jagen. Träger hatte Maschinenbau gelernt und paukte damals für sein Fachabitur, denn er wollte Ingenieur werden, um dann in irgendwelchen Entwicklungsländern Bananenschälmaschinen zu bauen – genau verstand ich ihn nie, denn er gebrauchte zu viele Fremdwörter, und die Herablassung, mit der er sie erläuterte, führte dazu, daß wir ihn kaum noch nach ihren Bedeutungen fragten, immer nur nickten. Er hatte Marx und Lenin gelesen, konnte sowohl den Mehrwert als auch die Machenschaften der Weltbank erklären und war stets über den Stand der Unruhen in Berlin und die Diskussionen unter den Kommunarden informiert; während wir uns nur vorstellten, wie da kreuz und quer gevögelt wurde in den Wohngemeinschaften und über die Blumentopfhelme der Berliner Polizisten lachten.

Ihr seid Arbeiter, junge, kräftige Arbeiter, sagte der wenig ältere Träger: Wo zum Teufel ist euer Klassenbewußtsein?! – Wir sahen in allen Taschen nach und drehten uns suchend um uns selbst. – Na, wo isses denn? fragte Pogo. – Weg isses, sagte ich. Und dann machten wir uns davon, um Dora zu besuchen, die gemeinsame Freundin, und herauszufinden, wem sie an diesem Abend die halbe Knutsch- und Knubbelstunde gewährte.

Auf dem Weg sangen oder heulten wir oft »Child in Time« von DEEP PURPLE, das endlose, dunkle »Uh-huh-huh«, immer lauter, immer höher, bis es in das irre kreischende »Ah-hah-hah!« überging, bei dem wir die Bierflaschen am Laternenmast zerschlugen.

Doras Mutter strich uns lächelnd die Haare aus der Stirn oder wischte Regentropfen von den Schultern unserer Lederjacken, wies auf den Kühlschrank und zog sich ins Wohnzimmer zurück, um zu stricken.

Ihre Tochter ließ uns gewöhnlich eine Weile warten, ehe sie schmollend und auf jeder zweiten oder dritten Stufe zögernd aus ihrem Zimmer herunterkam. Sie war keine Schönheit, sie war ein Schicksal: Kastanienfarbene Locken, grüne Augen, ein atemberaubend kleiner Hüftschwung und italienische Launen.

Warum kommt ihr erst jetzt? fragte sie. Wieder gesoffen? — Und indem sie vorgab, an uns zu riechen, streifte sie unsere Mundwinkel mit ihren übervollen, stets etwas geöffneten Lippen, und die Fackel brannte.

Dann mußten wir irgendwelche Liebesdienste leisten, einen Stöckelschuh reparieren, ein Backblech sauberkratzen oder Dübel für das Gewürzregal anbringen, und während der Arbeit blödelten wir herum oder kämpften ein bißchen; auch ließ Dora sich gern um den Küchentisch jagen, kreischte leise und verliebte sich während der Käbbeleien rasch mal in Pogo oder rasch mal in mich; sie hatte es da ganz leicht.

Nach einer Weile zog sie den Erwählten des Abends in den dämmrigen Flur, wo ein stilles, atemlos wildes Geknutsche begann, bei dem ich immer wieder staunte, was so ein dunkler, tiefer Mund alles mit einem machen konnte; und während Pogo die Wohnzimmertür im Auge behielt und wie ein Irrer an dem Backblech kratzte, ließ ich meine zitternden Finger über Doras Brüste gleiten. Wir durften sie dort gern und ausgiebig berühren, sie wand sich vor Vergnügen – hielt die Blusen- oder Pulloversäume jedoch fest in beiden Händen, den Stoff wie eine Zeltbahn gespannt; Campingsex nannten wir das.

Unter ihrem Rock war alles Tabu; wurde das mißachtet, hob sie ein Knie: Zappenduster. Auch war sie mit keiner noch so hitzig geflüsterten Bitte zu bewegen, die Reißverschlüsse unserer Jeans zu öffnen; doch hatte sie eine Art Rubbeltechnik und verstand es, jene hart entzündete Region derart gekonnt mit den Handballen zu massieren, daß in Sekundenschnelle Linderung eintrat. Dabei sah sie uns stets mit kühler, etwas spöttischer Neugier ins Gesicht.

Traf Pogo das süße Los, hielt ich es selten bei den diversen Bastelarbeiten aus, sondern stahl mich davon, um in der »Elpenbachklause« oder im »Siedlerkrug« ein paar Biere zu trinken, am liebsten an der Musikbox. Ich verdiente damals eine Menge, arbeitete schon als Lehrling im Akkord, obwohl das verboten war, und meine Eltern weigerten sich, das übliche Kostgeld von mir zu nehmen. – Mußt so hart arbeiten, sagte mein Vater, der Knochenarbeiter. Wieso sollst du dafür noch bezahlen. Und obwohl ich sparte, um mir einen Gebrauchtwagen zu kaufen, sobald ich alt genug für den Führerschein wäre, blieb mir immer noch Geld, um mehrmals im Monat, meistens nach viel Bier, meistens mit dem Taxi, in die Flaßhoffstraße zu fahren, eine Sackgasse, die von den anderen Straßen durch einen Bretterzaun getrennt war.

»Jugendlichen unter achtzehn Jahren ist der Zutritt verboten«, stand groß über dem schmalen Durchschlupf, hinter dem ich, atemlos vor Erwartung und mit hart schlagendem Puls, meistens dieselbe Frau besuchte, die üppige, ruhige Claudia, die immer schon die Rollos ihres kleinen, rot ausgeleuchteten Zimmers herunterrasseln ließ, wenn sie mich von weitem über die Straße kommen, über die Straße hasten sah bei Tag und Nacht.

Sie hatte das Poster eines Cocker-Spaniels über die frotteebezogene Liege gepinnt und sah mich nicht selten an, als wäre ich ihr kleiner, verworfener Sohn – der ich vermutlich auch hätte sein können. Obwohl ich ihr vor Nervosität so manches Häkchen vom Mieder riß, ließ sie sich geduldig von mir ausziehen und lachte auf, wenn ich ihr einen ihrer schwarzen Strümpfe über die Augen legte, weil ich nicht sehen konnte, wie sie gelangweilt zur Decke starrte, während ich mich bäumte zwischen ihren Beinen.

Auch zeigte sie sich unverhohlen gerührt von meiner fünfzehn oder sechzehn Jahre alten, eher zarten und blassen Erscheinung – Wie ein Mädchen! sagte sie oft. –, und es kam vor, daß sie mich nach jenen schnellen, Mark und Bein erschütternden Explosionen noch eine Weile streichelte. Dann entdeckte ich ein ernstes Wohlwollen in ihren Augen, aus denen alles Geschäftsmäßige verschwunden war; streichelnd machte sie mir meinen Körper klar und lächelte nachsichtig, wenn ich vor Lust und Übermut schon wieder in ihre langen Brüste biß.

Claudia nahm mir nicht nur die Not ab, sie brachte mir auch einiges bei, und ich erinnere eine schwüle Sommernacht in verschwitzten Laken, als ich trotz zehn

Stunden langer Arbeit keine Ruhe fand, als sich mein Glied immer wieder wie ein harter Riegel vor den Schlaf schob ...

Es war drei Uhr morgens, in der Flaßhoffstraße alles dunkel, auch in der kleinen Bierbar keine Frauen mehr, keine Freier auf den Bürgersteigen, und auf dem Dach des Pissoirs balgten sich die Katzen.

In Claudias Zimmer – die Rollos waren herabgelassen, die Tür jedoch nur angelehnt – brannte eine kreisrunde Neonröhre, wie sie in der Küche meiner Eltern hing, und ich hörte jemanden »Yesterday« summen und bemerkte eine mittelgroße, fast leere Wodkaflasche auf dem Tisch; ein zernagter Trinkhalm ragte daraus hervor.

Claudia, die gerade Slips und Büstenhalter aus einer Plastikschüssel fischte und nachlässig über Stuhllehnen hängte, war nicht erstaunt. – Wo brennts? fragte sie und blickte auf meine Körpermitte. Dann verschloß sie die Tür, strich den Bezug der Liege glatt und drängte sich mir nicht wenig entgegen, als ich bereits nach ihren Hüften griff. Sie trug Straßenkleidung, Rock, Bluse und ungewohnte Dessous, die so stramm saßen, daß ich mir, in meiner Hast, fast die Finger verstauchte und, halb liegend, halb knieend auf der Pritsche: So hilf mir doch! keuchte. – Um Gottes willen, hilf mir doch ein bißchen!

Sie gähnte, irgend etwas riß, und als sie schließlich nach mir griff, um mir zu helfen – Hoppla, sagte sie, bist du bei der Feuerwehr? –, war das Beste von mir auch schon weg.

Nach einer Weile öffnete ich die Augen. Claudia, auf einem Küchenstuhl, rauchte und sah mich nachdenklich an, eine beschwipste, etwas sentimentale Nachdenklichkeit, wie mir schien, und als ich meine Hose hochraffte und nach dem Geld kramte, schüttelte sie den Kopf. – Nun paß mal auf, mein süßer Stecher, sagte sie, drückte ihre Zigarette in den Aschenbecher, ein zusammengerolltes Porzellankätzchen, und zog sich aus.

Das jähe Auseinanderklaffen ihrer Brüste nahm mir erneut den Atem, und ich staunte, wie wenig hübsch Claudia wirklich war in dem Neonlicht. Zum ersten Mal sah ich die Falten in ihren Lidwinkeln, die Orangenhaut an den Oberschenkeln, die Krampfadern an den Waden, nie vorher waren mir die Schwangerschaftsstreifen und die Kaiserschnittnarbe über ihrem großen schwarzen Dreieck aufgefallen, und ich weiß noch, wie hinreißend ich das alles fand, wie bitterschön, als wäre aus der raffinierten Wäsche, dem schwülen Arbeitslicht einer Hure endlich einmal eine Frau auf mich zugetreten, eine richtige Frau. Auf mich.

Claudia trank einen Schluck, legte sich erneut auf die Liege und nahm meine Hand. – Hier, sagte sie, hier, und bei manchen Frauen, das wirst du noch erleben, auch hier. Du bist nämlich nicht als Bock geboren, hast nicht nur dieses Ding. Du hast auch Fingerspitzen und Lippen, eine Zunge und gute Zähne, du bist sanfter, als du wahrhaben willst.

Sie schüttelte den Kopf. – Ihr seid schon komisch, ihr Kerle. Ein atemloses Schreckschußgeschlecht. Die meisten von euch bleiben hinter ihrem Höhepunkt zurück und haben keine Ahnung, wie glücklich sie sein könnten, weißt du das.

Ich antwortete nichts, denn wie durch ein Wunder hatte ich plötzlich nicht nur dieses Ding, sondern auch Fingerspitzen und Lippen, eine Zunge und sanft beißende

Zähne, und Claudia ließ sich zum ersten Mal küssen und atmete plötzlich für zwei.
In dieser neonhellen Nacht wurde ich nicht müde zu entdecken, daß die zärtlichen Berührungen die heftigsten sein können, und war überall gleichzeitig an der Frau, die in meinen Haaren wühlte und mir die Bahn meines guten Sterns auf den Rücken kratzte, die mir herrlich verlogene Schmeicheleien ins Ohr flüsterte und sogar schrie, als ich sie auf mein Raketchen nahm und uns in den siebten Himmel schoß.
Du, sagte sie später seltsam heiser und steckte zwei Zigaretten an: Das kostet aber nochmal dreißig, klar? – So billig war das damals, so unbezahlbar.

Und natürlich fragte mich Claudia auch einmal: Was machst du eigentlich ständig hier, du junger Hüpfer, was verschwendest du Nacht für Nacht dein Lehrgeld in diesem Puff? Hast du keine Freundin?
Ja doch, immer mal wieder hatte ich ein Mädchen, eine Schönheit von den Rummelplätzen meiner Pubertät, wo ein Blick zuviel nicht selten einen Zahn weniger bedeutete; aber wenn es hochkam, wollten sie nur knutschen oder ließen sich an die Brüste fassen, wie Dora, an den Büstenhalter voll Luft, wie Lilly.
Alle Mädchen, die ich damals verehrte und begehrte, schienen mir auf eine selbstbewußte Weise nicht gewachsen zu sein, lebten singend in einer anderen, einer hoffnungsfroh heilen Welt voll Lindenduft und leuchtender Limonade, wo nur frisch gewaschene Wäsche flatterte und man jede Menge rosiger Babys kriegte, ohne zu ficken. Dort war kein Platz für trinkende, stinkende junge Männer und ihre schmuddeligen Träume.

Lilly zum Beispiel legte sich auf mein schmales Bett, auf die Tagesdecke mit dem eingewebten Jimi-Hendrix-Bild, die ich in einer Losbude gewonnen hatte, und zog nicht einmal die Schuhe aus. Sie rauchte und redete über die Schönheit der Tapete und den interessanten Lampenschirm, genau denselben hätte sie bei »Woolworth« gesehen, siebzehn fünfzig. Sie erzählte mir von ihrem Lieblingsbeatle, daß sie wohl in Ohnmacht fallen würde, wenn sie ihn auf der Straße sähe, und hielt meine Hand nur, um sie festzuhalten. Sie schwärmte von den Frisuren der Studentinnen in Berlin, dem freien Leben in den Kommunen und drückte die Knie zusammen. Sie ließ sich nur küssen, damit das widerlich nasse Küssen rasch ein Ende hatte, und sagte durch die zusammengepreßten Lippen: Laß die Zunge drin! Sie blätterte in meinen Musikzeitschriften und erzählte kichernd von ihrem Vater, der immer mal wieder zufällig ins Bad kam, wenn sie in der Wanne saß, vor ihren Augen ins Toilettenbecken pinkelte und dann lange und umständlich seinen dicken Affen ausschlackerte. Sie fragte mich, ob ich auch so einen Rüssel hätte, ob alle Männer so einen riesigen Rüssel hätten, und sagte barsch: Nun nimm doch mal die Hand da weg! Und nahm dann meine Hand da weg.
Einmal passierte es, daß sie sich ein bißchen schmelzen ließ und wir uns durch die Kleider fuhren, daß die Nähte ächzten. Als ich andeutete, meine Eltern kämen vorerst nicht nach Hause, wir könnten uns also ruhig etwas erwachsener aufführen, überlegte sie ein paar Herzschläge lang, schien nicken zu wollen, und schüttelte dann energisch den Kopf. – Nicht ohne Gummi! Weil sie sonst schwanger würde.
Der Punkt hinter dem Satz war noch nicht verklungen,

da hielt ich ein Päckchen fabrikfrischer »Fromms« vor ihr erstauntes, ja erschrockenes Gesicht. Geiler Mann denkt vor.
Sie steckte sich eine Zigarette an und sah den Rauchringen nach. – Aber mit Gummi, sagte sie etwas verlegen und schluckte, mit Gummi wolle sie es eigentlich auch nicht machen. Weil sie dann nichts fühle.
Also glätteten wir unsere Kleider und stellten uns zu den anderen, an den grüngestrichenen Schaltkasten, wo gerade eine Flasche Wein die Runde machte und Dora sich die Fetzen einer riesigen Kaugummiblase aus Gesicht und Haaren zupfte.
Was Wunder also, wenn ich wieder und wieder ins Bordell ging, zu Claudia, die immer schon das rote Licht aus- und das weiße Licht anknipste, wenn sie mich von weitem über die Straße kommen, über die Straße hasten sah bei Tag und Nacht.

Auf der anderen Seite schloß Wolf Träger das Garagentor und baute sich, die Fäuste an den Hüften, hinter seiner Hecke auf. Er schien mich immer noch nicht zu erkennen, damals waren meine Haare länger gewesen, zerzauster auch, und ich trug erst seit zwei Jahren diese Brille. – Das Haus steht leer, rief er herüber. Auf wen warten Sie denn da?
Ich zog die Schultern hoch, kehrte die Handflächen hervor. – Auf meine Jugend, sagte ich. Auf die große Liebe, das Klassenbewußtsein ... – Er runzelte die Stirn, schob das Kinn vor. – Die Treppe ist aber keine öffentliche Parkbank. Interessieren Sie sich für das Haus, oder was?
Ich ließ eine Weile verstreichen, ehe ich nickte. Er trat näher an die Hecke. – Wollen Sie es kaufen? – Langsam

schüttelte ich den Kopf, und er stutzte, schien in den umliegenden Fenstern nach Beistand zu suchen und verschränkte die Arme vor der Brust. – Na dann: Auf Wiedersehen! sagte er überdeutlich. Sonst müßte ich mal telefonieren!
Als er sich der Haustür zuwendete, sah ich, daß er doch recht fett geworden war und tastete besorgt nach meinen Hüften ...
Aus den Gärten quoll Rauch, es roch nach gegrilltem Fleisch, Majoran und Oregano, und in dem Geklapper von Geschirr und Bestecken hinter den Hecken, dem Kindergeschrei und Hundegebell, klangen die Stimmen der trinkenden Männer immer verwischter und die der Frauen immer schneidender.
Das beginnende Wochenende lag wie ein lähmendes Gas in der Luft, und ich dachte daran, wie sehr Pogo und ich diese beiden Tage immer herbeigesehnt hatten: Am Montag schien die Woche noch endlos zu sein, eigentlich nicht zu schaffen; Dienstag war schon fast Mittwoch, und damit hatten wir die Hälfte so gut wie hinter uns; am Donnerstag brachten wir bereits unsere Sakkos und Hosen in die Reinigung, und am Freitag, spätestens nach der Mittagspause, arbeitete man sowieso nur noch mit einer Hand, die andere blieb in der Hosentasche. Aber wenn die freie Zeit endlich da war, schlugen wir sie mit Biergläsern tot.
Wie ein Schlund – wenn ich am Samstag Vormittag nach langem Schlaf, warmer Dusche und ausgiebigem Frühstück auf die Straße trat –, wie ein gähnendes Ungetüm tat sich das Wochenende vor mir auf und verschmähte es kalt, mich hinunterzuschlucken mit Haut und Haar, ließ mich einfach allein mit dem schreiend leisen, stets gegenwärtigen *Was jetzt?* im Kopf.

Erwartungsvoll strich ich durch die Siedlung, plauderte hier eine Weile mit einem ehemaligen Mitschüler über Berufsaussichten oder Sport, half dort ein paar Eimer Wasser zum eingeseiften Auto tragen und kaufte mir eine Schachtel Zigaretten an dem einen, Streichhölzer an dem anderen, eine viertel Wegstunde entfernten Kiosk. Ich las den hektographierten Gemeindebrief im Schaukasten vor der Kirche, das Caritas-Plakat, und obwohl ich noch keinen Hunger hatte, dachte ich an das Mittagessen und sah mit wichtigtuerischer Gebärde auf die Uhr: Noch zwei Stunden. Was jetzt?
Ich besuchte meinen Freund Theuerbrot auf seinem kleinen, mit Kaninchenboxen vollgestellten Hof, doch außer einem geistesabwesendem: Tach! war nichts aus ihm herauszubringen. Seit er die neue »Kreidler Florett« hatte, war er kein Mensch mehr, er war ein Maschinenteil, und wenn er sein Moped nicht zusammenbaute, legte er es auseinander. Als seine Mutter ihn bat, schnell noch etwas Backpulver zu besorgen, ehe die Geschäfte schlössen, sank er auf seine dicken Knie und sah flehend zu mir auf, und ich ging in den Supermarkt und stellte mich in die Schlange der letzten Einkäufer, von denen der eine oder andere bereits aus der Schnapsflasche trank, ehe er sie bezahlt hatte.
Als ich auf den Hof zurückkehrte, war Theuerbrot fort, zur Autobahn, wo er seine neue Frisiertechnik ausprobierte, und die Mutter schloß lächelnd das Fenster. Gleichmütig hockten die Kaninchen im Heu, und eines, ein kleines weißes, dem ich etwas Salat vor das mümmelnde Mäulchen hielt, drehte sich um und zeigte mir sein Hinterteil.
Was jetzt? Die Schubkraft dieser Frage kannte am Ende nur zwei Richtungen: »Siedlerkrug« oder »Elpenbach-

klause«, wo Rauch und lautes Hallo über mir zusammenschlugen, als ich die Tür aufstieß: Die betrunkenen Arbeitskollegen, die ich in ihrem Freizeitstaat, Zigarre zwischen den Fingern, oft erst auf den zweiten Blick erkannte. Der bereits eingenickte Manni trug sogar eine Krawatte, einen Selbstbinder, und Rudi massierte Kräuterschnaps in seine blasse Glatze.
Lage um Lage wurde getrunken, ich spielte Karten oder knobelte, ließ mir von älteren Maurern sagen, daß ich ein schönes Arschloch sei, daß sie nie mehr auf den Bau gehen würden, wenn sie noch einmal jung wären, nahm ihre Hände von meinen Knien, kämpfte vor der Jukebox gegen »Weiße Rosen aus Athen«, für »Bitch« – und wackelte schließlich auf runden Füßen vor dem Geldspielautomaten herum, der mit jeder ausgespuckten Münze: Was jetzt? Was jetzt? zu flüstern schien.
Mittagessen. Die Suppe pläddderte vom Löffel, das Fleisch auf dem Teller kreischte, und meine Mutter nahm mir mit angesäuertem Lächeln und einem behutsamen: Laß mal... die teure Salatschüssel aus den Händen.
Mein Vater arbeitete noch, arbeitete fast jeden Samstag, denn war mir das Wochenende oft nur ein Grund zur Langeweile – ihm graute davor, und er wäre wohl auch sonntags unter Tage gefahren, hätte seine Frau es ihm erlaubt. Wie ausgesetzt auf einem fremden Stern saß er an den Feiertagen in der blitzblanken Küche, auf dem Stuhl, auf dem sie in der Woche ihre unzähligen Tassen Kaffee trank, zupfte ein paar welke Blüten aus den Begonien oder rauchte eine »Gold-Dollar«, blickte abwechselnd aus dem Fenster und auf seine großen, schwieligen Hände im Schoß und sagte: Wenn bloß dies verfluchte Nichtstun bald zu Ende wäre. Dann

schwieg er wieder, wie meistens, und sein etwas hilfloser, melancholischer Gesichtsausdruck wurde noch unterstrichen von haarfeinen Lidrändern aus Staub, Kohlestaub, der sich in jahrzehntelanger Bergarbeit dort festgefressen hatte. – Im Gegensatz zu mir betrank mein Vater sich jedoch selten; das kam erst später, als er aufgrund seiner Berufskrankheit zum Frührentner wurde.

Nach dem Essen schlief ich meistens eine Weile, und am Nachmittag, leidlich ausgenüchtert, begann ich bereits, meine Garderobe für den abendlichen Diskothekenbesuch zu richten: Das rosa Rüschenhemd, die geblümte Krawatte, die Hose mit dem großen, geschlitzten Schlag, der an den Seiten mit dünnen Kettchen versehen war, die schwarzen Wildlederstiefel mit Gummizug. Dann brachte ich noch eine nervenaufreibende Stunde vor dem dreiteiligen Frisierspiegel meiner Mutter zu und kämmte und toupierte und sprayte an meinen Haaren herum, bis sie so wild und zerwühlt aussahen wie die von Keith Richards.

Doch ehe ich Pogo traf und wir uns langsam, Kneipe für Kneipe, der Stadtmitte näherten, schaute ich mir gewöhnlich eine Fernsehsendung an, die jeden Samstag ausgestrahlt wurde und die ich so gut wie nie versäumte, den »Beatclub«. Einmal abgesehen davon, daß die langhaarige Moderatorin oft der Mittelpunkt meiner sehnsüchtigen Tagträume war und mir ihre heitere Art, ohne Überheblichkeit selbstbewußt zu sein, wie ein verheißungsvolles Gegenbild der verklemmten, herrischen Vorehehälften auf meiner Jimi-Hendrix-Decke erschien, stellte ihre Sendung so etwas wie einen Ausblick in eine andere, freiere Welt für mich dar, und ich verteidigte diese Dreiviertelstunde voller Konzertmit-

schnitte und Interviews mit Klauen und Zähnen gegen irgendein »Alpenglühen« oder die »Sportschau« auf dem anderen Programm.
MISTER MOVE, in den Liedern Ihrer Band ist viel von Drogen die Rede. Ich denke da besonders an »Pistolenbrot«, »Der Durchmesser der Dringlichkeit« oder auch »Sie wanderte durch den Gartenzaun«. Heißt das also, daß Sie manchmal Drogen nehmen?
Irgendwo im Hintergrund ein blondes Kichern. Mister Move blickte seriös in die Kamera. Seine Augen waren geschminkt, und er strich sich mit Fingern voll riesiger Ringe eine Strähne hinters Ohr und schüttelte den Kopf. – Nein, sagte er, durchaus nicht. Das heißt, daß wir *immer* Drogen nehmen. Schnitt. Und VELVET UNDERGROUND, alle Musiker in schwarzem Leder, spielten mit dem Rücken zum Publikum.
Was für eine Welt, sagte meine Mutter und verschwand in ihrer Küche. Und während ich mich umzog und auf den Weg zu Pogo machte, dachte ich, natürlich mit grundverschiedener Betonung, dasselbe. – Je öfter ich die Sendung sah, desto mehr wurde mir das Wort »Underground« zur Chiffre eines Lebens hinter dem Leben, in dem man war, wie man sein wollte: hemmungslos frei. Man lebte nach der Blumenuhr und machte nur das, wozu man wirklich Lust hatte. Man nahm sich, was man brauchte, und zahlte mit seinem guten Gesicht. Männlichkeit war kein Kampfsport mehr, Weiblichkeit kein Trick und das Verlangen eine beständig summende, unterirdische Melodie. Man schlief zu jeder Zeit mit wem man wollte, und in den besten Momenten waren die Gefühle so wahr und stark, daß das Haarband eines verliebten Mädchens flußaufwärts trieb ...

Meine Facharbeiterprüfung stand bevor, ich besuchte bereits die Fahrschule, hatte mir diverse Gebrauchtwagen angesehen, träumte von einer eigenen, sturmfreien Wohnung, eigenen Möbeln, Urlaubsreisen, und witterte doch, daß diese ganz normale Lebensplanung etwas Ungutes hatte, daß »ganz normal« einen Virus enthielt, der meinen Horizont zusammenschrumpfen ließ auf die Länge der Flöz-Matthias-Straße oder die Breite eines Fernsehschirms. Während weit hinter den Kohlenhalden Mister Move vorüberzog mit seiner Band, mit den Hunden und den tätowierten Frauen.
Wir werden hier als muffige Pantoffelspießer enden, sagte ich zu Pogo, als wir durch den Regen zur »Poststation« gingen, einer Wochenenddiskothek im Wildweststil, die in einem alten Bunker untergebracht war. – Du vielleicht, erwiderte mein Freund. Ich nicht. Sobald ich ein Motorrad habe, bin ich weg! – Und dann nahm er zwei, drei Stufen auf einmal in das überfüllte Lokal hinunter, während man mich wie meistens am Eingang festhielt, um meinen Ausweis zu kontrollieren, weil ich, nun bald achtzehn Jahre alt, immer noch nicht wie sechzehn aussah.

Wolf Träger, im ersten Stock seines Einfamilienhauses, beobachtete mich durch einen Gardinenspalt hindurch, und mir fiel ein, daß er schon damals diesen schmalen, dünnlippigen, irgendwie zusammengezurrten Mund hatte, über dem ein schiefes, wie angeleimt wirkendes Bärtchen wuchs, das nun, während ich mich ausstreckte auf meiner Treppe und die Hände im Nacken verschränkte, ruckte und zuckte unter der spitzen Nase.
Eine Frau, etwas größer als er, trat zu ihm, und die

beiden übereinanderliegenden, bös starrenden Augen in dem Gardinenspalt bildeten den Doppelpunkt, hinter dem meine Geschichte weiterging.

Feuer! brüllte Theuerbrot über die Schulter und brachte es tatsächlich fertig, sich während der Fahrt auf der Autobahn – ich langte unter seinen Armen hindurch und hielt den Mopedlenker – eine Zigarette anzuzünden.
Nur mühevoll hatte ich den dicken Freund bewegen können, mit mir nach Essen zu fahren, in das damals sagenumwobene, von einem gewissen Ecki betriebene »Blow Up«; dafür ließ er sich mit einer Tankfüllung, neuen Bremsbelägen und einem Abendessen unverschämt gut bezahlen und gab mir außerdem zu verstehen, daß er mich und meinen Hang zu dieser »Hippiehöhle« wenigstens pervers fand. (Andererseits war der Hinweis, dort werde dem Gerücht nach manchmal nackt getanzt, kein unwesentlicher Grund für sein Einlenken gewesen.)
Auch in der Berufsschule, in der sich Lehrlinge aus Oberhausen, Mühlheim und Essen trafen, hatte ich immer öfter die Namen des Lokals und seines Besitzers gehört, eines »ausgeflippten« Ingenieurs: hauptsächlich von Mitschülern, die als schräge Vögel galten, weil sie die Fingernägel schwarz lackierten, sich mit Stirnbändern, Ketten oder bunten Westen schmückten und auch an Regentagen Sonnenbrillen trugen.
Die meisten von ihnen waren nicht eigentlich Arbeiter, sondern Bauzeichner und Abiturienten, die einmal Architekten werden wollten und die Wartezeit auf den Studienplatz mit einer Maurer- oder Betonbauerlehre ausfüllten. In den Pausen verwendeten sie ein geheim-

nisvolles Vokabular, sprachen von Shit, Gras und Joints, von Acid, Koks und Speed, von Flashbacks und Horrortrips, und obwohl ich mir nichts darunter vorstellen konnte, ahnte ich dunkel, daß es um Drogen ging.
Dabei wußte ich natürlich nicht, was so eine Droge überhaupt war, wie sie wirkte oder wo der Unterschied zwischen Haschisch, LSD oder Opium lag. Gemäß dem abgegriffenen Witz, das Handwerkszeug eines Maurers bestehe aus einem Kasten Bier und der Bildzeitung, kannte ich nur den Alkoholtaumel und hatte in dem überall herumliegenden Blatt gelesen, daß Langhaarige im LSD-Rausch aus den obersten Stockwerken hüpfen, weil sie sich für Paradiesvögel halten, und daß ein Haschischesser aus Gladbeck den Sozialfürsorger, den Dackel und den Wellensittich seiner Nachbarin erwürgen wollte.
Immer wieder dirigierte ich den dicken, laut fluchenden Freund in die Irre. Eine winzige Gasse am Kennedy-Platz, war mir gesagt worden, aber alle Straßen, die dorthin führten, waren größer als klein und voll edler Geschäfte, Pelzwaren, Stilmöbel, Schmuck, zwischen denen ich mir das »Blow Up« einfach nicht vorstellen konnte. Außerdem wirkte die Gegend wie evakuiert: Sonntag Abend, und selbstverständlich wußte keiner der vereinzelten Bürger, die zwischen den Schaufenstern bummelten, wo sich das verrufene Lokal befand. Nachdem wir fast eine Stunde herumgekurvt waren, hielt Theuerbrot vor einer Imbißbude, bestellte ein Bier und vertilgte bedrohlich schweigsam Pommes Frites »rotweiß«; Mayonnaise *und* Ketchup.
Ich ging am Randstein auf und ab und hauchte mir die Finger warm. Pinkeln mußte ich und entdeckte hinter

der Imbißbude, zwischen den Chromstahlfassaden eines Flugbüros und einer Teppichhandlung, so etwas wie eine Passage, kaum breiter als zwei Männerschultern, unbeleuchtet. Doch reflektierten unzählige Kronkorken und rotbraune Flaschenscherben auf dem Boden das blasse, von der Straße ein Stück weit hineindringende Laternenlicht derart funkelnd, daß ich unwillkürlich an eine Wunde, eine frische, noch glitzernde Blutkruste dachte.

Es roch so ekelerregend nach Moder und Urin in dem Schacht – ich vergaß meinen Drang. Die Wände waren von Plakatfetzen und obszönen Zeichen bedeckt, ein Schild warnte vor »unberechtigtem Aufenthalt«, und ein entferntes rhythmisches Stampfen, die Erschütterungen einer Maschine, ich spürte sie unter den Füßen.

Nach ein paar knirschenden Schritten machte der Weg einen Linksknick, und ich erinnerte, daß man in einem Kriminalfilm erst einmal den Hut um die Ecke halten würde und sah mich nach meinem Freund um, der immer noch an der Imbißbude lehnte und offenbar nicht merkte, daß ihm Ketchup über den Handrücken lief.

Das Stampfen, bei dem ich an eine unterirdische Turbine, ein riesiges Schwungrad dachte, wurde lauter, um dann jäh zu verstummen, und ich hörte ein Rascheln, ganz nah, ein Klicken wie von Gürtelschnallen, ein Prusten und Kichern, immer wieder, und blickte gebannt in die Höhe, auf den schmalen Streifen Nachthimmel über der stinkenden Passage. – Wenn ein Sternstrahl klingen würde, er klänge wie dieses Kichern hell.

Ich winkte meinen Freund herbei, legte einen Finger an

die Lippen. Hinter der Ecke befand sich eine matt beleuchtete Mauernische voll großer, verbeulter Mülltonnen; auf einer saß eine junge Frau in weinrotem Kleid und ebensolchen Schuhen aus Samt und hielt einen Mann umarmt, der zwischen ihren Knien stand und dessen Gesicht von ihren tief herabhängenden, goldglänzenden Haaren verdeckt wurde; er trug eine schwarze, an den Seiten geschnürte Lederhose und genietete Motorradstiefel.
Den Seufzern nach ging es äußerst leidenschaftlich zu hinter dem Haarvorhang, und Theuerbrot und ich drückten uns so leise wie möglich an dem Paar vorbei und traten auf eine schmale, an den Rückseiten der großen Geschäfte verlaufende Straße.
Gloria Dei! rief die Frau, und ich drehte mich um. Den Kopf ihres Liebhabers an die Brust gedrückt, winkte sie mit einer der üppig aufgeblühten, gelben Rosen, die neben ihr auf der Mülltonne lagen. – Sie heißen »Gloria Dei«, das bedeutet »Ehre Gottes«, sagte sie und warf mir eine zu. Und was machte es schon, daß dabei fast alle Blätter abfielen; das Lächeln der Schönen war selbst eine Blüte, eine Rose für Rosen, und ich schloß die Faust um den Stiel.
Vor dem »Blow Up« – der Name stand, in eine Grabplatte gemeißelt, über der dicht umdrängten Tür – hatte sich ein schnauzbärtiger Mann in einer Kunstlederjacke aufgebaut und ließ niemanden hinein. Dabei wirkte er nicht grimmig oder düster; eher schien er belustigt darüber, wie sich manche der Leute ins Zeug legten, um in das Lokal zu kommen. Die Stirnsträhne seiner kurzen Haare war mit einer Nadel befestigt.
Verstehst du, Salzburg, ich muß unbedingt jemanden treffen da drin, sagte eine Frau mit einer gewaltig

auftoupierten Lockenmähne. – Der kommt auf den Horror, wenn ich jetzt nicht zu ihm geh! – Ich verstehe, sagte der Angesprochene und rührte sich nicht vom Fleck; aus dem neonhellen Treppenaufgang hinter ihm dröhnte Musik der EDGAR-BROUGHTON-BAND, brachial. – Mensch Salzburg, Ecki hat mich immer reingelassen, da konnte es noch so voll sein. Ich will doch nur meine kleine Schwester rausholen! – Die laß man drin, sagte er, und ich sah, daß er jünger war, als er wirkte; über dem bedrohlichen Körperbau grinste ein verschmitztes Bubengesicht, in dem es übrigens zwei verschiedenfarbige Augen gab, ein blaues und ein braunes.
Du bist doch auch nur so ein bourgeoiser Pisser! schrie die Frau. – Wieso bist du eigentlich kein Bulle geworden, in deiner Bullenjacke!
Weil ich deine minderjährige Schwester gefickt habe, sagte er ruhig. Jetzt nehmen sie mich nicht mehr ... – Er wendete sich an die anderen. – Wirklich, People, haut ab, wir sind voll! In zwei Stunden muß der erste Schub ins Bett, dann ist wieder Platz, dann legt Salzburg euch den roten Teppich aus! – Und er schloß die Tür, eine Eisentür, an der das Wort »Notausgang« stand, außen.
Hör zu! rief ich dem schnaufenden Theuerbrot nach. Wir werden doch jetzt nicht das Handtuch werfen, so kurz vor dem Ziel! Bleib doch mal stehen ...
In Bahnhofsnähe, im Gebäude der Industrie- und Handelskammer, hatte ich vor einer Woche meine theoretische Facharbeiterprüfung gemacht und anschließend in einem Restaurant namens »Goldene Stadt« gegessen. Ich fand es wieder und stopfte den Freund zwei endlose Stunden lang mit Braten, Knödel, Kraut und Bier,

während ich ihn insgeheim zur Hölle wünschte, ihn und die so quälend langsam verstreichende Zeit ohne Führerschein, wobei weniger die Abhängigkeit von den Mopeds und Autos der anderen das Erniedrigende war als die satte Genüßlichkeit, mit der sie ihre Macht ausspielten, das billige Auftrumpfen mit einem Haufen Blech, der nicht einmal bezahlt war.

Vor dem »Blow Up« stand ein Campingtisch, darauf eine Geldkassette, und im Türrahmen – er schüttelte ein paar Münzen wie Würfel in der Hand – lehnte Mister Move ...
W-Willkommen! sagte er mit einer eigenartig angekratzten, hohen Stimme, und ich staunte über sein Stottern. – Sie haben r-reserviert?
Er kassierte, drückte uns Stempel auf die Hände, und ich las unter dem Namen des Lokals: »Ihr Treffpunkt im Herzen der City. Ihr Lichtblick am Arsch der Welt. Inhaber: Eckhart Eberwein.«
Bei näherem Hinsehen war dieser Mister Move freilich nur eine gute Kopie des echten, wie man ihn aus dem Fernsehen oder vom Plattencover kannte. Er schien ähnlich groß und kräftig, trug genauso massige, strohgelbe Haare und hatte sich ebenfalls Lidstriche angemalt. Doch war neben dem rechten Auge eine zwar kleine, aber unübersehbare Knastträne eintätowiert, und unter dem Schnäuzer klaffte nicht die rohe, große Klappe des Originals, dort befand sich ein schmaler, feingezeichneter Mund, der immer wieder verlegen zu grinsen schien und zusammen mit den rehbraunen Pupillen, die unseren Blicken unruhig auswichen, das Portrait eines sensiblen oder gar ängstlichen Riesen ergab. Er trug Ringe, Armbänder, Ketten, eine ge-

blümte Weste mit faserigen Fellrändern und ein Prachtstück von schwarzer Samthose, deren Beine so weit ausgestellt waren, daß unter jedem Schlag fünf Füße Platz gefunden hätten.

Aus dem Innern des Lokals fiel ein bronzefarbener Schimmer, und ich hörte Jagger wimmernd »Sister Morphin« singen; und bemerkte erst nach der dritten oder vierten Stufe, daß ich über Rosen ging, Unmengen gelber, zertretener Rosen.

Es gab keine Tische und Stühle im »Blow Up«, der hintere Teil des Lokals war ausgefüllt mit ansteigenden Sitzebenen, teppichbezogen, eine Art kubistisch verschachteltes Amphitheater aus Haupt- und Seitentreppen, Vertiefungen, Emporen und Podesten, menschenleer. Aus einem Verschlag über der Tür, wo sich wohl die Diskothek befand, strahlte ein Projektor Dias an die Wand: Vergrößerte Farbtropfen, die träge ineinanderliefen, Schlieren bildeten, Blasen warfen, eine Weile reglos blieben, um dann wie von einem Stromstoß auseinandergesprengt zu werden, und so weiter.

Die große Fläche, auf der sich ein einzelner Mann mit betrunkener Grazie bewegte, war aus polierten Metallplatten gefertigt und an den Seiten von einem Geländer begrenzt. – »Tell me, Sister Morphin ...«, wiederholte Jagger, und in einem hektisch flackernden Scheinwerferstrahl schwebte das Haar, das der Tänzer herumgeworfen hatte, wie in Zeitlupe auf die Schultern zurück, wobei ich eine Ameisenspur aus punktförmigen Blutkrusten an seinem Hals bemerkte.

Rechts neben dem Eingang befand sich der Tresen, an dem nur der Mann in der Kunstlederjacke lehnte. Über den Flaschenregalen hing ein fünf Meter langes Schild: JEDER RAUSCH TÖTET MILLIONEN GEHIRNZELLEN! –

JEDER war doppelt unterstrichen. Ich wies Theuerbrot darauf hin, und während er Wort für Wort mit ausführlicher Lippenbewegung las, stellte ich mich zu Salzburg, der nicht aufsah von seinem Kreuzworträtsel.
Razzia, murmelte er, was sonst. Haustier mit sechs Buchstaben?
Was denn für eine Razzia? fragte ich.
Isser nicht süß! Schokoladenrazzia, sagte er, und hinter der Theke lachte jemand auf; es war eine heisere, rotzige Alkoholikerlache hart am Rand des Hustenanfalls.
Hast du schon mal Vollmilch-Nuß gekifft? fragte Salzburg ins Dunkle hinein, und die Stimme sagte: Rat ich dir ab von! Vollmilch-Nuß ist die Härte. Schieß dir lieber eine saubere Ladung Kakao.
In seiner rot-gelb karierten Jacke hatte der Mann mit der Stirnglatze, der nun hinter den Flaschenreihen hervortrat, etwas von einem Clown, zumal seine knollige Nase fast violett schien. – Was kann ich für dich tun? fragte er und wies auf die Getränkeliste. Ich bestellte zwei Cola. – Sehr vernünftig. Mit oder ohne Eis? – Mit Eis. – Vanille oder Schokolade?
Nun lachte Salzburg, ein affektiertes, fast schrilles Lachen, das jäh verstummte, wie verschluckt. Er schlug mit der Faust auf sein Heft. – Haustier mit sechs Buchstaben, Scheiße!
Bist du Ecki? fragte ich den annährend vierzigjährigen Barmann, und er runzelte die blonden Brauen und warf Zitronenstücke in die Gläser. – Ich? Meier. Graf *von* Meier. Hochwasserhändler, Heiligenverleih. Beglückungen aller Art.
Theuerbrot stellte sich zu uns, zog an meinem Ärmel. – Hör mal, sagte er und nahm sein Glas entge-

gen. – Da oben steht: Jeder Rausch tötet millionen Gehirnzellen ... – Das ist richtig, mischte sich Meier ein und goß uns zwei enorme Schluck Scotch in die Cola. – Doch wo nichts ist, kann auch nichts vernichtet werden. Prost.

Rangelnd, kichernd, quietschvergnügt kamen zwei Mädchen ins Lokal und Salzburg rief: Die ersten Frontheimkehrer! Wie wars beim Kommissar? Hat er wieder Stinkefinger gespielt?

Das eine Mädchen, es trug eine sehr alte, brüchige Lederjacke und hatte sich das aschblonde Haar mit bunten Wäscheklammern festgesteckt, zeigte ihm ihre lange, schlangenhaft bewegliche Zunge, während das andere, in soeben modernen, etwas zu kurzen Cordsamthosen, weißen Socken und knöchelhohen Wildlederschuhen, geradewegs auf die Tanzfläche lief.

Dort fanden sich, Jacken und Mäntel in die Ecke schleudernd, immer mehr Menschen ein. Manche betraten sie wie Indianer oder Stierkämpfer stolz, als täten sie es nicht nur aus Vergnügen, sondern aus einer inneren, mir dunklen Notwendigkeit heraus, und fasziniert beobachtete ich, wie jeder ganz allein, völlig für sich tanzte, wobei fast alle in eine Richtung blickten, gegen die Wand. Das hatte ich bisher noch nie gesehen. Zwar lief das getrennte Tanzen in der »Poststation« auch darauf hinaus, daß jeder die ihm gemäßen, vom Partner ziemlich unabhängigen Bewegungen machte, doch wäre dort nie jemand allein aufs Parkett gegangen.

Hier dagegen schien jeder Tänzer einen eigenen Raum um sich zu haben. Man bewegte sich nicht zur, man tanzte in der Musik, sie war das Element, in dem man aufging, und niemand schielte nach den Gesten oder

Schritten anderer oder wartete, bis ein Stück anfing oder ausklang; manche tanzten auch nur mal so, paar Schritte bis zum Klo.
Dort war es voll. Man stutzte, musterte mich kurz, und dann wurden weiter Geldscheine gegen kleine, in Silberpapier verpackte Rätselhaftigkeiten getauscht.
Noch einmal füllte Meier unsere Gläser mit Whisky auf, und die ersten Töne von »Brown Sugar« drangen wie Stromstöße aus den Boxen. Von einem Augenblick zum anderen waren so viele Menschen auf der Fläche, daß ich mir vorstellte, sie wären in der Geschwindigkeit, mit der die Punktstrahler ihr Licht auf die Metallplatten prasseln ließen, aus dem Boden geschossen, geheimnisvolle Projektionen, bunte Gewächse aus einer anderen Welt.
Zwischen den Dias wurde ein Zeichentrickfilm gezeigt: Eine Katze hatte ein Elektrokabel an den Schwanz des schlafenden Nachbarhundes geklemmt und schlich nun, den Stecker in der Pfote, zur nächsten Dose. Wobei ihr entging, daß zwei Mäuse dem Hund das Kabel abnahmen und an ihrem Schwanz befestigten.
Immer wieder tanzte das Mädchen in der Cordsamthose in mein Blickfeld mit eigenartig pantomimischen Bewegungen, eine Mischung aus Geisha und Chaplin, und der Scotch begann, in meinen Schläfen zu pochen. In diesen Hosen sah jeder Frauenhintern wie ein verzauberter Pfirsich aus, vollkommen. Sie waren bieder und raffiniert zugleich. – Einerseits suggerierten Cordsamt, weiße Socken und Wildlederschuhe so etwas wie Teestunde, Kaminfeuer, Schulbücher und ruhige Gespräche zwischen Sträußen aus Herbstlaub; andererseits stellte der enganliegende, matt glänzende Stoff Po und Hüften derart einladend aus –

Die Kleine hob den Arm, strich sich eine dunkle Locke aus der Stirn, und während um sie herum die Glockenärmel indischer Hemden flatterten, Perlenketten rasselten und Mähnen geschüttelt wurden, schien sie einen unsichtbaren Bogen zu spannen und zwei, drei Lichtpfeile auf mich abzuschießen. Als ich zur Seite sah, war Theuerbrot fort. Im nächsten Moment stand er doppelt da. – Mund zu! rief die Frau in der Lederjacke und lächelte mich an. – Findest du die Greta nett?
Ich schloß die Augen, weil mir schwindelig wurde; ich konnte keinen Schnaps vertragen, genaugenommen nicht einmal riechen, und sagte: Kaffee. Einen Kaffee bitte. Dann hielt ich eine Tasse voll »Türkenteer Mokkalikör« in der Hand, Meier stieß mit seinem Whiskyglas dagegen, Eric Clapton schrie »Layla!«, und die Frau in der Lederjacke schüttelte meinen dicken Freund. – Was heißt hier *Nackttanz*, du Wichser!
Einmal baute sich Salzburg vor mir auf, er war jetzt ungefähr drei Meter breit und sein Kopf so groß wie eine Billardkugel. – Na, sagte er und grinste vergnügt: Du bist ja auch gut zu. – Alt ist alle! rief der Graf, und vor meinen Schuhspitzen tat sich der Boden auf; jemand rollte Fässer durch die Dunkelheit, silberne Fässer, in denen sich zweifellos die Musik befand, und die Frau in der Lederjacke zerrte an Theuerbrots Hose.
Na los, Piefke, dann zeig uns mal deinen Nackttanz!
Vor mir ein Gewirr aus Haaren und Händen, ich hörte Stoffe reißen, Gläser klirren, und Meier, einen Tennisschläger in der Faust, stieg auf die Tresenplatte, fluchte, beschwörte, pfiff, und als das nichts half, sprang er mitten in die Menschenmenge – die auseinanderprallte, ihn unter sich begrub und über ihm weiterkämpfte. Ich

wurde gegen die Wand mit der Diaprojektion gedrängt, große grüne Tropfen liefen an mir herunter, und die Frau in der Cordhose fragte traurig: Hast du ein Auto?
Ich verneinte. Sie ließ eine Weile wortlos verstreichen. – Aber ich habe ein Piece. Wollen wir einen durchziehen gehen?
Weder wußte ich, was ein »Piece« war, noch was »einen durchziehen« bedeutete – es war auch egal; Hauptsache wir verschwanden aus dem Gerangel.
Sie führte mich über eine Wendeltreppe in den Verschlag, in dem sich die Diskothek befand, und ich sah mich noch einmal nach Theuerbrot um. Er stand etwas abseits auf der Tanzfläche, ein Ärmel der Windjacke war bis zur Schulter hoch eingerissen, und neben allen Hemdknöpfen fehlte auch der Hosengürtel. Armer dikker Freund. So wie er sich und seine Kleidung zusammennahm, sah es aus, als hätte er Angst, jeden Moment zu einem Haufen Kraut und Knödel zu zerfallen.

Der Mann, der uns nach einem erfreuten, rauchigen: Hallooo! mit einer Handbewegung einlud, irgendwo auf dem Boden oder der Pritsche voller Schallplatten und Filmrollen Platz zu nehmen, war Schnuff, wie ich erfuhr. Außer langen schwarzen Haaren und einem Schnäuzer, der so buschig war, daß er die gesamte Mund- und Kinnpartie verdeckte, hatte er sehr große, hervorquellende Augen und schien ein wenig energielos und krumm. Er trug Pantoffeln an den Füßen, karierte Filzpantoffeln, und als Greta ihm ein kieselgroßes, braunes Klümpchen unter die Nase hielt, sagte er nur Ahaaa! Höhö! und widmete sich wieder seinen Plattenspielern.

Faszinierender als die konzentrierte Fingerfertigkeit, mit der sie den Joint baute, fand ich Gretas Gesichtsausdruck, den fast priesterlichen und doch erwartungsfrohen Ernst darin, als würde hier kein Gesetz gebrochen, sondern eines erfüllt, und während sie die »Tüte« oben zusammenzwirbelte, eine kleine, erregende Bewegung mit Daumen und Zeigefinger, sah ich sie zum ersten Mal lächeln. Entzückend. – Hast du Feuer? – Schnuff, der gerade eine Filmrolle wechselte, fuhr herum. – Ich? Nie!

Aber ich hatte Streichhölzer, und schon war der Verschlag von einem dicken, süßlichen Qualm erfüllt, der mir sofort auf den Magen schlug. Gebannt beobachtete ich, wie Greta den Joint in beiden, scheinbar sehr kompliziert miteinander verflochtenen Händen hielt, während sie geräuschvoll an einer Öffnung zwischen den aneinandergelegten Daumen saugte, und ich sah sofort, daß mir das so fachmännisch nie gelingen würde. Doch rauchte Schnuff das Ding wie eine gewöhnliche Zigarette, und ich machte es ebenso. Den Hustenanfall bekam ich aber erst nach dem zweiten Zug.

Wir hockten auf dem Boden, und ich lauschte gespannt in mich hinein. Der Druck auf Magen und Darm wurde stärker, doch ließ er sich noch ignorieren. Quälender waren da schon die Stiche im Hals, das sandige Gefühl im Mund, und ich griff nach dem Bierglas. Als ich es aber an die Lippen gehoben hatte, wußte ich nicht mehr, wozu und stellte es wieder weg. In meinem Kopf schwirrte es nun von angefangenen, abgebrochenen Gedanken, und ich bemerkte, daß Greta mich beobachtete mit wasserhellen Augen. – Es ist verrückt, murmelte ich, wer hätte in dieser kurzen Zeit, ohne vorher

jemals ... Was wollte ich sagen? Sie gab mir ein Glas Cola, und ich trank einen Schluck; das Süße darin war gut, doch das Bittere schmeckte chemisch böse.
Ich legte den Kopf auf ihren Schoß, und obwohl ich die Lider schloß, sah ich nichts. Doch die Musik wurde unerhört, Silber sang, ein Feuer knisterte – und endlich der Gitarrenton! Ich wollte wohnen in dem Gitarrenton ...
Dann schlief ich ein.

Von hämmerndem Kopfschmerz geweckt, lag ich allein in dem Verschlag und fühlte Hunger, ungeheure Lust auf Süßes.
Ich blickte durch ein schmales Fenster, kaum mehr als eine Scharte, ins Lokal. Es war neonhell erleuchtet. Fünf große Kühlschränke wurden abgetaut, auf der Tresenplatte standen Unmengen schmutziger Gläser, und überall lagen Bierdeckel, zerknüllte Zigarettenschachteln und Scherben herum. Mister Move, unter der schrägen weißen Wand, schob einen Besen vor sich her: Als kehrte er Fetzen des Films zusammen.
Fegend sprach er auf jemanden ein, doch da die Luken für die Projektoren überglast waren, verstand ich kein Wort, nur den Ton, das Erklärende und Beteuernde darin.
Der Mann, der ihm zuhörte und sich dabei in einem Wandspiegel betrachtete, war um fast eine Kopfhöhe kleiner als er und trug das schulterlange Haar zurückgekämmt, ölige Wellen. Ein schmuddeliges Rüschenhemd und ein Nadelstreifenanzug gaben ihm das Aussehen eines Zigeuners, und sein Grinsen war dünn wie die Trennungslinie zwischen Bosheit und Ironie.

Mit Fingern voller Ringen – darunter ein riesiger Plastikrubin – strich er die Haare an den Kopfseiten glatt und fand sich, sein schmales Gesicht mit der Olivenhaut, dem kleinen Mund und der fast edel gebogenen, wohl einmal gebrochenen Nase fraglos schön; doch genau diese Eitelkeit sowie die Augen, die eine Spur zu eng beieinanderstanden, machten ihn abstoßend.
Vermutlich hatte er einen Witz gerissen: Gelächter, mordsmäßig, drang herauf und bedeutete mir, daß da noch Männer standen unter dem Verschlag, im Eingang des »Blow Up«.
Ehrlich, Richie! rief Mister Move. – Ich weiß es nicht! Ecki w-will ...
Quer über die Tanzfläche, die wie Glas klang unter seinen Absatzeisen, lief der andere auf ihn zu, packte ihn beim Kragen, zerrte an seinem Gürtel und steckte ihm, spöttischer Kußmund, kräftiger Ruck, eine Hand in die Hose. Da der Bedrängte ihn abwehren wollte, stieß Richie, er hob sich etwas auf die Zehen, den Kopf vor, und der blonde Schnäuzer war rot. Der Verletzte taumelte gegen die Filmwand.
Und wieder – als er an den Geldscheinen roch, die er zwischen Moves Beinen hervorgezogen hatte –, wieder lachte man unter mir, und der Mann, mit seinen Leuten, verschwand.
Schließlich wagte ich mich aus dem Verschlag.
Ich fand den Blutenden vor dem Lokal. Der Morgen graute, Zeitungsboten radelten vorbei, und erste zittrige Sonnenstrahlen drangen zwischen den Kaufhausblöcken hindurch bis an den Rinnstein und zuckten vor einem Stück Stanniol zurück.
Du solltest die Finger von den Drogen lassen, sagte er, als ich mich zu ihm auf die Stufe setzte. – Euer Zeug

gestern – er schniefte, betupfte die Nase –, euer Shit war die Härte. Getrocknete Schuhcreme, fünfzig Prozent.

In den folgenden Wochen, während ich Stein um Stein aneinanderfügte, verwandelte sich dieser kurze Besuch im »Blow Up« zu einer Nacht im Fegefeuer – einem unbarmherzig leuchtenden Feuer, das meinem Alltag mehr und mehr Schatten aufsteckte und alles Kümmerliche, Begrenzende, Engstirnige darin deutlicher hervorhob, als mir guttat. Immer gleich gereizt, konnte ich plötzlich nicht mehr in die »Poststation« gehen; dieses Freizeitritual, die Kraftmeierei, mit der man sich kübelweise Bier in den Rachen schüttete, sowie der Puder- und Parfümgeruch der Püppchen im Boutiquenchic widerten mich nur noch an. Außerdem kamen mir neuerdings die Tränen, wenn Roger Daltrey mit jener Emphase, als würde er dabei sein Hemd zerreißen, »I'm free!« aus irgendeinem Lautsprecher schrie; und wenn ich mitsang, hatte ich das Gefühl, daß nur meine Lippen sich bewegten, während der Körper steif stand wie Stein.
Dabei war das »Blow Up«, so wie ich es erlebt hatte, beträchtlich hinter meinen Erwartungen zurückgeblieben. Der Säufer Meier, der Rausschmeißer Salzburg zum Beispiel, diese Typen hätten genausogut in der »Poststation« arbeiten können; und die Massenschlägerei vor dem Tresen entsprach auch nicht unbedingt meinem Bild von Freaks und Blumenkindern. Trotzdem lag, ja zitterte dort etwas in der Luft, etwas faszinierend Unerklärliches, ein Erregungsfaktor, der allen Besuchern eine Art Aura verlieh und mir einflüsterte, jeder Tanzschritt, jede Geste, jedes Wort bedeuteten

eigentlich etwas anderes. In Amerika hätte ich gesagt, der Laden stand auf einem ehemaligen Indianerfriedhof.

Kühl wurde es auf den Ziegeln, die fast zwanzig Jahre ältere Prostata protestierte, und ich fragte mich, ob ich Wolf Träger und dem Schatten seiner massigen Ehehälfte hinter der Gardine noch schnell den New Yorker Ghettogruß, das mittlerweile auch in bürgerlichen Kreisen bekannte »Fuck You!«-Zeichen bieten sollte, bevor ich aufstand ...
Da verstellte mir ein langsam heranrollender, jäh abgebremster VW-Bus die Sicht, und die beiden Insassen blickten mich neugierig an – nicht lange, aber Polizeisekunden sind auf meiner inneren Uhr Minuten, und ich tastete bereits nach dem Personalausweis; ließ das aber, als mir einfiel, die Ordnungshüter könnten das für ein Tasten nach der Waffe halten. (Obwohl die Tragödie, die ich mir unweigerlich vorstellte – mein Tod auf den Stufen, dem Jugendwerk –, nicht ohne Poesie gewesen wäre.)
Eine Frau stieg aus, kam mit sportlich federnden Schritten auf mich zu, die blonden Fönwellen zu beiden Seiten ihres Käppis schwebten auf und nieder, und ich täuschte mich nicht: Sie lächelte. Es war ein unzweifelhaft freundliches, ja herzliches Lächeln – Vielleicht wollten sie nur nach einer Straße fragen? –, und ich gestattete mir die Feststellung, daß die Uniform an den undienstlichen Stellen recht nett ausgefüllt war.
Die Hände an den Hüften, blieb sie vor mir stehen, wortlos; ich sah eine vage Trauer, eine Art inneren Schatten in dem klugen, mütterlichen Gesicht und zwei

Eheringe am rechten Goldfinger. – Na, sagte sie schließlich und legte den Kopf schräg: Ich möchte mal wissen, wann es bei dir funkt!
Virtuose im Vergessen, entfällt mir doch selten der Klang einer Stimme ... Die Haare der Frau schienen gefärbt zu sein, auch der Mund war längst nicht so voll, wie der Lippenstift vormachte, und ich stand auf und umfaßte ihre Hand. – Heiliger Bimbam, ich werd verrückt! Lilly! Du? *Du* bist Bulle geworden? – Ich erschrak und sagte schnell: Pardon! Polizist?
Sie blickte ernst, doch nicht ohne Nachsicht. – Politesse, sagte sie. Hab mich verändert, was? Älter geworden, oder? Dabei habe ich *dich* sofort erkannt, trotz dieser Brille. Aber ich wußte, daß du hier bist, wir hatten die Sterbeurkunde von deinem Vater auf dem Tisch. Ein Jammer, nicht? Mein Gott, dieser Pütt schafft sie alle.
Wir schwiegen, drei zivile Sekunden. – Und wie gehts in Berlin? War auch mal da, vor Jahren. Mit dem Kegelverein.
So lala, sagte ich und suchte vergeblich nach einem Funken Frivolität in ihren Augen, nach der Erinnerung an unsere hitzigen Gemeinsamkeiten oder der Bereitschaft zu einem Abendessen, in Uniform. Immerhin, wer kann schon von sich behaupten, daß ihm eine Polizistin die Pickel ausgedrückt hat. – Sie habe früh geheiratet, erzählte sie, ihr Mann, ein Bergmann, sei unter Tage ums Leben gekommen, und die beiden Kinder befänden sich auch schon in der Lehre und die meiste Zeit außer Haus, nun ja, und eines Tages stand eben diese Annonce in der Zeitung, »... Ihre Polizei«. Der Job sei jedenfalls nicht langweilig, und in gewisser Weise könne sie vieles von sich einbringen. – Und das

mit dem Kegelverein, fügte sie hinzu, denk bloß nicht, das ist so ein Stammtischkram. Kampfkegeln natürlich!
Natürlich, sagte ich und lächelte wie mit einem Messer zwischen den Zähnen. Wir gaben uns die Hand. – Tja, mach's gut, ich muß was tun. – Großeinsatz, fragte ich. – Ach wo, wir sind doch nicht in Kreuzberg. – Sie wies auf Trägers Haus. – Die haben uns gerufen. Hier soll irgendwo ein verdächtiges Individuum herumlungern. Hast du was gesehen? – Ich stieg auf mein Fahrrad, schüttelte den Kopf. – Na, dann werd ich mal da drüben fragen, sagte sie, winkte noch einmal und ging über die Straße.

Du hast ein Auto? – Ein Anflug von Heiterkeit huschte über Gretas Gesicht, ein Glitzern belebte ihre grauen Augen, und dann saß sie auch schon neben mir und drehte an den Radioknöpfen.
Ich hatte mir einen orangefarbenen »NSU Prinz 1000« gekauft, kompakt, recht schnell, nicht mehr Sport- und noch nicht Familienwagen, und war gleich am ersten Tag bis nach Paris gerast, wo ich zwei Stunden auf den Autobahnringen herumirrte, ohne ins Zentrum zu finden –
Ein flackerndes Laternenlicht schien durch die verregnete Windschutzscheibe und projizierte Wasserzeichen auf Gretas Wange, während sie vorgebeugt nach dem richtigen Sender suchte und offenbar nicht bemerkte, daß ich die Sitze per Knopfdruck zu Liegen machte. Ich hatte das Auto vor dem »Blow Up« geparkt, halb versteckt unter Laderampen, und wenn der Wind die Zweige einer Akazie vor die Laterne wehte, wurde es vollends dunkel im Wageninnern, und ich sah nur noch

den schwarzblauen Schimmer von Gretas Cordsamthose.
Endlich hatte sie den Sender gefunden, ein Violinkonzert, und streckte sich mit einem Uff! auf dem Sitz aus. Es war das erste Mal, daß wir ungestört beisammenlagen, und sie hielt sich eine Hand vor den Mund und kicherte; dann blies sie die Backen auf, öffnete den obersten Hosenknopf und sagte: Verdammt, ich kann doch mit achtzehn Jahren noch nicht dick werden!
Ich legte meine Hand auf ihren Bauch und fühlte keine Spur von Fett. Die Haut war straff, von einer nahezu unwirklichen Glätte, und erinnerte mich ein wenig – ich weiß, es ist gemein – an die Schwimmtiere meiner Kindheit, dieses Gummizeug. Doch waren ihre leidenschaftlich geschwungenen Lippen so überraschend zart und warm, daß ich alle Kraft zusammennehmen mußte, ein jäh in mir aufsteigendes Stöhnen zu unterdrücken und jede meiner zwar spärlichen, doch harten Bartstoppeln wie einen Vorwurf, einen brennenden Stachel im Fleisch empfand. So war ich zärtlicher als ich sein konnte; ich zitterte vor Anstrengung.
Und Greta? Sie starrte gegen die Decke, die Kunststoffbespannung, die man bekanntlich Himmel nennt, und schien nicht zu atmen. Ihr Herz schlug wohl gerade woanders. Die Zähne schimmerten feucht, ein Regentropfen, hereingetragen, rann über eine Locke, verschwand hinterm Ohr, und ich wehrte mich gegen die Vorstellung, eine Wasserleiche zu küssen.
Als ich meine Hand unter ihrem Pullover hervorzog, reagierte sie mit einem Wimpernschlag; das Laternenlicht erlosch, dicke Schneeflocken klatschten gegen die Scheiben. – Willst du mit mir schlafen? fragte sie. Es klang so betrübt, als hätte die Dunkelheit selbst gespro-

chen, und ich tastete nach meinen Zigaretten und schüttelte den Kopf; dann bedachte ich, daß sie mich nicht sehen konnte und log noch einmal in beruhigendem Ton: Nein, keine Angst. Ich will nicht mit dir schlafen ...
Sie stieß die Luft aus, lange, richtete den Sessel auf, knöpfte sich die Hose zu und öffnete ein Fenster. – Schade, sagte sie, und irgendwo zerklirrte Glas; eine weltberühmte Violine machte eine quietschende Vollbremsung, und ich konnte die verdammten Zigaretten nicht finden.
Gegenüber wurde die Eisentür aufgestoßen, Rauch puffte hervor, als würde Überdruck abgelassen, ein Mann im Parka trat auf den Bürgersteig. Greta steckte den Kopf aus dem Fenster, rief einen Namen, den ich nicht verstand, und der Mann kam ans Auto und kramte etwas aus seinen Taschen hervor; die Lederhose, an den Seiten, war geschnürt.
Schon ging er wieder, und Greta drehte sich um und lächelte mich an; eine Schneeflocke schmolz an ihrer Wimper, und zwischen den Zähnen glitzerte eine kleine, in Silberpapier gewickelte Rätselhaftigkeit.
Dann machen wir halt eine Reise, sagte sie und bat mich, das Innenlicht einzuschalten. Aus der Tasche ihres Dufflecoats zog sie einen Spiegel und zwischen den Seiten von Hermann Hesses »Demian«, den sie bei sich trug, eine Rasierklinge hervor. Sie öffnete das Briefchen, und es war leer; jedenfalls sah ich nichts, auch nicht, als sie vorgab, den Inhalt auf den Spiegel zu schütten. Erst als ich mich tiefer darüberbeugte, bemerkte ich einen blaßbraunen Krümel, kleiner als eine Liebesperle, und Greta hob die Hand, schützte ihn vor meinem Atem. Sie zerschnitt den Winzling in zwei

Hälften, tupfte eine mit der feuchten Fingerspitze auf, steckte sie mir in den Mund; die andere schluckte sie und leckte schließlich den Spiegel ab, wobei sie mir starr in die Augen blickte.

Ich hatte nichts gemerkt, geschweige denn gefühlt und wartete vergeblich auf einen Schwindel im Kopf oder einen Druck in der Magengegend. – Was haben wir denn nun eingeworfen? fragte ich, als wir die Stufen ins »Blow Up« hochgingen. – LSD natürlich, sagte Greta, einen Micro! Dann ließ sie mich stehen und umarmte die Frau in der Lederjacke.

Da ich wegen des neuen Autos etwas Urlaub genommen hatte, erlebte ich das Lokal zum ersten Mal an einem gewöhnlichen Wochentag. Es war fast leer; an der Theke lehnten ein paar Rocker und verfolgten gespannt, wie Graf Meier ein Glas auf der Stirn balancierte, ein randvolles Champagnerglas, und auf der Tanzfläche schwankte eine klapperdürre Frau und versuchte, in einen Lichtstrahl zu beißen ...

Bist du drauf? fragte Greta, als sie zum Zigarettenautomaten ging, und ich zuckte mit den Schultern. – *Wo* drauf? fragte ich verärgert, denn so angestrengt ich auch in mich hineinhorchte, seit einer halben Stunde fühlte ich nur kalte Füße und fragte mich schon, ob dieser Tripsplitter nicht noch irgendwo zwischen den Zähnen steckte. Ich ging an die Bar, verlangte ein Bier, und Graf Meier stellte das Glas auf den Geldschein, den ich ihm hingelegt hatte, und schob beides über den Tresen.

Zwei Rocker küßten sich, fuhrwerkten einander mit dicken Zungen in den Mündern herum, ich wendete mich ab. Schnuff, in seinen Filzpantoffeln, kam aus der Toilette und legte mir eine Hand auf die Schulter. – Mal wieder einen netten Abend machen? Damals warst du ja ganz schön im Arsch, höhö!

»Ruckzuck« von KRAFTWERK erklang, einige Leute liefen auf die Tanzfläche, und eine Frau drehte sich so abrupt nach mir um, daß ihr das Haar ins Gesicht flog, goldblondes Haar, und ich nur das schwarzumtuschte Glänzen ihrer Augen sah. Schnuff bat mich um Feuer, und ich erzählte von dem Trip, dem allerersten LSD-Trip meines Lebens und dem entnervenden Warten auf Wirkung... Er stieß seinen Rauch aus und nickte.

Genau darum stellt sie sich nicht ein, sagte er, warf das Streichholz fort, und ein Pullover, der neben Handtaschen und Mänteln auf dem Boden lag, fing augenblicklich Feuer; es loderte hoch, als wäre er mit Benzin getränkt. Schnuff griff sich an den Mund. Auch ich war starr vor Staunen, und Graf Meier stürzte hinter der Theke hervor und trampelte die Flammen aus.

Danke! sagte Schnuff, immer noch verwundert, und wendete sich wieder an mich. – Du darfst nicht lauern, verstehst du. Ein Trip ist wie die Liebe, er kommt, wenn du nicht daran denkst. Gedanken sind Grenzen, Mann, wenn du auf ihn wartest, stehst du vor einem Wall. Geh tanzen, unterhalte dich oder sieh dir einen guten Film an. Und vergiß alles, was du bisher an Räuschen erlebt hast, warte nicht darauf, betrunken zu werden. Ein Trip ist anders, ein Trip ist unbeschreiblich, Mann! Die Reise geht nach innen...

Während er sprach, hatte ich das Gefühl, daß seine Stimme immer tiefer wurde, besonders das wiederholte *Mann* hallte mir von Mal zu Mal dunkler in den Ohren, als würde es durch ein langes Rohr gerufen, und ich sagte etwas, das ich selbst nicht verstand. Oder hatte ich nur die Lippen bewegt? Jedenfalls lächelte Schnuff – ich staunte, wie rein und weiß seine Zähne hinter den Schnurrbartfransen waren – und zeigte mit dem Finger auf mich, als wäre ich nun ertappt. Weiß Gott, wobei.

»Mother Sky« von CAN wurde gespielt, eine schnelle und doch völlig gelassene Musik, deren Spannkraft jeden Raum verwandelte; das schäbigste Zimmer entpuppte sich als Heiligtum, und nichts mehr, nicht einmal das Zubinden eines Schuhs schien gewöhnlich, solange sie erklang.

Das Lokal war voller geworden. In dem Zeichentrickfilm an der Wand raste eine Katze aus Blitzen im Kreis herum, und auf der Tanzfläche, in dem Augenblick, in dem ich einen nie erlebten, von meinem Unglauben immer wieder zurückgedrängten, schließlich übermächtig sanften Glutstrom in der Brust fühlte, schienen alle vorhandenen weißen, bernsteingelben und roten Scheinwerferstrahlen von den Spiegelchen auf dem Kleid jener blonden Frau reflektiert zu werden. Bei jeder Bewegung, jedem Atemzug entstand ein unfaßbares Geglitzer und Gefunkel auf dem goldbestickten Brustteil, und ich biß mir auf die Lippen vor Angst, es könnte gleich wieder vorbei sein. Die Frau hielt die Augen geschlossen, den Kopf im Nacken, das Haar hing lang herab, und plötzlich – alle Tänzer in tiefgrünem Licht – sah ich einen Algenwald, das träge Wehen in der Strömung.

Ich unterdrückte ein hell in mir aufsteigendes Lachen und vermied es, die Umstehenden anzuschauen; ich kam mir etwas albern vor. Aber dann wurde es unbezwingbar, und mein Gesicht, als wären die Kiefergelenke mit Honig geölt, verzog sich vor Glück. »Strawberry Fields« erklang, und nun lächelte auch die blonde, verträumt tanzende Frau zur Decke hoch, und ich wußte einen Lidschlag lang, worin das Geheimnis des »Blow Up« bestand.

Jemand bat mich um eine Zigarette, und ich gab sie ihm. Er fragte, wo in der Nähe eine Imbißbude war, und ich beschrieb ihm den Weg dorthin. Alles schien wie immer und war doch seltsam zauberhaft. Ich hatte einen Rausch, ohne zu torkeln und ohne flaues Gefühl. Mein Verstand war offenbar klar und ich in der Lage, deutliche Sätze und präzise Wegbeschreibungen zu äußern. Niemand sah mir irgend etwas an, und in dem Licht, das aus der halboffenen Toilettentür fiel, betrachtete ich meine Hand. Sie war sauber und zitterte nicht, eine ganz normale, schmucklose Hand. Doch wenn ich wollte, konnte ich kopfüber in eine der vielen Poren springen und für immer darin verschwinden.

Ich suchte mir einen Platz in der Teppichlandschaft. – Fühlst du das auch, fragte ich, als ich mich neben Greta legte. – Es kommt mir vor wie eine Lichterschrift ... – Das ist das Geheimste, murmelte sie, ohne die Augen zu öffnen, und ich weiß nicht mehr, was sie sonst noch sagte; es war nicht wichtig.

Auch ich schloß die Augen und überließ mich dem Flackern der Bilder und Sätze im Kopf, und von allen blitzartigen Einsichten und Visionen ist mir nur noch eine im Gedächtnis: eine schlangenartig bewegte, vom Musikrhythmus durchzuckte, unübersehbare Reihe von Parkuhren. Ja, Parkuhren, und langsam löste sich der Bürgersteig von seinem Grund und flatterte wie ein Band ins All, ein breit wallendes Band, an dessen Ende ich stand und eine Zigarette rauchte.

Als Greta mich bat, sie nach Hause zu fahren, stellte ich fest, daß ich den Autoschlüssel verloren hatte. Eine Weile krabbelten wir kichernd auf den Treppen und Podesten herum, tasteten einander ab und vergaßen immer wieder, was wir suchten. Dann sprach Greta Salzburg an, und er begleitete uns zum Auto, zog seine Haarnadel über der Schläfe hervor und öffnete die Tür damit, lautlos und schnell wie mit einem Schlüssel. Auch den Motor zündete er so, und ich fand das überhaupt nicht seltsam. Es war der Trip. Weil *ich* LSD geschluckt hatte, konnte er Türen und Schlösser mit dieser Nadel öffnen, klar.

Greta wohnte in Haarzopf, wo es noch Äcker und Chausseebäume gab. Die Wirkung der Droge dauerte an, doch ich fühlte mich wohl und sicher hinter dem Steuer, blieb in meiner Spur, übersah keine Ampel und machte sogar eine erfolgreiche Vollbremsung. Ein Hase. Doch trotz meiner korrekten Fahrweise fauchte an jedem Auto hinter mir die Lichthupe auf, die Reflexe im Spiegel waren wie Schläge ins Gesicht, und ich fragte mich, was diese Menschen von mir wollten. Greta, die bis zum Kinn in ihrem Dufflecoat versunken war, lächelte. Du bist denen nicht rasant genug, sagte sie, und ich sah auf das Tachometer: Ich fuhr, auf der Schnellstraße, nicht einmal dreißig.

Vor ihrem Elternhaus sollte ich warten, und nach einer Ewigkeit, die alle möglichen Farben hatte und wie im Flug verging, brachte sie mir eine Platte heraus: »Atom Heart Mother« von PINK FLOYD. – Gleich hören! sagte sie.

Auf der Autobahn nach Oberhausen bemühte ich mich, wenigstens sechzig Stundenkilometer zu fahren, was mir halsbrecherisch schnell vorkam; doch wenn ich aus einer längeren, konzentrierten Geistesabwesenheit heraus auf das Tachometer blickte, zeigte es schon wieder dreißig Grad, und ich kurbelte das Fenster herunter und genoß die kühle Brise.

Zu Hause legte ich die Platte auf und vertiefte mich lange in das Cover, die Schwarzweißaufnahme einer Wiese, auf der ein paar Kühe lagerten, nichts sonst. Aber wie genial war das, dachte ich, während ich »Alans Psychedelic Breakfast« hörte, wie ungeheuer genial! Eine Wiese, wie es am Rand jeder Stadt hunderte gab, krumme Zaunpfähle, Stachel- oder Elektrodraht, ein paar Bäume und Büsche und ein Dutzend ruhig lagernder Kühe – einfach genial! Durch die grobe Körnung des Fotos entstand eine etwas diesige Atmosphäre, und der hellere Fleck im Hintergrund – war das nun Sonne oder eine ferne Explosion? Und wie allein die Tiere den Betrachter ließen, wie hemmungslos friedlich sie dalagen, nichts taten, von nichts Notiz nahmen und doch *alles* sagten. Genial. Hatte überhaupt jemand eine Ahnung, daß in so einer grundguten Kuh die Hölle los war?

Ich kramte mein letztes Berichtsheft hervor, in dem es noch einige freie Seiten gab. Als Lehrling mußte man solche Hefte mit Bauzeichnungen, statischen Berechnungen oder Mischungsverhältnissen von Betonarten füllen; doch war ich seit einiger Zeit Facharbeiter und versuchte nun festzuhalten, was eigentlich in mir vorging, seit Greta diesen winzigen Kern mit der Rasierklinge gespalten hatte ...

Nicht einmal in groben Zügen gelang es.

Aber es gab ja auch keine groben Züge mehr, alles war unendlich feinfaserig, abgründig, labyrinthisch geworden, die Grenzen verwischten, Sprache zerfiel, und am folgenden Morgen, noch im Nachgefühl der Droge, stand ich frierend auf dem Gerüst, starrte über die Baustelle hinweg ins Weite und malte mit dem Finger Ornamente in den Schnee, der dünn auf Stein- und Kantholzstapeln lag.

Als Begriff für diese seltsame Erfahrung fiel mir immer öfter das Wort *Seele* ein, das ich bis dahin allenfalls spöttisch verwendet hatte. – Mit meinen Freunden, den Akkordarbeitern, Fußballfans und Autonarren, über so etwas wie Seele zu reden, hätte ungefähr dasselbe Gelächter hervorgerufen wie das Eingeständnis, daß man Intimspray verwende ... Hunger, Durst und Geilheit, das war die Skala der Gefühle, Zwischentöne gehörten in die Hitparade. Und doch: Wenn ich mir angesichts der Vorgänge in meinem Innern sagte: Das muß meine Seele sein!, hatte ich die beglückende Empfindung, schon kraft dieser Worte eine neue Dimension zu gewinnen.
Aber was genau war das? – »Todesschützin: Er trampelte auf meiner Seele herum!« oder: »Entsetzte Nachbarn: Amokläufer immer Seele von Mensch gewesen!« stand sogar in der Bildzeitung. Es schien also nichts Alltäglicheres zu geben als die Seele, jeder wußte von ihr, alle fühlten sie in sich, nur mir war sie ein Fremdwort und stand nicht mal im Fremdwörterduden.
Mein Freund Pogo tippte sich an die Stirn. – Alles was du in der Schüssel hast, ist Seele, sagte er. Was denn sonst? – Doch das war mir entschieden zuwenig. Was da in mir herandämmerte, hatte nicht nur mit meinem Kopf, es hatte ganz entfernt auch etwas mit dem allerersten klaren Samen in der Pubertät zu tun und dem Erlebnis, daß es in der eigenen Straße plötzlich ein

Echo gab, weil die Giebelwand des Neubaus fertig war.

Träum nicht! sagte einer der beiden Maurer, mit denen ich auf dem Gerüst stand. Er spannte die Schnur eine Lage höher, und während wir Stein um Stein aneinanderreihten, erzählte er, daß die Ehe seines Bruders nun endlich geschieden worden sei. Wegen seelischer Unverträglichkeit, fügte er hinzu, und ich horchte auf.

Aber als ich fragte, was das sei, seelische Unverträglichkeit, nahm Rudi ihm die Antwort ab. – Paß auf: Sein Bruder hat einen viel zu langen Sack, so ein richtiges Gehänge. Und nach jedem Beischlaf fragte ihn die Frau: Haben wir nun gefickt, oder hast du mir den Arsch gehauen? Auf die Dauer hat ihn das eben seelisch geknickt, verstehst du? – Er schlug mir auf die Schulter, daß es schmerzte, und in der Kälte klang seine Lache doppelt schrill.

Ich fragte mich, ob dieser Rudi eigentlich eine Seele besaß, und hatte Schwierigkeiten, mir etwas, das ich mir so hauchzart wie Perlmuttglanz dachte, in diesem blutunterlaufenen Fettklops vorzustellen. Besonders an den Montagen, in den Pausen, wenn er sich furzend auf der Bank neben dem Ölofen ausstreckte und die Brotdose unter den Kopf legte, um eine Viertelstunde zu schlafen, wenn sich sein zweites Kinn über das erste schob und ich den schurkischen Kindermund, die geplatzten Äderchen, das ganze durchsoffene Wochenende in seinem Gesicht betrachtete, wurde mir Rudi zum Inbegriff dessen, was ich nicht sein und werden wollte, eine panierte Schweineseele. Und er witterte das. – Was glotzt du mich so an, sagte er, ohne die Augen zu öffnen. – Willst du ein Foto?

Einem Säufer wie ihm war natürlich sofort aufgefallen,

daß ich seit einiger Zeit kein Bier mehr trank – seit dem ersten Trip fand ich den Alkoholrausch nur noch barbarisch, betäubend, dumm –, und da Rudi bereits am Fusel hing wie ein Fisch am Haken, war ihm jemand, der das Trinken einfach lassen konnte, ein unerträglicher Anblick. Immer wieder lud er mich zu einer Flasche ein, stellte sie geöffnet vor mich hin und sagte: Prost, Genosse. Ein Mann ohne Bauch ist ein Krüppel!
Einmal, als ich das Bier wieder dankend abgelehnt hatte, trommelte er mit seinen Wurstfingern auf dem Tisch herum und sah mich lange drohend an. Ich öffnete meine eigene Flasche, demonstrativ, und während ich trank, erwiderte ich seinen giftigen Blick und merkte erst nach dem zweiten Schluck, daß er mir Schnaps in den Saft gemischt hatte.
Morgens entdeckte ich nun manchmal doppelte Knoten in den Ärmeln oder Hosenbeinen meiner Arbeitskleidung, Handschuhe oder Helm waren an die Wand genagelt oder meine Gummistiefel mit erstarrtem Mörtel gefüllt; in den Pausen kontrollierte ich vorsichtshalber den Belag, ehe ich ins Butterbrot biß, und eines Abends fand ich eine halbverweste Maus in meiner Seifendose.
Tu ihm halt einen Trip ins Bier, sagte Greta gelangweilt. Dann landet er in der Nervenklink, und du hast Ruh.

Am ehesten leuchtete mir Claudias Erklärung ein. – Seele? sagte sie und stopfte das Geld unter die Schlüpfer im Schrank. – Du stellst Fragen. Was Seele ist, erfährst du erst, wenn du liebst, mein Junge ...
Das schien es zu sein: Ich liebte! Aber ich wußte nicht, wen – und wollte es auch gar nicht wissen. Eine Liebe

ohne Gegenüber ... Und was war demnach die Seele? Das Herz meines Herzens vielleicht?
Claudia, in einem Morgenmantel, der wie ein Tigerfell gemustert war, ging im Zimmer umher und staubte die Möbel ab. – Hast du deinen Moralischen?
Ich richtete mich auf und zog eine Zigarette aus einer der vielen, von ihren Freiern dagelassenen Schachteln, zuckte mit den Schultern. Was sollte ich sagen. Seit jenes neu erwachte Etwas mein eher diesiges Innenleben in ein nervöses Wetterleuchten verwandelt hatte, als würden alle Persönlichkeiten, die mir in dieser Zeit noch möglich waren, hitzig durcheinanderflackern, war mir immer öfter zum Schreien zumute.
Jede Eindeutigkeit zum Teufel, alles kam mir falsch und verlogen vor, nirgendwo Halt. Wenn ich manchmal auch klarer sah, als ich es sagen konnte – diese neue, schärfere Sicht schien sich gegen mich selbst zu richten wie eine zersetzende Strahlung. Ich wußte nicht, was mir fehlte, und hatte keine Ahnung, was mir helfen konnte; nur Musik linderte meine rätselhaften Leiden, besonders die von den Freunden so geschmähte klassische Musik – jede Droge war doch nur ein Destilat aus Beethovens »Kreuzersonate«.
Ich kam nun öfter zu spät zur Arbeit und nahm mir immer wieder frei, so daß ich bereits zu Ostern den größten Teil des Jahresurlaubs verplempert hatte. Ich achtete nicht mehr auf den Zustand meines Werkzeugs, arbeitete langsamer und schlampiger und mußte mich fragen lassen, ob ich mit der Bierflasche gelotet hätte.
Wie lächerlich kam mir die rechtwinklige Welt der Baustellen vor, dieses wichtigtuerische Rumpeln aus Normalformaten und Mischungsverhältnissen, aus

Stoß- und Lagerfugen, Nutz- und Traglasten, Stahlbeton, Waschbeton, Sichtbeton, Schutt. Ich nahm einen Ziegel in die Hand, das war nichts als ein bißchen Pampe, hartgebrannt, und mauerte einen himmelhohen Kasten mit Löchern darin. Durch einige gingen Menschen hinein, durch andere steckten sie ihre Köpfe heraus und glaubten tatsächlich, sie sähen ins Freie. Absurd. Als wären sie je woanders gewesen.
Ich saß in der Pausenbaracke und hörte den Kollegen zu. Sie redeten von Lotto- und Totozahlen, von Akkordzulagen, Schmutzzulagen, Benzinverbrauch und Sterbegeld, sie stritten um ein Viertel Prozent und beklagten sich über das Volksganze oder die Ehehälfte, kurz: Der Wortschatz bestand aus Zahlen, Zahlen, Zahlen, und je größer die waren, desto ernster nahm man sie, das Wort »Millionen« wurde mit Brustton ausgesprochen und machte Stirnen kraus und Augen groß. Absurd. Als wäre nicht alles Eins.
Ich betrachtete Claudia, die immer noch auf eine Antwort wartete, ich sagte: Claudia, du bist eine schöne Frau! und sah, wie sie sich aufrichtete in ihrem Frotteetiger, wie sie hocherfreut lächelte, und fand auch das absurd. Als wäre für einen Menschen nicht klar, daß es keine häßlichen Menschen gibt.
Na, mein kleiner Rotlichtcasanova, sagte sie und strich mit dem Staubwedel über mein Kinn. – Bist du am Ende in *mich* verliebt?

Es gab nun kaum noch einen Tag, an dem ich nicht ins »Blow Up« fuhr, und es störte mich wenig, manchmal nur einer von drei oder vier Gästen zu sein, die sich auf den Treppen herumdrückten.
Ich ahnte dunkel, daß etwas geschehen mußte, wenn

ich die Selbstachtung nicht verlieren wollte; daß eine Änderung fällig war – so radikal wie der jäh erwachte Ekel vor den Sicherheiten und Konventionen, in die ich mich einbetoniert sah; ein Schnitt oder Sprung, der aus meinem tarifvertraglich geregelten, daunengefederten, desodorierten Dasein eine *Existenz* machte, nicht mehr und nicht weniger. Armut, Hunger, Obdachlosigkeit – meinetwegen; ich wollte mich durchschlagen, durchbeißen und in einen Zustand gelangen, in dem nichts mehr zu verlieren war. Ich wollte die Arme ausbreiten und sagen: Mein Chef ist der Regen.

Aus Angst vor diesem Schritt suchte ich immer wieder Bestärkung in der Gesellschaft von Salzburg oder Schnuff, Graf Meier oder Move, die ungefähr die innere Freiheit zu haben schienen, die mir so nötig fehlte – und von denen ich mir insgeheim wohl ein Rezept erhoffte, eine Art Ratgeber mit dem Titel: Wie werde ich Freak... Besonders der ruhige, gradlinige Salzburg, seine Aura aus Stärke und Gleichmut waren mir in dieser Zeit oft Trost, und manchmal fand ich ein paar Stunden Schutz vor meinem inneren Chaos, indem ich mich zu ihm an die Kasse stellte und den Leuten, denen er das Eintrittsgeld abnahm, Stempel auf die Handrükken drückte.

Wenn er einmal zusammenhängende Sätze von sich gab, dann stets mit einer gewissen Gemütlichkeit, mit einer Friedfertigkeit, die im Widerspruch zu seinem kräftigen, nicht selten bedrohlichen Aussehen stand und darum angeeignet, anerzogen wirkte, als wollte er eingedenk seiner schwer kontrollierbaren Kraft jeden Streit schon im weiten Vorfeld vermeiden; denn er hatte ein wirklich kindliches Herz und konnte es nur unter Qualen ertragen, jemanden mit einer einzigen, eher fahrigen Handbewegung ins Hospital zu befördern. Beim Sprechen machte er oft eine Art Entenschnute, die Ja und Nein in Jo und Nö verwandelte, und außerdem schien er eine Scheu vor dem Wörtchen Ich zu haben; als wäre etwas Peinliches daran, gebrauchte er es nur, wenn unbedingt nötig, und manchmal auch nur, indem er Ick oder Icke sagte, obwohl er kein Berliner war.

Na, werd ihn schon eine Weile kennen, sagte er, als ich ihn nach Ecki fragte, dem ich immer noch nicht begegnet war. – Fast zehn Jahre, oder warte, vier oder drei Jahre mindestens. Ecki hat mir nämlich das Leben gerettet, mir und dem Schnuff. Lieber Himmel, das war eine Zeit damals, Schnuff und meine Wenigkeit in Iserlohn. Kannst du dir vorstellen, wo Iserlohn liegt? Das kann sich keiner vorstellen, keine Sau. Iserlohn liegt unter der Erde, aber das wissen die nicht. Meine Fresse, war das eine Zeit. Gar nicht so übel.

Jugendstrafanstalt Iserlohn, offener Vollzug, sagte er. Wir trugen Blaumänner und haben die Parkanlagen geharkt – das heißt, wenn sie uns ließen. Manchmal mußten wir auch drin bleiben, wegen Regen oder Schnee, das war schrecklich. Weil wir dann nicht an Stoff rankamen, also Bier oder Schnäpschen, woll. Was hat man sonst. Naja, Nescafé, den konnten wir in der Anstalt kaufen, und wenn Stubenhocken angesagt war, gabs halt die Nescafédröhnung. Hatte eine Tasse, so einen Pott mit der Nummer dreizehn, meiner Lieblingszahl, und da kamen sechsundzwanzig Löffel Kaffeepulver rein. Warmes Wasser drauf, und runter mit dem Schlamm. Dann gehst du wie auf Wolken und hörst die Engel singen, aber mehr so Racheengel. Alles lief ab wie ein viel zu schnell gedrehter Film, und die

Aufseher hatten piepsige Stimmen. Irgendwie muß man sich die Zeit schließlich vertreiben.
Wieso hat man dich denn eingesperrt, fragte ich.
Weiß keiner so genau, hab nie auch nur ein Päckchen Kaugummi geklaut. Finde noch heute, daß Klauen das Letzte ist. Hab nur diesen Tick mit den Schlössern, verstehst du, kann keine verschlossenen Türen sehn. Die behexen mich. Besonders die raffinierten Schlösser, die angeblich einbruchsicheren – kann nicht dran vorbeigehn. Ist wohl so eine erotische Sache mit mir und meiner Haarnadel. Die hatten sie mir schon als Kind angesteckt. Hab immer damit rumgespielt und alles aufgekriegt, auch den Schrank von meinem Alten, mit den Pornofotos drin. Da war was los.
Brauchte auch nie ein Moped oder Auto zu kaufen, praktisch. Lieh mir einfach aus, was dastand. Und als diese ganzen verchromten Sicherheitsschlösser aufkamen, hat Salzburg sich noch eine Stecknadel zugelegt. Ging wie geschmiert.
Das Dumme war nur: Kriegte die Dinger zwar spielend auf, aber nie wieder zu. Das war der Knackpunkt. Mir nichts, dir nichts hat man einen Rattenschwanz von Gesindel im Schlepp. – Salzburg, meine Mutter hat Geburtstag, mach mal »Karstadt« auf. – Hat er natürlich nicht gemacht, oder jedenfalls nicht immer. Nur wenn ihm einer an die Ehre wollte und gesagt hat: Kriegst du nie auf, nie im Leben! Na, dem hat Salzburg es aber gezeigt. Schneller als der pupen konnte, hatten wir den Tag der offenen Tür, oder vielmehr die Nacht. Ging aber immer gut. Wenn die Polente kam, waren wir weg.
Nur einmal nicht. Ausgerechnet an meinem Geburtstag nicht. Mein lieber Scholli, *waren* wir besoffen. Pickepacke zu. Hab lauter Mercedesscheinwerfer eingetre-

ten, und die Jungs: Salzburg benimm dich, hast Geburtstag. Und icke: Am Arsch hängt der Hammer, beim Dachdecker links! Wenn mein Geburtstag wär, würdet ihr mir Ständchen bringen. Und die: Wir blasen auf'm Kamm.
Aber das war mir zu billig. Wir standen nämlich gerade vor einem Geschäft voller Fiedeln und Tröten und all dem Zeug. Also wurde aufgeschlossen, und die Jungs hängten sich das alles um, Gitarren und Trommeln und Saxophone noch und noch, und auf der Straße legten sie los. Einer konnte sogar bißchen »Happy Birthday«, ergreifend.
Mit Pauken und Trompeten zog die Teufelscombo hinter mir her, und Mensch, ließ die Wirkung von dem Fusel nach oder wars die kühle Morgenluft – plötzlich wurde mir mulmig. Drehte mich immer wieder um und sagte: Haut ab mit dem Kram, seid still!, und ein paar verdrückten sich auch in den Seitenstraßen. Tanzten aber immer noch zehn Krachmacher an meiner Hacke, als dieses Auto über den Gehweg rollte, ganz langsam. Und einer sagte: Guck mal, der fährt ja auf dem Bürgersteig. Und ein anderer: Wenn das die Polizei sieht! Dann kamen sie von allen Seiten.
So war das. Anklage: Vierundzwanzig Geschäfte aufgebrochen und ausgeraubt; jedenfalls hatten die da meine Fingerabdrücke gefunden. Wie sich das zusammenläppert, nicht? Hab den Leuten natürlich erklärt, daß ick nie auch nur einen Streifen Kaugummi, und so weiter. Und von wegen Aufbrechen: Salzburg bricht nicht auf, Herr Richter. Ick verachte Gewalt. Brauche ein Schloß nur anzugucken, schon gibt es sich gewissermaßen hin. Da haben sie gelacht und mir einen Psychologen bestellt.

Der war komisch. Trug immer eine Sonnenbrille, auch im Vernehmungszimmer. Und ständig nasse Hände. Trotzdem nicht schlecht, der Mann. Wir schlossen gleich Freundschaft, weil er den Schlüssel zu seinem Aktenkoffer verlegt hatte. Doch er trug ja eine Krawattennadel... Hat es hingebogen, daß Salzburg nicht wegen Diebstahl verbrummt wurde, bloß wegen Einbruch. Hätte sonst ein bißchen mehr gekostet. Und auch der offene Vollzug ging auf seine Kappe. Wäre ja lächerlich gewesen, mich hinter Schloß und Riegel zu stecken, nicht.
So kam eins zum anderen, und am Ende harkten wir die Waldwege und Parkanlagen in Iserlohn und Umgebung. Schöne Landschaft da, ziemlich fruchtbar. Dem Schnuff ist es sogar gelungen, ein paar Marihuanapflanzen hochzuziehen, hinter der Anstalt.
Und warum war er dort, fragte ich.
Salzburg zuckte mit den Achseln. – Warum wohl. Hat sich einen Joint angesteckt, mit einem Vierfamilienhaus. Hatte aber Glück. Nur sein versoffener Vater ist verbrannt, und den konnte er sowieso nicht leiden.
Wir waren gleich ganz dicke, der Schnuff und ich, haben auch zugesehen, daß wir immer in dieselbe Kolonne kamen. Gab doch viele Arschlöcher in dem Jail, und ein paar hatten ihn auf dem Kieker. Erstens, weil er kaum was redete – das hielten die gleich für überheblich. Zweitens, weil er immer alles anzündete – die dachten, das wäre Absicht. Und drittens, weil er meistens etwas Haschisch hatte, weiß der Geier woher. Mach mir ja nichts aus dem Zeug, Flasche Bier ist mir lieber. Aber Schnuff war ganz scharf drauf, und andere auch. Und weil er nicht besonders stark ist, dreh-

ten sie ihn öfter mal durch die Mangel, bis ihm alles aus den Taschen fiel.

Das hatte dann aber ein Ende, als Salzburg kam. Weiß auch nicht, aber wenn einer so ängstlich guckt wie der Schnuff und dabei noch solche Briefträgerschultern hat, will ich immer meinen Arm drumlegen und ihn gegen die ganze Welt verteidigen. Fragte also: Wer von denen, die dich immer piesacken, ist der Stärkste. – Na, der Atze! sagte er. Und ich zum Atze: Bist du der Atze? Und er: Ich bin der Atze. – Donnerwetter Atze, du hast schöne Zähne ... Dann war Ruh.

Dabei dachte ich am Anfang auch, der Schnuff ist so ein ausgekochter Feuerteufel, der uns alle zur Hölle schickt, wenn wir schlafen. Was der nämlich in die Hand nahm, brannte. Hundert Leute konnten ihre Zigarettenkippen in den Geräteschuppen werfen – wenn Schnuff seine dazuschmiß, flog die Bude in die Luft. Oder wir harkten Herbstlaub zusammen, und der Chef vom Gartenbauamt brachte uns einen Schnaps raus. Da saßen wir gemütlich auf den Baumstümpfen, jeder ein Pinnchen in den Fingern, und warteten, daß nachgeschenkt wurde. Und ausgerechnet bei dem Schnuff fiel ein Sonnenstrahl durchs Glas und steckte das ganze Laub in Brand. Wieviel Löcher hat der mir in den Blaumann geschmort mit seinen ewigen Joints!

Dabei war ihm das selbst eine Qual, dieses Gezündel. Passierte ihm einfach, wie mir die Türen aufsprangen. Doch das glaubte ihm keiner, die hielten das für bösartig, besonders nach dem Brand von Atzes Bett. Kippten ihm Flaschenscherben in die Stiefel, und solche Scherze. Erst als ich sein Feuerzeug an mich nahm und er nur noch in meiner Gegenwart rauchte, gaben die meisten Hysteriker Frieden.

Wie lange habt ihr denn gesessen?
Jeder paar Jahre, sagte er. Am Ende hat es mir ganz gut gefallen. Leichte Arbeit in gesunder Luft, astreine Verpflegung und gute Kumpel, was willst du mehr. Hab sogar bißchen Englisch gelernt in den Kursen. War nachher richtig glücklich da.
Deswegen wurde ich auch immer trübsinniger und kriegte diese Krämpfe in der Herzgegend, wenn ich an die Entlassung dachte. Das wurde richtig schlimm. Hatte in der Freiheit nicht mal einen Schulabschluß, nichts gelernt, keine Arbeit, keine Wohnung – hatte eine Jugendstrafe, das war alles. Da kam sie mir wie eine Gruft vor, diese Freiheit. Da ging mir die Muffe, mein Lieber.
Keiner sah mir was an, ich machte meine Arbeit, klar, aber in mir war es schwarz wie in dem Harkenstiel. Nur Schnuff, der merkte was, weil es ihm ähnlich ging.
Genaugenommen ging es ihm sogar schlechter, denn ich kam zwei Wochen vor ihm raus, worauf sich schon einige freuten. Die wollten ihm nämlich ein paar Abschiedsdinger verpassen, die er sein Leben lang nicht vergessen würde. Davor hatte er einen Riesenbammel, schlurchte krumm wie kreuzlahm durch die Gegend, und die Augen wurden immer größer.
Stell dir vor, sagte er einmal bei der Arbeit, stell dir vor, du bist müde, sterbensmüde. – Lebensmüde heißt das, sagte ich. – Lebensmüde? Heißt es nicht sterbensmüde? Na, egal. Ich meine, was ist schon groß am Tod? Du atmest ein, du atmest aus. Du atmest ein, du atmest aus. Und dann: atmest du nicht mehr ein. Das ist alles.
Mein lieber Herr Gesangsverein, du schwingst ja Bibeln, sagte ich. Wie ein Bischof. Aber ich glaube, es heißt doch lebensmüde.

Ich bin ein schlechter Tröster, und vielleicht hätten wir mit jemand reden sollen. Aber schließlich, was gabs da schon zu reden. Wenn du Angst hast, hast du Angst, da hilft es nichts, wenn einer sagt: Nun hab mal keine Angst! – Aus dem Schlamassel führt nur ein Weg raus, und den kannten wir eben noch nicht.

Und dann war es klar. Ohne Diskussion oder so. Es war klar. Wir gingen einfach weg – ich fünf Tage, er drei Wochen vor der Entlassung. Lehnten unsere Harken an die Bäume, zogen die Reißverschlüsse der Öljacken hoch und gingen in die Stadt. Hat keiner gemerkt.

Aber die Leute glotzten uns doch komisch an, was wohl an unseren Gesichtern lag. Das von dem Schnuff jedenfalls sah aus, als wäre er nicht von dieser Welt, so blaß, so weggetreten.

Hinter dem Bahnhof drehten wir die Jacken um, das Gelbe nach innen, das Blaue nach außen, und bei »Aldi« kauften wir Orangensaft, für jeden eine Literflasche, und für Schnuff noch was Süßes; der steht so auf Marzipan.

Dann sind wir von Apotheke zu Apotheke – du ahnst nicht, wieviel Apotheken es in Iserlohn gibt; die müssen krank sein – und haben uns diese Dinger geholt, diese Weichmacher. Wir brauchten eine Menge, denn die richtig starken gibts nicht ohne Rezept. Von denen, die wir bei Schlaflosigkeit im Jail kriegten, hatte der Schnuff im Lauf der Zeit über hundert Stück gesammelt. Daran siehst du, daß er schon lange sowas ... Naja, nachher kamen auf jeden gut dreihundert oder mehr, und damit sind wir in den Wald, tief rein.

Haben eine schöne Mulde gefunden, weich wie ein Bett, und uns mit dem Laub zugepackt bis zum Bauch. Zwischen den Wipfeln war ein Stück Himmel zu sehen,

ziemlich grau, es fing an zu regnen, und wir zogen uns die Kapuzen über und tranken einen Schluck von dem Saft ab.
Schnuff zählte die Pillen in die Flaschen – jeder kriegte genau die gleiche Menge – und ich zerknüllte die Verpackungen und stopfte sie in ein Erdloch. Dann rauchten wir noch eine und warteten, bis sich alles aufgelöst hatte.
Ich kann mich nicht erinnern, daß ich groß was dachte; ich würde halt einschlafen, und damit hatte der Scheiß ein Ende, fertig. Und alle Chefs der Welt konnten mich lange fragen: Wo waren Sie in den letzten Jahren gewesen? Kein schlechtes Gefühl, das weiß ich noch und sagte: Wenn du zuerst oben bist, bitte doch den Herrn Jesus, er soll mir ein Bier kaltstellen. Und Schnuff: Höhö, ein »Iserlohner Pilsner«? – Bloß nicht! rief ich, und wir lachten und schüttelten das Zeug durch.
Also, Alter..., sagte Schnuff. Wir stießen an. Jeder überlegte, was man noch sagen könnte, keinem fiel was ein. Na, da stießen wir halt nochmal an. Und tranken.
Es schmeckte scheußlich, nach Kopfschmerzen, Dünnpfiff und Brechreiz in einem, und auch Schnuff stöhnte leise. Aber wir rissen uns zusammen. Wir wollten ja nicht kotzen, wir wollten sterben und tranken immer weiter, in kleinen Schlucken.
So muß flüssiges Plastik schmecken. Der Brei schien zu schäumen in meinem Bauch, gallebitter, und ich kriegte die Pfurzerei. Doch im Wald ist sowas ja egal. Nach einer dreiviertel Stunde waren die Pullen immer noch halbvoll, und nun konnte ich endgültig nicht mehr. Auch Schnuff hatte seinen Saft schon zur Seite gestellt, sich hingelegt und bis zum Hals mit dem Laub zugescharrt.

Ich lehnte mich zurück, starrte in den Himmel, wo so ein Sportflieger dröhnte – und dann weiß ich nichts mehr, wie abgehackt.
Als ich wach wurde, ging die Sonne unter. Dachte ich. War aber Morgensonne, wie Feuer hinter den Bäumen, und ich stand auf und schoß erst mal Kusselkopp. Alles steif vor Kälte. Dann wollte ich komischerweise immer auf eine Tanne rauf und rutschte immer ab. Plemplem. Auch Schnuff war wach und trank schon wieder aus seiner Flasche mit den ersoffenen Ameisen drin. – Guck mal, sagte er, Mensch, guck doch mal! – Sein linker Arm zuckte wie wild, wie der Flügel von einem halbtoten Huhn.
Wohin wir auch gingen in dem Wald, es war abschüssig. Wir flogen laufend um, wie abgeknallt, und blieben eine Weile auf dem Forstweg liegen, in einem Bach, im Farn. Dann, als hätte ihn ein Blitz gestochen, sprang einer wieder auf und taumelte weiter. Der andere folgte ihm, und so kamen wir nach Letmathe.
Ich sag dir, Letmathe. Die haben eine Kunststoffabrik da, und in den Straßen stank es akkurat, wie unser Longdrink schmeckte. Schnuff hatte sich schon von oben bis unten bekotzt, und ich nahm ihm die Flasche weg – meine stand im Wald – und trank noch einen Schluck.
Um Gottes Willen! sagte er. Wir kriegen das nicht hin! Wir sind zu doof zum Sterben!
Nun standen wir an der Lenne, so heißt der Fluß, und neben allem Gestank, der doch wirklich gereicht hätte, sah das Wasser so krank wie unser Pillensaft aus, so eitrig gelb, und ich mußte mich auch mal verstreuen.
Kaum konnte ich wieder schnaufen, sah ich diese Männer, alle in grünen Overalls, und hinter ihnen das riesige

Auto, in dem es knackte wie in einer Knochenmühle. Ich fragte wohl etwas, weiß nicht mehr was, und ein paar Münder gingen auf und zu: Kam aber gar nichts raus, war nur Schwarzes drin. Doch dann verstand ich: Da!
Einer zeigte auf ein hohes Haus. – Wo? fragte ich, und alle streckten die Arme aus und sagten: Da, Mensch! Da!
In der Einfahrt stand noch so ein Overall, ein grinsender Kerl, und rief: Hier! – Er wartete zwischen zwei großen Kübeln, die ihm fast bis zur Brust reichten, hielt die Deckel auf und sagte: Hier, Kameraden! Hier gehört ihr rein!
Auch gut. Wir tappten denn dahin in unserem Dschum, und ich half dem Schnuff in die leere Tonne; er hatte die kürzeren Beine. Ich kam alleine rin, ging in die Hocke, und der Mann reichte mir den Saft nach, cool. Das Lachen von den Leuten klang vielleicht schlimm. Sie knallten die Blechdeckel zu, und ich hörte den Lastwagen wegfahren und wurde müde, hundemüde...
Schaute aber nochmal raus, klopfte an Schnuffs Tonne und hob die Klappe hoch: Da kauerte er und sah nicht auf, eine Rohrpost ins Jenseits. Zeigte mir nur seinen Scheitel. – Schnuff, rief ich, Schnuff! – Er sah nicht mal auf. – Was'n? fragte er. – Machs gut, sagte ich. – Du auch, sagte er. Und ich sackte in meine Tonne zurück, und Deckel zu, gut Nacht.
Als ich das nächste Mal wach wurde, hatte ich das Gefühl, daß mein Körper endlich tot war. Nur im Kopf flackerte noch ein kleines Licht, und ich sah in den Himmel: Grau. Ein Gesicht erschien, auch grau, das Fett hing herunter, die Augen glitzerten böse und rote Hörner stachen in die Luft. Hat sich was mit Jesus,

dachte ich: Luzifer!, und wollte schon schreien...
Waren aber keine Hörner, Gott sei Dank, waren Lokkenwickler. Und glaubst du, die Frau ist erstaunt? Nicht die Bohne. Haut den Deckel wieder zu und öffnet den nächsten. – Ach herrje, da ist ja noch einer, sagte sie, und ich hörte ihren Abfall in die dritte Tonne klatschen. Dann schlurchte sie davon.
Nun kriegte ich aber meinen Sentimentalischen. Obwohl ich wirklich nicht nah am Wasser gebaut hab – da heulte ich doch los und hörte lange nicht mehr auf. Und überm Weinen schlief ich wieder ein...
Plötzlich lag ich auf einem Sofa, das zu kurz war, und meine Füße hingen in der Luft.
Auf dem Tisch standen Tassen und Teller, eine Kaffeekanne, Napfkuchen, Blumen, und am Fenster, in so einem Ohrensessel, saß der Schnuff und rauchte. Ich wollte schon fragen, ob wir im Himmel sind oder wo, da sah ich, daß seine Füße in einer Schüssel Warmwasser steckten, und dachte: Na, das Paradies wird das hier noch nicht sein. Schnuff nickte mir zu. Ganz blaß sah er aus, doch auch zufrieden, und lächelte mit seine Augen.
Dann hörte ich Messerwetzen, ein Zischen wie aus Teufels Küche, Husten, Fluchen, und jemand rief: Isser wach?
Er steckte den Kopf aus der Kochnische vor, die Mähne, die er damals noch hatte, im Nacken zusammengebunden, und sah mich lange an mit diesem klugen, ruhigen Blick. Ziemlich lange, und ich wurde verlegen und fragte: Na, im Himmel sind wir hier wohl nicht, oder?
Nicht ganz, sagte er, schon wieder hinterm Vorhang. Aber im dreizehnten Stock. Du solltest jetzt Milch

trinken, hörst du, warme Milch, und dann etwas essen. Willst du die Spiegeleier mit oder ohne Speck?
Und ich: Für die Milch sag ich schönen Dank. Aber wenn ich an Essen denk, kommt mir die Weihnachtsgans hoch. – Da kann nichts mehr hochkommen, sagte er. Du hast alles im Aufzug gelassen. Sah aus, als hättest du deinen Magen gleich mit rausgegöbelt. – Und er brachte die Milch, und ich trank sie in winzigen Schlukken. Das war eine feine Sache.
Schnuff schlief, im Sitzen. Ich stand mal probeweise auf: Ging gut. Die Knie waren weich, doch sie trugen, und ich eierte zu ihm ans Fenster. Alter Kumpel. Zog ihm die brennende Zigarette zwischen den Fingern vor und schmiß sie ins Fußbad. – Wir waren wirklich ganz schön hoch. Komisch, dachte ich, wo Dreizehn meine Glückszahl ist.
Dann sah ich die Mülltonnen, die Frau mit den Lockenwicklern und die Polizisten, drei Mannschaftswagen voll. Da ging mir die Muffe, mein Lieber, und Ecki zog mich vom Fenster weg. – Du bist weiß wie ein Fernlicht, sagte er. Und ich kann Staatsgewalt vorm Essen nicht vertragen ...
So war das. Sechs Wochen haben wir in dem Appartement gehaust, oder warte, vierzehn Tage, oder zehn mindestens; es war eine Montage-Wohnung, provisorisch. Ecki ging jeden Morgen auf die Baustelle, wo er als Ingenieur arbeitete, und abends brachte er Futter mit und jede Menge Wein. Er sah immer verdammt müde aus, hatte wohl viele Probleme mit dieser Brücke, aber beim Kochen wurde er wieder fit. Dann drehte er die Musik voll auf und schrie so'n Zeug wie: Schäl mal die Spaghetti, Schnuff! Salzburg, brat das Wasser an! Wie wollt ihr die Topflappen, Jungs, englisch oder paniert?

Wir fühlten uns jeden Tag besser da. Auf dem Küchenschrank stand noch die Flasche mit dem Saft, bißchen weniger als halbvoll, ein flüssiges Denkmal sozusagen, denn wir kreuchten und fleuchten nur, weil der meiste Brei auf dem Boden lag und wir zuwenig geschüttelt hatten.

Und nach dem Essen redeten wir bis in die Nacht über alles mögliche, auch über das Leben und so. Ecki hatte viel darüber gelesen, Dichter, Philosophen, Psychologen, frag nicht nach Sonnenschein. Konnte ihm stundenlang zuhören, auch wenn er eigentlich immer dasselbe sagte, also, daß ein Mund voll Wein besser schmeckt als ein Mund voll Erde. Ist doch so. Er sagte es natürlich immer anders. Und daß wir uns nicht umbringen können. Es geht nicht, auch wenn es scheinbar geht ... Das hab ich bis heut nicht verstanden. Aber was unseren Bammel betraf, unsere Angst vor der Freiheit, meine ich, da zitierte er mal was, das ging mir nie mehr aus dem Kopf; so eine unsichtbare Krücke, die ich immer bei mir trag. Keine Ahnung, wo er's gelesen hatte, ist ja auch egal. Der Satz fuhr mir ins Blut, Mann, ein Stromstoß: »Um deine Angst zu überwinden, mußt du das tun, was du am meisten fürchtest.« – Genau. Das wars.

Und eines Tages stand er schon am frühen Nachmittag in der Tür und hatte auch gar nichts zum Kochen dabei. Dafür zwei Typen, die akkurat wie Zivile aussahen, und ich dachte: Du Sau. – Na, Fehlanzeige. Waren nämlich Rechtsanwälte für uns, auf Eckis Kosten. Und die hauten uns wirklich raus aus der Sache. Wir mußten kaum noch brummen ...

Ich schrieb den Satz in mein Berichtsheft und verbrannte es dann.

In jener Zeit arbeitete ich auf einer Großbaustelle an der Stadtgrenze, einem Komplex aus Einkaufscenter, Tankstelle und schnell wachsenden Wohntürmen, in deren Schatten die Versorgungsbaracken der Baufirma standen. Dahinter war Muttererde angehäuft, eine zunächst braunschwarze, aber in Windeseile grünende, blühende Hügellandschaft, eine Augenweide, hätten die meisten Handwerker nicht die Gewohnheit gehabt, ihre angebissenen Äpfel und Butterbrote, halb ausgelöffelten Joghurtbecher und Heringstöpfe aus den Fenstern zu werfen, in die Blumen.

Was ist los? fragte Rudi. Warum schmeißt du deine Stulle weg? War der Käse wieder zu scharf? – Verdammt, weiß auch nicht, murmelte Manni und beugte sich über seine Zeitung. – Hab Hanna gesagt, soll mir nicht immer diesen scharfen Käse drauftun, mal rosa, mal hellblau. Dann sagt sie glatt, sie hätt mir Sülze draufgetan. Wo Sülze mein Leibgericht ist! Hätt ich doch gemerkt. Diese Rechthaberei. Sag ich Käse, sagt sie Sülze. Sag ich: Schmeckt ja fast wie Seife, dein Käse!, sagt sie: Hab gar keinen Käse, schau! Hat sie dann wirklich nicht, logisch, war ja draufgeschmiert bei mir... Weiber! Werd ich mir nachher Fleischwurst kaufen.

Hinter der Baustelle ragten die Silos einer Futtermittelfabrik in den Himmel, und wo Körner verarbeitet werden, bleiben Ratten bekanntlich nicht aus. Doch bald schon hatten sie gewittert, daß nebenan delikaterer Abfall lag und bevölkerten die Erdhaufen in solchen Mengen – man konnte nicht mehr darübergehen, ohne in Nester zu brechen.

Infolge der untergrabenen, abgefressenen Wurzeln verdorrten die Blumen, das Grün, und immer öfter wagten sich Nager vor bis in die Buden und krochen in Taschen und Tüten, die wir schließlich unter die Decke hängten. Doch während der Pausen war es ein Vergnügen, ihnen beim Leben zuzusehen: Wie sie ihre Schnäuzchen aus den Löchern steckten, sich um ein Stück Wurst, ein bißchen Schokolade balgten oder ihre Jungen, die zu nah vor unsere Fenster kamen, beißend in die Höhlen jagten; und atemlos still wurde es in der Baracke, wenn zwei fette männliche Ratten bis aufs Blut um ein Weibchen kämpften und dabei ihre eigenartigen, zwischen leisem Schnattern und Fauchen liegenden Laute ausstießen.

Natürlich streute man Gift, doch bewirkte das keine sichtbare Dezimierung der Tiere; nur wenige, meist kleine Ratten fielen auf den Köder herein und wurden dann von den anderen gefressen. Auch mechanische Fallen waren nicht besonders wirkungsvoll; da sich auf der Baustelle immer alles veränderte, ständig umgeräumt, umgestapelt und verrückt wurde, vergaß man ihren Standort schon einmal; und trug dann hoffentlich Sicherheitsschuhe.

Höchste Zeit, daß ich meine Knarre mitbringe, sagte Rudi, und ich zweifelte keinen Augenblick daran, daß er eine besaß. Er wurde von den Ratten nicht nur unterhalten – sie erniedrigten ihn auch, denn klein wie er war, reichte er nicht an die Decke heran und mußte in jeder Pause auf die Sitzbank steigen oder einen Kollegen bitten, ihm die Tasche herunterzuholen, die Brote.

Doch bevor er eines Tages wirklich mit einer Schrotflinte zur Arbeit kam, probierte er eine Abschreckung aus, von der er weiß Gott wo gehört hatte: Er war der Meinung, man müsse eine Ratte lebendig fangen, sie mit Öl oder

Sprit übergießen und in Brand stecken. Die daraufhin ausgestoßenen Angst- und Todesschreie des Tiers würden seine Artgenossen derart in Panik versetzen, daß sie Hals über Kopf und für immer verschwänden. – Klingt doch logisch, oder?
Aus Moniereisen, Blech und Maschendraht baute er eine geräumige Falle: Sobald die Ratte in den Köder, den Heringshappen bisse, schlüge die Klappe hinter ihr zu.
Drei Tage und Nächte stand die Konstruktion unberührt zwischen Wasch- und Pausenbaracke, und da es Frühling war und schon recht warm, roch man den Fisch durch die Ritzen der Wände hindurch. Doch Rudi verteidigte seine Erfindung, und am vierten Tag schien sie tatsächlich zu funktionieren; wir hatten gerade mit dem Frühstück begonnen, als ein eiserner Schnapplaut, ein *Klack* –
Außer Manni und mir liefen alle hinaus.
Weder sah er von der Zeitung auf, noch verscheuchte er die Fliege, die über seine Glatze lief. Er schien nicht ohne Mühe zu lesen; er mußte sich die Zeilen mit der Fingerspitze unterstreichen. Draußen wurde ein Klagen laut, ein heiseres Fiepen...
Ich wußte, daß er fast sechzig war und, Kriegsdienst, und Gefangenschaft abgezählt, sein Leben lang als Bauhelfer gearbeitet hatte. Betrachtete man die eingefallenen, von Wind und Wetter geröteten Wangen, die schmalen Schultern und die Körperhaltung, krumm, traute man ihm wenig Kraft zu. Doch jede der Handflächen war größer als sein Gesicht, und er konnte den Kronkorken einer Bierflasche mit dem Daumennagel öffnen.
Als er etwas trank, bemerkte er meinen Blick und sah

auf die Uhr. Aus irgendeinem Grund – die Jugend? das lange Haar? – befremdete ich ihn; und obwohl ich ihm stets freundlich, ja höflich begegnete, redete er, unwirsch vor Verlegenheit, nur das Nötigste mit mir; sogar seinem ewigen Peiniger Rudi brachte er mehr Wärme entgegen – was mich nicht wenig kränkte. Oft schon war mir aufgefallen, daß er zwar entrüstet tat, sobald er in dessen Schlingen trat; doch wenn er sich unbeobachtet glaubte, erschien ein Hauch Freude in seinem Gesicht, und er lächelte mit zusammengepreßten Lippen, als hätte er eine Zuneigung erfahren.
Wie lange bist du eigentlich schon auf dem Bau? fragte ich. – Da schüttelte er den Kopf, als wäre diese Frage nun wirklich unmöglich, und neigte sich wieder über sein Blatt. Doch ich fühlte, daß er nicht las; nach ein paar Herzschlägen sah er auf – so erstaunt, als hätte er gerade zum ersten Mal darüber nachgedacht. – Donnerwetter, vierzig Jahre werdens sein! Wieso?
Draußen wurde laut gelacht, und ich zuckte mit den Schultern. – Nur so. Eine lange Zeit. Hast du eigentlich nie Lust gehabt, mal was anderes zu machen? Warst du immer glücklich hier?
Als hätte ich ihm die Kürzung aller Zulagen und Prozente angekündigt, bekam er tiefe Dackelfalten über der Nasenwurzel, fast stießen die graumelierten Augenbrauen zusammen. – Glücklich? Warum? Was'n das schon wieder für'n neumodisches Gequatsche!
Ich hob die Hände, beschwichtigend. – Ich meine, hast du nie gedacht, dies Mörtelmischen und Steinestapeln Tag für Tag, diese drei Wochen Urlaub Jahr für Jahr, das kann nicht alles sein? Vermauert man sich mit dem Trott am Ende nicht die Seele?

Na, du bist gut, sagte er. Und Brötchen kaufen tuste wahrscheinlich mit deine Hosenknöppe. Sei doch froh, daß du Arbeit hast! Was heißt denn Glück oder Seele? Das ist was für bessere Leut. Dazu ham wir zu klobige Hände. Und nu laß mich mal Zeitung lesen ...
Die Tür flog auf und Rudi setzte sich in seine Ecke, schnaufend. Die anderen Maurer lachten immer noch, und der Kranführer, mit spitzen Fingern, nahm den Inhalt der Falle aus seinem Helm und setzte ihn auf der Tischplatte ab: Ein zitterndes, braun-weiß geschecktes Kätzchen mit blutig eingerissenen Ohren und verkoteten Pfoten, das sein klagendes Maunzen erst unterbrach, als jemand etwas Milch in den sauberen Aschenbecher goß.

Am nächsten Tag lag ein Stück Sülze in dem Käfig, und kurz vor Feierabend hörte man Rudis Klatschen und Lachen zwischen den Baracken.
Die Ratte hatte ein seltsam samtiges, hellgraues Fell und war erstaunlich dick. Als ein Maurer ein Stöckchen durch den Draht steckte, biß sie blitzschnell hinein und drehte sich auf den Rücken, wobei man die geröteten Zitzen sah; offenbar trug sie eine Menge junger Ratten im Bauch.
Rudi lief zu seinem Auto und zog einen Kanister aus dem Kofferraum. – Na Mensch, du machst ja Sachen, sagte Manni. Die ist schwanger! Die kannste doch nicht abfackeln!
Er antwortete nicht, goß Benzin über die Falle und wischte sich die Hände an der weißen Arbeitsjacke ab. Ein gebieterischer Ernst spannte seine Züge, als hätte er in höherem Interesse zu handeln, eine bedrohliche Strenge, als würde er sich jeden Widerspruch merken,

und er blickte in die Runde und machte eine ungeduldige Fingerbewegung.

Feuer, Leute! Wer hat Feuer?

Keiner antwortete. Der Polier schüttelte den Kopf und verschwand in seiner Bude, Manni wühlte in den Taschen seiner Montur und kehrte bedauernd die leeren Hände hervor. Rudi winkte einem Türken. – Ali! Du geben Streichholz! – Der Mann kam näher, sah neugierig auf die nasse Ratte, die lautlos im Kreis herumlief, bemerkte den Benzinkanister und tippte sich an die Stirn.

Am Ende holte ein Eisenbieger seine Schachtel aus der Baracke. Sofort verbrannten die langen Schnauzenhaare des Tiers, schnurrten zusammen, verkohlten zu Stoppeln. Es hielt nun manchmal an in seinem Rundlauf, der trotz des Feuers nicht schneller geworden war, und wischte sich mit den Vorderpfötchen über die Nase. Die Augen traten immer glänzender hervor und wurden dann ganz matt. Das Fell brannte sehr schlecht, die Ratte drehte sich wiederholt auf den Rücken und erstickte die Flammen. So hatte Rudi in Kürze das restliche Benzin verbraucht und fragte nach meinem Reservekanister.

Leer, sagte ich. Doch der Kranführer brachte einen Eimer Heizöl aus dem Magazin. – Die werden wir schon gar kriegen, Mann!

Nun gelang es dem Tier nicht mehr, das Feuer zu löschen, indem es sich auf dem Boden herumwälzte. Zischend und stinkend verschmorte das Fell, und an dem langen Schwanz platzten Trauben von Blasen. Die Ratte zitterte und zuckte, schleppte den lodernden Körper jedoch weiter im Kreis herum, hob sich auch manchmal auf die Hinterbeine und sah durch Flammen

und Maschendraht zu uns hoch aus ihren blinden, blutenden Augen. Obwohl Ohren und Schnauze schon fast weggebrannt, weggeschmolzen und die Nagezähne freigelegt waren, stieß sie keinen einzigen Laut, nicht einmal ein Schnauben aus.
Ach was, die schreit! rief Rudi, der selbst zu flackern schien im Flammenschein. – Wartet nur, die schreit sich noch die Seele aus dem Leib!
Es war weit nach Feierabend, wurde dunkel, und mehr und mehr Arbeiter verschwanden in der Waschbaracke und redeten über die Akkordleistung des Tages oder das Fernsehprogramm. Schließlich stand der schwitzende Rudi allein vor der Falle und goß immer wieder kleine Mengen Heizöl nach, ohne daß die Ratte schrie.
Als ich gewaschen und umgezogen zu meinem Auto ging, befand sich bloß noch ein verkohlter Klumpen in dem Drahtverhau. Die vier in die Luft gestreckten Pfötchen des Tiers waren bis auf die Knochen abgebrannt, und der Schwanz, schwarz und verkrümmt, lag in der anderen Ecke des Käfigs. Doch der Bauch war nach wie vor prall.
Und plötzlich, als hätte nur mein Blick gefehlt, um das Maß des Grauens voll zu machen, platzte er, mit leisem Zischen, auf – ein kleiner, fast wie ein Grinsen anmutender Riß, durch den ich die rot und bläulich glänzenden, dampfenden Innereien sah.

Am nächsten Tag brachte Rudi eine Schrotflinte mit. Feierlich wickelte er sie aus dem jagdgrünen Futteral, und ich war fasziniert von der dunklen, damenhaften Schönheit dieser Waffe. Sie schien sofort der Mittelpunkt der Baustelle zu sein, eine makellos gepflegte

Autorität: Langer, mattschwarzer Doppellauf, über den man unwillkürlich mit den Fingerspitzen streichen wollte, nußbrauner Kolben, hochglanzpoliert. In ihrer Eleganz, ihrem endgültigen Ernst kam sie mir wie das Nonplusultra der Vollkommenheit vor; nur der Tod war vollkommener.

Während der Pausen, in der Linken ein Sandwich, in der Rechten die Waffe, setzte Rudi sich ans offene Fenster und legte den Lauf bequem auf die Brüstung. Manchmal spuckte er ein Brotstück als Köder hinaus, schoß aber selten auf eine einzelne Ratte, wartete vielmehr, bis drei oder vier zusammenkamen und tötete sie mit einem Schuß. Von den meisten blieb nichts als ein Gemenge aus Fellfetzen, Zähnen und Gekröse übrig und war den anderen, nachts, ein Fressen.

Mit den Tieren, die unversehrt schienen, weil nur von wenigen Körnern erlegt, trieb Rudi mancherlei Unfug. So band er dem Polier ein halbes Dutzend Ratten an die hintere Stoßstange seines Autos, was dieser erst bemerkte, als er von der Polizei gestoppt wurde; oder verteilte sie, wie Baumschmuck, auf die Blautannen der Nachbargärten; oder steckte einen abgeschossenen Rattenschwanz zwischen die Seiten der Beethoven-Biografie, die ich gerade las.

Als ich einmal während der Arbeitszeit in die Baracke ging, hatte ich das unwiderstehliche Verlangen, die Kiste unter seiner Bank zu öffnen. Dort, zwischen Gummistiefeln und Werkzeug, lag das Gewehr; doch war das Futteral von einem Zahlenschloß gesichert.

Am Sonntag spazierte ich mit Greta durch die Essener Innenstadt. Wir hatten Meskalin geschluckt, das heißt, der Dealer hatte uns die grünen Pillen als Meskalin

verkauft, und während Greta völlig ruhig und nüchtern wirkte, bekam ich das Gefühl, daß mir der Puls davongaloppieren wollte und mein Gehirn ein schwerer, schmerzhaft in der Knochenhülle herumrumpelnder Feldstein war.
Die Stimmen der Vorübergehenden hörte ich immer erst, wenn ihre Lippen schon wieder stillstanden. – Dein Gesicht ist abgelaufen! rief jemand in meiner Nähe, und ich konnte in keine Toreinfahrt blicken, ohne zu frösteln. – Na, sagte Greta und drückte meine Hand: Wenn ich dich angucke, will ich mal froh sein, daß das Ding bei mir nicht gezündet hat. Hörst du mich?
Ich blieb an einer Straßenecke stehen und zeigte auf das ansteigende Trottoir, die lange Reihe silbergrauer Parkuhren, deren Gehäuse mir wie Stahlhelme vorkamen. Ich durfte auf keinen Fall dort hochgehen, niemals!
Dann nehmen wir halt eine andere Straße, sagte Greta, und ich spürte mit jedem Schritt deutlicher, daß mich vom Irrsinn nur ein Lidschlag trennte, daß ich verrückt würde, falls ... Auch in der nächsten Straße Parkuhren, und plötzlich rannte ich los. Die Passanten drehten sich so schnell nach mir um, daß ich statt der Augen nur glitzernde Schleimspuren sah.
Greta folgte mir, und ihr wiederholtes: He! Halt an! klang mir wie eine Befeuerung; den Widerhall ihrer Absätze in den Ohren, bekam ich das Gefühl, vier Beine zu haben. Zwischen den Kaufhäusern traf ich auf Move, die winzigen Gläser seiner Sonnenbrille waren Löcher, schwarze Löcher im Gesicht, und er trabte aufgeschreckt ein Stück weit mit und stellte Fragen, die ich nicht verstand. Ich bog in einen Park, rannte durch die flackernden Pfützen eines Rummelplatzes und

fühlte Stöße und Hiebe an Rücken und Brust; schneller, immer schneller wurde ich vor Angst, meine Augenfarbe zu verlieren; wieder und wieder peitschte mein langes Haar auf die Lederjacke, und als ich endlich stehenblieb, atemlos, war es Regen.
Oh Mann! japste Greta. Das reicht!
Mir wurde übel. Und doch hatte ich das Gefühl, *entronnen* zu sein: Als wäre irgend etwas Vernichtendes, ein unvorstellbares Gewicht herabgesaust und hätte mich um Haaresbreite verfehlt. Innerlich stand ich immer noch aufgereckt und schreckensstarr vor diesem namenlosen, schwarzen Etwas aus einer anderen Welt, und Greta strich mir Strähnen aus der Stirn und bückte sich, um eines meiner Schuhbänder zu knüpfen.
Siehst du jetzt, wohin das kippen kann? Mensch, zum ersten Mal ist mir klargeworden, wie albern und unwürdig dieses Drogenfressen ist! – Dann führte sie mich an der Hand ins »Blow Up«, wo Schnuff mir eine Beruhigungstablette gab und ich auf seiner Pritsche bis Mitternacht schlafen konnte.

Während der Fahrt nach Hause – ich trat immer wieder auf die Bremse, weil ich viel schneller als die vorgeschriebenen Stundenkilometer war – schwor ich mir, nie mehr einen Trip anzurühren. Dabei dachte ich weder an meine körperliche oder geistige Gesundheit noch an irgendeine Sucht; ich fühlte mich einfach beleidigt davon, daß diese Droge, für mich bis dahin doch Essenz und Ausdruck einer höheren Vernunft, derart mit mir umgesprungen war. *Unwürdig.* – Greta, die mir fast aristokratisch vorkam in ihrer sinnlichen Unnahbarkeit, wußte wahrscheinlich gar nicht, wie verletzend dieses Wort aus ihrem schönen Mund geklungen hatte;

ich wollte nicht unwürdig sein, sondern stolz und vogelfrei; mich sollte keine Droge mehr schlucken ...
Ich traf gleichzeitig mit meinen Eltern in der Wohnung ein. Sie kamen von irgendeinem Gewerkschaftsball und hatten sich, ihrem lauten Schweigen zufolge, gerade gestritten, was in letzter Zeit öfter passierte. Meine Mutter, eine Papierblume in der Hand, stand vor dem Garderobenspiegel und zupfte sich Konfetti vom Haar, während mein Vater ein Bier aus dem Kühlschrank nahm. Die festliche Kleidung, polierte Schuhe, dunkler Anzug, silbergrauer Schlips, betonte seine erschöpfte, von der Schwerarbeit gebeugte Körperhaltung, und während er lange aus der Flasche trank, fühlte ich die Aggression, die er neben dem Schnapsgeruch ausdünstete.
Must so früh arbeiten gehen, sagte meine Mutter wie aus dem Spiegel heraus. – Warum kommst du so spät nach Hause?
Ich öffnete die Tür zum »Kinderzimmer«; mein Vater wischte sich über den Mund. – Und wie blaß du bist, sagte sie noch, aber das war schon leiser, vor seiner anhebenden Stimme zurückweichend gesprochen. – Wir müssen wohl froh und dankbar sein, daß er überhaupt noch kommt!
Es stimmte; seit ich das Auto besaß, blieb ich häufiger fort, in Essen und Umgebung, lungerte bis zum Morgengrauen im »Blow Up« herum oder parkte am Baldeneysee und schlief im Wagen. – Nicht, daß ich etwas gegen meine Eltern gehabt hätte; bis auf meine Haarlänge und die etwas nachlässige Kleidung gab es wenig Streitpunkte zwischen uns. Doch konnte ich die blitzblanke Ordnung dieses Haushalts einfach nicht mehr ertragen, kriegte Atemnot in dem sterilen Glanz. Zu-

dem hatte die Droge meinen Geruchssinn derart verändert, daß mir immer öfter übel wurde vom Mief der unzähligen Scheuermittel und Raumsprays meiner Mutter, die in ihrer aberwitzigen Putzsucht sogar die Blumen, die mein Vater ihr gelegentlich schenkte und deren Duft sie angeblich müde, zu müde für die Hausarbeit machte, mit einem Desodorant besprühte.
Er sah mich an, drückte die Kühlschranktür zu. – Wo treibst du dich denn neuerdings herum, sagte er und lockerte seine Krawatte, das heißt, er griff mit der ganzen Hand hinter den Knoten und zog ihn auf, ein Ruck. – In irgendwelchen Drogenhöhlen?
Die Streitlust dieses sonst so ruhigen Mannes überraschte mich, und angesichts seiner traurigen Augen, den Lidrändern aus festgewachsenem Kohlenstaub, konnte ich sie zunächst kaum glauben. – Und wenn schon, sagte ich leichthin und warf mein Halstuch aufs Bett.
Und wenn schon?! – Er kam einen Schritt auf mich zu, schwankte etwas, und erstaunt bemerkte ich, daß er aufsah zu mir, daß ich größer geworden war als mein Vater.
Und wenn schon?! wiederholte er, und meine Mutter, immer noch mit ihrem Spiegelbild beschäftigt, griff nach seinem Arm.
Vermutlich wäre er bis dahin gar nicht darauf gekommen, ihn gegen mich zu erheben, er hatte mich noch nie geschlagen; doch nun trat er einen weiteren Schritt auf mich zu, und ich empfand einmal mehr, wie eng, wie beklemmend winzig diese Wohnung war.
Ist dir eigentlich noch nie eingefallen, daß du deinen Eltern den einen oder anderen Weg abnehmen könntest mit dem Auto? Wie? Hab ich je einen Pfennig Kostgeld

verlangt? Möchte mal wissen, wozu man sich all die Jahre krummgelegt hat im Pütt. Damit dann sowas herauskommt?
Er wies wegwerfend auf meine Haare, eine Strähne, von seinen Fingerspitzen getroffen, flog auf, und ich wich zurück, in mein Zimmer.
Wie lang willst du dir die Zotteln denn noch wachsen lassen? Bis wir endgültig zum Gespött der Nachbarn geworden sind? Auf Zeche fragen mich die Kumpel schon, wann ich dir einen Minirock kaufe. Und deine Karre sieht vielleicht aus! Da kann man mit nacktem Finger *Sau* draufschreiben!
Dann tu es! sagte ich, empört, daß dieser Mensch, den ich doch wegen seiner Schweigsamkeit liebte, seiner melancholischen Güte, sich wie ein tollgewordener Stammtischler aufführte; er hatte mich nicht verstanden – vielleicht, weil meine Mutter plötzlich zu summen begann, irgendein Lied, demonstrativ.
Wir haben doch weiß Gott alles getan, um dir ein anständiges, sauberes Zuhause zu geben, fuhr er fort. Und du guckst uns an, als wären wir Fremde, rennst rum wie ein Neandertaler, läßt das teure Auto verkommen und machst auch immer öfter blau, wie ich höre. Hast es ja nicht nötig, zu arbeiten. Sollen die anderen ihr Leben auf dem Bau oder unter Tage verplempern. Es gibt im Notfall ja uns. Paß bloß auf, daß ich dich und deine Gammlermusik nicht mal auf die Straße setze!
Ich hatte genug. – Tu es doch! wiederholte ich, schreiend, und er gab meiner Mutter das Bier, drückte sie mit der Flasche zur Seite und ging auf mich los. Seine großen Hände waren zerschrammt, und einige der Fingernägel hatten schwarzblaue Flecken.
Ich floh in das Zimmer, an die hintere Wand, riß mein

altes Lineal vom Schreibtisch, ein lächerliches Schwert, warf es fort und hob den Stuhl.

Mein Vater – bei jedem seiner schweren Schritte zitterte das Leselämpchen –, mein Vater knirschte mit den Zähnen wie sonst nur im Schlaf und wischte die Topfpalme, mannshoch, mit einer Armbewegung in die Ecke. In seiner Wut schien er doch bedrückt, ja verzweifelt. Er verengte die Augen, hob die Fäuste – und stolperte plötzlich, schlug fast hin: Ein Stapel Bücher ...

Verdutzt blieb er stehen, griff sich an den Mund. – Mein Gott! – Mit der anderen Hand suchte er am Kleiderschrank Halt und sah mir, zwischen den erhobenen Stuhlbeinen hindurch, ins Gesicht, grübelnd und hilflos zugleich. Hinter ihm, in der Küche, hörte ich das Feuerzeug meiner Mutter klicken. Dann winkte er ab – eine oft vollführte, resignierte Geste, als werfe er irgendwas auf den Müll –, und ich sah noch das feuchte Glänzen in seinen Lidwinkeln, ehe er sich umdrehte und ins Schlafzimmer ging. – Das habe ich geträumt, sagte er leise.

Am nächsten Tag wurde betoniert. Die gewaltigen Reifen der Transporter, die in schneller Folge auf den Bauplatz fuhren, zerwühlten den lehmigen Boden, und oft bremsten die Wagen so hart ab, daß Beton aus den randvollen Trommeln schwappte. Alle Hilfsarbeiter, die gewöhnlich den Einkauf für die Pausen besorgten, waren unabkömmlich, und ich ging von Mann zu Mann und notierte mir, wer was brauchte. Das hatte ich schon als Lehrling gemocht, eine ruhige Stunde, und wie damals amüsierte ich mich auch jetzt darüber, daß alle deutschen Maurer ihre Fleischwurst mit dem Zu-

satz »Ohne Knoblauch!« bestellten. Oft war diese Sorte aber ausverkauft, und ich, zu faul, bis zum nächsten Metzger zu laufen, brachte kurzerhand für alle »mit«. Schließlich war das Gewürz so schwach dosiert, daß es nie jemand schmeckte, auch Rudi nicht, der öfter auf einen der Türken zeigte und mit vollen Backen rief: Du essen Hammel draußen! Stinkt nach Knoblauch!
An diesem Montag wollte er nur Milch; er sah leidend aus dem Graben, in dem er den Isolierputz für die Kellerwand auftrug, und roch noch nach dem Suff des Wochenendes. Als er in seinem Portemonnaie kramte, zitterten die Finger, Münzen fielen in den Dreck, und ich verkniff mir ein spöttisches Lächeln. Er warf den Mörtel so kraftlos gegen die Wand – immer wieder sackten große Fladen ab, und als ich davonging, bat er mich mit weinerlicher Stimme, es klang fast flehend, ihm rasch ein paar Putzhaken aus dem Lager zu holen.
Die Brettertür der Baracke, wie immer, klemmte. Sie war so oft aufgebrochen und wieder geflickt worden, daß man sie nur noch öffnen konnte, indem man sich zunächst mit ganzem Gewicht dagegenstemmte, sie am Griff etwas anhob und dann, »mit Schmackes«, aufriß. Ich sah wohl ein, daß der verkaterte Rudi zu schwach dazu war; auch mir gelang es nicht beim ersten Mal. Vielmehr brach ich die Klinke ab, und nachdem ich sie mit Nägeln und Drähten wieder festmontiert hatte, rammte ich die Schulter erneut gegen die Bretter, drückte, hob und zog, die Zargen ächzten, die Tür sprang auf – und eine Ratte flog mir ins Gesicht.
Rudis Gelächter, sein Gellen, übertönte das Knirschen und Grommeln der großen Mischtrommeln; dabei schlug er mit der Kelle gegen die Mauer, immer wieder,

was einen schmerzhaft hellen Laut ergab und die Arbeiter an den Gerüstrand lockte.

Die Ratte, am Schwanz an die Innenseite der Tür genagelt und – mit dem Ruck, mit dem ich diese aufgerissen hatte – wie ein Pendel mir gegen den Mund geschnellt, war fett und fast schwarz; deutlich konnte man die Löcher sehen, die ein halbes Dutzend Schrotkörner in das Fell geschlagen hatte. Die Augen wirkten zugekniffen, eines der grauen Ohren fehlte, und an dem spitzen etwas geöffneten Schnäuzchen hing ein Tropfen aus Blut und Sekret – und war nun durch einen langen, sonnenglänzenden Faden mit meiner Unterlippe verbunden. Er riß, als ich mich nach Rudi umdrehte, der sich grinsend über sein Mörtelfaß beugte.

Es gab den gelegentlich praktizierten Brauch, Einkäufer in die Wassertonne zu tauchen oder mit Maschinenöl einzuschmieren, wenn Lebensmittel und Getränke nicht pünktlich auf den Tischen standen ... Meine Uhr zeigte drei Minuten vor eins, als ich mit prallvollen Plastikbeuteln in die Bude hastete und mich daranmachte, Wurstpäckchen, Milchtüten, Bierflaschen und das Wechselgeld auf die einzelnen Plätze zu verteilen.

Weil ich dabei immer wieder aus dem Fenster, auf die überall herumliegenden, zu rotviolettem Brei zerschossenen Ratten schaute und mich fragte, warum sie noch nicht gefressen waren, stieß ich öfter mit dem Kopf gegen die vielen Taschen, die unter der Decke hingen. Sie pendelten hin und her, und eine rutschte vom Nagel und fiel auf den Tisch. Und von dort vor meine Füße.

Momentlang wurde es still in mir, ich atmete nicht. Dann schlug mein Puls heftiger, klang in den Ohren wie der sanfte, doch bestimmte Auftritt von Tatzen, und ich ging zur Tür und blickte durch den Spalt hinaus. Soeben fuhr ein neuer Betonwagen auf den Platz, der Kranführer fluchte, und die Maurer, kopfschüttelnd, steckten ihre Zigaretten wieder weg.

Rudis Tasche, altes, genarbtes Leder mit angerosteten Schlössern, war offen und enthielt nichts als eine Brotdose, eine Tageszeitung und eine Rolle Klopapier. Ich wunderte mich: Keine Schrotpatronen. Sie befanden sich vermutlich mit dem Gewehr im Futteral, und ich klappte die Sitzbank hoch und durchsuchte die Gerätekiste.

Ich öffnete das Fenster, stieg auf den Tisch und sprang hinaus, blieb aber dicht an der Bretterwand, damit die Arbeiter, die jenseits der Baracken die oberen Etagen betonierten, nicht auf mich aufmerksam würden.

Im Innern der Erdhaufen Rascheln, erschrockenes Quieken, und ich spähte durch die Lücke zwischen Wasch- und Pausenbaracke hindurch: Der Polier war nirgends zu sehen. Rudi stand nach wie vor im Graben; der Kopf mit der weißen Mütze verschwand und tauchte auf in dem Rhythmus, in dem er den Putz glattstrich, und ich bückte mich.

Mit der Fliesenlegerkelle aus dem Werkzeugkasten – herzförmiges Blatt, langer Griff – hob ich eine der toten Ratten auf, das heißt ihre Überreste, denn der Volltreffer hatte sie in ein fliegenumschwirrtes Häufchen Gehacktes verwandelt, und kletterte damit in die Bude zurück.

Wieder ging ich zur Tür, überzeugte mich, daß niemand in der Nähe war, und streifte den Gummiring von der Proviantdose. Sie enthielt einen Apfel, ein hartgekochtes Ei und ein belegtes Brot, ein sogenanntes Dubbel, in der Mitte geteilt. Außerdem eine Likörpraline, widerlich süß.

Ich wickelte die Brothälften aus der durchsichtigen Frischhaltefolie und klappte sie auf. Die beiden daraufliegenden Scheiben Kochschinken, mit Zwiebelringen, Paprikastreifen und Cornichons garniert, warf ich aus dem Fenster und verteilte die Ratte auf die Salatblätter. Das Tier, sofern es nur eines war, erwies sich als sehr ergiebig; der Rest hätte für ein weiteres Sandwich gereicht. Mit einem Teelöffel entfernte ich ein paar Schrotkörner aus der Masse, legte Paprika, Gurken und Zwiebeln darauf, gab acht, daß keine verräterischen Körperteile wie Pfötchen oder Schwanzspitzen über die Ränder ragten, und klappte das Dubbel zu. Verstaute es in der Dose.

Der Kranführer riß die Tür auf. – Daß man an diesen Betontagen nie pünktlich zum Essen kommt! schimpfte er und bemerkte wohl nicht, daß ich Rudis Tasche zwischen die anderen unter die Decke hängte. Stehend trank er aus seiner Mineralwasserflasche, und dann sah es aus, als würde ihn der Rückstoß seines Rülpsens auf die Sitzbank drücken.

Nach und nach kamen die anderen zur Pause, wobei die meisten Ausländer nur ihre Brotbeutel holten; sie aßen draußen, unter den Bäumen. Ich setzte mich in die Nähe der Tür und doch so, daß ich Rudi in seiner hinteren Ecke beobachten konnte. Er ließ sich von Manni die Tasche geben.

Der Kranführer schlug auf den Tisch. – Hier stimmt doch was nicht! blaffte er, und ich fuhr herum und sah, wie eine Ratte eine Scheibe Schinken in ihr Loch zog. Der Mann zeigte auf das Wechselgeld, zehn Mark zuviel. – Dir ist wohl nicht nur das Augenmaß abhanden gekommen, sagte er und spielte auf mein Mauern an, die Nachlässigkeit in letzter Zeit: Du kannst auch keine zwei und zwei zusammenzählen! – Beifallheischend sah er zu Rudi hinüber, der uns aber gar nicht beachtete.

Er wischte mit einem Lappen über sein Gewehr, knickte es auseinander und sah prüfend durch die Läufe. Dann schob er große Patronen ein, öffnete das Fenster einen Spalt und legte die Waffe auf die Brüstung. Doch ehe er sich den Ratten widmete, riß und zerrte er umständlich an seiner Milchtüte herum.

Manni, vor einem Kreuzworträtsel, suchte einen Komponisten, neun Buchstaben, und sah erstaunt auf, als ich ihm die Beethoven-Biografie hinschob. Stirnrunzelnd schrieb er den Namen ab und fragte: Nutztier mit fünf Buchstaben?

Ali! rief der Kranführer und stieß den Türken an, der in der Bude geblieben und eingenickt war. Der Mann hob den Kopf.

Wie heißen deine Esel, Ali? – Er rieb sich die Augen. – Mein Esel? In Kurdistan? Mein Esel heißt nicht, Kollege. Ich sage komm, er kommt. Ich sage geh, er geht. Gut Tier. – Und deine Frau? beharrte der andere und zwinkerte mir zu. – Meine Frau? Sie heißt Gül. Wieso? – Also schreib Gül, sagte der Kranführer, und Manni zählte die Kästchen ab und schüttelte den Kopf. – Zuwenig Buchstaben, murmelte er.

Das ist doch ... – Rudi sprang auf, verrückte den Tisch, eine Flasche schlug um.

Was hat diese gottverdammte Schweinerei zu bedeuten?! schrie er und kam auf mich zu. Die Brauen erhoben, wog er die Milchtüte wie einen Stein in der Hand. – Willst du mich verarschen, Mann? Bist du zu blöd zum Einkaufen?

Er stellte sie vor mich hin und zeigte mit einem Finger,

dessen Nagel bis zum Gehtnichtmehr abgenagt war, auf die Verschlußlasche. – Gekühlt mindestens haltbar bis zum zehnten Mai, stand da.
Und? sagte ich. – Heute *ist* der zehnte Mai.
Er stemmte die Fäuste an die Hüften und nickte; die glänzend hervortretenden, nußbraunen Augen in dem roten Gesicht, das sah fiebrig aus, als hätte er einen Blutstau im Kopf. – Heute ist der zehnte Mai, sagte er, danke für den Hinweis. Habe ich nicht einen Liter *frische* Milch verlangt?
Was willst du? Sie ist frisch, antwortete ich.
Er zog einen Mundwinkel tief in die Wange und sah die anderen an, als hätte er es immer gewußt: Ich war nicht zu retten. – Eine Milch, die bis zum zehnten Mai haltbar ist, schmeckt am zehnten Mai nicht mehr frisch, sagte er.
Ich wies auf die Lasche. – Du hast sie ja noch gar nicht probiert.
Seine Hände flogen in die Höhe. – Darum geht es nicht! Wenn ich frische Milch verlange und bezahle und die Regale voll sind mit Milch, haltbar bis zum dreizehnten, vierzehnten, sechzehnten Mai, versteht es sich von selbst, daß hier keine Milch angebracht wird, die nur bis zum zehnten Mai haltbar ist, oder? Was, wenn ich sie jetzt nicht austrinke, wenn ich mir einen Rest bis morgen aufbewahren will! Den kann ich doch vergessen, Mensch!
Weil ihn die Ratten aussaufen werden, sagte ich. Übrigens steht hier: *Mindestens* haltbar bis zum zehnten Mai. Also ist sie auch später noch frisch.
Wann eine Milch frisch ist und wann nicht, entscheide ich, sagte Rudi und tippte sich mit dem Daumen an die Brust: Ich! Schließlich zahle ich auch gutes Geld dafür.

Und eine Milch, die nur bis Anfang Mai haltbar ist, schmeckt Anfang Mai nicht mehr frisch, basta! Das ist doch die pure Gehässigkeit, was du hier abziehst!
Nun, sagte ich und schlug mein Buch auf: Dann kauf dir deine Milch in Zukunft selbst.
Nun..., äffte er. – Dein vornehmes *Nun* kannst du dir unter die Vorhaut reiben, du Schwuchtel. Paß auf, daß ich dir nicht mal die Rosette verplombe!
Er ließ die Tüte auf meinem Tisch, setzte sich an seinen Platz und schoß schnell hintereinander beide Läufe leer.
Draußen stob schwarze Erde auf, prasselte gegen die Bretterwand.
Dann griff er nach der Brotdose.
Ich war viel zu wütend über seinen Milchanfall, um Angst zu fühlen. Und als ich den Kopf hob und sah, wie eine Ratte, rückwärts kriechend, die blutigen Reste der kleinen, braun-weiß gescheckten Katze in ihr Loch zog, dachte ich überhaupt nicht mehr an den Brotbelag. He! rief Manni und zeigte hinaus. – Hast du etwa...
Die Tür flog auf, der Polier kam herein. – Ich brauch mal rasch zwei Leute, die mir ein Fundament betonieren, sagte er und zeigte auf den Türken und mich: Ahmed, Kai! Der Wagen ist da, haut den Rotz in den Graben. In fünf Minuten könnt ihr weiteressen.
Ich stand auf, und er setzte sich an meinen Platz und blätterte in der Biografie. – Ein Buch?! Richtig bedruckt und alles? – Jaja, hörte ich, schon in der Tür, Rudi mit vollen Backen rufen: Der Junge macht jetzt in Kultur!
Ich verteilte den Beton, der schwallweise aus der Trommel schoß, mit einem Rechen; Ahmed, um die Masse zu verdichten, bediente den Rüttler. – Warum, rief er, warum Kranführer will wissen Name von meine Frau, Kollege?

Ein blöder Witz, sagte ich. Mach dir nichts draus.
Er lachte. – Witz? Witz gut! Aber warum will wissen Name? Alle Papiere in Ordnung, Lohnsteuerkarte, Ausweis, alles!
Sicher. Das mit dem Namen hat nichts zu bedeuten. Vergiß es.
Genau, rief er, hat nichts zu bedeuten! Ich sage komm, sie kommt. Ich sage geh, sie geht. Warum will Kranführer wissen?
Nach einigen Minuten war der Graben betoniert. In der Baracke, voll von Rauch und schläfrigem Schweigen, wischten die ersten ihre Trinkbecher aus und steckten die Zeitungen weg. Ich zog die Tür hinter mir zu, blieb jedoch im Rahmen stehen.
Rudi saß immer noch am Fenster und blickte über den langen Lauf hinaus ins Freie, lauernd. Dabei kaute er langsam einen Bissen von dem Sandwich aus der Dose, und ich meinte, außer seinen gewöhnlichen Mampflauten ein leises Knacken zu hören und schluckte, als er schluckte. Er griff sich an den Mund – zog aber nur ein Haar hervor.
Ohne hinzusehen, tastete er nach der zweiten, verpackten Hälfte, riß die Aluminiumfolie auf, biß ab von dem Brot, schob sich noch ein Stück Tomate zwischen die Zähne, und schoß.
Ein paar Maurer erhoben sich, blickten hinaus, und er schlug auf den Tisch und lachte mit weit aufgerissenem Mund in die Runde. – Fünf Stück! schrie er, daß die Speisebröckchen flogen. – Fünf Stück mit einem Schuß zu Brei!
Wieder griff er nach seiner Schnitte, einer Schwarzbrotschnitte, biß ab, und die Scheiben verrutschten: Sie waren mit Harzer Käse belegt. Ich mußte mich setzen.

Er schoß erneut, Erdfetzen flogen auf und schienen langsam, ganz langsam niederzuschweben. Der Polier schob mir das Buch über den Tisch.
Naja, lange Haare hin oder her, sagte er: Das war schon ein toller Hecht, dieser Beethoven. Meine Tochter hat die »Kleine Nachtmusik« von dem, aber so aufgepopt, weißt du. – Ich nickte, wischte mir Schweißtropfen von der Oberlippe. Er sah auf die Uhr.
Es wird Zeit, Jungs! Schiebt euch die letzten Bissen hinter die Kiemen, und dann raus!
Trotz aller Hektik war er an den Betontagen meistens gut gelaunt, denn schließlich wurden Kubikmeter gemacht, so hieß die Zauberformel, und Kubikmeter machen brachte Akkordzulagen und Leistungsprämien und befreite eine Weile vom Termindruck. – Auf gehts, rief er, heb den Arsch hoch, Manni! Wieder scharfen Käse auf der Stulle gehabt?
Manni rollte das Rätselheft zusammen und stopfte es in die Jacke. – Nö, nö, sagte er. Sülze, sehr pikant. Bißchen viel Knorpel vielleicht, aber gut. Mit Gürkchen. Will jemand noch'n Appel? Ein Ei?
Keiner antwortete, und er warf ein Knäuel Frischhaltefolie aus dem Fenster, klappte die Brotdose zu und streifte den Gummiring darüber. – Dann nicht, sagte er. Wer nicht will, der hat schon. – Er schnalzte leise und fuhr sich mit dem Daumennagel durch die Zahnritzen. Zwischen den Hälften der Dose klemmte, winziger als ein Pfennigstück und offenbar nur von mir bemerkt, ein Rattenohr.
Ich sprang auf. Mein Kreislauf blieb noch etwas sitzen. – Manni! rief ich, und er sah mich freundlich an, griff erneut in seine Tasche und hielt mir den Apfel hin, wobei er aufmunternd nickte.

Mensch Manni! Ich dachte ..., ich wollte ...
Man drängte mich zur Tür. – Komm, kleiner Beethoven, quatsch keine Arien. Du stehst im Weg. Raus, Leute, raus! Die Wagen sind da!

Mein Vater, der Urlaub hatte und die Hecke schnitt, sah erstaunt auf die Uhr, als ich in unsere Straße bog; auch meine Mutter unterbrach ihr Fensterputzen und blickte sich zur Wanduhr um. Ich bremste, daß die Reifen kreischten und blieb im Auto sitzen, ohne den Motor abzustellen. Auf dem Bürgersteig, zwischen den abgeschnittenen Zweigen, lag ein Vogelei.
Irgend etwas war defekt, schwarz, pechschwarz der Auspuffrauch, und meine Mutter schrie, ich weiß nicht was, verstand nur *Dreck*. Wieder und wieder gab ich Gas, der Krach tat gut, fegte wie ein Scherbensturm durchs Hirn, und ich bemerkte einen Schatten, der sich der Fahrertür näherte, und ließ die Kupplung los. Die Räder drehten durch, der Rauch, mit zunehmender Geschwindigkeit, verflüchtigte sich, und mein Vater, im Rückspiegel, schnitt seine Hecke. Während meine Mutter mit schnellen, weit ausholenden Armbewegungen über die Fenster wischte.

II

Die weiße Lüge

Im Hof stand ein alter, efeuüberwachsener Schuppen, in der Kaiserzeit die Gemeinschaftstoilette der Hinterhausbewohner. Die eine der beiden Kabinen enthielt Eimer, Besen und Schneeschaufeln, in der anderen lagerte Brennholz in kopfgroßen Brocken; Klemkes Brennholz. Die Vermieterin hatte mir erzählt, daß er nach Feierabend in den Berliner Wäldern herumfahre und umgestürzte oder abgestorbene Bäume an Ort und Stelle mit einer Motorsäge, einem alten Dieselmodell, grob zerstückele. In unserem hallenden Hof nahm er dann die feinere Zerteilung in Blöcke vor, von denen er fast täglich einige in die Wohnung trug und sie unmittelbar über meinem Schreibtisch zu Anmachholz zerhackte.
Doch der Krach und die Erschütterungen, die zitternden Gläser im Glasschrank schienen nur mich zu entnerven; nie erlebte ich den Protest eines anderen Nachbarn, und auch Jack Greg, den ich im Treppenhaus auf den markzermalmenden Holzfällerlärm hinwies, schüttelte nur den Kopf und tippte sich an die Ohren: »Stopstop«! sagte er.
Aber irgendwann hatte Klemke wohl genug Brennstoff eingelagert, oder die deutschen Wälder kamen nicht mit dem Sterben nach und er sägte die erfrorenen Olivenhaine der Toscana ab – jedenfalls wurde es wieder ruhiger im Haus und stundenweise so still, daß mich das Rauschen meiner Bleistiftmine auf dem Schreibblatt reizte ...
Mitternacht: Soeben gingen die Radionachrichten zu Ende, Meldungen von Erdbeben, Ozonlöchern, Reaktorschäden, gallige Wörter, die zu Störfällen der Seele

fermentierten, Dreck nahm einem die Luft, die achtziger Jahre stürzten kollabierend in die neunziger, und traurig freute ich mich über den Stern, der mir durch den Dunst hindurch zuzwinkerte, und genoß diesen unsagbar faulen, unsagbar köstlichen Hinterhoffrieden, während ein Rotweintropfen vom Glasrand auf das Deckblatt meiner Notizen tränte.

Mit der Fingerspitze zerrieb ich ihn zu einem Mond und staunte, über wieviel Seiten mich der Lichtstrahl getrieben hatte, der von dem Kleid jener Frau, den eingestickten Spiegelchen, in mein Gedächtnis gefallen war. Dabei schien mir das Erinnern eine Art Schutz zu gewähren: Als hätte die Zeit selbst ein Interesse daran, daß man sie neu belebt und verdichtet, weiß sie den, der sich auf die Vergangenheit besinnt, vor den Zumutungen der Gegenwart zu schützen – jedenfalls bis zu einem gewissen Punkt.

Ich bemerkte: Der zwinkernde Stern war das Licht eines Flugzeugs. Ich zeichnete dem Mond ein paar Hörner, und dann fing es an. – Warum auch nicht, dachte ich noch, schließlich lebst du in einer brodelnden Großstadt, alles hängt mit allem zusammen, und du kannst nicht erwarten, daß die schrecklichen Dinge, die täglich in der Zeitung stehen, immer nur anderen passieren.

Die Wohnungstür, als rammte jemand die Schulter dagegen, rappelte im Rahmen, während gleichzeitig im Schloß herumgestochert wurde; es klang nach Dietrich oder Schraubenzieher, es klang nach brechenden Zähnen. Auf mein: He! Wer da! antwortete niemand, vielmehr schlug oder trat man noch heftiger gegen das Holz, das untere Feld hatte bereits einen Riß, und wütendes Schnauben wurde laut... Ich nahm eine Eisenpfanne vom Herd.

Nach einem zweiten, vergeblichen Zuruf holte ich Atem und riß die Tür auf: Unglücklicherweise erlosch in dem Moment die Treppenleuchte. Da es in meinem Flur ebenfalls dunkel war (ich besaß zweitausend Kriminalromane und hatte durch keinen hervorscheinenden Lichtstreifen auf mich aufmerksam machen wollen), wurde das Wesen auf meiner Fußmatte nur von dem Auge des Schalters bestrahlt, das hinter ihm glühte, und ich zuckte zurück und stieß ihm die Pfanne mit Wucht vor die Brust: Es taumelte gegen den Drükker, und die Lampe, nach einem Krachen im Relais, ging an. Ich ließ die Waffe sinken.

Die schwarze Silhouette mit den rötlich sprühenden Rändern, die ich für eine mannshohe Ratte gehalten hatte, war bei Licht besehen natürlich niemand anderes als Klemke. Er trug wie gewöhnlich Clogs und hatte auf jede der kappenartigen Spitzen einen rotlackierten Weinkorken geklebt und einen lachenden Mund unter den linken, einen klagenden unter den rechten gemalt. Die knochigen Beine steckten in schwarzen Netzstrümpfen mit verdrehter Naht, und ich bedauerte doch, daß sein weiteres Kostüm von einem zugezurrten Parka verhüllt wurde. Aus den Taschen baumelten Luftschlangen bis auf den Boden, und im Fellrand der herabhängenden Kapuze glitzerte goldenes Konfetti. – Nanu, sagte er, soll das ein Witz sein? Was suchst'n du in meiner Wohnung?

Trotz des Rauschs begriff er schnell, kratzte sich den Haaransatz unter der Mütze (es war die mit den riesigen Mickymouse-Ohren) und starrte auf die Schlüssel in seiner Hand. – Heiliger Strohsack! Bin ich erst im dritten Stock?

Ich versuchte, seinen müden Blick zu fixieren, und

wies streng auf das Namensschild und die Risse und Dellen im Türholz, was er, der sich unter den Parka griff und irgendein Dessous zurechtzupfte, gar nicht beachtete. – Naja, reg dich ab, sagte er und stieg die Treppe hoch. Davon ist noch keiner gestorben. Reg dich ab, alter Junge. Kommt vor.
In den folgenden Tagen schien er seine Exzesse abzubüßen, indem er doppelt soviel Brennholz hackte wie sonst, und als ich die Vermieterin bat, ihm auszurichten, er möge es bitte nicht länger über meinem Kopf, sondern gefälligst im Keller zerkleinern, lächelte sie mich grundgütig an, legte mir einen Handrücken an die Wange und sagte: Lieber Herr Carlsen, wo leben Sie? Das Hinterhaus ist doch gar nicht unterkellert!
Also – dem Weg jenes Lichtstrahls zuliebe – stopfte ich mir wieder »Stopstop« in die Ohren und verwandelte mich für Wochen in den tumben, hohlraumversiegelten Behälter meines Herzschlags, das einzige, was mir zu Gehör kam; und wenn ich nicht gerade auf die Lampe oder die Konturen der Gläser im Glasschrank starrte, konnte ich sogar vergessen, daß mir ein Dämon namens Klemke auf der Nase herumtanzte.

Damals, das Bild meiner Eltern im Rückspiegel, fuhr ich zur Isenburg, einer Ruine im Wald überm Baldeneysee; tagsüber war sie ein beliebter Treff der Leute, mit denen die Zeit noch nicht viel vorhatte und die nachts ins »Blow Up« gingen. Man träumte unter bröckelnden Mauerbögen, spielte auf Gitarren, Trommeln oder Flöten, trank billigen Wein und rauchte alles Rauchbare in solchen Mengen – an windstillen Tagen schien die moosige Ruine in einer Wolke über dem See zu schweben.
An diesem frühen Nachmittag war niemand in den

Trümmern. Es begann zu regnen, schwere Tropfen fielen in die kalte Asche der Feuerstellen, und überall lagen Flaschen herum und kamen mir in meiner Trübsal wie Blasen im Sichtbaren vor. Als ich eine mit einem Ziegel zerschmetterte, fuhr ein Ruck durch den Steinhaufen, auf dem ich saß, und einen Lidschlag lang sah ich ein braungraues Tierfell zwischen den Mauerbrokken. In der Ferne, auf dem See, erklang eine gräßlich verbeulte, immer wieder vom Regengeräusch zerrissene Blasmusik.

Ich hatte keine Ahnung, was ich tun oder wohin ich gehen sollte – nur daß ich zunächst nicht nach Hause und nie mehr auf den Bau zurückkehren würde, war klar. Ich dachte daran, eine Weile im Auto zu leben und in Ruhe nach einer neuen Arbeit zu suchen; oder ich überließ mich der Vorstellung, meinen geliebten »Prinz« zu verkaufen und auf Nimmerwiedersehn gen Süden zu trampen, Italien, Spanien, Afrika. Doch erschrak ich vor der Aussicht auf eine so grenzenlose Freiheit und bekam kalte Füße bei dem Gedanken, nun mein eigener Herr zu sein, der absolute Regent dieses kleinen Königreichs, Schuhgröße zweiundvierzig. (War man da noch in der Krankenkasse?)

Aber vielleicht wurde ein Glasabräumer, ein Kartenabreißer oder eine Putzkraft im »Blow Up« gebraucht; oft hatte ich Salzburg, Meier, Move und Schnuff im Morgengrauen nach Altenessen gefahren, wo sie wohnten, und nicht selten die Klage gehört, die Arbeit wäre an den Wochenenden kaum zu schaffen. Folglich beschloß ich, ihren Chef einmal zu fragen, und als ich aufstand von dem Trümmerhaufen, klang das Krächzen und Gurgeln auf dem See, als regnete es direkt in die Hörner und Posaunen hinein.

Während ich den Wagen über den verschlammten Forstweg steuerte, quoll wieder Rauch aus dem Rohr und blieb reglos zwischen den Büschen hängen. Auch auf der Straße verflog er kaum, im Rückspiegel sah es aus, als hätte ich nur Schwärze im Schlepp, und plötzlich sackte die Tachonadel ab, das Pedal klappte auf das Bodenblech, und mein Gasgeben war bloß noch verärgertes Aufstampfen.

Ich wartete das Ende des Schauers ab, und nachdem Passanten mir geholfen hatten, das Auto aus dem Verkehr zu schieben, machte ich mich zu Fuß auf den Weg. Wind verschob die Wolkenmassen, und vereinzelt hervorstechende Sonnenstrahlen ließen die Wassertropfen an den vollerblühten Kastanien wie Kristallschmuck funkeln. Zwei Dutzend Häuser standen in der Straße, in der die Belegschaft des »Blow Up« wohnte, einer Sackgasse namens »Schwarzer Grund«, die zu einer Bergarbeitersiedlung gehörte und mit ihren gezirkelten Blumenbeeten, lackierten Jägerzäunen, frisierten Hekken, polierten Familienautos und nummerierten Mülltonnen einen langen, rechthaberischen Satz bildete, der auf eine trostlose Weise *alles* sagte; und von den flammenden Zipfelmützen unzähliger Gartenzwerge interpunktiert wurde.

Man arbeitete überall. Unter unermüdlich kreisenden Taubenschwärmen – die Flügel sirrten wie Sichelblätter – wurde geharkt, gehackt, gepflanzt, geschnitten, eine Atmosphäre ernster Geschäftigkeit, die jeden, der einfach nur daherschlenderte, wie Unkraut auszusondern schien; woraufhin ich meinem Gang, als kostete jeder Meter den Steuerzahler gutes Geld, unwillkürlich etwas Zielstrebiges gab. Ausgerechnet dabei fiel mir ein, was man seinerzeit im Heimatkundeunterricht der Kardinal-von-Galen-Schule lernen mußte: Daß ein geologischer Querschnitt unter Essen einhundertfünfundvierzig verschiedene, übereinandergeschichtete Wälder erkennen läßt.

Vor einem grüngestrichenen Zaun blieb ich stehen, betrachtete ein Magnolienbäumchen, das seltsamerweise noch nicht blühte, betastete eine der prallen, klebrig glänzenden Knospen und las die Namen *Sonja & Irene Sommer* am Tor. Das bemalte Porzellanschild in der Form eines Schmetterlings klapperte leise gegen die Latten, der Wind wurde stärker, und Sonne brach breit zwischen den Wolken hervor und äderte den Rasen mit dem Schatten des Magnolienbaums. An diesen Schattenästen blühten Gänseblümchen.

Das gegenüberliegende Haus, mein Ziel, bestand bei näherem Hinsehen aus vier verwinkelten Einfamilienhäusern, die ein gemeinsames Dach hatten und deren Eingangstüren sich in alle Himmelsrichtungen öffneten. Es war als einziges in der Straße nicht grau, sondern bis in die Giebelspitze, wo an einem Besenstiel ein schwarzer Damenstrumpf wehte, leuchtend weiß gestrichen, Tür- und Fensterwangen rot; und es gab weder Zaun noch Hecke, lediglich eine knöchelhohe Betonkante, die den Vorgarten, eine scheinbar zufällige Anhäufung weißer und hellgrauer Feldsteine, begrenzte.

Das Haus, von ein paar alten Kastanien und einer Pappel umgeben, schien ständig renoviert oder ausgebaut zu werden; immer wenn ich die müde Mannschaft davor abgesetzt hatte, war ein anderer Giebel, Erker oder Anbau eingerüstet gewesen. Unzählige Kupferrohre ragten wie Orgelpfeifen aus allen Dachluken hervor, die Rollos im Erdgeschoß waren herabgelassen, und auf den Fenstern der übrigen Stockwerke, neu eingesetzten Thermofenstern, lag eine dicke Kalkstaubschicht. Hinter dem Gebäude, umrahmt von den Beeten der Nachbarn, erstreckte sich ein großes Grundstück; in kniehohem Gras, von Gestrüpp und krummen Obstbäumen umwuchert, standen ein Autowrack, ein weißer, rot und gold bemalter Zirkuswagen und ein Dinosaurier.

Bei dem Wrack, das offensichtlich einmal ausgebrannt war, handelte es sich um ein amerikanisches Auto, einen »Mercury Combi«, wie mir schien, da mein Großvater, ein Mülheimer Beerdigungsunternehmer, zu seinen Lebzeiten ein ähnliches Modell gefahren hatte. – Der Saurier, der fett auf seinen Hinterbeinen hockte, war von den Tatzen bis zu den Ohren wohl sieben Meter hoch, ein rosarotes Ungetüm mit langem Schwanz und gelben Zacken auf dem Rücken; ein Requisit aus irgendeinem Disneyland mit blauen Glühbirnen als Augen und einer kleinen Bar im Bauch: zwei Tische, Stühle, ein verspiegelter Tresen.

An jeder Haustür gab es eine fabrikneue Gegensprechanlage, doch keines der Klingelschilder war beschriftet, und ich drückte aufs Geratewohl mal hier, mal da, ohne daß jemand öffnete. Ein weißes Kaninchen hockte hinter einem der oberen Fenster, ein Stofftier, wie ich glaubte, bis mir die Flecken auffielen, die seine feuchte Nase in den Staub gestupst hatte. Als ich, zwei Finger im Mund, ein paar Pfiffe ausstieß, begannen die Hunde der Nachbarn zu kläffen wie wild, vielleicht sogar die Nachbarn selbst, und das Kaninchen verschwand.

Es polterte im Bauch des Sauriers. Tief im Tier und halb verdeckt von alten Autoreifen, Bierkästen und Zeitungshaufen lag ein Mensch und räkelte sich; ich hörte

die Gelenke knacken. Ein Stuhl schlug um, eine leere Flasche rollte ans Licht, und der Mann, einen speckigen Schlafsack wie eine Larve mit sich ziehend, kroch auf allen Vieren an den Rand der Öffnung. Ohne Notiz von mir zu nehmen, blinzelte er in den Nachmittagshimmel, hockte sich umständlich auf die Stufen, die in den Bauchraum führten und stöhnte leise: Mein Gott ...
Er war nicht besonders groß, von gedrungener Statur, in festes Fett gepackt, und trug ein weißes Shirt und eine kalkbespritzte Schlosserhose. Von seinem Gesicht, vor Tagen rasiert, ließ sich zunächst nur sagen, daß es wie ein ungemachtes Bett aussah, zerknittert, grau, und die Augen beinahe zugequollen von offenbar sehr langer, sehr schwerer und wenig erquickender Schlafarbeit.
Junge, Junge, du zerkratzt ja hier die Luft mit deinen Pfiffen, brummte er. – Zu wem willst du denn?
Als ich ihm sagte, daß mein Auto stehengeblieben sei und ich Schnuff, Move oder Salzburg bitten wolle, mir beim Schieben zu helfen, grinste er und zog seine Armbanduhr auf. – Das ist ein kühner Wunsch, mein Freund. Das einzige, was die schieben, ist eine ruhige Kugel. – Er gähnte und fuhr sich mit den Fingern durch die dunklen Haare, die man nicht richtig kurz und nicht richtig lang nennen konnte; dafür aber richtig schmutzig.
Seine Uhr hatte keine Zeiger.
Kenne ich dich? – Momentlang schaute er freundlich aus seinem verquollenen Bett hervor. – Warst du schon mal hier? Und ehe ich antworten konnte: Na, egal. Jetzt bist du jedenfalls da.
Er stand auf, machte eine Kopfbewegung, und ich

stutzte und folgte ihm ungläubig zögernd auf die Straße, wo er einen VW-Bus öffnete, ein altes Bundeswehrauto voller Farbkübel, Tüten und Werkzeug. Barfuß wie er war, schwang er sich hinters Steuerrad und zündete den Motor. – Was ist denn? rief er. Komm! Auch wenn meine Verblüffung doch bezweifeln ließ, daß ich selbst so prompt geholfen hätte, schien sie ihn zu amüsieren, und als ich einen Dank stammelte, winkte er ab. – Man bedankt sich nicht. Steig ein.
Das wollte ich tun, hatte aber das Hämmern harter Absätze gehört und drehte mich um.
Die junge Frau, die über den Gartenweg des Nachbarhauses lief, hielt die Schultern so, daß der schmale Rücken fast ein Hohlkreuz bildete, stolz, und streckte bei jedem Schritt nicht nur das Bein, sie streckte auch den Fußfirst gerade vor, was ihrem Gang eine bezaubernde Spannkraft gab. Hinter dem Porzellanschmetterling blieb sie stehen und verschränkte die Arme vor der Brust. Stolz.
Übrigens kannte ich sie. Es war dieselbe Frau, die mir im vergangenen Herbst jene Rose geschenkt hatte, »Gloria Dei«, und später, in dem Spiegelkleid, durch meinen ersten Trip getanzt war. Jetzt trug sie Bluejeans, eine weiße Bluse und alles Gold hochgesteckt am Kopf, wobei eine Menge loser Härchen in jede Windrichtung wies.
Trotz ihrer offensichtlichen Empörung – Augen groß, Wangen rot, blasser Gouvernantenmund – versetzte mich ihre Schönheit in eine atemlose, dumpf glotzende Gedankenstarre... Der Blick, ein Wutstrahl, schien den Mann im Wagen zu meinen, und ich trat zur Seite.
Schwein–chen! stieß sie hervor, eindringlich leise, so

leise, daß man es bei einem anderen Menschen überhört hätte; aber andere hatten auch nicht diese Stimme: Prickelndes Ohrenglück, Silbenkristall. Der Handwerker zog den Kopf ein, blickte hinaus, und die Aura aus müdem Gleichmut und souveränem Desinteresse, die ihn wie Schlafzimmerluft umgab, lichtete sich. – Sonja! Du siehst aus wie ein toscanischer Sommermorgen!
Es ist aber schon Nachmittag, zischte sie durch die zusammengebissenen Zähne. – Hast du etwa vergessen ... Ich muß in einer halben Stunde los! Warum fährst du jetzt weg? – Sie ließ den schnell ausgestoßenen Wörtern weniger Atem, als sie brauchten und war sichtlich so von sich selbst überzeugt, wie es nur jemand sein kann, der sich noch gar nicht kennt. Der Handwerker zeigte auf mich. – Dem Jungen ist die Karre versackt. Wir schleppen sie in die nächste Garage und sind sofort wieder da, mein Stern!
Sie stampfte auf mit einem ihrer Holzabsätze, und als sie den Kopf herumwarf, um mich streng befremdet anzufunkeln, huschte der Schatten eines Magnolienastes wie ein schwarzer Blitz über ihr Gesicht.
Kaum waren wir davongefahren, sank Schweinchen, wie sie ihn genannt hatte, in jene konzentrierte Müdigkeit zurück und machte eine Miene, als würde er für heute nicht mehr mit dem Erwachen seiner Lebensgeister rechnen. Aber nachdem er das Abschleppseil an meinem Wagen befestigt und prüfend daran gezogen hatte, sah er nachdenklich auf und sagte: Wußtest du übrigens, daß Magnolien die ältesten Blumen der Welt sind? – Ich verneinte. – Doch, doch. Man nimmt an, daß die allererste Blüte, die vor Jahrmillionen ans Licht kam, eine Magnolie war.

Wegen Überlastung wurden vierzehn Tage für die Reparatur des Autos veranschlagt, und ich mußte eine Anzahlung leisten, die fast mein gesamtes Bargeld verschlang. Wahrscheinlich sah ich entsprechend betrübt aus, als ich die Werkstatt verließ; jedenfalls legte mir Schweinchen eine Hand auf die Schulter und sagte: Na, es wird schon durchkommen, oder?
Verquellungen und muffige Laune waren einem Gesicht gewichen, schätzungsweise Mitte dreißig und in jedem Sinn aufgeweckt. Es hatte einen kleinen, ansprechenden Mund, der stets etwas zu schmunzeln schien vor freundlichem Spott. Von seinen Winkeln führten feine, wie mit der Radiernadel gezogene Linien zur Nase, die jenen schönen Bogen beschrieb, den man auf alten Stichen, auf idealisierten Bildern Edler oder Künstler findet. Die Augen waren zwar braun, doch konnte man je nach Sonnenlicht auch etwas Grün und einen Schimmer Bernsteinfarbe sehen. Überdies schien er zu den seltenen Menschen zu gehören, die sich niemals um die Lage ihrer Haare kümmern. – Wie kommst du jetzt nach Oberhausen?
Wieso Oberhausen, sagte ich.
Steht doch auf deinem Nummernschild. Wohnst du nicht dort? – Die Stimme, nun wach und volltönend, ließ sich wie alle Stimmen schlecht beschreiben, irgend etwas zwischen Radiosprecher und kinderliebem Kettenraucher fiel mir ein, und ich sagte: Nicht mehr.
Aha. Und was machst du? – Ich hob die Schultern. – Wollte mir gerade etwas suchen. Meinst du, ich könnte Ecki mal fragen, ob es in dem Lokal ...
Im »Blow Up«? In dem verlausten Drogenloch willst du arbeiten? Was kannst du denn? Hast du nichts

Anständiges gelernt? – Ich bin Maurer, sagte ich. Aber ich möchte ...
Du bist Maurer?! rief Schweinchen belustigt, und wurde augenblicklich wieder ernst. – Entschuldige. Ich wollte dir natürlich nicht auf den Schlips treten. Aber wie ein Bauarbeiter siehst du nun wirklich nicht aus, das mußt du zugeben. – Sondern? fragte ich und bot ihm keine Zigarette an. – Wenn ich ehrlich sein soll, eher wie einer, der heimlich Gedichte schreibt, sagte er und kramte ein Feuerzeug hervor.
Was du vermutlich auch tust, fügte er hinzu. So rot wie du geworden bist.
Wir fuhren durch das Geflacker einer durchsonnten Kastanienallee, und er verringerte das Tempo. – Das mit dem »Blow Up« vergiß mal. Der Laden wird sowieso bald zugemacht. Das einzige, was er noch einbringt, sind Verweise und Anzeigen von Ordnungsämtern und Drogendezernaten. Fürchterliches Loch. Aber wenn du wirklich Maurer bist, hätte ich was Besseres für dich. Du könntest mir bei den Renovierungsarbeiten in dem Haus helfen, Bergschäden ausbessern, Fliesen legen, den ganzen Scheiß. Ich würde dir eins von den Zimmern unterm Dach verschaffen, kostet nicht viel, und du teilst dir die Arbeit nach Belieben ein. Wie wärs?
Ich sagte, ich hätte mir vorgenommen, nicht mehr auf den Bau zu gehen; dann schon lieber Gläser spülen im »Blow Up« ... Er schüttelte den Kopf. – Es wird geschlossen, glaub mir doch. Vermutlich schon in diesem Sommer. Außerdem bis du kein Typ für die Gastronomie.
Woher willst du das wissen? fragte ich verärgert. – Bist du eine Biersorte?
Nicht schlecht, sagte er – und gab Gas. Ich brach mir

einen Fingernagel ab bei dem Versuch, mich irgendwo festzukrallen, und prallte gegen seine Schulter, als Schweinchen mit kreischenden Reifen in eine schmale Einbahnstraße bog. – Falsch! rief ich. Das ist die falsche Richtung, Mann!

Er grinste nur und erhöhte die Geschwindigkeit in dem Maß, in dem ich die Füße gegen das Bodenblech stemmte und mich derart versteifte – ein Unfall, und ich wäre wie Verbundglas zersplittert. Nachdem er um einen Komplex aus Schulhöfen und Kindergärten gerast war, standen wir wieder am Anfang derselben lichtgrünen Allee, die er nun abermals, im Schrittempo, durchfuhr. – Ich liebe Kastanien.

Bis meine Gedanken in die richtige Richtung liefen, vergingen zwei, drei Atemzüge, und als ich es nicht unterlassen konnte, ihm einen Vorwurf zu machen, betrachtete er die Gärten voller Zwerge links und rechts der Straße, als wären sie die Bilder zu dem langweiligen Ton an seiner Seite. – Weißt du, irgendwann schwor ich mir, nur noch das zu tun, wozu ich wirklich Lust habe, sagte er. Und vorhin hatte ich Lust, durch diese Allee zu fahren. Wirklich.

Das nannte man wohl entwaffnende Logik – eine Darlegung, an deren Ende denn auch prompt das Licht der Erkenntnis flackerte. Blau.

Der Polizist, der aus dem plötzlich dastehenden Wagen stieg, baute sich, Kinn erhoben, Mützenschirm fast auf der Nase, ein Stück weit vor dem Seitenfenster auf, sah uns jedoch nicht an; vielmehr ließ er den Blick über das verbeulte, schlammbespritzte Auto gleiten, vom Heck zur Schnauze und zurück, eine Bewegung, die in angewidertes Kopfschütteln überging, und Schweinchen fragte: Was gibts denn, Chef?

Der Mann, dessen Wangenknochen im Sekundenrhythmus zuckten, schob sich die Mütze aus der Stirn, verengte die Augen und sagte: Wenn ich Ihr Chef wäre, säßen Sie längst auf der Straße, Mann. Außerdem wissen Sie gut, was los ist. Fahrzeugpapiere!
Während der so Angeraunzte ruhig in Kartenfach und Hosentasche kramte, stieg ein zweiter, sehr dicker Polizist aus dem Auto, bückte sich, blickte zwischen die Räder und rief: Die Karre verliert ja Öl! Ist die überhaupt verkehrstauglich?
Tut mir leid Chef, sagte Schweinchen und wendete sich an den Schlanken. – Hab das Zeug zu Hause vergessen. Ist aber alles in Ordnung, fragen Sie Ihren Funk. Oder kommen Sie mit zu mir, ich wohne gleich um die Ecke ...
Der andere, den Mund zu einem Strich zusammengepreßt, war mit einem Schritt am Fenster; seine Wangenknochen zuckten nicht mehr, sie traten hart und blaß hervor, als wollten sie jeden Moment als Hauer durch die Backen brechen. – Weißt du, wie *Chef* ohne Zähne klingt, du Hinterhippie?!
Stoßstange wackelt! rief der Dicke. – Nummernschild auch!
Der andere schlug gegen das Wagenblech. – Also raus, ihr Brüder! Auf die Wache!
Schweinchen, ohne sich von seinem Sitz zu rühren, sah mich an, heiter und erstaunt zugleich, und kehrte, Hokuspokus, die leeren Handflächen hervor. – Und dann lächelte er, wie ich es bis dahin selten gesehen hatte, was gewiß nicht nur an seinen erstaunlichen Zähnen lag. Es war ein Lächeln, das alle Widrigkeiten nicht einfach ausblendete – es schien seine Energie aus ihnen zu beziehen, seine Strahlkraft, so daß man, wie

bedrückt auch immer, unwillkürlich mitlächelte: Als wäre es bereits eine Lösung, dieses Lächeln, als entstände ein Freiraum an seiner Stelle, ein geheimes Loch in der Luft, durch das man, allem Ärger zum Trotz, ungesehen entschlüpfen konnte.

Die Wache war keine zwei Minuten weit entfernt, und der Beamte vom Innendienst, dem wir übergeben wurden, ein grauhaariger Mann mit ernstem Familienvatergesicht und spöttisch resignierter Miene, als wären wir alte Bekannte, wies auf eine lange Bank und widmete sich wieder den Akten auf seinem Tisch.

Erst als er ein Zündholz anriß, bemerkte ich einen weiteren Polizisten im Hintergrund des zwielichtigen Raums. Er trug eine mir fremde, dunkelblaue Uniform voll bunter Abzeichen, atmete sichtlich mühsam, mit schnappendem Mund, und glotzte irgendwie fischig durch den Zigarettenrauch – ein Polizeifisch, falls es das gab.

Der andere tippte staksig auf einer großen Schreibmaschine herum, und zunächst schien Schweinchen amüsiert wie ein Erwachsener, der sich der Willkür von Kindern, ihrem wichtigtuerischen Gendarmspiel fügt. Doch nachdem wir eine halbe Stunde auf der Bank gesessen hatten, ohne daß etwas passiert war, schüttelte er den Kopf. – Was ist denn los, General? Ewig leben wir auch nicht. Ich habe meine Papiere vergessen, gut. Aber deswegen können Sie uns doch nicht festhalten hier. Wir sind anständige, friedliche Bürger.

Der Grauharrige schmunzelte nur; doch sein Kollege, ein Glatzkopf, hatte wohl ein Stichwort gehört und lachte bitter auf. Schweinchen hob die Brauen. – Was wollen *Sie* denn?

Die Spiegelbilder einer langen Reihe kleiner Oberlich-

ter flitzten über seine blankpolierten Schuhe, als er bis nah vor unsere Bank kam. – Ich will Ihnen mal was sagen, blaffte er, und deutlich vernahm man die Wasserkante, den norddeutschen Akzent in der Stimme. – Wer Sachen macht wie Sie, hat gar kein Recht, so zu reden, klar? Wer diesen Bums da, diese Rauschgifthöhle betreibt, nicht wahr. Wo sich unsere Kinder fürs Leben vergiften. Wer lauter vorbestrafte Gammler in seinem Haus beherbergt, das übrigens ein Schandfleck in der Straße ist, wie ich mich überzeugen konnte. Und wer außerdem... Er stockte. – Wer außerdem? – Er holte Luft. – Wer außerdem so aussieht wie Sie, so verlottert und ungepflegt, der *kann* kein anständiger Bürger sein!
Ich starrte Schweinchen an; er blieb gelassen. – Na prima, Mann. Sie haben Ihrem Kanzler gut zugehört.
Der Beamte, der sich gerade eine neue Zigarette anzünden wollte, schnellte herum, und ich hätte mich nicht gewundert, wenn die Nähte seiner Uniform geplatzt und Sägespäne und Sprungfedern zum Vorschein gekommen wären. – Das hat nichts mit meinem Kanzler zu tun! brüllte er. Was glaubt ihr arroganten Studenten eigentlich! Meint ihr, ich könnte als mündiger Bürger nicht selbst...
Harry! – Der Grauhaarige langte über die Maschine, legte seinem Kollegen eine Hand auf den Arm. – Keine Diskussion!
Harry, augenblicklich, wendete sich um und ging hektisch rauchend auf und ab zwischen den Aktenschränken; der Sonnenglanz der Oberlichter strich sanft über seine Glatze.
Keine Diskussion, das hatte wie auswendig gelernt, wie ein Grundsatz aus der Polizeischule geklungen, und

Schweinchen nickte. – Natürlich nicht, sagte er, an den Grauhaarigen gewendet. Keine Diskussion. Niemals. Immer nur befehlen und gehorchen, nicht wahr? Und wohin das führt, werden *Sie* ja noch mitbekommen haben.

Der Beamte, offenbar verdutzt, konnte sein Gesicht nur unvollkommen hart machen gegen das Unbehagen, das in ihm aufstieg, und er neigte sich tiefer über die Papiere und schwieg.

So, sagte er nach einer Weile, dies ist Ihre Mängelliste. Die Schäden müssen in dem angegebenen Zeitraum behoben werden, wir erwarten eine Vorführung des Wagens. Und was ihr falsches Einbiegen in die Schulstraße und das Fehlen der Papiere betrifft, fügte er seltsam freundlich hinzu, will ich dieses Mal Gnade vor Recht walten lassen, Herr Eberwein. Schönen Tag noch.

Doch kaum waren wir durch die Pendeltür in den Windfang getreten, rief er uns zurück.

Er saß auf der Schreibtischkante, blätterte in einem Ordner, und sein Kollege, hinter ihm, las kopfschüttelnd mit. – Eine Frage hätte ich noch, Ecki. In Ihrem Haus sind sage und schreibe, warten Sie, *neunundsiebzig* Personen polizeilich gemeldet. Eine Menge, nicht wahr? Ich meine, ich will ja nicht zudringlich werden, es ist am Ende Ihre Sache: *Wohnen* die alle da? Alle neunundsiebzig?

Der Befragte zog zunächst die Schultern hoch, schien zu überlegen ... und nickte dann. – Natürlich, sagte er bestimmt. Alle. Bis auf meinen Kanzler. – Der andere, während sein Kollege sich verfärbte, runzelte die Brauen. – Ihr Kanzler? fragte er mit amüsierter Verständnislosigkeit. – Der wohnt in meinem Herzen, sagte Ecki und wendete sich ab.

Er parkte vor dem Magnolienbäumchen und las die Mängelliste durch.
Tiefer im Garten, wo junge Salatpflanzen auf feuchtschwarzen Beeten strahlten, als würden sie aus dem Erdinnern heraus erleuchtet, arbeitete eine Frau. Mitte vierzig oder darüber, schien sie recht groß, von jener selbstgewissen Stattlichkeit, die man sich eher unter dem Säulenportal einer Südstaatenvilla als in den Kartoffelfurchen einer Zechensiedlung denkt. Die Nägel ihrer schmutzigen Finger waren lackiert, und sie hatte nicht einmal die goldenen, locker ums Gelenk gewickelten Armbänder abgenommen. Breitbeinig in schwarzen Hosen, eine kleine, abgewetzte Hacke in der Hand, stand sie wie die Verwalterin des Frühlings über dem Grün und hob langsam das Kinn. Als sie schließlich an den Zaun kam, meinte ich in ihren hellen, scheinbar freundlichen Augen einen zweiten Blick zu sehen, abwartend, kühl und gegen Menschen immun.
Ecki! rief sie. – Du Schuft! Die Kleine zerkratzt dir das Gesicht!
Es war die flaumige Wolle des roten Pullovers, der ihre aufrechte, durch das zurückgebundene Blondhaar auch streng erscheinende Haltung ein wenig milderte und ihr zusammen mit den beiden schlichten Perlen als Ohrschmuck fast etwas Sinnliches gab; doch befanden sich ihre Mundwinkel stets in Bewegung, winzige Zeiger, die zwischen falscher Freundlichkeit, Spott und Geringschätzung zuckten, so daß man die Frau samt ihrer ironischen Makellosigkeit – ich muß es leider sagen – gern ein bißchen durch den Dreck gezogen hätte. Ecki zerriß die Liste und sagte ruhig: Tag, Frau Sommer. Hat Sonja denn auf mich gewartet?
Aber das weißt du doch!

Tut mir leid, wir waren beschäftigt. Sind ja nur zwei Haltestellen bis zu ihrem Französischlehrer. Die wird sie auch ohne mich geschafft haben.
Ich bitte dich! In deinem Alter sollte ein Mann langsam wissen, worauf es einer Frau ankommt. Sie wollte von *dir* gefahren werden, mein Lieber...
Übrigens hatte sie eine Stimme, die sich mit ihrem eigenen Klang ins Recht setzte; ohne überflüssige Nuance, ohne närrischen oder zärtlichen Kick konnte sie sich auch leise Gehör verschaffen; jeder Ton verfügte über kleine Ellenbogen.
Ist gut, sagte Ecki. Ich werde mit Sonja reden.
Er nahm eine Gipstüte und einen Kanister Farbe aus dem Wagen, bedeutete mir mit einer Kopfbewegung, die Tür zu schließen, und ging über die Straße, wobei er, Riß in der Tüte, einen feinen weißen Streifen auf dem Asphalt hinterließ. – Und Sie? fragte die Frau schneller, als ich ihm folgen konnte; sie war nah an den Jägerzaun getreten und hatte den Schuh auf einen Längsbalken gestellt; die rote Spitze blitzte zwischen den Latten hervor. – Wer sind *Sie*, junger Mann? Ein neuer Mieter?
Ecki drehte sich um und rief: Mein Masseur! Wenn Sie bei Ihrer Tochter ein Wort für mich einlegen, bekommen Sie ihn mal geliehen, für die Badewanne...
Sie stemmte die Fäuste an die Hüften und lächelte bitter amüsiert, wobei sie die Mundwinkel etwas herabzog, ein Lächeln, das sofort aus ihrem Gesicht verschwand, als Ecki wieder aufs Haus zuging. Und während sie mich trocken musterte – Gewicht, Größe, Durchmesser, Kraft –, beulte sie die Wange mit der Zungenspitze aus.

Der Teil des Gebäudes, durch den wir über eine verwinkelte Treppe ins Dachgeschoß stiegen, bestand aus mehreren nagelneuen Einzimmerappartements mit Kochnische und sogenannter Naßzelle, und da noch nirgendwo Türen eingesetzt waren, fiel mir sofort auf, wie schlampig man gearbeitet hatte in den Räumen, die teilweise so klein waren, daß die teuren Chromstahl- oder Plexiglasarmaturen in Dusche und Küche und die schwarzen, mit kleinen Bildschirmen versehenen Gegensprechanlagen neben den Eingängen nahezu protzig wirkten. Alle anderen Materialien waren das Billigste vom Billigen; die offenbar in großer Eile vorgenommene Renovierung kam mir trostlos wie eine Zerstörung vor: Überall fehlten Kacheln oder waren nicht sauber verfugt, Heizkörper hingen schief in den Nischen, die einzelnen Bahnen der Rauhfasertapeten klebten oft mit fingerbreitem Abstand nebeneinander, der Rahmenlack war über die Fensterscheiben geschmiert worden, und viele Bodenfliesen, Kunststoff, lagen mit losen Ecken da wie mit gespitzten Ohren.

Am Ende der Treppe führte eine halsbrecherische Stiege, kaum mehr als eine Leiter, auf den Dachboden hinauf; durch die Luke war Musik zu hören, und wir kamen in einen großen, düsteren Raum, in dem es nach Katzenfutter und ungelüfteten Betten, nach verschüttetem Bier und gärenden Küchenabfällen roch. Als sich meine Augen an das Licht einer einzelnen, violetten Glühbirne gewöhnt hatten, erkannte ich Schnuff, der vor einem Elektroherd stand und durch die lang herabhängenden Haare hindurch in eine Pfanne starrte, auf einen undefinierbaren, gelblichen Brei.

Neben dem Herd hing ein Ausguß voller Geschirr, und in einem Bretterverschlag stand ein mehrfach gesprungener, mit Isolierband geflickter Klotopf. Die schwarze Katze, die auf dem Deckel hockte, machte große, violett glänzende Augen und sprang davon; Schnuff dagegen schien uns gar nicht zu sehen; er rührte seine Mahlzeit um und schlurchte damit in das Zimmer, aus dem die Musik drang, URIAH HEEP.

Kaum hatte er die Tür mit einem Fußtritt hinter sich geschlossen, flog eine andere auf, und Mister Move, das Haar wild zerzaust und im übrigen nackt, schoß vor bis an den Herd und stellte die glühende Platte, auf der die Funken tanzten, mit einer unwirschen Knopfdrehung ab.

Danke, sagte Schnuff mit vollem Mund hinter der Tür, und Move – er kehrte uns den Rücken zu, kratzte sich den Kopf – zischte giftig: B–Bitte! und verschwand wieder in seinem Zimmer; ich hörte Bettfedern ächzen, Kissen rascheln und das behagliche, langgezogene Mmmh! einer Frau.

Mach mal ein Streichholz an, sagte Ecki. In dieser Gruftbeleuchtung finde ich den Schlüssel nicht. – Er hatte schon mehrere ausprobiert an einer Tür, die offenbar erst kürzlich eingesetzt worden war, einer jener Neubautüren, in denen mehr Luft als Holz verarbeitet wird und die in ihrer Leichtigkeit aussehen, als ob man sie aufpusten kann; und während das Licht meines Feuerzeugflämmchens über die blanken, in seiner Hand aufgefächerten Sicherheitsschlüssel huschte und die gezackten Ränder weiß wie Zähnchen schienen, ging es los.

Obwohl es zunächst nicht laut war, erschrak ich doch, vergaß zu atmen, sah Ecki an – der sich nur mäßig

überrascht zeigte, ein müdes Grinsen, und dann mich, mein Gesicht, mit belustigter Neugier studierte...
Es waren nicht eigentlich Schreie, jedenfalls stieß die Frau sie nicht aus; es klang gedämpfter, eine dunkle, wie von zusammengebissenen Zähnen zurückgehaltene, wollüstige Klage aus der tiefsten Tiefe ihres Körpers in dem Rhythmus, in dem ihr ein hitziger Eindringling dort himmlische Schmerzen bereitete; als würde sie irgendwie umgepflügt; als schliefe Mister Move mit einer Schlucht.
Ecki drückte es schlichter aus. – Die röhrt ja wie ein Gully, sagte er und bat Salzburg, der gähnend aus seinem kleinen, fleischfarben tapezierten Zimmer gekommen war, die Tür zu öffnen. – Ich finde diesen Schlüssel nicht... Und während der Angesprochene seine Haarnadel etwas auseinanderbog, in das Schloß schob und kaum merklich bewegte, wurden die Schreie schriller, gingen in eine Art Quietschen über, tierisch, und Ecki fragte: Maria hilf! Wen *hat* er denn da wieder?
Move? Die Lederbraut, wie jeden Montag, sagte Salzburg müde. – Die?! – Ecki zog die Nase kraus. – Bei mir hätte die Herzverbot. – Doof..., brummte der andere und schloß die Augen, lauschend: Doof fickt gut. Und die Tür sprang auf.
Der Raum war leer und hatte nur zwei lotrechte Wände – die, in der sich die Tür, sowie die gegenüberliegende, die Giebelspitze, in der sich ein großes, halbrundes Fenster befand. Es war von rautenförmigen, abwechselnd roten, gelben und blauen Glasstückchen umrahmt, und die Sonne projizierte entsprechend bunte Punkte auf die hellen Bretterschrägen, die bis auf den Boden reichten. Im First hing eine Glühbirne, und

neben der Tür gab es ein Handwaschbecken, in dem eine angenagte Möhre lag. – Nicht sehr üppig möbliert, sagte Ecki, aber im Keller wirst du wohl Matratzen, Tisch und Stühle finden.

Mein zukünftiges Zuhause war etwa fünf große Schritte lang, drei breit – dann stieß man bereits an die Schräge der Holzverschalung, Typ finnische Sauna, die krumm und buckelig an die Balken genagelt war. Aus manchen Fugen quollen Glaswolle und Teerpappe hervor, und als ich still und mit geschlossenen Augen in der Zimmermitte stand, machten sich unzählige Fäden Zugluft daran, mich in den Kosmos aller denkbaren Erkältungskrankheiten einzuweben. Doch egal! Diese wackelige Schachtel, diese knarrende Mansarde auf der Höhe spitzer Liebesschreie war meine neue, meine allererste eigene Wohnung, und ich klatschte in die Hände vor Glück und stieß übermütig mit dem Kopf gegen die Bretter. Ein feiner Rußregen rieselte zwischen den Ritzen hervor.

Es gab noch Unmengen zu tun in dem Haus, in dem einmal vier Familien gewohnt hatten und das demnächst dreißig Einzelpersonen beherbergen sollte. Doch fehlte es stets an Baumaterial, um die Appartements endgültig fertigzustellen, und schnell wurde mir klar, daß hinter Eckis Zerstreutheit – Verdammt, ich hab Zement vergessen! – dieselbe blanke Geldnot steckte, die ihn veranlaßt hatte, mich schon am zweiten Tag um die Miete zu bitten, die das Dachzimmer kosten sollte, fünfzig Mark.

So bestand meine Arbeit hauptsächlich darin, die vielen Bergschäden in den Außenwänden zu beheben, das heißt, die Putzrisse bis tief in die Ziegel hinein aufzumeißeln und zuzuschmieren, eine langweilige und auch vergebliche Tätigkeit, denn kaum hatte ich eine Fassade ausgebessert, war eine andere schon wieder geädert von dünnen Rissen – wie von Blitzen unterirdischer Gewitter.

Wenn Mister Move, der eigentlich Harald hieß, nichts mit sich anzufangen wußte bis zum Abend, bis das »Blow Up« geöffnet wurde, half er mir, und obwohl er peinlich darauf achtete, daß die Samthose möglichst sauber blieb, war seine Arbeit einwandfrei: Die Gerüste, die er baute, waren sicher und wackelten nie, die Risse, die er ausstemmte, hatten die nötige Breite und Tiefe, und der Mörtel, den er mischte, glitt sämig wie Sahne vom Kellenblatt.

Auf dem Bau – dort hatte er Ecki kennengelernt – war er vermutlich einer von den Hilfsarbeitern gewesen, die bei vielen Gesellen ein leises Unbehagen erregen, weil sie offensichtlich nicht zu dumm sind, so etwas wie eine Facharbeiterprüfung abzulegen, sondern zu klug; weil sie gern auf die paar Mark mehr Lohn verzichten und dafür frei von Zwang und Verantwortung sind, jedenfalls weniger eingemauert in ihren Status als der Facharbeiter, der für jede krumme Ecke geradestehen muß und sich bald schon keine Flausen mehr erlaubt, kein Nachdenken über den nächsten Ersten hinaus, keinen Traum.

Zusammen mit Ecki, der damals etwas Kapital besessen hatte und nicht länger als Ingenieur arbeiten wollte, war Move auf die »Blow Up«-Idee gekommen.

Nachdem sie einen geeigneten Laden gefunden und ausgebaut hatten, wurde das Lokal, in dem es anfangs noch Live–Musik gab, mit einem großen Fest eröffnet und war vom ersten Tag an *der* Kristallisationspunkt dessen, was man Szene nannte: Ein Lichtblick im verrußten Ruhrgebiet, eine Zuflucht für alle, die sich von der keimfrei desodorierten Welt, der Schleiflackästhetik ihrer Eltern abgestoßen fühlten, ohne bisher einen anderen Ort zu wissen als Musik und Marihuanarauch, und die massenweise aus allen Richtungen kamen, um sich hier sowohl von der Normenkontrolle in den Blicken und Gebaren der Lehrer, Vermieter oder Meister als auch von ihrer eigenen, paradiesvogelbunten Andersartigkeit zu erholen, und sich gleichzeitig darin zu bestärken.

Dabei gab es in diesem Reservat kaum mehr als dichteren Rauch, lautere Musik und die gelegentliche Ahnung, daß es Unsinn ist, irgendwo Sinn zu suchen, daß man Sinn *geben* muß; eine Erkenntnis, die vorerst noch zu unbequem war, um die hohlwangigen, sonnenbebrillten Träumer am Rand der Scheinwerferstrahlen zu mehr als einem weiteren Joint zu bewegen; nach dem der Gipfel der Erleuchtung darin bestand, keine Erleuchtung mehr nötig zu haben, und alles so gleichgültig war, als wäre das Leben ohnehin nur flackernde Leere, glitzernder Verlust. Während Ecki, damit der Laden nicht aus den Nähten platzte, schon bald die Eintrittspreise erhöhen mußte und daran dachte, die wachsenden Einnahmen steuergünstig anzulegen.

Da sie zu viert in einer alten Fabriketage in Frohnhausen lebten, einem zugigen Raum ohne Zwischenwände, in dem man winters in Handschuhen las, beschloß er, ein kleines Haus zu kaufen. Mister Move, der sich darum kümmern sollte, suchte lange; denn wenn es irgendwo ein in Frage kommendes Objekt gab, sahen die Makler in der Haarmähne, der Kleidung und den damit verbundenen Zweifeln an seiner Zahlungsfähigkeit etwas, das sie ihren Auftraggebern nicht antun wollten; und umgekehrt: Ignorierte man sein Erscheinungsbild mit Noblesse, gingen ihm angesichts der Preise die Augen über. Doch fand sich eines Tages ein vielversprechendes Inserat in der Zeitung.

Als sie zur Besichtigung des erstaunlich billigen Hauses in den Schwarzen Grund kamen, hielten sie freilich erstmal die Luft an: Risse über Risse, keine Wand im Lot, das Dach zur Hälfte eingestürzt – der ganze verschachtelte Bau sah aus, als hätten die Götter damit gewürfelt. Manche der Spalten waren so breit, daß man die geblümten oder gestreiften Tapeten der Innenräume sehen konnte, in anderen wuchs Gras, und überhaupt machte das Gemäuer den Eindruck, nur wegen der Bäume, dem Ast- und Wurzelwerk ringsum, noch nicht zu Schutt zerfallen zu sein. Ein derart zerfurchtes Gesicht kam einer Persönlichkeit zu, ohne Frage, aber einer irgendwie übernächtigten, und hatte mit all den abgebröckelten Putzflächen und blinden Glasscheiben, die bei jedem Windstoß im Rahmen rappelten, etwas Krankes, Zittriges, wie es Trinker nach durchsoffenen Wochen haben. Und Ecki sagte denn auch: Kehr um.

Doch kaum hatte Move den Wagen gewendet, wurde es laut im Haus, Knirschen und Klirren, und er sah einen Mann, sein rot-gelb kariertes Sakko im Erdgeschoß, im Erker des ersten, im zweiten Stock und schließlich, keinen Herzschlag lang, ein weißes Kaninchen, einen Stallhasen auf dem Dach. Irgend etwas schlug um, ein blechernes Echo sprang von Raum zu Raum, der ganze Bau schien zu bellen, und da stand sie dann.

Die Haare zu einem Gebilde aufgetürmt, das in den

sechziger Jahren Hochfrisur geheißen hatte, trug sie ein rosa Jackenkleid, den Stehkragen von einem Goldknopf geschlossen. Der Glanz des Haarsprays, das chemische Schillern in der Sonne stimmte gut zu den eisblauen Augen, mit denen sie übrigens niemanden ansah; vielmehr musterte sie Eckis Lehmkruste, den alten Bus, von einer Stoßstange zur anderen, schloß kurz die Lider und sagte müde: Sommer. Sie sind an dem Haus interessiert.

Sie sagte es genau so, im Ton einer Feststellung, als wäre es bereits unter ihrer Würde, einen Fragesatz zu formen, stellte doch die ganze Körperhaltung samt Haarturm ein Ausrufungszeichen dar. Ecki, belustigt, blickte sie an, und etwas Ledernes, Reptilienhaftes kam in sein Gesicht und ließ an eine weise, ausgekochte Echse denken. Die Frau schüttelte den Kopf. – Die Bausubstanz ist in Ordnung, junger Mann, schauen Sie hinein. Man könnte ein Schloß daraus machen.

Er nickte. – Ein Spukschloß, ich sehs.

Sie hatte scheinbar nichts gehört, zupfte an ihrem Ohrring, der Perle und betete – dem Klang nach zum hundertsten Mal – die angeblichen Attraktionen des Objekts herunter, die Finanzierungsmöglichkeiten und Steuervorteile, die es für bergbaugeschädigte Häuser gab, die Zuschüsse der Zechen, und während sie redete und redete, fühlte Move, daß irgend etwas mit Ecki geschah.

Er saß unverändert gelassen da, knibbelte an einem Schlüsselbund, nickte sogar manchmal, hörte aber nicht zu, das war klar, und nahm die Frau, auf deren Schultern die Magnolienschatten lagen, vermutlich auch gar nicht mehr wahr ...

Über dem Baum wurde ein Fenster geöffnet, und die

Spiegelung der Wolken floß momentlang in den dämmerigen Raum, der mit den Sonnenflecken auf den rotgebeizten Möbeln schon wie ein Quader Abend aussah in dem späten Vormittag. Dann trat sie ins Bild und rührte sich nicht; stand einfach da in dem bestickten Kleid und betrachtete den Wagen, während ihr ein Hauch von Wind das feinere Haar ins Gesicht blies und hinter ihr Musik, ein silberner Gitarrenton, verstummte.

Ecki seufzte leise, es klang wie ein verschlucktes Stöhnen, Licht blitzte in den eingenähten Spiegelchen, die Kleine funkelte, als wäre sie zu zehnt, und er unterbrach Frau Sommer, die jäh die Augen verengte, murmelte irgendwelche Höflichkeiten, irgendeinen Dank, und gab Mister Move einen Rippenstoß. Der fuhr davon und wunderte sich, wie blaß Ecki aussah, fast krank; er antwortete nicht auf seine Fragen und sprach den ganzen Tag kein Wort.

Als sie dann eines Abends im »B-B-B...« – Move, der rauchend an der Gerüstbrüstung lehnte, riß sich los vom Anblick einer weißen, gelassen durch die Straße schwebenden Taube, deren Spiegelbild in den Fenstern umhersprang –, im »Blow Up« aufkreuzte, war ich überhaupt nicht erstaunt...

Allerdings hatte er bisher immer nur gesehen, daß Eltern ihre beschwipsten oder bekifften, heulenden oder kichernden Sprößlinge aus dem Laden *herausholten*, oft in Begleitung jeder Menge Polizei. Nun erlebte er, wie eine Mutter ihre blasse, etwas unwillige und sichtlich minderjährige Tochter an die Kasse brachte, ihr den Eintritt bezahlte, das Haar zurechtstrich und sie mit einem: So, nun amüsier dich! über die Schwelle

schob. Und dabei sah sie *ihn* so streng und bestimmend an – fast hätte er, statt nach dem Ausweis der Kleinen zu fragen, den eigenen gezückt.
Sie kann gucken, als hätte sie ein Gesetzbuch verschluckt, nicht wahr. Und pünktlich zur Geisterstunde stand sie wieder vor der Tür und lud die Tochter, put, put, put, ins Auto ...
In der ersten Zeit war Ecki nichts besonderes anzusehen, und vielleicht stimmte es: Die Leidenschaften finden, wie die Agonien, im Stillen statt, im Innern des Alltags, während ringsum alles arbeitet, Schulden macht oder Filme dreht, in denen es kracht vor Leidenschaft. Nur in der Wohnung tauchten plötzlich exquisite Rasierwasser auf, im Mülleimer häufte sich Verpackungspappe teurer Herrenunterwäsche, die kariöse Zahnbürste mit dem Elfenbeingriff, Souvenir aus Burundi, wurde durch ein elektrisches Pflegeset mit Munddusche ersetzt, und im Kühlschrank fanden sich nur noch Diätartikel, Magermilch, Dünnbier, fettfreie Wurst. Ein Institut für Fußpflege rief an, wünschte eine Terminverschiebung, und eine Dame von »Happy Hair« bat, Herrn Eberwein an die Kur zu erinnern, die Massage der Haarwurzeln stehe an ... – Und wenn er mit Sonja telefonierte, hatte er eine Stimme, die allen neu war, eine Kehle voll Honig und Schnee, radioreif; Stimme des Herzens auf Ukw.
Sie kam nun fast jeden Abend ins »Blow Up«, und obwohl sie kaum einen außer Ecki auch nur mit dem Hintern ansah, hatte Move Gelegenheit genug, sie näher zu betrachten.
Sie war zweifellos schön; aber wer, auf seine Art, war das nicht. Überdies schien es kaum mehr zu sein als die gelackte, leicht hysterische Schönheit einer Wohlbehü-

teten, die sich, weil man sie von allen schlechten Erfahrungen ferngehalten hatte, zu wirklich beseelter Anmut wie grüne Limonade zu gutem Wein verhielt. Woraufhin er sich natürlich fragte, was an der Kleinen so faszinierend war, daß Ecki alles liegen- und stehenlassen und bei Rot über die Ampel rennen konnte, um ihr ein Hustenbonbon aus dem Papier zu wickeln. – Aber naja, warum man jemanden liebt, ist ein Frage, die sich wohl verbietet, sagte er. Man liebt, und basta.

An Sonjas sechzehntem Geburtstag fuhren sie alle in den Schwarzen Grund und trugen eine große, blumengeschmückte Kiste, einen Überseekoffer, in den Garten, wo die Festgesellschaft saß, fünfzehn, zwanzig Mädchen, bunt geschminkte Zuckerschnuten mit Kuchenstücken, Negerküssen oder Sektkelchen in den Händen. Nur das Geburtstagskind, in kurzem Kleid und mit zerschrammten Beinen, hockte in einem Apfelbaum, wohin es einer kleinen, schwarzen Katze gefolgt war.

Die wollte klagend höher in die Zweige steigen, doch Sonja hielt den Schwanz wie einen Griff umfaßt und lächelte kaugummikauend zu Ecki hinunter, dessen Blick, sein heiteres und gleichzeitig vollkommen ernstes Himmeln, sie zu einer Hoheit machte an diesem Tag. – Ohne seine Geliebte aus den Augen zu lassen, öffnete er die Schlösser, zog einen Messingriegel auf...

Doch da die anderen neugierig näherkamen, drückte er ihn wieder zu. Die Katze schrie.

Es knackte, knisterte in den Lautsprechern, und als Musik, als die ölige Orgel von THEM erklang, riß er den Deckel hoch, die angesteckten Blumen flogen – und was immer man erwartet hatte, blieb aus.

Ecki, nach einem atemlosen Augenblick, runzelte die Brauen, trat an den Rand der Kiste, die Katze fiel: Dann waren Mädchen, Haus und Baum verschwunden.

Das Brausen übertönte die Musik, die wie hinter Watte klang, als die Wolke aus der Kiste pufftet: Weiße, gelbe und orangerote, auf einer Seidenfarm im Badischen gekaufte Schmetterlinge, zichtausend Stück, stoben hervor und kapriolten in der Sonne herum, summend; ihre Schatten sprenkelten Gras und Giebel, alles begann zu sieden, und nach und nach, wie ein grobkörnig flirrendes Rasterbild, erschienen wieder Mädchen, Haus und Baum.

Die Kleinen lüpften kreischend Röcke oder Shirts, Nachbarn fuchtelten auf den Balkonen, Autofahrer schalteten die Scheibenwischer ein, und die Falter flogen durch Türen und Fenster und blieben an Lampen, Nippes und Gardinen hängen, an Brillen, Lippen, Butterbroten – und an den Haaren von Frau Sommer, die hinter einem Blumenkasten stand und lächelnd auf alles hinuntersah.

Kaum länger als die Platte dauerte der Zauber, dann pflückte Move zwei Schmetterlinge vom Saphir, und in den Nachbarhäusern heulten die Staubsauger auf.

Und eines Tages, wen wunderts, fuhren wir wieder in den Schwarzen Grund, um das Haus zu besichtigen, dieses Museum für Bergschäden, sagte er.

Da ihre Mutter, irgendeine Direktionssekretärin, geschäftlich verreist war, schloß Sonja die Türen auf, man stolperte zwischen Schutt und Scherben herum und besah die Risse diesmal von innen oder schaute durch sie hinaus, wobei Ecki sich so heiter und begeistert gab,

als besichtigte er einen Feenpalast und immer wieder: Gar nicht mal so übel! sagte. – Hat was, oder?
Er ignorierte das verlegene Nicken und gequälte Schulterzucken, das Schweigen, und Sonja hakte sich bei ihm ein. – Man könnte etwas daraus machen...
Da brach eine Diele, Move stand fast wadentief in alten Rattennestern, und Schnuff und Salzburg grinsten zu den Fenstern hinaus. – Donnerwetter, bis zu den Waden, sagte Ecki, so dick sind also die Decken... Und als Sonja ihm ein Zimmer zeigte, das mit einer Tapete voll bunter Teddybären beklebt war, und eher beiläufig erwähnte, es sei einmal ihres gewesen, war es endgültig um ihn geschehen. Wasserflecken noch und noch, auf dem Boden Haufen Dreck, doch in seinen Augen schien ein Schatzraum zu funkeln, und er breitete die Arme aus und rief: Mein Zimmer! – Damit war der Kauf offenbar beschlossen, und Sonja, im Hüpfschritt, lief über die Straße, um eine Flasche Sekt zu holen.
Niemand sprach, keiner sah den anderen an, und Move wollte sich gerade in den Garten verdrücken, als Ecki leise, schneidend leise: Was denn? sagte. – Meint ihr, ich wüßte nicht... Raus mit der Sprache! Was denkst du, Move?
Ein Schritt nur, und ich w-wäre aus dem Raum gewesen.
Ein Bauingenieur, der ein Haus kaufte, das höchstens noch durch Abriß zu sanieren war – was sollte man da denken? Macke? – Nun ja, sagte Move und hustete sich einen Frosch aus dem Hals. – Bißchen viel Arbeit, nicht? Dann noch die Kneipe...
Ach was, sagte Ecki, vor der Arbeit habe ich keine Angst. Die paar Risse? Ich will euch mal was sagen. Ein Mann in einem bestimmten Alter und mit gewissen

Vorstellungen von Würde und Unabhängigkeit sollte ein Haus haben, ein festes Haus, in dem er mit Leuten, die er mag, so leben kann, wie er möchte. Was bedeutet da ein bißchen Arbeit? Im Gegenteil, je mehr wir damit zu tun haben, desto näher wird es uns ans Herz wachsen. Pah! Wenn ihr wüßtet, wozu ich mich fähig fühle, seit ich liebe! – Und wozu ich *nicht* fähig war, als ich *nicht* liebte, fügte er gedämpfter hinzu, als Sonja zurückkam.
Sie hatte keinen Sekt gefunden, nur zwei Flaschen Diätpils, sagte Move, und wir stießen mit Pappbechern an und rauchten, wobei Schnuff versehentlich einen Palmenstrand in Brand steckte, das heißt, eine lose Fototapete, und wir rissen sie von der Wand, gossen dies Bier darüber und trampelten darauf herum, bis das Feuer aus war.

Obwohl mir Erfahrungen mit Frauen ihrer Art fehlten – einer Art, die mir im Blut lag, der ich immer wieder begegnen sollte –, vermied ich es aus dunkler Ahnung, aus Vorahnung erfahren, Greta mit so etwas wie Verlangen zu belästigen. Sie hätte es mich spüren lassen.
Ihr Lebenselixier, das, woraus sich ihre kühle, stolze Aura speiste, war die Herablassung in allen Spielarten, ob sie nun Schnuff wie ihren lebensuntüchtigen Adoptivsohn bemutterte oder Salzburg wie einen Kinderschänder anblitzte. Und so ließ sie auch keine Gelegenheit aus, mir jeden Anflug von Erregung, jeden längeren, drängenderen Kuß, jede Berührung ihrer Hüften oder Schenkel mit einem drohenden oder spöttischen Blick zu quittieren, bis ich ergeben Ruhe gab und wir die Grundstellung unserer kalten Zweisamkeit einnahmen: Ich klappte die Autositze herunter und

legte Greta einen Arm um die Schultern, während sie, so nah wie es der Schaltknüppel zuließ, an mich heranrückte und die Wange an meine Herzgegend schmiegte. – Einfach so daliegen, sagte sie, könnt ihr das?
Ich wußte nicht, wen sie mit *ihr* meinte; ich konnte es schon aus Trotz so lange, bis ich das Gefühl bekam, mein Arm wäre schwarz geworden unter ihren Schultern. Aber kaum hatte ich mich an diese Art Vortod gewöhnt, war auch das nicht richtig; sie wurde unruhig, legte sich meine Hand auf die Hüfte, schob mir ein Knie zwischen die Knie und biß mir zart ins Ohrläppchen; doch wenn ich darauf reagieren wollte, hielt sie mir die Finger fest und ließ ihren Kopf steinschwer auf meine Brust sinken. – Mann, wie dein Puls pocht! Rauch nicht so viel!
Der Temperaturabfall in ihren Adern hatte noch zugenommen, seit sie nicht mehr zur Schule ging, sondern in einer samtausgeschlagenen Hotelbar als Animierdame arbeitete, was in diesem Fall hieß, daß sie unnahbar hinter dem Tresen bleiben und nichts anderes tun mußte, als ein Abendkleid zu tragen; nicht einmal die Getränke sollte sie servieren. Sie gab die Bestellungen an eine Buffetkraft weiter, rauchte, plauderte und hörte sich im übrigen so aufmerksam wie nötig an, was sie ohnehin immer gewußt hatte: Männer sind Männer.
Ich konnte mir gut vorstellen, wie sie die Zuhörende spielte: Den rechten Ellenbogen auf den linken Handteller gestützt, die Zigarette zwischen gerade gestreckten Fingern in Gesichtshöhe und den Mund so geschminkt, daß sie stets etwas freundlicher aussah, als sie wirklich war, eine Ansprechpuppe für die gehobene Klasse, wie es Ausziehpuppen für Proleten gab. Ihre

traurige Stimme war ja selbst so etwas wie ein Barraum, und das seltene und darum so entzückende Lächeln oder Kichern wie das Klicken eines kostbaren Feuerzeugs darin.

Seit sie in dem Hotel arbeitete, sahen wir uns seltener. Nach Feierabend, abgespannt und stumm, kam sie manchmal noch auf ein Glas Sekt ins »Blow Up« und saß mit ihren ondulierten Haaren und eleganten Kleidern etwas fremd und befremdend inmitten der großgeblümten, zotteligen, kiffenden Menschen, was nicht ohne malerische Tragik war und ihr wohl auch bewußt; es gefiel ihr vermutlich nicht schlecht, zwischen all den Suchenden als eine Verlorene zu erscheinen. – Ein hübscher Braten, sagte Meier einmal. Doch mehr so eine Taschenzarin, was?

Es war Mitte Juli. Ich lag auf meiner Matratze und trug wegen der Hitze, die auf den Dachstuhl drückte, daß die Holzverschalung knackte, nur eine Badehose. Trotzdem brach der eine oder andere Schweißtropfen durch die Brauen, fiel mir ätzend in die Augen, und schon die Hand mit dem Taschentuch zu heben – eine Anstrengung. Alles, jeder Gegenstand, jeder Gedanke, schien in die träge, blaßgoldene Nachmittagshitze wie in Bernstein eingegossen, und vergeblich wartete ich darauf, daß sich in der Pappel vor dem Fenster ein Blättchen regte. Nur der Tagmond hoch im Blau schien sich langsam aber stetig, als wäre sie ihm zu heiß, von der Erde zu entfernen.

Offenbar mühte sich jemand die steile Stiege herauf, jemand, der sie dem verärgerten Schnauben und den Ausrutschern zufolge noch nie benutzt hatte; als er oben war, fiel ihm irgend etwas hinunter, ich hörte ein Poltern, ein knappes, ledernes Klatschen, und dann flog die Tür auf und Greta rief: Heiland, Schottland! Noch einmal kriegst du mich hier nicht rauf!

Ein paar Locken im Gesicht, den Lippenstift verwischt, trug sie nur einen Stöckelschuh, ein enges schwarzes Trägerkleid und keinerlei Schmuck. – Ich mach vielleicht Sachen, sagte sie, warf ihre Tasche auf den Tisch, trat den Schuh in die Ecke und setzte sich mit einem Plumps auf die Matratze. – Manchmal mach ich echt gute Sachen ...

Ich verschränkte die Hände im Nacken, fragte nichts, und sie schüttelte den Kopf und kicherte hinter vorgehaltenen Fingern, entzückend. Dann betrachtete sie meine karge Einrichtung und hielt die Nase über den Topf, der auf dem Stuhl stand. – Grog?

Sie trank einen Schluck von dem kalten Tee, japste etwas und blickte aus dem Fenster, ein leeres Starren bei geöffnetem Mund, während ihr ein Tropfen der Flüssigkeit über das schöne, wie ein umgekehrtes Fragezeichen geschwungene Kinn lief und dort hängen blieb. Als sie sich nach einer Weile immer noch nicht rührte, hob ich die Hand mit dem Taschentuch und tupfte ihn ab.

Wenn du wüßtest, wie satt ich das habe, sagte sie leise. Diese elende Bar, die Leute. Du kannst dir nicht vorstellen, was ich mir jede Nacht anhören muß. Die würgen mir ihren fetten Seelendreck rein und würden am liebsten noch ... Dabei haben die Frauen und Kinder!

Sie machte ein angewidertes Gesicht und zog sich aus, nackt aus. – Nie, sagte sie, nie im Leben schlafe ich mit einem Mann! – Das Kleid warf sie zu dem Schuh in die Ecke und den knappen Schlüpfer, der ihr beim Abstreifen riß, aus dem Fenster.

Kerzengerade auf der Kante der Matratze hockend, besah sie das Zimmer abermals, als wäre es nun

wohnlicher, überflog mich mit einem scheuen Blick und drehte sich wieder dem Fenster zu; die Sonne projizierte ein paar rautenförmige, rote und blaue Flecken auf ihren Körper. – Daß ich mich das getraut hab! sagte sie und griff nach der Tasche. – Einfach so bei einem Typen vorbeigehn. Manchmal bin ich echt gut.
Schlüssel, Schmuck, zwei Dauerlutscher prasselten auf den Boden, als sie eine halbleere Ginflasche hervorzog und mich um etwas Tonic oder kalte Limonade bat. Ich ging hinaus, spülte uns Gläser und hörte Gelächter in einem der Räume. – *Muschelhonig*?!Das war Mister Move.
Als ich wieder in die Mansarde kam, saß Greta, lesend, immer noch wie eine Eins auf dem Bett. Es gab nicht einen Schimmer von Schweiß an ihr, die Haut war beinahe bleich, von einer alabasternen Glätte, und an den Schienbeinen glänzten silberfarbene Härchen.
Hör dir *das* an, sagte sie. Der schreibt hier tatsächlich... na, wo isses? Irgendwas mit Frauenbild. Da: »Und die begehrliche Feindschaft zu Frauen hält die Energie zur Überwältigung wach. Schließlich wollen sie einen, der es ihnen zeigt und keinen, dem sie es erst noch zeigen müssen.« – Mein lieber Mann, du liest ja Sachen...
Ich mixte die Drinks. Sie warf das Buch fort, leerte ihr Glas in einem Zug und streckte sich auf der Matratze aus. Was die Brüste in der Form übrigens kaum veränderte; hauchblau geädert ragten sie vor, mehr Schwellungen als Körperteile, und sahen in ihrer Gespanntheit aus, als würde Greta jede Berührung wehtun.
Leg dich zu mir, sagte sie, die Augen geschlossen, und

ich bemerkte, daß die linke Warze fehlte, der Stummel auf dem Vorhof wirkte abgebissen, abgeschnitten. Ich trank noch einen Schluck.

Heiß, nicht? – Sie schmiegte sich in der gewohnten Weise an mich, und da ihr Körper sich eher kühl, jedenfalls nicht warm anfühlte, hatte ich den unbehaglichen Verdacht, sie spreche von mir und meiner Erhitzung. Seltsame Laute erzeugte mein Bauch, hochnervöse Knurrgeräusche, was mir so peinlich war, daß ich noch mehr schwitzte. – Entspanne dich, sagte sie. Denk an was Schönes.

Ich gehorchte und konzentrierte mich auf ihren süßen Atem, dessen Rhythmus nach und nach zu meinem wurde, während sich in der durchsonnten Pappel immer mehr Blätter regten, ein Flirren.

Hast du dich gefreut, fragte Greta in wohligem Ton, wie durch Blüten gesprochen, und drängte sich enger an mich, meine klebrige Haut. – Worüber, murmelte ich müde, und sie fuhr mit den Fingerspitzen um meine Lippen, so sanft, daß es kitzelte. – Na, weil ich einfach vorbeigekommen bin, ohne vorher anzurufen und so. Ich zuckte mit den Schultern und betastete die versehrte Brustwarze, was sie nicht zu bemerken schien. – Ich hab doch gar kein Telefon ...

Sie boxte mich, biß in meinen Oberarm, und wir kämpften ein bißchen, wobei jeder versuchte, den anderen mit einer Schenkelschere festzuklammern und ich meinen Schweiß über Gretas Körper tränen sah.

Schluß! sagte sie scharf und umfaßte meine Handgelenke. – Ich habe keinen Bock auf diese Tour, Mann!

Keinen was? Ich wagte nicht, sie nach dem Ausdruck zu fragen, trocknete mich mit einem Kissen ab und trank noch etwas, ehe wir uns wieder in jene Position begaben, die Greta »Ran-und-ruhig!« nannte und aus der mich, wie den Gefolterten die Ohnmacht, eine halbe Stunde Schlaf erlöste.

Als ich erwachte, fühlte ich eine weiche, doch irgendwie fade Berührung, als würde ich unter Wasser gestreichelt, und sah durch die kaum geöffneten Lidschlitze hindurch, daß Greta neben mir kniete und mit beiden Händen über meine Schultern, die Brust und den Bauch strich, wo die Fingerspitzen dann, elektrisiert wie ein Schwarm kleiner Fische, vor dem größeren zurückschreckten, der da vorwitzig unter dem Bund der Badehose hervorlugte. Ihre Hände flogen hoch an meine Schultern, um sich abermals langsam und qualvoll zärtlich hinunterzuarbeiten, und so verzückt, wie sie dakniete, ließ sie mich an eine Priesterin denken, wobei unklar blieb, was ich hier spielte, Gott oder Opfer.

Als sie bemerkte, daß ich wach war, machte sie einen Schmollmund, der sich langsam seitlich verschob, sah mir streng in die Augen, zog den Gummibund hoch über mein Ereignis und ließ ihn wie eine Rattenfalle schnappen. Opfer.

Ich hatte genug. Ein Glas schlug um, als ich sie bei den Armen packte und auf den Rücken warf. Ihre Brüste waren so hart, als beständen sie ganz aus gespannten Muskeln, und ich roch ihr Geschlecht. Sie strampelte, stieß mir ein Knie in den Bauch, sprang auf, zur Tür, glitt aus und schlug, in der Ginpfütze, hin. Ich hielt ihre Fußgelenke umklammert, sie wand sich auf dem Linoleum, bekam ein Bein frei, trat mir gegen die Stirn und rutschte auf dem Bauch vom Bett weg. Ich sprang vor, zog sie durch den Gin zurück, meine Hände glitten immer wieder ab an ihrer Haut. Sie drehte sich um, packte ein Glas, holte weit damit aus: Es flog an

meinem Kopf vorbei, landete im Garten. Greta kicherte. Dann schnellte sie vor und riß mir – erschrokken klang ihr Schrei, bedauernd fast – ein Büschel Haare aus.
Tränen oder Schweiß, ich sah nichts mehr, schlug blind in die Richtung, in der ich ihr Gesicht vermutete, schlug ins Leere und war plötzlich über ihr, hielt die Handgelenke fest.
In den Armen, hoch ausgestreckt neben ihrem Kopf, spürte ich eine ungute Spannung, die Finger mit den spitzen Nägeln zuckten; gleichzeitig kam ein herausfordernder Ausdruck in ihr Gesicht, geil und drohend zugleich, und sie entblößte die Zähne, die untere Reihe.
– Na los! keuchte sie und versuchte, mich mit einem Hüftstoß wegzudrücken. – Los, du Kanone! Mach mich fertig!
Kaum lockerte ich den Griff um ihre Handgelenke, wollte sie mir die Nägel ins Gesicht schlagen. Ich verspannte mich wieder. Sie lachte auf, ein Lachen, das in einen kurzen Schnarchlaut mündete, drehte den Kopf, sah aus den Augenwinkeln zu mir hoch und begann, das Becken zu bewegen, ein weiches Kreisen, ihr Schamhaar knisterte unter meinem Hosenstoff. – Was ist? fragte sie mit giftiger Lockung. – Machst du etwa schlapp? So wollt ihr es doch immer, oder? Komm ...
Behende wie ein Äffchen winkelte sie die Beine an – fast berührten ihre Knie die ausrasierten Achseln – und griff mit den Zehen hinter den Gummibund. Sie biß sich auf die Lippe, sog zischend Luft durch die Zahnritzen ein und streifte die Badehose so weit wie nötig hinunter, um zu sehen: Nicht nötig.
Wir zuckten zusammen, starrten uns an.

Es wurde zunächst immer wieder von Küchengeräuschen übertönt, denn dem Tellerklappern und Klirren von Bestecken, dem Kollern von Töpfen unter Wasser zufolge wusch jemand ab da draußen, was an sich schon erstaunlich und in den Wochen meines Hierseins noch nicht vorgekommen war; ein Quietschen wie von einem Schwammtuch, mit dem man über Emaille reibt, Husten von Salzburg oder Schnuff, ich erkannte es nicht – und dann dieser Laut aus einer der Mansarden, der nun eine Stimme erkennen ließ, eine rauchige Frauenstimme, ihr ruhiges, rhythmisches Stöhnen, das irgendwie den Raum aufhob und immer wieder unvermittelt umschlug: Ein Kreischen, verzückt, bei dem ich vor Hitze an Eis denken mußte, dickes, reißendes Eis. Dann kurzes Verstummen, Luftholen zwei Herzschläge lang... Woraufhin sie im tiefsten Baß, der einer Frau möglich war, zu röhren begann, als würde sie gepfählt.
– O Gott, murmelte ich. Heut ist Montag.
Aus Gretas Armen war alle Spannung gewichen, sie hatte das Gesicht abgewendet, die Augen geschlossen, und ihre Lippen wirkten so weich und verletzlich, als würden sie bei leisester Berührung bluten; über der Nasenwurzel erschienen zwei kurze, senkrechte Falten.
– Was ist? – Ich flüsterte. – Hast du Schmerzen?
Ihr Kinn, die Mundwinkel zuckten. Ich sah ein silberweißes Glitzern unter den getuschten Wimpern, ließ die Handgelenke los und wälzte mich zur Seite.
Das Stöhnen dauerte an, ein endloses, von einem kraftvollen Atemrhythmus bestimmtes, akustisches Tohuwabohu, dessen Grundelement stets dasselbe, in allen möglichen Schattierungen ausgestoßene *Ja!* war; und wurde es momentlang still, hörte ich Gretas Schluchzen hinter meinem Rücken, ihr schniefendes Luftschnap-

pen, und wäre am liebsten woanders gewesen, weit fort und allein, erkannte ich doch plötzlich klar, daß uns das Entscheidende fehlte – und vermutlich immer fehlen würde –, um je zu einem derart glühenden *Ja* zu verschmelzen ...
Ich weiß nicht, wie lange ich auf dem Linoleumboden lag in dieser lächerlichen Haltung, zur Seite gewälzt, die Knochen verquer, die Hose auf Halbmast und den Pimmel in der Pfütze, im Gin; jedenfalls schrie das Affenweibchen immer noch seine Lust durch das Dachgeschoß, als wollte es die Balken zum Blühen bringen, und ich hob den Kopf und sah: Greta zog die Tür ins Schloß. Von außen.

Es gab nicht viel zu tun in jenen Tagen. Sogar zum Verputzen der Bergschäden fehlte es nun an Material, und abgesehen von Zeit, Unmengen Zeit, bestand mein ganzer Reichtum aus einigen Flohstichen und dem Fehlen jeder Vorstellung davon, wie es weitergehen sollte mit mir. Es lag in meinem Belieben, tagelang in Bibliotheken herumzustöbern, nächtelang zu lesen und den Weltlauf zu verträumen. Irgendwer hatte immer eine Flasche Wein, und ich rauchte oder rauchte nicht und lebte von dem, was sich gerade fand. Es fand sich meistens etwas, und der Freiheit zuliebe lernte man schnell, daß Hungern wirklich eine Kunst sein kann.
Man ernährt sich zum Beispiel eine zeitlang von Reis mit Mayonnaise oder Senf und friemelt den Tabak aus den Kippen, um neue Zigaretten zu drehen; nach Marktschluß klaubt man angestoßenes Gemüse aus dem Kehrricht und ist nicht der einzige; im Vorbeischlendern läßt man einen Zuckerstreuer aus dem Straßencafé mitgehen, eine Woche Reis mit Zucker; in der

Badeanstalt sammelt man die zurückgelassenen Seifenstücke all der Gelbsüchtigen und Syphilitiker ein und kann wieder Wäsche waschen; mittlerweile raucht man die Kippen der Kippen der Kippen, und das Zahnfleisch beginnt, sich zurückzuziehen; man bringt den Wecker ins Pfandhaus und tickt wohl nicht richtig; aber die schöne, fast ungelesene Proustausgabe wird man los, wenn auch nur auf Kommission; dafür gibt es eine Tasse Kaffee beim Antiquar, und man steckt sich eine Handvoll Kekse ein; um die letzten Zuckerreste aufzulösen, gießt man heißes Wasser in den Streuer, hängt drei ausgemergelte Teebeutel hinein und läßt sie eine Nacht lang ziehen; am Morgen erwärmt man die Flüssigkeit und schiebt so gestärkt durch die Supermärkte, bricht hier eine Tafel Schokolade auf, nascht dort ein paar Trauben, bringt den leeren Korb zur Kasse und mault: Noch immer kein »Moet Chandon«? Und geht in die Bibliothek, um Proust zu lesen.

Irgendwie, das war das Mantra dieser Tage.

Eines Morgens, ich lag noch im Bett und hatte kein Klopfen gehört, stand Sonja in meinem Zimmer. Die Schultasche unterm Arm, kaute sie an einem Butterhörnchen und richtete mir Grüße von ihrer Mutter aus, die sie »meine Gebieterin« nannte und die gern etwas mit mir besprechen würde. – Sofort, fügte sie im Davongehen hinzu, und ich schloß die Tür und steckte meinen Tauchsieder in die Blechtasse.

Doch während ich mich anzog, hallte dieses beiläufige, unverschämte *sofort* immer lauter in mir nach, so daß ich, dem Ecki erst kürzlich einen »Spanischen Stolz« attestiert hatte – auch wenn das nur ein schmeichelndes Manöver, ein Trost für die ausstehende Vergütung meiner Arbeit gewesen war –, schneller kochte als das Wasser und von meiner Verärgerung wie von einem Rückenwind über die Straße getrieben wurde.

Das nenne ich prompt! sagte Irene Sommer auf der Terrasse, wo sie beim Frühstück saß und sich – nach einem freundlich musternden Blick, der wortlosen Erwiderung meines: Guten Morgen! – mit dem Zeigefinger ans Kinn tippte.

Ich wischte mir etwas Zahnpasta ab, und sie wies auf einen Stuhl und blätterte in der Zeitung. – Bin gleich fertig. Nehmen Sie doch inzwischen Kaffee. Ich habe Ihnen ein Vier-Minuten-Ei gekocht, und wenn Sie ein wenig Lachs möchten, finden Sie ihn da, unter der Silberglocke.

Obwohl sie nur einen Badeanzug und einen weißen Frotteemantel trug, hatte sie Armbänder, eine Perlenkette und Ohrringe angelegt. Ihre Schienbeine glänzten frisch rasiert.

Sie ließ die Zeitung fallen und seufzte leise, während ihr Blick einen ruhigen, weiten Bogen in dem Himmelsblau beschrieb – wobei er einmal kurz und kühl auf mich niederblitzte. – Es wird wieder heiß heute, heiß! Wie halten Sie es nur aus dort oben, unter Ihrem Dach?

Eiswürfel in der Glaskaraffe, sie gaben dem Saft einen kleckernden Schwung. – Bin ja nicht immer da, sagte ich und trank einen Schluck. Sie nickte. – Verstehe. Und Ihre Freundin hat vermutlich eine kühlere Wohnung.

Ich knibbelte etwas Eierschale ab, legte sie auf den Tellerrand. – Freundin? Wieso?

Sie schmunzelte, schob eine bunt bedruckte Plastik-

dose vor mich hin und sagte: Sehen Sie, für Tischabfälle gibt es jetzt diese praktischen Eimerchen.
Dann setzte sie sich auf und überblickte ihren Garten. Jetzt machen Sie mir mal ein Kompliment zu meinen Rosen, junger Mann! Schauen Sie, wie groß, wie majestätisch sie in diesem Sommer sind. Die »Alvilla« dort, ganz Dame. Die »Van Dongen«, ein launisches Biest. Und ist es nicht absurd, daß sie am besten gedeihen, wenn man ordinäre Zwiebeln in ihre Nähe pflanzt? Ein bißchen wie bei Männern und Frauen, nicht?
Sie trank einen Schluck Kaffee, und ich staunte, wie akkurat sie den Mund auf den Lippenstiftabdruck legte, der sich bereits an der Tasse befand; das war mal wieder ein genauer Tag.
Nun? Gefällt es Ihnen da drüben? fragte sie unvermittelt, und die schönen, offensichtlich echten Zähne betonten, wie falsch ihr Lächeln war. Ich nickte. – Eigentlich ein wohnliches Gebäude, bestätigte sie. Man könnte eine Menge daraus machen. Wenn dieser Ecki bloß mal etwas vor sich brächte ... Unser Hobbygastronom!
Doch seien Sie froh, daß Sie erst in diesem Sommer eingezogen sind! Was glauben Sie, wie es noch vor einem Jahr dort aussah! Jetzt, wo ihm das Wasser am Hals steht und ich ein bißchen förmlich werde, hat er die schlimmsten Schmarotzer an die Luft gesetzt und fängt an, zu renovieren. Aber früher?! Mein Gott, das war ein großes, stinkendes Zigeunerlager da, Tag und Nacht Musik aus allen offenen Fenstern, Haschischwolken und Getrommel, Männlein und Weiblein nackt im Gras, kein Tag ohne Polizei!
Und die Kleine natürlich immer dazwischen, fügte sie bitter hinzu. – Was Wunder also, wenn sie eines Tags

nach Hause kommt und mich nicht mehr Mutter, sondern Irene nennt. Sieht mich an mit diesem weggetretenen Blick und murmelt: Spiel dich nicht so auf, Irene.
Na, da hat es natürlich geknallt. – Sie schenkte mir noch Kaffee ein, gab auch gleich zwei Stückchen Zukker in die Tasse. – Übrigens steht dort drüben die neue »Konrad Adenauer«, eine herrliche Züchtung. Und teuer, sag ich Ihnen! Hat aber leider schon Läuse.
Wo war ich stehengeblieben? Ach ja, diese ewige Baustelle da. Aber in Ihrem Alter lebt man ganz gern in solchen provisorischen Verhältnissen, nicht wahr? *Wie* alt sind Sie?
Ich sagte es ihr, und sie schloß die Augen. – Neun-zehn Jah-re! wiederholte sie, als zerginge ihr die Zahl auf der Zunge. Was für eine wichtige Zeit! Wenn ich daran denke... Ecki erzählte, Sie schreiben Gedichte?
Ich biß in eine Scheibe weiches Holz, vermutlich Toast, und schüttelte den Kopf. – Unsinn, sagte ich; Irene Sommer sah mich abwartend an. Ihre Augen waren so blau wie der Himmel hinter dem blondierten Haar, und ich wäre am liebsten in ein Käseloch gekrochen. – Ich *lese* viel Gedichte, sagte ich, mehr nicht.
Aber das ist doch wundervoll! rief sie. Außerdem ziemlich ungewöhnlich für einen Maurer, oder?
Es ist auch ungewöhnlich, daß eine Ziege Rosen züchtet, dachte ich, und sie lehnte sich zurück und verschränkte die Hände im Nacken, wobei ihr Morgenmantel sich weiter öffnete; der schwarze Synthetikstoff des Badeanzugs, straff über den kräftigen Körper gespannt, schillerte bei jeder Bewegung, jedem Atemzug in der Sonne.

Was ich wohl zu gebannt betrachtete, denn Irene Sommer lachte leise und sagte seltsam girrend: I-gitt...
Eigelb war auf mein Hemd, ein ziegelfarbenes, indisches Seidenhemd getropft, und als ich mit dem Löffel an den Stickereien herumkratzte, stand sie auf und sagte barsch: So nicht! Das machen wir mit warmem Wasser.
Sie hatte bereits ein silbernes Kännchen vom Tisch genommen und ihre Serviette befeuchtet. Ich fühlte ein wildes Widerstreben, mein Hemd von ihr reinigen zu lassen, dachte unwillkürlich an meine Mutter und ihre ekelhafte Angewohnheit, meinen Kindermund mit einem eingespeichelten, befremdlich riechenden Taschentuchzipfel abzuwischen; gleichzeitig ahnte ich das alberne Hin und Her, das sich ergeben würde, wenn ich mich dieser fürsorglichen Bestimmtheit weiter widersetzte, und lehnte mich zurück.
Mit einem kleinen, fast schamhaften Lächeln schob sie eine Hand in meinen Hemdausschnitt, legte sie unter den Fleck, der sich in Höhe des Solar Plexus befand und fing an, ihn mit der Serviette abzutupfen – langsam und entnervend sanft.
Auch ich habe neulich Poesie gelesen, sagte sie nachdenklich. – Rilke hieß der Autor. Von ihm gehört?
Ich liebte seine Gedichte, kannte alle Evergreens wie »Der Panther«, »Herbsttag« oder »Archaischer Torso Apollos« auswendig und lernte gerade »Der Fremde«, war es doch oft ein Trost, Verse hersagen zu können, auch und gerade wenn sie etwas trostlos schienen. – Was meinen Sie? fragte ich.
Ein winziges Gedicht, das ich in der Zeitung fand. Ich mache mir sonst nicht viel aus Literatur, wissen Sie, aber wenn Rosen darin vorkommen, ist das gewisser-

maßen mein Gebiet. Es hat keinen Titel und ist in seinen Grabstein gemeißelt worden. Moment ... – Sie unterbrach ihre Putzbewegung, blinzelte grübelnd in den Himmel, und ich fühlte die Granatsplitter ihrer Fingerringe auf meinem Solar Plexus.

> »Rose, oh reiner Widerspruch. Lust,
> Niemandes Schlaf zu sein unter soviel
> Lidern.«

sagte ich und wand mich ein wenig, um anzudeuten, daß ihre Hände lästig wurden.
Exakt! sagte sie anerkennend und putzelte weiter. – Verstehen *Sie's*?
Vielleicht verstand ich es, aber gewiß nicht so, wie man eine Bauzeichnung oder eine Gebrauchsanweisung für Küchengeräte versteht. Das Gedicht erschien mir in seiner poetischen, rhythmischen und klanglichen Logik vollkommen plausibel, und ich antwortete: Doch, es leuchtet mir ein.
Irene Sommer hob die Brauen und legte den Kopf schräg. – Erklären Sie es mir!
Während sie wie hingegeben auf eine Antwort wartete, war doch etwas Verletzendes in ihren Augen, etwas Gemeines, wie Reißnägel in der Haut.
Nun ja ... Ich glaube, das kann ich nicht so ohne weiteres, erwiderte ich – und sie richtete sich auf, zog die Hand aus dem Hemd, ließ die nasse Serviette in meinen Schoß fallen und sagte: Dann verstehen Sie es auch nicht!
Sie band ihren Morgenmantel zu, steckte sich eine Zigarette an und kam zur Sache.
Das Haus, in dem sie wohnte, gehörte nur zum Teil ihr.

Die andere, fugenlos angebaute Hälfte wurde von dem städtischen Verwaltungsbeamten Brock bewohnt, Dr. Wolfgang Brock, den sie einen »fetten, häßlichen, spießigen Spanner« nannte, und ich unterdrückte ein Grinsen. Obwohl ich den Mann nicht kannte, klang das in meinen Ohren, als hätte ein Polizist den anderen mit »Bulle« beschimpft. Ihre Terrassen grenzten aneinander, und sie war es leid, von diesem »Widerling« begafft zu werden, wenn sie in der Sonne lag. Folglich bat sie mich, eine fünf Meter lange, mannshohe Klinkerwand zwischen die Grundstücke zu mauern. – Es soll nicht Ihr Schaden sein, fügte sie hinzu.

In den nächsten Tagen erwartete sie mich immer schon an dem runden Frühstückstisch, wobei mir nicht entging, daß sie die Gedecke stets etwas näher zusammenrückte und wir uns eines Tages in einer Fünf-vor-zwölf-Situation befinden würden, zumal sie mich, der ich der Hitze wegen bloß in einer Turnhose arbeitete, immer unverhohlener wie ihren Nachtisch betrachtete.
Sie hatte Urlaub, und während ich mauerte, lag sie im Badeanzug auf einer Campingliege, las Wirtschaftsfachbücher wie »Renditeentwicklung in der Tiefbaubranche seit 1945«, »Aspekte der Menschenführung im Zeichen automatisierter Produktionsabläufe«, blätterte in Illustrierten oder schlief. Mittags spannte sie einen Sonnenschirm auf und servierte kalte Dill- oder geeiste Fruchtsuppen, Salate, Roastbeef, Huhn und eine schlanke Flasche weißen Weins. Jedes Dessert war mit Alkohol verfeinert, und eines Tages stellte sie nicht nur Kaffee – mit einem nahezu grimmigen Lächeln, das mich an eine alte Katze denken ließ, stellte sie zwei große Cognac auf den Tisch.

In der Wärme war ich von dem bißchen Wein aber bereits derart kopflahm geworden, daß mir der Schwenker, die kreisende Flüssigkeit darin, wie ein braunes Blaulicht vorkam; doch ignorierte ich die Warnung. Mit geschlossenen Augen schüttete ich das Zeug hinunter, und als ich sie wieder öffnete, war das Unglück geschehen: Irene Sommers Füße lagen neben mir auf dem geräumigen, weißlackierten Terrassenstuhl, und ich hörte sie mit kleinen Krallen in der Stimme sagen: Es ist bequemer so. Probieren Sie's! – Sie rückte ein wenig zur Seite. – Hier wäre Platz...
Ich wollte nicht unhöflich sein und fügte mich in die Situation. Wie in eine Sardinendose. Ich wußte nicht, wo ich hinsehen sollte, lächelte versalzen, hüllte mich paffend in den Rauch einer neuen Zigarette, und Irene Sommer sagte: Sie sind schon ein seltsamer Mensch... So schüchtern. Ich finde das aber schön. Irgendwie paßt es zu Ihrer schlanken Figur und dem sanften, romantischen Schwung der Haare. Ihre Eltern hatten sicher nicht viel Ärger mit Ihnen.
Wieso, griff ich dankbar auf. – Haben Sie Ärger mit Ihrer Tochter?
Sie hielt die Hand mit dem Streichholz auf halbem Weg zur Zigarette an, neigte die Stirn. Wenn ein Blick Geräusche machen würde, hätte ihrer geklungen, als wäre man mit spitzen Diamanten über Glas gefahren.
Sonja? sagte sie, sog erschrocken die Luft ein, warf das Streichholz fort und tunkte den Finger, den angeschmorten Nagel in die Kaffeesahne. – Sonja ist in fester Hand, mein Herr! Die hat andere Pläne!
Ich fragte mich nicht, welche sie mir unterstellte – das war ja klar; jedenfalls klarer als ihr »in fester Hand«; und während sie den Kopf schüttelte, changierte das

blasse Blau ihrer Augen ins Graue. – Ich habe mit niemandem Ärger, fuhr sie fort. Allerdings können andere, wenn sie nicht achtgeben, ganz schnell Ärger mit mir bekommen. Aber da Sie es schon ansprechen: Die Kleine ist natürlich ein Wildfang, um nicht zu sagen ein Biest. Wieso fragten Sie?
Was ist denn mit ihr? Wirkt doch wie ein ganz normales ...
Sie schien zu überlegen, was sie mir anvertrauen könne, und ich nahm die Füße vom Stuhl. Jäh war alles Aufreizende, das frivole Glitzern an ihr, ausgelöscht von einer Aura aus Sorge und Groll, und sie räumte das Geschirr zusammen und goß ihren Cognac, den Rest, in die Rosen.
Ach ..., seufzte sie, und mir wurde unbehaglich. Klagten andere Menschen ihr Leid, litt ich Qualen an der Vorstellung, sie wollten einen Trost von mir, zu dem ich mich nur selten in der Lage sah; zu groß war die Angst vor dem falschen Ton; und da ich selbst kaum wußte, was ich fühlte, konnte ich mich nur schwer in andere einfühlen. Die Erfahrung, daß für viele die bloße Anwesenheit eines Zuhörenden Trost genug war, lag noch vor mir.
Doch Irene Sommer beließ es bei dem resignierten Seufzer, und der grämliche, von gespannten Mundwinkeln unterstrichene Ernst in ihrem Gesicht verschloß mir bereits wieder ihre Probleme, die ich ihr ja doch nicht abnehmen konnte; die einer mit romantischem Schwung im Haar sowieso erst verstehen würde, wenn er sich zu einer Hochfrisur durchgerungen hätte.
Ich mischte den Mörtel auf, spannte die Schnur und begann, eine neue Lage der bauchhohen Wand zu mauern. – Und Sie wollen nicht noch ein bißchen

ausruhen? fragte meine Gastgeberin und machte eine Kinnbewegung: Drinnen, im Schatten?
Danke, sagte ich, vielen Dank.
Na schön. Dann mauern Sie mal weiter ...
In der Terrassentür wendete sie sich noch einmal um. – Übrigens, wenn Sie gelegentlich etwas zu waschen oder aufzubügeln haben, geben Sie es ruhig herüber. Ecki macht das auch. Ich habe hier eine Zugehfrau, wissen Sie, und die paar Sachen fallen ja nicht ins Gewicht.

Nach einer Stunde, in der die Hitze so stark wurde, daß ich sie kaum mehr fühlte und nichts zu hören war als vereinzeltes, wie aus dem Traum hervorgestoßenes Vogelzwitschern in dem schattigen Gartenlaub sowie der rhythmisch wiederkehrende, silberhelle Klang meiner Kelle, wenn Stein um Stein den letzten, korrigierenden Klaps bekam, trat sie geschminkt und frisiert auf den Rasen, knöpfte sich die Jacke eines eleganten, karmesinroten Kostüms zu und sagte: Ich werde ein paar Besorgungen machen, bin gegen drei, halb vier wieder hier. Sollte Sonja kommen, in der Küche steht ihr Essen. Und Sie, falls Sie Durst haben, Sie trockener Kerl – sie machte eine Handbewegung –, den Eisschrank werden Sie finden.
Nachdem sie hinter der Hausecke verschwunden war, setzte ich mich für einen Moment unter den Sonnenschirm und träumte in den blauen, wie aus dem Süden eingeflogenen Himmel hinaus ...
Meine knackende Knochenuhr sagte mir, daß ich fast eine Stunde geschlafen hatte in dem Gartenstuhl, und als ich die Terrassentür aufzog, gewöhnten meine Augen sich nur mühsam an das Zwielicht in dem großen Raum; bereits nach dem ersten Schritt schlug ich hin,

auf die dunkelbraun ausgelegte, um eine Stufe vertiefte Wohnebene, und verstauchte mir den linken Fuß.
Ich humpelte auf einen kleinen Korridor zu, an dessen Ende ich, ganz richtig, die Küche vermutete. Aus einer Wasserflasche trinkend, stellte ich meinen schmerzenden Fuß in den offenen Eisschrank, was sehr guttat, und blickte zurück in das Wohnzimmer, das kaum mehr Einrichtungsgegenstände als ein Sideboard, einen Fernseher auf einem Stativ und ein riesiges, hufeisenförmiges Ledersofa enthielt. An den Wänden, in vergoldeten Rahmen, hingen ein paar Stilleben – Trauben, Jagdhörner, Fasane und kopfunter hängende Hasen, die von einem Spaniel beschnuppert wurden –, und ich erkannte, daß die vertiefte Wohnebene auch zu umgehen gewesen wäre, war sie doch von glänzenden Streifen Parkett umsäumt; das hätte nicht nur Sturz und Verstauchung verhindert, sondern auch die lange Spur meiner kalkbestäubten Sandalen auf dem Teppich.
Und während ich überlegte, wo in dem Haus ein Staubsauger stehen könnte, verlagerte ich mein Gewicht wohl etwas zu sehr nach links, denn die untere Regalreihe, auf die ich meinen Fuß gestellt hatte, brach aus der Halterung: Zwei, drei, fünf kleine Glasschüsseln voll leuchtend roter Götterspeise rodelten die Schräge hinab und hüpften über den Schrankrand einen halben Meter tief auf den Küchenboden hinunter – wo sie wunderbarerweise weder zerschellten noch etwas von ihrem Inhalt verloren. Doch die dicke, ungarische Hartwurst, die sich ebenfalls in dem Fach befunden hatte und nun mit Gepolter nachgerollt kam – sie war knollig, fast armlang –, erledigte gleich drei mit einem Schlag.

In einer ersten entsetzten Reaktion schob ich das Gemenge aus Wackelpeter und Wurst mit dem Fuß und der Mineralwasserflasche zu einem scherbenstarrenden Haufen zusammen und verhinderte ein Auseinanderlaufen, indem ich ihn mit Milchtüten und Gurkengläsern eindämmte. Ich suchte nach Kehrblech und Aufnehmern, fand aber nichts davon in der Küche und sah mich nach einem Bad oder einer Besenkammer um, wobei mein Puls derart laut in den Ohren pochte, daß ich es viel zu spät bemerkte, das leise schmatzende Geräusch, das meine Sohlen auf dem Parkettboden machten; und nun auch noch auf eine Puddingspur zurückblicken konnte ...
Ich warf die Sandalen durch die Terrassentür hinaus und suchte in allen Wandschränken nach Putzmitteln – vergeblich; dieses blitzblanke Haus schien allein von der Gesinnung seiner Besitzerin reingehalten zu werden.
Über eine breite Mahagonitreppe, deren Messinggeländer sich von Stufe zu Stufe wärmer anfühlte, gelangte ich auf eine Empore, die an zwei Seiten des Raums verlief. Mehre Türen befanden sich hier, eine war spaltbreit geöffnet, und ich sah einen sonnendurchglühten, orangefarbenen Vorhang, einen Föhn und ein paar Schallplatten auf dem Teppich, und wollte nach der Klinke greifen: Als die Tür ganz langsam aufgezogen wurde und das hochsommerliche, vom Vorhang gefärbte Licht wie ein Brand über den Boden und an meinem Körper emporkroch.
Ein Plattenspieler lief leer, das Rauschen und Knistern erfüllte den Raum, dessen hintere Wand von dem lebensgroßen Foto der Beatles und einem Schreibtisch voller Bügelwäsche eingenommen wurde. Auf dem

Sofa davor – sie hatte die Tür mit dem Fuß aufgezogen, das Bein noch erhoben, die Zehen auf der Klinke – lag Sonja und wischte sich kauend irgendwelche Krümel von Shirt und Shorts.

Sie verschränkte die Hände hinterm Kopf und sah mich ruhig und ironisch drohend an, ein Blick, der mir erwachsener vorkam als sie selbst; im Halbschatten von Stirn und Brauen schienen ihre Augen heller, fast türkis, und die Wangen glänzten verschwitzt.

Da sie weder auf mein: Hallo! noch auf die Frage nach einem Putzlappen oder Besen reagierte, einfach nur schaute, als kochte sie Romane hinter den Pupillen aus, wurde ich verlegen und zeigte auf ihren linken Unterarm. – Hast du dich verletzt?

Sie betastete die kleine Blutkruste, kratzte sie ab. – Du bist wirklich süß, sagte sie und sah mich wie eine gerührte Tierfreundin an. Und plötzlich, streng: Aber die Haare könntest du dir schon ein bißchen männlicher frisieren!

Sie langte auf den Boden, wo eine halbvolle Colaflasche stand, und trank einen Schluck. – Na? fragte sie spöttisch, den Strohhalm noch im Mund. – Wie war's? Hat sie es geschafft? Hat die Alte dich entjungfert?

Ich strich mir die Haare zurecht und bemerkte verärgert ein leises, heiseres Krächzen in meiner Stimme, als spräche ich durch eine Membran hindurch. – Schätze, das ist nicht mehr nötig.

Ach! Nein?

Ihr Blick war geklaut – ein beliebiger Schmachtfetzen fiel einem ein –, doch seine Absicht, was immer faul sein mochte an der Frucht, war ein Geschenk. Kaum hatte ich einen Schritt über die Schwelle ins Zimmer gemacht, schloß Sonja – sie wendete das Gesicht ab, öffnete den Mund, und ich sah, daß der Schwung der getuschten Wimpern haargenau dem ihrer Oberlippe entsprach –, Sonja schloß die Tür mit einem Tritt. Wobei ich eine Tätowierung an ihrem Schenkel, der zitternden Innenseite entdeckte, einen winzigen Schmetterling.

Für Ende August plante Ecki ein Fest und hatte uns zum Frühstück eingeladen, um dabei die technischen Dinge zu besprechen. Er wohnte nach hinten, zum Garten hinaus, in einem Zimmer, das noch nicht renoviert war und trotz der Tapete mit den Teddybären wie ein Baustofflager aussah. Die einzigen Einrichtungsgegenstände, eine französische Liege, ein Elektrokocher und ein alter Kühlschrank, waren von Farbeimern, Gipstüten, Drahtrollen und Kanistern voller Mischöl und Bitumen zugestellt. Man saß auf zerfetzten Autosesseln, und als Frühstückstisch diente ein Stapel Holz.
Es war zwei Uhr mittags. Davon abgesehen, daß Eckis fahles, unrasiertes Gesicht mit den Schatten in den Lidwinkeln gezeichnet war von Sorgen, die sich nicht einfach überschlafen ließen, schien er an diesem Morgen wie zermartert von einem üblen Traum.
Die Flasche, die Meier zum Frühstück mitgebracht hatte, enthielt nur noch ein Drittel Whisky und das Gerede, das er von sich gab, die anderen zwei. – Ein Feuerwerk! sagte er. Wir müssen natürlich ein Feuerwerk abbrennen, die Biester lieben das. Wenn du eine Frau verführen willst, mußt du immer ein Kaminfeuer oder ein paar Sprühteufel in der Tasche haben ...
Meier, in seiner rot-gelb karierten Jacke, lebte überall und nirgends im Haus, sein Schlafsack lag heute im Keller, morgen unterm Dach oder im Saurier, und oft

blieb er auch einfach im »Blow Up« und sang die Flaschen in den Schlaf, wie er sagte. Vor Eckis Einzug war er so etwas wie ein Hausmeister in dem Gebäude gewesen, hatte Dachtraufen freigestochert, Rattenfallen aufgestellt oder Fensterlöcher zugenagelt, und als Lohn von seiner Tante – Irene Sommer war seine Tante – die Erlaubnis erhalten, umsonst darin zu wohnen. Von Ecki stillschweigend mitübernommen, war er dann rasch »vom Trümmerkauz zum Zapfhahn« avanciert.

Daß er bereits am Morgen Schnaps trank, war selbst für Meier ungewöhnlich, begann er doch sonst mit Wein oder Sekt; er litt aber an einer geschwollenen Backe und hatte neben kindischer Furcht vor dem Zahnarzt keinerlei Krankenversicherung; so betäubte er sich schon, bevor er richtig wach war.

Ecki schenkte ihm stets ein schmunzelndes Wohlwollen, eine knurrige Sympathie, die keiner recht verstand und immer noch zunahm, wenn ihn die Probleme mit dem Haus und der Kneipe – für die Fertigstellung des Gebäudes schien genau das Geld zu fehlen, das sein »Blow Up« nicht mehr einbrachte –, wenn ihn die Schulden derart bedrückten, daß er alles, wie er einmal stöhnte, zum Davonlaufen fand. Dann schien ihm Meiers Anblick, sein hemmungsloses Sichgehenlassen, das bewußte und irgendwie erhabene Verlottern, ein stiller Trost zu sein, als verkörperte der Graf eine Art Ausweg, die auch ihm, Ecki – wenn denn alle Stricke einmal rissen –, noch offen stünde.

Doch jetzt, einigermaßen wach, wischte er Meiers Gerede mit einer Handbewegung aus dem Raum und begann, die Vorbereitungsarbeiten für das Fest zu Sonjas achtzehntem Geburtstag aufzuteilen. Salzburg und

Schnuff sollten zum Großmarkt fahren und Getränke abholen, die bereits bestellt waren, darunter ein paar Fässer Landwein aus der Toscana; Meier und ich würden den Garten herrichten, Bänke und Tische aufstellen, Lampions in die Bäume hängen sowie die Feuerstelle mit einer Grillvorrichtung aus Gerüststangen anlegen; ohne näher hinzusehen, zog Ecki ein Blatt aus einem Haufen Rechnungen und Lieferzettel, machte eine Skizze und reichte sie mir. Er selbst wollte einen Lastwagen mieten und mit Mister Move zum Schlachthof fahren, um einen Ochsen zu kaufen.
Ein ganzes Rind?! rief Salzburg. Und Wein aus dem Faß? Mein lieber Junge, das ist ja wie in alten Zeiten!
Ich betrachtete die Zeichnung und wendete das Blatt; es war ein amtliches Formular, ein mehrfach gestempelter, von einer Baustoffirma eingeklagter Zahlungsbefehl über neuntausend Mark. – Was heißt denn »wie in alten Zeiten«? fragte Ecki. Haben wir nicht immer Feste gefeiert?
Aber feste! sagte Meier, doch Salzburg besah nur seine Fingernägel, kratzte den Dreck mit der Haarnadel hervor und schwieg.
Ecki schnaubte, schüttelte den Kopf. – Jetzt warte mal, was soll die blöde Anspielung? Was hat sich denn geändert? Ihr wohnt hier so gut wie umsonst, habt eine gemütliche Arbeit, den Garten – was gibts da noch zu meckern? Wenn ihr euch nach den Zeiten zurücksehnt, als uns die Kakerlaken in die Hosenbeine krochen – danke! Und das Pennerpack, das hier herumlungerte, fehlt mir auch nicht. Ich habe weiß Gott genug am Hut, ich muß mir nicht noch eure Sticheleien reinziehn, klar? Wir sind nicht miteinander verheiratet, Leute ...

Niemand erwiderte etwas, man starrte in die Tassen oder tupfte mit den Fingerspitzen Krümel von den Frühstücksbrettern, und als auch noch das Brummen des Kühlschranks aussetzte, kam es mir vor, als wäre sogar die Stille verstummt.
Schon gut, murmelte Salzburg und biß sich etwas Nagelhaut vom Daumen. – Bleib ruhig, ich wollte dir nicht auf den Schlips treten, Mann. Mit »alten Zeiten« meinte ich wie im Mittelalter oder so, wo's auch Wein aus dem Faß gab und Ochsen am Spieß...
Ecki, momentlang, erstarrte, wobei er einen Schluck Kaffee im Mund behielt und uns, einen nach dem anderen, aus großen Augen ansah.
Keiner sprach, nicht einmal Meier fiel ein Witz ein. Da wurde das peinliche Schweigen von raschen Klopfgeräuschen zerkleinert, und wir drehten uns aufatmend um.
Ein vertraut klingendes, melancholisch durch den Raum gehauchtes: Hallo, Herr Eberwein! betonte die trostlos amtliche Erscheinung des Mannes, das korrekte Grau in Grau.
Er öffnete seine Tasche, reichte ein Formular über den Frühstückstisch und schaute sich im Raum um mit einem Blick, der ohne Frage dienstlich war und über alles, auch uns, wie über Aktenrücken glitt. Ecki runzelte die Stirn, unterschrieb das Papier und gab dem Mann einen Durchschlag; ich erkannte einen Bescheid von derselben Art wie den, auf den er die Zeichnung gemacht hatte. Dann zog der Gerichtsvollzieher eine kleine, selbstklebende Plakette mit aufgedrucktem Bundesadler von der Folie und drückte sie an die Seitenfläche des Kühlschranks, wo bereits ein halbes Dutzend solcher »Kuckucks« klebte. – Das wars mal wie-

der, sagte er und wendete sich um. – Schönen Tag noch allerseits.

Wir sahen Ecki an, der nichts erwiderte, das Schriftstück studierte und dabei einmal, eine Sekunde lang, die Augen schloß. Er reagierte auch nicht auf das Poltern, das Splittern von Holz, und als wir herumschnellten, stand der Beamte, die Ellbogen gegen die Pfosten gedrückt, wie festgekeilt in der Tür und versuchte, den Fuß aus einem Drahtknäuel zu befreien. Seine Tasche lag draußen, im Gras, mit den Papieren spielte der Wind.

Getrappel entfernte sich im Haus, und der Mann, Schreck und Erstaunen in den Augen, blickte uns an. – Sagen Sie, Herr Eberwein – er räusperte sich, zog Anzug und Manschetten zurecht –, habe ich jetzt einen Hasen gesehen?

Ecki, der sich immer noch mit dem Formular beschäftigte und Sätze und Zahlen rot unterstrich, schien nicht zu hören. – Bitte? – Geistesabwesend sah er auf. – Einen was?

Einen weißen Hasen? wiederholte der Mann und zeigte auf seine Füße. – Mir, hier, zwischen den Beinen hindurch und rauf ins Haus, ein Riesenvieh?

Ecki blickte an dem Beamten vorbei in den Garten, zuckte mit den Schultern, widmete sich erneut dem Blatt. Auf der Rückseite des dünnen, stark saugenden Papiers erschien die Filzstiftfarbe, und was ich für Unterstreichungen und Hervorhebungen gehalten hatte, trat als groß über die Seite geschriebenes Wort zutage, das selbst in Spiegelschrift reifer als druckreif war; gewissermaßen schon Kompost.

Hier gibts keinen Hasen, sagte er, und der Gerichtsvollzieher, von einem unsichtbaren Blitz durchzuckt, kratzte sich den Nacken und starrte entgeistert ins Freie.

Ecki warf den Zahlungsbefehl zu den übrigen Formularen, schlug Salzburg, der grinste, mit dem Handrücken gegen Bauch und Brust, zerzauste ihm die Haare – und lächelte dann, wie nur er es konnte: Jenes Lächeln, bei dem man unwillkürlich dachte, es sei die Lösung für *alles*, die Goldader seines Wesens. Etwas von der Essenz aller Menschlichkeit lag darin, und man atmete augenblicklich freier, als wäre es ein stärkendes, ein herzstärkendes Mittel – auch wenn es eigentlich nicht wahr sein konnte, dieses Lächeln, auch wenn es eine Lüge war, und zwar die großartigste, die es gibt: Die weiße Lüge, daß leben leicht sei.

Ein unbeschreibliches Glück, wenn auch oft grau, eine Tortur, die Spaß macht: Das Schreiben. – Sitzfleisch und Flausen, das ist, zunächst einmal, die Ausrüstung, damit lauert man vor der Lücke im Vers wie die Katze vorm Loch und erwartet verzweifelt, betrunken, kaltnüchtern und wieder verzweifelt, was eine Handvoll Silben klingen, einen Rhythmus pulsieren und ein Bild aufleuchten läßt: das erlösende Wort. Man kann es nicht bewerkstelligen, herbeibeten oder verwünschen, es hat seine Zeit, seinen Raum und vermutlich seine Launen, und öfter als es eintrifft, bleibt es aus. Doch plötzlich – man hatte es schon aufgegeben und nach gehörigen Zweifeln an den eigenen Fähigkeiten wieder an Lottozahlen, Bundesliga oder Blumenkohl gedacht –, plötzlich findet es sich ein und macht aus dem Text ein scheinbar nie gesehenes, unerhörtes Wesen, zitternd und bis zum Zerreißen gespannt zwischen dem, was man selber wollte, und dem, was die Sprache will, ein

Lebewesen, und die Welt ist momentlang am rechten Fleck. Woraufhin man den Stift in die Höhe schmeißt und vor Glück den Türpfosten küßt.
Es wurde dunkel, und ich war umringt von den zerknüllten, zerfetzten, zerschmierten Leichen unzähliger Sprachkörper ohne Herz und Verstand, ohne Gegenwart oder Zukunft, so gut gemeint, daß einem schlecht werden konnte, und hatten sie einmal Hand und Fuß, dann tanzten sie nicht. Schließlich ging ich an den Ausguß, spülte zwei Gläser und lud Schnuff zu dem Gin ein, den Greta dagelassen hatte.
Er machte sich gerade sein »Omelette total«, das heißt, er gab ein paar Eier samt Schalen in die Pfanne, zerstieß sie mit dem Löffel und streute Salz und Pfeffer und etwas zerhacktes Schnittlauch darüber. – Ist gut für die Knochen, sagte er und folgte mir mit dem Teller in mein Zimmer, kauend, was klang, als ginge er über Kies.
Es war eine sternhelle Sommernacht mit Bäumen und Häusern wie aus schwarzem Laternenpapier, und obwohl ich die Kerzen gelöscht hatte, flogen Falter ein und aus und flatterten gegen die Holzverschalung mit dem Geräusch von feuchten, auf die Tischplatte trommelnden Fingern. – Wird bald Vollmond sein, sagte Schnuff und hielt mir sein Glas hin.
Gegenüber, im ersten Stock, brannte eine kleine Lampe, ein riesiger Schatten erschien, schrumpfte auf Lebensgröße, und Sonja riß den Vorhang zur Seite. – Puh! machte sie, lehnte sich hinaus und blickte nach links und rechts in die stille, menschenleere Straße, wobei ihr blondes Haar fast weiß aussah und die Fingernägel glänzten, wie gerade erst in Lack getaucht.
Alle tot? fragte sie und trällerte ein paar Takte der

Platte mit, die im Hintergrund lief. Es war ein gedämpftes Jubilieren, mit dem sie sich, als stände sie auf Glasmurmeln, im Gleichgewicht zu halten schien, während sie ihr Haar hochsteckte, und ein paar atemlose Augenblicke war ich überzeugt, diese Nacht und ihre Stille sei nur da, um Sonjas Stimme hervorzuheben, die einem in ihrer silberhellen Reinheit beinahe unwirklich vorkam, beinahe... wie aus der Spraydose, wenn ich ehrlich war. Und doch: Unvorstellbar, daß auch nur etwas Mißliches geschah, solange sie erklang; und gab es noch irgendwelche Blumen im Garten, denen ein letzter Hauch zu ihrer vollen Farbigkeit fehlte – morgen früh würden sie ihn haben.
Sonja verstummte, beugte sich vor und starrte über die schmale Straße. – He! sagte sie leise, wie zu sich selbst: Liegt da etwa ein Schlüpfer im Garten?
Sie lächelte. Und stutzte... Rasch stellte sie den Plattenspieler aus und nahm mit jenem kleinen, in seiner Fügsamkeit auch ironisch wirkenden Hüftschwung, der mir schon an meinen Mitschülerinnen wie eine Verhöhnung des ganzen Schulsystems vorgekommen war, am Schreibtisch platz. Neben einem dunkelhaarigen Mann in schwarzem Hemd und schwarzer, an den Seiten geschnürter Lederhose, wie ich nun sah.
Ihr Nachhilfelehrer, murmelte Schnuff, während Frau Sommer einen Glaskrug Milch ins Zimmer reichte. – Französisch.

Nein, nein und nochmal nein! Das können Sie nicht verlangen. Schluß, aus, nein!
Aber Herr Schramm...
Sonne schien ins Fenster, die Bank war wie ein Backblech heiß. Ecki, gestikulierend, stand vor dem Führer-

haus eines kleinen Lieferwagens. – Nun sind die Dinger doch da! Wäre es nicht absurd, sie wieder mitzunehmen?
Der Fahrer verneinte abermals, eine knappe Kopfbewegung, die in ihrer Bestimmtheit aussah, als hätte sie den gleichzeitig anspringenden Motor gezündet. – Das geht nun wirklich nicht mehr, Herr Eberwein. Bei all den Außenständen ... Das müssen Sie einsehen. Eher baue ich die Dinger zu Särgen um.
Er wendete, und Ecki stopfte die Fäuste in die Taschen und kickte einen Kiesel über die Straße. – Seien Sie doch vernünftig! rief er, als der Schreiner mit den nußbraun lackierten, senkrecht auf der Ladefläche befestigten Wohnungstüren an ihm vorüberfuhr. – Herr Schramm, ich bitte Sie! Särge mit *Briefschlitz*?!

Irene Sommer deckte einen Kaffeetisch unter dem Sonnenschirm, und ich begann, die fertige Mauer zu verfugen.
Sonja, die im hinteren Teil des Gartens schlief, fuhr auf, als ihre Mutter in die Hände klatschte. Blaß und strapaziert sah sie aus, denn da im Spätherbst erste Abiturarbeiten anstanden, hatte sie so gut wie keine Ferien und mußte jeden Tag zu anderen Aufbau- oder Nachhilfekursen; während aus den überall herumliegenden Schulbüchern immer mehr Ansichtskarten ragten, die Urlaubsgrüße ihrer Freundinnen.
Sie kratzte sich den Kopf und ignorierte das: Waschen, Kleine! ihrer Mutter mit einem genüßlichen Gähnen, wobei sie die kleinen Fäuste in die Höhe stemmte. Um gleich darauf in dieser Haltung zu erstarren: Als hätte sie die schockhafte Erkenntnis getroffen, daß die Welt beim nächsten Augenöffnen wieder nur Welt sein

würde, rissige Rückseite ihres goldenen Traums, und die Mathematikübungen noch nicht gemacht waren ... Sie griff sich blitzschnell in den Nacken, hielt die geschlossene Faust ans Ohr, lauschte, schüttelte sie und starrte schlafbenommen ins Leere, während sie den rechten Daumen da hineindrückte und ruhig und nochmals gähnend drehte, wie man einen Stößel im Mörser dreht.

Als ihre Mutter mir den vereinbarten Lohn in die Hemdtasche steckte, ließ sie die Hand etwas länger darin als nötig und hätte ihren Blick vermutlich tief oder vielsagend genannt; ich freute mich darauf, mit dem Ende der Arbeiten ein wenig weiter aus ihrem Gesichtsfeld zu rücken. Sie brachte einen Strauß kleiner, feuerfarbener Rosen ins Haus, und Sonja ließ sich auf einen Terrassenstuhl fallen und blätterte so unwirsch in ihrem Lehrbuch, daß die Seiten knallten.

Hast *du* eigentlich Abitur? fragte sie nach einer Weile, und da ich einen unguten Ton in ihrer Stimme hörte, drehte ich mich erst gar nicht um, schüttelte den Kopf und sagte: Nein. Wozu.

Wird aber immer wichtiger. Ich habe eine Studie gelesen. Demnächst kann man nichtmal mehr Maurer lernen ohne Abitur.

Mir egal, sagte ich und fugte weiter. – Ich brauchs nicht mehr zu lernen. Ich bins ja.

Für dein berufliches Fortkommen wäre es schon praktisch, beharrte sie. Du könntest Architekt werden oder so. Außerdem ist ein Mensch mit Abitur doch gleich ein ganz anderer Umgang. Klar, wenn man mal ein Baby hat, für die Windeln und das Zeug braucht man Gott sei Dank kein Abitur. Aber später: Die Welt steht einem sozusagen offen.

Ich will aber nicht fortkommen, sagte ich. Jedenfalls nicht beruflich.
Ach so. Und wenn alle diese Einstellung hätten? Ein bißchen Ehrgeiz könnte dir nicht schaden, mein Lieber. Was glaubst du, wo sich unser Gemeinwesen befände, wenn jeder ...
Pause. Nur das Geräusch meines Fugeisens war zu hören. Ich wendete mich um. – Wenn jeder ...?
Sie stand, die Augen groß, nah hinter mir und biß sich auf die Unterlippe. Als ich besorgt ins Wohnzimmer sah, verzog sie den Mund, einen Winkel, hob die Hand und strich mir so sanft über Hals und Wange, daß ich glaubte, nur den Schatten der Finger zu fühlen. Wie gewöhnlich das Parfüm auch gewesen sein mochte, an ihr roch es kostbar, und ich neigte mich weiter vor und bemerkte Schweißperlen, winzige, auf ihrer Nase.
Vorsicht! flüsterte ich; Husten wurde laut im Raum. – Kleiner Feuerkopf ...
Nicht faul war die Frucht; ihre Stacheln wuchsen nach innen. Den blauen Blick fest in meinem, griff Sonja mir ins Hemd und nahm mit einem Lächeln, das nur scheinbar um Verzeihung bat, das Geld heraus. Sie zählte sich drei der fünf Hunderter ab, schob sie unter die Manschette ihrer Bluse und stopfte mir den Rest in die Tasche zurück. – Als ich zu einem Einwand ansetzte, hob sie das Kinn, verengte die Augen, und ich schwieg.
Ihre Mutter kam mit dem Kuchen aus dem Haus und sah uns offenbar näher beieinanderstehen als ihr recht war; sie runzelte die Brauen, blitzte ihre Tochter an und stellte das Tablett so nachdrücklich ab, daß ein Sahnetörtchen tot zusammensank.
Wer außer Ecki kommt denn noch? fragte Sonja und

ließ sich wieder auf den Stuhl fallen. – Warum? – Na warum wohl! Weil für vier gedeckt ist! – Ihre Mutter sah mich verlegen an. – Wir *sind* vier, mein Kind! – Ach so, sagte Sonja und öffnete ein Buch.

Als Ecki auf die Terrasse kam, eine Dokumententasche unter den Tisch stellte und: Wieso nur acht Stück Kuchen? fragte, sah sie nicht auf. Er stutzte, ging vor dem Stuhl in die Hocke und streichelte ihre Wange. – Was fehlt der kleinen Zankgeige denn? Wieder Ärger mit der Mutter? Na komm! Die machen wir zur Großmutter, und dann ist Ruh.
Ecki! rief Irene Sommer streng, doch lächelnd aus dem Garten, und Sonja boxte gegen seine Schulter. Da er sehr ungewöhnlich aussah in dem eleganten anthrazitfarbenen Anzug, dem weißen Hemd und sich die Haare überraschend ordentlich aus der Stirn gebürstet hatte, betrachtete ich ihn wohl etwas zu lange... – Eine prima Mauer hast du da hingebaut, sagte er, und ich deutete eine Verbeugung an. – Wirklich schön. Aber der letzte Eckstein ist nicht ganz im Lot.
Ich fuhr herum, kontrollierte sowohl den Ziegel, der gerade saß, als auch die Wasserwaage, die hundertprozentig genau maß, und sagte: Verdammt, du mußt einen Knick in der Optik... Als ich mich umsah, trennten sich die beiden gerade voneinander, und Sonja, einen Hauch Röte auf den blassen Wangen, wischte etwas silberweißen Lippenstift von seinem Mund.
Wir setzten uns, ihre Mutter schenkte Kaffee ein, Ecki verteilte den Kuchen. – Und? fragte sie, sichtlich ungeduldig. – Wie war dein Tag? Erzähle!

Er grinste, spuckte einen Kirschkern in die Blumen. — Ein Tag der besonderen Namen, möchte ich meinen. Zum Beispiel war ich im Büro eines Mannes, der sich Mehlhase nannte, Bernhard Mehlhase. Hübsch, nicht? Und der hatte eine Prokuristin, eine Riesenfregatte — aber ob die wirklich Prokura hatte, weiß ich gar nicht —, die hieß Frau Dr. Klöpperpieper.
In Sonjas Kichern schien ein feines Klirren mitzuklingen, ein Kaleidoskop fiel mir ein, die Splitter darin, und in den Augen leuchtete eine schalkhafte Begeisterung. — Im vorigen Jahr hatten wir mal einen Lehrer, der hieß tatsächlich Hinterschinken, sagte sie. Der arme Kerl. Ihr könnt euch ja denken, wie wir den genannt haben... Und mein Zahnarzt, fügte sie mit verzogenem Gesicht hinzu, mein Zahnarzt heißt Zwarg!
Alle lachten, und irgendwo hinter den Rosen, wie ein Echo, krächzten Elstern.
Nun? fragte Frau Sommer, an Ecki gewandt: Was weiter? — Doch der, ohne von seinem Teller aufzusehen, schüttelte den Kopf.
Meine Mutter hatte mal einen Freund, sagte ich, einen Hausfreund, der immer zu uns kam, wenn mein Vater auf Nachtschicht war. Meistens brachte er mir Süßigkeiten oder Spielzeug mit, und ich mochte ihn gern. Er konnte wunderbar kochen, war witzig, klug, sah sehr gut aus und hieß auch noch Gino Perfetto.
Weder Ecki noch Sonja reagierten irgendwie; nur Frau Sommer murmelte: Wie nett... Dann kratzte man eine Weile wortlos auf den Tellern herum, und plötzlich lag irgend etwas in der Luft, das ein Durchatmen erschwerte, den Kaffee bitterer und die Kuchenfrüchte blasser erscheinen ließ. Meine Gabel machte ein quietschendes, in den Zähnen schmerzendes Geräusch auf

dem Porzellan, und als ich mich dafür entschuldigte, sahen mich alle verständnislos an, und ich entschuldigte mich abermals, legte die Serviette fort und ging an die Arbeit.

Auch Sonja, ein Stück Gebäck in der einen, das Schulbuch in der anderen Hand, stand auf, verschwand im Haus, und Ecki begann, zu sprechen: meinetwegen sehr gedämpft, und das Fugeisen zerschrammte die Sätze zu Fetzen.

Während sie zuhörte, zeichnete Irene Sommer mit dem Fingernagel Ornamente und Endlosschleifen auf die Tischdecke oder kratzte sich den Fußknöchel, wo ich ein goldenes Kettchen bemerkte. – Prolongieren?! rief Ecki und äffte eine blasierte Frauenstimme nach. – Warum kaufen Sie die Ruine! Sie, ein Bauingenieur! Das hätten Sie vorher... Und Mehlhase? fuhr er in normalem Ton fort. – Den hab ich gar nicht zu Gesicht bekommen. Der lachte mich aus, lachte durch die Sprechanlage. Und seelenruhig: Dann brennen Sie den Bau doch ab, Mann. Sind ja versichert.

Irene Sommer bewegte den Kopf, als zöge sie mit der Nasenspitze einen Strich unter das Gesagte. – Sie beugte sich vor und sprach nun so leise, daß ich nichts mehr verstand; aber diese Stille machte das, worum es ging, ungefähr so deutlich, wie das Weiße zwischen den Buchstaben eine Schrift deutlich macht oder eine haarsträubend hohe Zahl... Die Frau hob eine Hand, die linke, zählte jeden der gestreckten Finger mit dem Daumen der rechten ab, und Ecki, das Gesicht vor Kummer ganz schlaff und fahl, nickte und nickte und wischte den Nacken, die Stirn mit einer Serviette ab. Über der Braue blieb ein wenig Zellstoff kleben.

Irene Sommer erhob sich. – Auch wir haben Verträge, weißt du. Und kein Mensch kann erwarten... Doch was rede ich. Stoß den verkommenen Laden endlich ab und nimm eine ordentliche, deinen Qualifikationen entsprechende Stellung an; ich muß dir wohl nicht nochmal sagen, daß du kein Typ für die Gastronomie bist. Die jeweiligen Raten werden wir dann ...
Sie stockte, warf eine Kuchengabel nach der Elster, die zwischen den Blumen herumhüpfte, und Ecki stierte in seine Tasse und schwenkte den Rest darin herum. – Vielleicht könnte man ...
Keine Diskussion! – Sie schritt die drei Stufen in den Garten hinunter und entrollte einen Schlauch – während Ecki vollends zusammensank, die Ellenbogen auf die Schenkel legte und die Hände zwischen den Beinen herabhängen ließ.
Ihn in dieser Haltung zu sehen – zu wissen, er wußte, daß ich ihn so sah –, war kaum zu ertragen, und ich ging auf die andere Seite der Mauer, die ich mit Schlämmkreide gestrichen hatte, und entfernte Kalk- und Mörtelspritzer von der Terrasse des Nachbarn.
In ihrer Zweifellosigkeit stolzierte Irene Sommer über den Rasen, als hätte sie irgendein Prinzip zu verkörpern – welches, war ihr vermutlich selbst kaum klar; daß es ein Prinzip war, reichte; und während ich meinen Haß auf sie wie einen zwar widerlich schmeckenden, doch wohltuenden Magenbitter genoß, sah sie auf von ihren roten, im Sprengwasser funkelnden Rosen und sagte: Laß Sonja jetzt mal in Ruh, hörst du. Sie lernt.
Ecki, kurz vor der Türschwelle, wendete sich um. – Ich weiß. Ich will nur rasch... – *Nein*, mein Lieber! Sie muß ihre Mathematikübungen machen.
Sicher. Aber ich gehe heute abend vielleicht... – Heute

abend hat sie Nachhilfe. Laß gut sein jetzt. Soll sie deinetwegen noch durchs Abi rasseln?
Ecki sah Frau Sommer eine Weile schweigend an, nicht traurig, nicht empört; ein mildes Erstaunen machte sein Gesicht momentlang jugendlich schön. Dann senkte er den Blick, starrte vor sich hin und zog glättend an Revers und Säumen des Sakkos. Noch einmal hob er die Hand – strich aber nur eine Haarsträhne hinters Ohr... Und schließlich war er schneller von der Terrasse verschwunden, als der Abdruck seiner feuchten Finger auf dem Türglas verflog.
Indessen räumte die Hausherrin das Geschirr zusammen, und als ich aufsah, entdeckte ich ihre Tochter an einem Fenster des ersten Stocks. Sie beugte sich vor, zeigte mir die Zungenspitze und ließ eine Zigarettenkippe in mein Mörtelfaß fallen.

Ein muffiger Blutgeruch ging von dem Rind aus, dessen trübgelbe Fettschicht mehrfach gestempelt war. Bereits am Spieß, lag es rücklings auf dem Wagen, einem Laster mit Kranaufsatz, und Mister Move griff in den Bauch und zog einen Haken samt Kette hervor. Alle vier, um die Hufe verkürzten Beine von sich gestreckt, schwebte der gewaltige Ochse über die weiß gedeckten Tische und wurde langsam auf die Stahlrohrböcke hinuntergelassen, zwischen denen bereits ein Feuer brannte. Ecki nahm einen Kanister Olivenöl aus dem Wagen und drückte mir einen langstieligen Pinsel und einen Leinensack voller Gewürzkräuter in die Hand. Alle fünfzehn Minuten sollte ich das große Rad der Drehvorrichtung um einen Zahn weiterbewegen und die Partie des Tiers, die gerade über der Glut lag, mit Öl bestreichen, vierundzwanzig Stunden lang; Graf Meier, sofern nüchtern genug, würde mich gelegentlich ablösen. – Und Holz? rief ich Ecki nach, der schon wieder im Führerhaus saß. – Das bißchen Holz reicht doch nicht für vierundzwanzig Stunden? – Er grinste. – Für Holz werden wir schon sorgen, mein Junge.

Mehrere Nachbarn schauten vorbei, um den Ochsen zu bestaunen, einer machte sogar Fotos, und die Kinder konnten nicht widerstehen, ihre Köpfe in die weit klaffende Bauchhöhle zu stecken (in der drei von ihnen bequem Platz gefunden hätten) und irgend etwas hineinzuschreien, sichtlich enttäuscht, daß es kein Echo gab. Auch Irene und Sonja Sommer kamen über die Straße, und während die Mutter nach einem kurzen Blick auf den Braten, und einem etwas längeren, freundlich grollenden auf mich, mehr Interesse für den Stand der Bauarbeiten im hinteren Teil des Hauses zeigte, sah ihre Tochter mit großen, wundersüchtigen Augen in die Runde, den geschmückten Garten, und mir schien, daß in ihrem Blick bereits ein Abglanz der Kerzen und Lampions lag, die morgen zu ihren Ehren brennen würden.

Gegen Abend brachte Ecki eine Ladung altes Bauholz und fuhr wieder davon. Nachdem die letzten Kinder gegangen waren, saßen Meier und ich allein neben der Glut, in der die herabfallenden Fetttropfen zischten, und zapften uns manchmal etwas Wein aus einem der großen Fässer, die auf blumenumwundenen Holzböcken im Gras standen. Der Himmel war bereits dunkelviolett, aber irgendwo hinter den Dächern oder Bäumen mußte noch ein Rest Abendrot sein und färbte die Flügel und Bäuche der heimfliegenden Tauben mit etwas Feuerfarbe.

Ich kam doch schon betrunken zur Welt, sagte Meier.

Das muß an dieser Gegend liegen. Man sitzt dauernd wie auf Kohlen. Wußtest du übrigens, daß ein geologischer Querschnitt unter Essen einhundertdreiundvierzig verschiedene, übereinandergeschichtete Wälder erkennen läßt?
Einhundert*fünf*undvierzig, sagte ich. Er schüttelte den Kopf. – Einhundert*drei*undvierzig. Ein bißchen lesen kann ich noch. – Ich auch. Es sind einhundertfünfundvierzig Wälder. – Das ist natürlich Quatsch. Einhundertdreiundvierzig. Aber wenn dir so viel daran liegt... Er machte eine generöse Handbewegung: Ich schenk dir zwei Wälder. – Danke, sagte ich und drehte den Ochsen ein Stück weiter, bestrich ihn mit Öl.
Einmal, fuhr Meier fort, ein einziges Mal war ich trocken wie ein Trompetenkoffer, sechs Monate lang. Dafür aber halb tot vor Liebe. Lange her. Die Gute verabscheute Alkoholgerüche aller Art, trank weder zum Essen Wein noch an Sylvester Sekt, und ich, der ich bis dahin kaum einen Tag ohne Vollrausch erlebt hatte, machte von heute auf morgen Schluß mit dem Suff – ohne Zittern, ohne Entziehungskur, ganz leicht, aus Liebe! Nicht einmal *Lust* auf ein Glas hatte ich, solange sie bei mir blieb.
Doch Gott sei Dank ist Liebe nicht nur selten, sondern meistens auch kurz. Sonst wäre sie ja asozial. Was sollte man denn aus den Trinkerheilanstalten machen? Cocktailbars?
Außerdem wird man doof davon. Ich meine – er hob sein Glas –, Wein begeistert, Schnaps entflammt, aber Liebe? Verraucht und löscht dich aus. Schau dir Ecki an. Der war fast durchsichtig vor Glück. Und jetzt zerkrümeln ihn die Sorgen.
Ich drehte das Zahnrad weiter und schmiß ein breites

Brett in die Glut. Das Wort MILLIONEN, mit Ölfarbe daraufgeschrieben, warf rote Blasen und zerschrumpfte.
Was war das mal für ein feiner, freier Kerl! fuhr er fort. Wehe dem, der ihm vor zwei Jahren gesagt hätte: Du wirst die verrückten, phantastischen Leute, die hier leben, demnächst auf die Straße setzen und aus dem funkensprühenden Narrenhaus einen Appartementkomplex für Besserverdienende machen! – Und heute hört man schon mal Sätze wie: Jeder entwickelt sich. Von nichts kommt nichts. Oder: Ich krieg ja auch nichts geschenkt. Na, die Firma dankt.
Er goß sich etwas Wein über die Finger und massierte die geschwollene Wange. – Um jung sein zu können, mußt du älter werden, das ist doch klar! Aber was soll ich halten von einem, der sich für so einen Plastikengel die Hörner vom Kopf handeln läßt und dem alles, was gestern Traum war und Rausch, heute Jugendsünde ist! Der stolzeste Stier bleibt wesentlich Rind.
Ich warf noch ein beschriftetes Brett ins Feuer, das Wort GEHIRNZELLEN flammte auf und schwärzte den Rauch. Meier hustete. – Man kann alles mögliche mit Liebe entschuldigen. Doch wer seine Jugend verrät, sagte er, wer sie als Spielerei oder grün abtut, der ist bereits verdorrt. Denn sie hat recht, nur sie! Als ich in deinem Alter war und jünger: Was habe ich mir nicht alles als kurzsichtig, rücksichtslos, eigensinnig, unausgegoren und phantastisch ausreden lassen! Brav wartete ich darauf, älter und reifer zu werden, präziser in meiner Sehnsucht, sicherer in meinen Wünschen und Instinkten. – Und was stelle ich nun, Ende dreißig und mehr Sakko als Charakter, fest? Ich hätte dem ganzen grauen Erwachsenenpack, den sozialen Schalldämp-

fern und pädagogischen Feuerlöschern einen Tritt geben und augenblicklich in die Welt ziehen sollen, ins Blaue! Denn die Träume und Wünsche sind genau dieselben geblieben; nur ich bin heute zu alt, zu träge und zu schwach, um sie mir zu erfüllen, habe keinen Atem mehr, um ...
Klage ist doch Seelenrotz!
Das sagte eine rauhe, traurige Stimme in dem schwarzdunklen Garten. Ich erkannte einen dürren Mann mit großen, abstehenden Ohren. Die Hose war an den Knien zerrissen und die zu kurze Jacke falsch geknöpft.
Habt ihr Bernado gesehen?
Meier blickte mich stirnrunzelnd an, und ich zog die Mundwinkel herab, die Schultern hoch. – Was können wir für dich tun, mein Freund?
Der Mann ging neben uns in die Hocke, starrte in die Glut, in deren Schein seine blonden, bis unter die tiefliegenden Augen wachsenden Bartstoppeln wie Silbersand glänzten, und wiederholte: Bernado?
Ich bemerkte etwas Tabak und ein paar Hobelspäne in seinem Haar, und Meier reichte ihm mein Glas. – Wir haben keinen Bernado, Alter. Nur Bardolino. Wann soll er denn hier gewohnt ...
Zum Teufel mit deiner Ausfragerei! Du kennst ihn genau!
Meier trank einen Schluck, nickte bedächtig. – War das so ein Jongleur? Hat der immer mit diesen verchromten Keulen ...
Der Mann hielt sich die Ohren zu. – Nein, rief er, verdammt! Bernado!
Menschenskind, so viele hab ich auch nicht auf Lager. Könntest du mal präziser werden? – Meier schwankte

an eines der Fässer, und ich drehte den Ochsen weiter, warf eine Handvoll Kräuter ins Feuer und sagte: Wir sollten nicht den ganzen Wein austrinken, bevor das Fest überhaupt begonnen hat, Graf.
Wie? Das Fest ist längst zu Ende, mein Freund. Wo waren wir stehengeblieben?
Unser Gast, die Füße in den zerrissenen Schuhen bis kurz vor die Glut gestreckt, stemmte die Arme hinter sich ins Gras; seine Augen glänzten wie Tollkirschen schwarz. – Bernado, beharrte er sanft.
Richtig. Wir hatten mal einen arabischen Scherbenfresser mit einer rauschgiftsüchtigen Liliputanertruppe hier...
Es war nach Mitternacht, und der Ochse, dessen Bauchraum immer weiter auseinanderklaffte – mit seinen regelmäßigen Rippenbögen erinnerte er mich seltsamerweise an den Innenraum eines Indianerkanus – hatte eine appetitliche, hellbraune Farbe bekommen und war an manchen Stellen, besonders an den unteren Keulenenden, vermutlich schon genießbar. Ich wurde müde und hätte eine Ablösung gebrauchen können, doch fehlte von Ecki und den anderen jede Spur, das Haus war dunkel. Und Meier lallte bereits so stark – er würde das Rad kaum verläßlich bedienen. So hielt mich der Gedanke, am nächsten Abend vor der Festgesellschaft für einen verkohlten Ochsen geradestehen zu müssen, noch eine Weile wach.
Als ich die Augen aber nicht mehr offenhalten konnte, richtete ich das Feuer so her, daß es eine zeitlang nur glosen würde und schärfte Meier ein, in der nächsten Stunde, in der ich etwas ausruhen wollte, kein Holz nachzulegen. Er nickte zwar, doch war ich nicht sicher, ob er überhaupt etwas verstanden hatte. – Alfredo,

sagte er zu seinem neuen Freund: Dieser Tiernarr aus den Abruzzen hieß Alfredo. Der konnte mit fünf Goldhamstern gleichzeitig jonglieren, hopp, hopp, hopp ...

Ich zog eine Decke aus dem Saurier und legte mich so unter die Obstbäume, daß Glut und Grill im Blickfeld blieben. Trotz der Windstille bewegten sich die Blattspitzen einiger Pflanzen in meiner Nähe und waren, genauer betrachtet, Katzenohren; ein halbes Dutzend Katzen saß um mich herum im hohen Gras und starrte still auf den Braten.

Irgendwo, immer hallender, als fiele er in einen Schacht, jaulte ein Hund, und im nächsten Moment war es hell. Taufeucht glitzerte die Decke. Ich hatte fünf Stunden geschlafen.

Das Faß in meiner Nähe, der Zapfhahn, tropfte, ein feines Rinnsal Rotwein lief über einen Trampelpfad bis zum Feuer, das erloschen war und an dem kein Mensch mehr saß, nur zwei Katzen schliefen. Schallplatten, ein halbverbrannter Barhocker und ein Schuh jenes Fremden rauchten in der Asche. Ich fröstelte.

Bis auf ein paar verkohlte Fettfetzen und vereinzelte Spuren kleiner Krallen schien der Braten in Ordnung zu sein; er war noch warm und würde wohl – ich stach mit einem langen Messer hinein – bis zum Nachmittag gar. Als ich aber um das Tier herumging, dachte ich zunächst an eine Art Flashback oder die Überlappung eines realen und eines geträumten Bildes nach zu kurzem, jäh unterbrochenem Schlaf (die wachsbleiche Leiche, durch die erst nach und nach das Teppichmuster scheint) und kniff kurz die Augen zu.

Es blieb jedoch ein nackter und übrigens sehr schmutziger Menschenfuß, der dort aus dem gewaltigen Braten

herausragte, aus dem weit offenen, würzig riechenden Bauchraum: In dem es sich unser später Gast, leise schnarchend, bequem gemacht hatte.
Ich nahm den Unrat aus der Asche, schichtete neues Feuerholz auf, weckte den Mann und half ihm – eine Zahnraddrehung – auszusteigen.
Es war so schön warm darin, sagte er und räkelte sich genüßlich. – Außerdem hatte ich noch nie in einem gegrillten Ochsen geschlafen.
Na dann ... Und Bernado?
Er schüttelte den Kopf, es sah bedauernd aus, legte mir eine Hand auf die Schulter. – Bernado lebt hier nicht mehr, sagte er leise und ging durch den Garten davon.

Zunächst kam ein Zeltverleiher mit seiner Mannschaft, schlug rot-weiß geringelte Pfosten in die Erde und spannte ein rundes Dach aus Segeltuch auf, unter das weitere Tische und Klappstühle gestellt wurden. Ein »Fruchthof Frapps« brachte Ananas, Pfirsiche, Honigmelonen und Kisten voll Orangen, für die er die schwere Presse gleich mitlieferte. Hunderte von Stangenweißbroten ragten aus allen Fensteröffnungen des rostigen Autowracks hervor, und der Partyservice eines großen Kaufhauses türmte ein vier Meter langes Käsebuffet unter dem schattigen, mit goldfarbenen Troddeln versehenen Zeltdach auf, eine kleine, aus Wolkenkratzern, Triumphbögen, Brücken und Freitreppen bestehende Stadt aus Sahne, in der hier und da ein Petersiliebäumchen wuchs.
Der Chef von »Rohkost Bloom« aß ein Paar Würstchen vom Pappteller, während seine Angestellten die Salate arrangierten, bunte Berge, und ich sah, wie ein Mann die Radieschen anbiß, damit sie nicht hinunterrollten.

Töpfe und Tiegel zur Herstellung von Paradiesäpfeln und Zuckerwatte wurden mitsamt dem dazugehörigen Gaskocher herbeigetragen, ein kleiner Eiswagen zwischen die Bäume gerollt, und im Innern des Sauriers, vor den Bar-Regalen, die mit allerlei grünen, blauen und spätgold glühenden Likören gefüllt waren, dampfte eine Espressomaschine.

Schnuff und Salzburg stellten ein großes, auf ein Stativ montiertes Holzrad voll Feuerwerkskörper an den hinteren Rand des Gartens, und kurz vor sechs, dem offiziellen Festbeginn, kam Ecki, zog einen Korb roter Rosen aus dem Wagen und verteilte sie auf den Tischen.

Abgehetzt und verschwitzt sah er aus in seiner Arbeitskleidung und nahm einen kräftigen Schluck aus der Whiskyflasche, die Meier ihm hinhielt. Er betrachtete, betastete den Ochsen von allen Seiten, probierte ein Stück, klopfte mir auf den Rücken, und während er beiläufig ein paar Lieferantenzettel und Rechnungen unterschrieb, blickte er sich mit zufriedenem Schmunzeln um. Die bunten, zur Probe eingeschalteten Lichterketten spiegelten sich winzig in den verchromten Abdeckhauben des Eiswagens, die langen Reihen Gläser und Bestecke funkelten in der Sonne, und ein Hauch von Wind spielte mit den Ecken der gelben Papierservietten.

Auch die Gäste, die sich nach und nach einfanden, bestaunten zuerst den Ochsen, dessen Farbe nun dunklem, von Abendlicht beschienenem Kupfer glich und dessen Fleisch duftete, als wäre er Zeit seines Lebens mit Kräutern der Provence gefüttert worden.

Die meisten Leute kannte ich bereits aus dem »Blow Up«, doch war ich erstaunt, wie blaß und ausgemergelt viele bei Tag aussahen. Die ebenfalls eingeladenen

Nachbarn – stille, zerarbeitete Bergleute und städtische Angestellte, überlaut lachend – rümpften die Nasen, als erste Joints angesteckt wurden, und prosteten einander demonstrativ mit Bierflaschen oder Schnapspinnchen zu. Sie gingen stets paarweise durch den Garten und sahen sich dabei mit der leise angewiderten Faszination von Zirkusbesuchern um, die in der Programmpause die Gelegenheit zur Tierschau und einem Blick hinter die Wohnwagen nutzten. Ecki, das Gesicht gerötet vor Hitze und freudiger Hektik, begrüßte einige mit großem Hallo und merkte offenbar nicht, wie eine Frau die Hand, die sie ihm gerade gereicht hatte, verstohlen an ihrem Gesäß abwischte.
Demian, sagte eine andere in meiner Nähe und fischte mit ihren Freundinnen nach den Pfirsichstücken in der Bowle. – Es war der »Demian« von Hermann Hesse. Die blöden Kerle glaubten, die geht mit dem Buch auf sie los und bogen sich vor Lachen. Als sie spitzkriegten, daß da eine Rasierklinge rausragte, war es zu spät. All das Blut ...
Sie strich ihr rosa Chiffonkleid zurecht und schaute einem stolz in Stiefeln daherkommenden, schwarzhaarigen Mann nach. Ein Schnäuzer verbarg seinen Gesichtsausdruck, und in den sehr hellen, etwas starr und unbeteiligt blickenden Augen erschien nur dann eine Art Aufmerken, ein lebendiger Funke, wenn er die eine oder andere Frau begrüßte, meistens von fern, meistens mit einem knappen, kaum merklichen Kopfnicken, das wie ein Geheimzeichen aussah. Sein durchtrainierter Körper schien die Kleidung nicht zu tragen, wirkte vielmehr, als wäre er damit *bezogen* worden, so eng saßen das T-Shirt und die schwarze, an den Seiten geschnürte Lederhose.

Ein strammer Bursch, sagte die Frau in dem Chiffonkleid und leckte sich die Bowlefinger. – Hat bestimmt eine kugelsichere Brustmuskulatur. – Dann ahmte sie seine Körperhaltung nach, und die anderen erfrischten die warme, etwas rauchige Luft mit ihrem Kichern.
Eine von ihnen, die ich zunächst nur an der Lederjacke wiedererkannte, winkte mir zu: Gretas Freundin hatte sich das aschblonde Haar stoppelkurz geschnitten und trug rasselnde, aus spiralartigen Bandnudeln gefertigte Armbänder und Ketten. Sie stellte sich als Quietschie vor, wobei sie mir allen erdenklichen Platz in ihrem offenen, freudig leuchtenden Blick einräumte.
Quietschie? fragte ich, da wurde es laut, Bravorufe und Applaus, und Menschen drängten sich zwischen uns, um Ecki zu bewundern. Ein Wattestäbchen in den Fingern, deutete er Verbeugung in alle Richtungen an, bevor er sich weiter die Ohren putzte. Doch galt der Beifall weniger ihm als seiner Kleidung, einem Frack, von dem er nun, mit vornehmer Miene, ein paar Flusen klopfte; es war ein vollständiger Frack mit Schwalbenschwanz und seidig glänzenden Hosenbändern, zu dem er weiße Schuhe, ein weißes Hemd mit weißer Fliege und eine rote Baseballmütze trug.
Er steckte sich eine Rose ans Revers, nahm zwei weitere aus den Vasen und ging damit über die Straße, während Sonjas Schulfreundinnen – die gesamte Klasse war gekommen – Kerzen und Wunderkerzen anzündeten zwischen den Geschenken, die man unter dem Vordach des Zirkuswagens aufgebaut hatte, einen bunten Haufen aus Päckchen, Paketen, durchscheinenden Schleifen und Blumen.
Verdammt, wieso kannst du eigentlich nie ernst sein!

herrschte eine große Frau den seltsam verschüchterten Meier an. – Denk doch mal nach! Geh da ganz rein. Vielleicht hast du nur Angst vor dem Ernst? – Meier nickte bekümmert. – Das wird es sein. – Er gab ihr Feuer. – Ich mag wohl lieber den Paul ...

Nicht nur er verstummte, als Ecki mit den Sommers, die sich bei ihm eingehakt hatten, in den Garten kam; momentlang wurden alle still. Es war eine Stille, an der selbst die Vögel teilnahmen und die jede Bewegung – das Heben eines Glases, Ausstoßen von Rauch – verlangsamte, verzögerte und sich als leises Erstaunen, als Hauch Verlegenheit in den Gesichtern der beiden Frauen widerspiegelte.
Sonjas Mutter, in schwarzem, mattglänzendem Kostüm mit wattierten Schultern und dezentem Ausschnitt, hatte das glatt zurückgebürstete Haar zu einem Knoten zusammengefügt und trug außer Granatsteinen an den Ohren keinerlei Schmuck; die dunkelrot geschminkten Lippen waren von einer feinen schwarzen Linie umfaßt. Während ihre rechte Hand mit der Rose auf Eckis Unterarm ruhte, lagen die gespreizten Finger der linken an ihrem Rock, dem langen, bei jedem Schritt muskulös hervortretenden Oberschenkel. Sie hatte rote Strümpfe an.
Will geküßt werden, murmelte Meier.
Sonja, die im Gegensatz zu ihrer Mutter keine eleganten hochhackigen Pumps, sondern weiße Leinenturnschuh trug, trat eher zögernd auf; es sah sogar aus, als wollte sie sich ein wenig hinter Ecki, der nun ihre Hand in seiner Ellenbeuge streichelte, verstecken. Und doch war sie das Herzstück der eingetretenen Stille, in der das vereinzelte, fast klagende Zirpen eines Vogels im Baum-

laub so unwirklich klang, als knirschten silberne Zahnrädchen in seiner Kehle.

Sie trug ein enges weißes, ihre Formen zauberhaft modellierendes Wollkleid mit rundem Halsausschnitt und dreiviertellangen Ärmeln und hatte das goldglänzende Haar, das kurz über den Schultern abgeschnitten war, hinter die kleinen, mit Straßsplittern verzierten Ohren gelegt. Die flauschige Wolle, der weiche Gang – ein lächelndes Ideal.

Sie sah Ecki an und atmete so bewegt, als pumpte ihr der Herzschlag der Umstehenden die geheimnisvolle Substanz zu, die den perlenartigen Glanz ihrer Schönheit erzeugte – bis Salzburg, Zigarette im Mund, einen Sicherungshebel umlegte und damit alle Lampions und Lichterketten über den Tischen und zwischen den Bäumen anschaltete, eine bunte Glut, in der die vorhandenen Unterschiede an Grazie zu einer allgemeinen, festlichen Heiterkeit verschmolzen.

Wieso Quietschie? fragte ich erneut, konnte aber meine eigenen Worte nicht verstehen in der laut einsetzenden Tonbandmusik und dem Jubeln und Klatschen der Leute, die Sonja gratulierten. Ecki bedeutete mir, zur Seite zu treten, goß eine Flasche Rum über dem Ochsen aus und zündete ihn an, wobei ihm kleine, blau brennende Tropfen Fleischsaft über die Schuhe liefen; einige Gäste, Teller voll Salat und Brot in den Händen, warteten bereits darauf, daß der Braten angeschnitten wurde.

Sonjas Mutter, die allein am Kopfende eines langen Tisches saß und ein paar Rosenblätter zwischen den Fingern zerrieb, beobachtete die Gratulationen, das Überreichen der Geschenke an ihre Tochter mit einem Ausdruck strengen Wohlgefallens im Gesicht. Kaum ein Mann versäumte es, Sonja zu umarmen, wobei jeder die Hände etwas länger als nötig auf den hervorragenden Stellen des Kleides ließ; ich verfolgte das interessiert und bemerkte darum nicht gleich: Irene Sommer hatte sich umgedreht und sah mich an, ein langer, ein drohender Blick, woraufhin ich die Messer, die ich gerade schärfte, erschrocken schneller gegeneinanderwetzte, als wollte irgend etwas in mir diesen Bannstrahl zu harmlosen Schnipseln zerkleinern.

Während ich die Gäste nun zwei Stunden lang mit dampfenden, über die Tellerränder lappenden Fleischstücken versorgte, liefen Salzburg, Meier, Move und Schnuff, denen Ecki weiße Schürzen verpaßt hatte, zwischen den Tischreihen herum und füllten die Gläser. Besonders Meier war als Mundschenk beliebt; man konnte am Gelächter erkennen, wo zwischen den vielen Leuten er sich gerade befand und Wein servierte zu Sprüchen wie: Man frißt und frißt, und am Ende ist man selbst der letzte Bissen!

Die für das Geburtstagskind, seine Verwandten und Freunde bestimmte, mit Blumen und Früchten geschmückte Tafel unter dem Zeltdach war zum Teil von den Nachbarn besetzt worden, die dort Bier tranken, Skat spielten oder sich lautstarken Debatten hingaben, welche hauptsächlich aus den Sätzen »Jetzt paß mal auf! Jetzt will ich dir mal was sagen! Jetzt sag *ich* dir mal was! Jetzt hör mir mal zu, mein Lieber!« oder »Zugehört jetzt!« zu bestehen schienen.

Ecki, freundlich, ignorierte das und widmete sich entschieden dem Inhalt der Schüsseln und Schalen, den bunten Tellern und kalten Platten, die in seiner Reichweite standen, während Sonja die Wange an seine Schulter schmiegte und immer wieder: Na? Wie

schmeckt das? fragte. – Und das da hinten? Probier *das* mal! Und? Gut? – Dann ließ sie sich mit dem einen oder anderen Happen füttern, wobei sie, noch ehe der Löffel die Lippen berührte, die Augen schloß.
Ihre Mutter aß nichts, hatte aber sehr rasch sehr viel getrunken; auf Stirn und Wangen lag ein unguter Glanz. Die Hände im Nacken verschränkt und das Becken wiegend, als säße sie auf einem Wasserkissen, blickte sie in die Menge der essenden, tanzenden, plaudernden Gäste und sah ihnen offenbar nach, daß sie nie die Klasse besitzen würden, ihr, Irene Sommers, Format auch nur zu ahnen. Doch sobald irgendein Mann den Blick erwiderte, bekamen ihre Züge etwas Strenges, Schneidendes, und das Augenblau wurde zur eisigen Mitte eines Kreises, in dem Unerwünschten Kränkung und unsterbliche Blamage drohten.
Ecki! rief sie. Schling nicht so, der Krieg ist vorbei! Wenn ich dich fressen sehe, kann ich mir vorstellen, wie du im Bett bist, Mann!
Lautstärke und Emphase, alles übertrieben; offenbar langweilte sie sich auf der Höhe ihrer Überlegenheit und wollte Unterhaltung. Man stutzte, und Sonja, empört und amüsiert zugleich, reckte den Oberkörper vor und starrte ihre Mutter über den vollbesetzten Tisch hinweg an. Doch Ecki, der den langen Schirm der Baseballmütze in den Nacken gedreht hatte, kaute gelassen weiter. – Wie soll ich schon im Bett sein, erwiderte er und schob sich ein Tomatenstückchen in den Mund. – Müde natürlich.
Als Sonja nicht mehr essen mochte, spazierte sie unter den Bäumen umher, begrüßte alte Freunde oder neue Gäste, wickelte ein paar Päckchen aus oder tanzte ein wenig, und überall, wo sie stand, schien es etwas heller

zu werden, was gewiß auch daran lag, daß sie ihre Schönheit viel weniger zelebrierte als sonst (sie trug sie manchmal wie eine Monstranz vor sich her); in der freudigen Sicherheit, ohnehin Stern des Abends zu sein, ging sie natürlich darin auf.
Was ist das überhaupt für eine Party! rief ihre Mutter nach einem weiteren Glas. – Eberwein! Willst du nicht mal tanzen, verdammt? Bißchen Bewegung würde deiner Linie nicht schaden!
Ecki, der sich mit Meier unterhielt, schüttelte nur den Kopf und gab etwas Zucker in seinen Espresso. – Na los! beharrte sie. Kannst du überhaupt tanzen? – Das Täßchen am Mund, nickte er knapp, und sie zielte mit dem Finger auf ihn. – *Du* kannst tanzen? Eine Dame führen?
Scheinbar verdutzt sah er sich um. – Eine Dame? Wohin?
Also komm! sagte sie und war schon aufgestanden: Komm, das will ich sehen. Laß uns tanzen!
Ecki hatte einen Glaspokal mit Feigeneis an sich gezogen und den Löffel so tief da hineingesteckt, als wollte er sich festpflocken. – Gehen Sie nur, sagte er. – Diese Musik ist nicht ganz mein Fall. Ich habe auch kaum die richtigen Schuhe an. Außerdem ...
Moment! unterbrach sie. – *Wie* war das? Ich soll *allein* tanzen?
Aber ja, natürlich. Tun doch alle, antwortete er mit vollem Mund, und ihr glänzender Blick verlor sich eine Weile in der Menge vor den Lautsprecherboxen, deren Konturen erzitterten: »You do right!« von CAN.
Wo gibts denn sowas, sagte sie und machte erneut eine kleine, nachdenkliche Pause. – Allein?
In Wahrheit tanzt ja niemand allein, erwiderte Ecki. In

Wahrheit tanzen alle zusammen – sehen Sie's doch so. Und dann hinein ins Getümmel!
Irene Sommer schmunzelte, als hätte man ihr eine charmante Schweinerei ins Ohr geflüstert, ließ die Tischkante los und strich sich eine Strähne aus der Stirn. Wobei sie, auf ihren hohen Hacken, etwas ins Wackeln kam.
Nö, sagte sie schließlich und plumpste auf ihren Stuhl zurück. – Nö. Mit all denen zusammen tanz ich nicht!

Schläfrig von der Arbeit und dem Wein, saß ich unter einem Baum und fragte mich erst gar nicht, warum ich trotz der Mühe mit dem Rind kein einziges Stück Fleisch gegessen hatte. Es schien ohnehin zu spät dazu. Das Tier war restlos in Menschheit verwandelt, in zärtliche Stimmen, blühendes Lächeln, Tränen auf Gitarrenholz, in »Sieh nur, der Mond!« und »Finger weg!«, und Katzen kletterten in das Skelett und nagten und leckten es blank.
Als Irene Sommer es doch noch über sich brachte, allein zu tanzen, tat sie es raumgreifender als jeder andere auf der Fläche. Die Haare gelöst, den Kostümrock gerafft, wuchtete sie ihren Sex-Appeal wie ein überbreites Frachtgut durch die Melodien und verstand den Platz, den ihr die scheuen jungen Männer oder Hippiemädchen mit den Poposcheiteln ließen, natürlich prompt als Bühne, zuckte, kreischte... Es war peinlich. Zumal sie ihr Körpergewitter auch kaum dämpfte, als Schnuff statt der harten Musik »Bourrée« auflegte oder »Let It Be«.
Wieder am Tisch, leerte sie ihr Glas in einem Zug und winkte ab, als Ecki sie etwas fragte. – Was weiß ich, wo

deine Sonja steckt. Paß halt auf. Meine Tochter ist erwachsen!
Sie sah mich im Gras, stieß ihn an und flüsterte etwas, das ihn grinsen ließ. – Der?! sagte er laut und zwinkerte mir zu. – Seien Sie gnädig, Irene! Der ist ja noch ein Lamm.
Den Kopf geneigt, den Glasrand an der Unterlippe, sah sie mir in die Augen. – Quatsch! Ein *Säuchen* ist das! raunte sie, während ich in ihrem spöttischen oder auch herausfordernden, jedenfalls für Ecki und die Umgebung aufgesetzten Blick etwas entdeckte, das nur uns beide anging, einen farblosen Funken, ein etwas schnulziges Versprechen von Wärme und Glut, vor dem ich im Moment nicht zurückweichen konnte und – auf eine knieweiche Weise – auch gar nicht wollte; ich lehnte ja an einem Baum ...

Ein paar hämmernde Herzschläge später war es ein Türrahmen. Aber ich hielt immer noch mein Glas in der Hand und wunderte mich ein bißchen, wie unauffällig wir aus dem Festrummel über die Straße in ihr Haus gelangt waren; ich hatte es selbst kaum bemerkt.
Offenbar unternahm ich noch einen Versuch, uns die Situation zu erklären, hörte mich: Moment mal! sagen: Was machen wir im Schlafzimmer? – Doch Irene Sommer hatte bereits das Kostüm abgestreift und zerrte an meinem Hemd, meinem Gürtel, Knöpfe hüpften auf den Teppich, und dann begann jenes Gemenge und Gerangel, das man gewöhnlich Vorspiel nennt und in unserem Fall eher ein Vorkampf war, wobei mich der bloße Gewichtsunterschied in eine klägliche Verteidigerrolle drängte. Die ersten sanften Küsse dieser Frau waren nichts als junge Bisse, auf dem Grund ihrer

zupackenden Zärtlichkeit schimmerten blaue Flecken, und wäre nicht jener Punkt gewesen, jener Glutpunkt, bei dessen Berührung sie nur noch Hingabe war, hilflos und still, die Qual hätte keinen Spaß gemacht.
Irgendwann wollte sie das Mieder und die roten Strümpfe ausziehen, doch bat ich sie, das anzulassen, weil es mir gefiel. Da rückte sie ab von mir und sah mich belustigt an. – Na gut. Dann mußt du auch etwas für *mich* anziehen, versprochen?
Ich nickte. – Meinetwegen. Ich möchte aber *schwarze* Strümpfe ... Sie sprang auf, öffnete den Kleiderschrank, wühlte zwischen den Bügeln und warf etwas durch die Luft, mir ins Gesicht.
Das dunkelgrüne Zeug war schwer und roch nach Mottenkugeln, die Metallknöpfe lagen kalt auf der Haut, und ich ertastete Epauletten und eine Bügelfalte, so scharf, als hätte ihr Träger den Ehrgeiz gehabt, damit im Vorbeigehen die Hecke zu schneiden. – Das ist eine Uniform!
Irene Sommer, auf der Bettkante, war wie hypnotisiert – große, leer starrende Augen, rote Flecken auf den Wangen und am Hals, und das beinahe fingerlange Haar an ihrer linken Brustwarze zitterte bei jedem Pulsschlag. – Eine Polizeiuniform, bestätigte sie. Gefällt sie dir?
Was für eine Frage; ich schüttelte den Kopf, entschieden: Natürlich nicht! – Doch schien sie mich nicht gehört zu haben. – Die hatte mein Mann bei seinem letzten Einsatz an. Der *konnte* vielleicht sowas tragen! Ein schmucker Kerl, wenn auch ... Naja, zieh mal an.
Ich setzte mich auf. – Kommt nicht in Frage!
Sie hob die Brauen, nahm ein Flacon vom Frisiertisch

und tupfte sich etwas Parfüm auf die Innenseiten der Schenkel. – Rasch. Du hast es versprochen.
Nichts habe ich! Sie können mir Strapse verpassen, Zaumzeug, was weiß ich. Aber in eine Polizeiuniform kriegen Sie mich nicht, niemals!
Sei nicht albern. Ist ja nur für einige Minuten, ein Spiel, und würde mir Spaß machen. – *Mir* aber nicht! Wenn Sie so geil auf eine Uniform sind, ziehen Sie doch selbst eine an! Komische Gelüste. Ich habe noch nie ...
Gut, sagte sie, stand auf und schlüpfte in ihren Bademantel. – Dann brechen wir das Ganze eben ab. Ich muß auch mal wieder hinüber. Außerdem ...
Die Uniform war viel zu groß. Das Viscosefutter kam mir eisig vor, und während ich die Ärmel hochkrempelte, tat Irene Sommer dasselbe mit den Hosenbeinen und lächelte säuerlich verzeihend, als ich murmelte, daß ihr Mann ja ein Kerl wie ein Bulle gewesen sein müsse.
Sie setzte mir die Mütze auf, die wegen der Haarmenge einigermaßen paßte. Dann trat sie einen Schritt zurück, neigte den Kopf nach links, nach rechts und spitzte den Mund, wobei ein paar senkrechte Fältchen auf ihrer Oberlippe erschienen. Schließlich griff sie nach den Schulterklappen, zog mich näher an sich und hob, scheinbar abwehrend, ein Knie.
Bitte, sagte sie seltsam rauh, heiser fast: Jetzt sei ein böser Junge, hörst du! Ein böser, böser Soldat! Tu mir weh, ganz weh!
Was?! Wieso?
Im Lauf unseres Gefechts hatte sie mich aus dem Schlafraum auf die Empore gedrängt. Ich stand mit dem Rücken am Geländer, und als ich hinunterschielte, in das Wohnzimmer, kam mir die Lasur auf den Gemäl-

den, den Früchten, Waffen, toten Tieren, wie eine Schweißschicht vor.
Doch plötzlich verwischten die Farben, das Gold der Rahmen. Ich wurde in einen engen, dämmrigen Raum gestoßen, in die eigene Herzkammer, wie es schien: So laut pochte mein Puls in den Ohren.
Sonja?! hörte ich Irene Sommer rufen. – Was ist denn? Gefällt es dir nicht mehr?
Sideboards und Regale voller Bett- und Frotteewäsche, mehrere Wandschränke, einer mit Kreuz, dichtbehängte Kleiderstangen sowie ein Staubsauger, in dessen locker aufgerolltem Schlauch ich mich verhedderte. Über der Tür, in einer Art Klima- oder Desinfektionsanlage, brannte ein violettes Licht.
Doch, doch, antwortete Sonja, und ihrer Stimme entnahm ich, daß sie die Treppe heraufkam. Wo steckst du denn?
Hier oben, im Bad! Mir war so heiß vom Tanzen, ich werde eine Dusche nehmen.
Tu das, sagte sie im Vorübergehen und verschwand wohl in ihrem Zimmer; eine Weile hörte ich nichts als mein eigenes Atmen und das Plätschern von Wasser irgendwo, dann wechselten die beiden ein paar unverständliche Sätze, und Irene Sommer kreischte auf, ein vergnügter Laut, als wäre sie durch den Duschvorhang hindurch gekniffen worden. – Du machst das schon! sagte ihre Tochter.
Ich erschrak: Sie mußte direkt vor der Tür stehen. Ein violetter Blitz sprang von der Klinke, leise Festmusik drang herein, und ich huschte zwischen zwei Regale und ahmte die Wandfarbe nach.
Mit zwei, drei lautlosen Schritten war Sonja beim Medizinschrank und nahm sich etwas heraus, das ich

zunächst nicht erkannte, verschwand es doch völlig in ihrer Faust. Aber unter der Desinfektionsanlage, deren Licht das Wollkleid strahlen ließ wie Kükenflaum, stolperte auch sie über den Staubsaugerschlauch, und als sie sich bückte und ihn beiseiteschob, fiel ihr eine kleine, klarsichtverpackte Plastikspritze auf den Boden.

Fast eine halbe Stunde mußte ich aushalten in dem Raum, ehe ihre Mutter mich erlöste und mit Wein und sonstigen Reizen in die Stimmung brachte, die sie brauchte. Später, auf dem Ehebett, während wir eine Zigarette rauchten und unser vielfaches Bild im Frisierspiegel betrachteten, harkte sie mir mit den Fingern durch die Haare und sagte: Jetzt erkläre mir mal, warum du mich so nett findest. Hm? Warum magst du mich?

Nachdem alle Glühbirnen und Lampions mitsamt ihrem Widerschein auf den schweißglänzenden Hautpartien der Tanzenden erloschen und die Pfiffe und erstaunten Ausrufe verstummt waren, erklang ein leiser, stetig anschwellender Saxophonton von irgendwoher und mündete in einem Knall, so laut, daß die Fensterscheiben schepperten und in den umstehenden Taubenschlägen ein entsetztes Gurren und Flattern begann. Alle starrten die dichte, nach Schwefel stinkende, fast unbeweglich am Gartenrand schwebende Qualmwolke an, aus der – wie Kinder jauchzten die Frauen – plötzlich ein weißer Glutstrahl schoß, als roter Sternregen ins Gras fiel und das Holzrad in Schwung brachte, eine zunächst langsam leiernde, dann schneller und schneller rotierende, Funken sprühende Feuerscheibe nun, und wieder erklang Saxophonmusik, verspielte Impro-

visationen zu dem folgenden Abschuß unzähliger Raketen.
Doch schienen erst die unermüdlich ausgestoßenen Ah's und Oh's der Zuschauer die Sterne, Vogelschwärme, Blumenmeere oder Wasserfälle aus Feuer in das beglückende Gefunkel zu verwandeln, das sich in den nächsten zehn Minuten über den Garten ergoß und alles Helle und Weiße darin – Eckis Hemdbrust, Kehlen und Tatzen der Katzen, zwei Turnschuhe im Gras – abwechselnd in rotes, gelbes, grünes oder blaues Licht tauchte, während die Schatten der Bäume wie davoneilende Fabelwesen über die Hauswände huschten.
Der Zauber ließ die meisten, schon etwas ermüdeten Gäste neu belebt zurück, und ich hörte Meiers drekkige Lache in meiner Nähe. – Natürlich bin ich ungehobelt! rief er. – Bestehe ja trotz unserer Verwandtschaft aus Fleisch und Blut, liebe Tante, nicht aus Holz.
Vor der erloschenen Feuerstelle begann ein allgemeines, taktmäßiges Händeklatschen, und der Saxophonist, ein Mann mit starken, im Nacken zusammengebundenen Haaren und freiem Oberkörper, stellte sich auf eine Apfelsinenkiste. – Gib alles! rief jemand, während sein Horn brummte, fiepte, maunzte und schrie wie ein Tier in den Disteln und einige Leute Münzen in den Trichter warfen; doch war das wilde, betrunkene Spiel nicht ohne Form, eine bittere Melodik – die noch unterstrichen wurde von einem seltsamen, immer dominater hervortretenden Rhythmusinstrument.
Quietschie schlug mit zwei angekohlten Knüppeln, Beinen von Barhockern wohl, auf den Ochsen ein, das Skelett, das am Grillgerüst hing, wobei ihr Nudelschmuck, die Ketten und Armbänder rasselten.

Nach und nach war es ihr gelungen, eine stimmige Tonfolge auf den Rippen herzustellen, denn die großen, über der Herzgegend gelegene Bögen ergaben voluminöse Baßlaute in erstaunlichen Schattierungen, während sie mit Schlägen auf die kleineren, in Beckennähe gelegenen Knochen höhere, fast gläserne Töne hervorbrachte oder solche, wie man sie auf exotischen Harthölzern erzeugt; und strich sie mit den Stöcken über alle Rippen gleichzeitig, entstand ein Klang, der verblüffend an den eines großen Bambus-Xylophons erinnerte.

Trommelnd schien sie immer schwereloser zu werden, die Füße wühlten Aschewölkchen auf. Sie hatte die Lederjacke ausgezogen, trug Jeans und ein metallisch schimmerndes, schwarzes Netzhemd, und angesichts ihres straffen, nervigen Körpers, dem Tänzeln und Zucken, fiel mir das Wort *Windspiel* ein.

Um besser sehen zu können, hatte ich mich auf das hohe, in Unkraut und Gestrüpp festgewachsene Rad des Zirkuswagens gesetzt, der nun ein wenig wackelte. Lautlos wurde die Tür geöffnet, und aus dem Schatten des balkonartigen, mit Geschenken vollgestellten Vorbaus trat – hier brannten zwar keine Lampions mehr, doch der Mond schien stark – der Mann in der geschnürten Lederhose.

Er kam mir etwas atemlos vor, blickte aufmerksam in das Gedränge am Skelett und einmal kurz um die Ecke, in den hinteren Teil des Gartens, wo ein paar Betrunkene schnarchten, und als er mich ansah, fröstelte ich; er hatte blaßgraue, wie für den Polarkreis geschaffene Augen mit winzigen, dunklen Pupillen.

Erneut wurde die Tür geöffnet, und barfuß und auf Zehenspitzen stieg Sonja über die Blumen, die Pakete,

hüpfte – das Mondlicht hüpfte mit auf ihrem Haar – drei, vier Stufen ins Gras hinab und lief hinter Büschen und Bäumen zur Feuerstelle, wo sie sich klatschend zwischen die Leute mischte.
Vielleicht starrte ich den Mann etwas zu lange an, zu verdutzt, denn er spuckte aus, ein giftiges Zischen. Und stiefelte dann in den Saurier, an die Bar. – Doch hatte mein Erstaunen wenig mit ihm zu tun oder damit, daß er die Stirn besaß, auf Eckis Fest mit Eckis Freundin in dem Zirkuswagen zu verschwinden; tatsächlich bewunderte ich diese Frechheit sogar ein bißchen. Mir war vielmehr aufgefallen: Sonja hatte das weiße, mit einem schlichten runden Halsausschnitt versehene Wollkleid – es gab neben verrosteten Gartenwerkzeugen ein paar fleckige Matratzen in dem Wagen, aber kein Licht – falsch herum angezogen; die vorgewölbten, von den beachtlichen Brüsten ausgeformten Partien standen wie Buckel von ihrem Rücken ab, und schon drehten sich die ersten Gäste nach ihr um.
Ich sprang von dem Speichenrad, lief durch den Garten und drängte mich in die Menge, um die Kleine zu warnen – nicht ihretwegen, versteht sich. Doch ehe ich ihren Arm fassen konnte, hatte Ecki sie erblickt, ging lächelnd auf sie zu, man verstellte mir die Sicht ...
Der Saxophonist, sein Instrument auf den Knien, saß erschöpft im Sand. Einige Leute gossen sich Bier über die erhitzten Hände, während Quietschie, den Mund geöffnet und die Augen so verdreht, daß man nur Weißes zwischen den Lidern sah, unverändert heftig trommelte und mittlerweile ganz bedeckt war von Aschestaub, durch den ihr Schweiß in hellen Bahnen tränte. Und obwohl das Klatschen der Umstehenden

längst nicht mehr Anfeuerung, längst Teil des Rituals war, konnte es Ernst und Eindringlichkeit der Töne nicht zerplätschern, nicht zur Musik entstellen, was weniger war und mehr zugleich: Klang von Knochen in der Nacht.

Irene Sommer, Zigarette im Mund, wand sich aus der Kostümjacke und hatte sie auch schon um die Schultern ihrer Tochter gehängt – einen Herzschlag, bevor Eckis Arm darum lag. – Wird kühl, sagte sie.

Mitternacht war lange vorüber, und es wurde wieder Tonbandmusik gespielt, leiser nun. Mehr und mehr Leute verließen den Garten, und zwischen den Startgeräuschen der Autos, dem Klappen der Türen war manchmal noch ein heiteres: Und jetzt? Wer weiß noch was? zu hören. Katzen schliefen auf den Tischen, die verbliebenen Gäste saßen um einzelne Windlichter herum und redeten fast flüsternd miteinander, Schnuff unterhielt ein kleines, knisterndes Feuer.

Viele, sogar Meier, tranken Kaffee, und während Sonja sich fröstelnd an Ecki schmiegte, flößte er ihr die heiße Flüssigkeit mit dem Löffel ein; dabei brummte er eine Melodie und blickte immer wieder auf den Ochsen, das Gerippe über der Glut. – Wart ihr mal bei einem Stierkampf? fragte er gedankenverloren.

Man kann süchtig werden danach, sagte er, als niemand antwortete. – Meinen ersten erlebte ich in Málaga, in derselben alten Arena übrigens, in der auch Picasso seine ersten Kämpfe sah.

Picasso? fragte Meier müde. – Konnte der nicht mit den Augen husten?

Ein Stierkampf ist etwas ganz Abscheuliches! – Irene Sommer, in ärmelloser Bluse, legte sich eine Wolldecke

um die Schultern. – Barbarisch und ekelhaft! Ich würde mir so etwas nie ansehen!
Täuschen Sie sich nicht, sagte Ecki. – Ähnlich habe ich auch einmal gedacht und vermutlich dieselbe angewiderte Miene gemacht wie Sie. Aber dann ...
Da war eine sogenannte »Feria« in Málaga, eine Woche lang, und jeden Tag gab es Corridas. In der Parkanlage vor der Plaza de Torros saßen alle, die kein Geld für den Eintritt hatten, verfolgten die Kämpfe am Radio, und ich spazierte zwischen den Palmen und weißen Sommermagnolien umher und konnte mich nicht entscheiden, eine Karte für das Spektakel zu kaufen ... Aber dann hörte ich ihn brüllen. Aus dem winzigen Transistorradio eines Schuhputzerjungen brüllte der Stier, der gerade in der gegenüberliegenden Arena kämpfte oder starb. Und das ging mir ins Mark und setzte meine Knochen in Bewegung; ehe ich es recht begriff, stand ich an der Kasse.
Ich lief durch die leeren, katakombenartigen Labyrinthe unter den Zuschauerreihen, ließ mich von einem Bediensteten zum anderen verweisen und wurde immer aufgeregter, denn plötzlich wollte ich, wollte irgend etwas in mir keine Sekunde des Kampfes mehr versäumen. Und als ich den richtigen Treppenaufgang gefunden hatte, war meine Karte so durchschwitzt, daß sie bei der Übergabe an den Ordner zerfiel.
Schaut euch dieses Skelett doch an. So ein ausgewachsener Kampfstier wiegt tausend Pfund und mehr, die reine, zu allem entschlossene Kraft! Und Schönheit! Der donnert wie ein Halbgott auf den Platz – und ist nach einer Viertelstunde mausetot.
Aber in dieser Viertelstunde, sagte er mit anhebender, einen Einwand Irene Sommers übertönender Stimme,

in dieser kurzen Zeit passiert das ganze Leben, wird die glühende Arena zum Brennpunkt aller Existenz: Tanz und Tod, Krieg und Poesie, Grauen, Glanz und Grazie verschmelzen dort unten zu einem glitzernden Extract. Und am Ende bleibt nichts als ein Blutfleck im Sand.
Und dann muß man gesehen haben, wie stolz die jungen Matadore sich den Tieren stellen, selbst wenn sie bereits einmal umgerannt oder gar verwundet wurden, wie sie dann nur noch todesmutiger ...
Es ist gut! sagte Irene Sommer streng. – Solche Metzger-Romane müssen wir nicht auf einer Geburtstagsfeier hören. Schau dir das Kind an. Bleich!
Ecki erschrak und küßte der wirklich blaß gewordenen Sonja die Schläfe. – Entschuldige. Eigentlich wollte ich auch nur erzählen, warum ich mir dann keine Kämpfe mehr ansah, warum die anfängliche, fast besinnungslose Faszination umschlug in ...
Ist gut, wiederholte Irene Sommer mit trockener Freundlichkeit und betrachtete nach wie vor ihre Tochter. – Laß uns über was Ziviles reden, ja?
Genau! sagte Meier, langte über den Tisch und streichelte Sonjas Wange. – Wie fühlt man sich denn nun, mit achtzehn, liebe Cousine? Noch Kälbchen? Oder schon Kuh?
Sie streckte ihm die Zunge heraus und er nickte. – Bißchen belegt. Bestätigt übrigens meine Theorie. Kaum sind die Menschen erwachsen, werden sie krank. Wenn die Träume aufhören, fängt das Trauma an ...
Mach dir mal keine Sorgen um meine Gesundheit, sagte sie. – Und um meine Träume schon gar nicht!
Oho! Hast du denn welche?

Sie nahm ihrer Mutter die Zigarette fort und paffte einen Zug. – Jeder Mensch hat doch Träume, oder? Ich jedenfalls ...
Erzähl!
Ihr schien etwas unbehaglich zu werden. Instinktiv wußte sie wohl, daß sie sich aus dem Terrain ihrer stillen Schönheit nicht ohne Risiko herauswagen konnte und alle anderen Äußerungsformen als wortloses Nicken oder vielsagendes Lächeln die Gefahr einer gewissen Blamage bargen; doch nachdem sie sich überzeugt hatte, daß man ihr durchaus freundlich zuhörte, gab sie die Zigarette zurück, verschränkte die Hände im Nacken und starrte mit großen, traumverlorenen Augen in irgendein Nirgendwo.
... also, zuerst mach ich mal Führerschein, da ist man gleich flexibler. Und dann, naja, dann möchte ich vielleicht eine Boutique eröffnen. Nicht so eine gewöhnliche, spießige, versteht sich. Die sind alle zu eng und man kriegt Schweißausbrüche in den Umkleidekabinen. Ich will *große* Räume, viel Licht, viel Platz zwischen den Regalen, überall frische Blumen, und die Modelle würde ich natürlich selbst entwerfen. Außerdem möchte ich etwas ganz Neues, etwas wirklich Ungewöhnliches machen.
Sie schmiegte sich enger an Ecki, der offenbar eingeschlafen war; sein Kinn lag auf der Brust, und hinter dem Schirm der Baseballmütze, der das Gesicht verdeckte, wurde ein Schnaufen laut.
Dazu müßte man am Anfang natürlich einiges investieren, fuhr sie fort. Aber wenn die Kundin sich wohlfühlt, kommt das schon wieder herein. Und sie *wird* sich wohlfühlen – weil ich nämlich eine kleine Café-Ecke in die Boutique integriere: Zwei, drei dieser Marmorti-

sche, schöne Stühle wie in Paris, Espressomaschine, und die Kundin kann erstmal ihre Taschen abstellen und in Ruhe ein Glas Sekt auf Kosten des Hauses trinken, während ich Kleider vorführe oder Accessoires. Das wäre wirklich einmal etwas Neues: Marmortischchen, schöne Stühle ...
Die Wange auf einen der spitzen Daumennägel gestützt, hörte Irene Sommer ihrer Tochter, deren Lippenfarbe sich kaum noch von der des Gesichts unterschied, gar nicht mehr zu, sah ihr vielmehr forschend in die Augen, wobei der Anflug einer senkrechten Falte zwischen den Brauen erschien, hob langsam das Kinn, schluckte – und plötzlich sprang Sonja auf, machte zwei stolpernde Schritte vom Tisch weg und übergab sich ins Gras.
Noch diese würgenden Laute waren geprägt von ihrer schönen Stimme, so daß ich an ein wirkliches Übelsein zunächst gar nicht glauben konnte; und auch ihre Mutter blieb sitzen und sagte scheinbar gelassen: Das ist das dritte Mal seit gestern, Liebes. Was haben wir wieder geschluckt?
Sonja stand breitbeinig über dem Erbrochenen und wartete darauf, daß der lange Speichelfaden, der an ihrer Unterlippe hing, endlich auf die Erde tropfte. Neugierig kam ein Kater näher.
Sie trat nach ihm. – Wenn ich mich schlecht fühle und erbreche, denkst du, ich habe Drogen genommen, sagte sie, etwas krächzend; die Augen tränten. – Und wenn ich mich gut fühle und vergnügt bin, auch. Ist dir eigentlich noch nie der Gedanke gekommen, daß ich *dich* zum Kotzen finden könnte?
Irene Sommer blieb ruhig. – Du solltest mein Machtbedürfnis nicht unnötig reizen, Kleine.

Und du solltest *mich* nicht unnötig reizen. Vielleicht darf ich daran erinnern, wie alt ich heute geworden bin.
Ich sehe nur, wie kindisch du bist. Putz dir den Mund ab.
Doch Sonja würgte erneut etwas gelblichen Schaum hervor, und ihre Mutter fuhr hoch und klopfte mit einem Sicherheitsschlüssel auf den Tisch, ein ungeduldiges Tack-tack. – Also was wars? Tabletten? Spritzen? Hasch? Womit vergnügt sich meine kriminelle Tochter neuerdings?
Sonja trank einen Schluck Wasser und wischte mit einem Zipfel der Kostümjacke über ihre Lippen; wieder näherte sich der Kater. – Jedenfalls nicht damit, andere Leute zu ruinieren, wie meine kriminelle Mutter.
Interessant, sagte Irene Sommer und verbarg ihre Verblüffung nur unvollkommen hinter einer spöttischen Miene; sie warf einen Teelöffel nach dem Tier, das leise fauchte. – Und wie mache ich das, dieses Ruinieren, wenn ich fragen darf? Indem ich dich ernähre und kleide vermutlich. Dir die teuersten Nachhilfelehrer bezahle, dich in der Fahrschule anmelde und für dieses Fest ...
Hör schon auf, sagte Sonja. – Du weißt, was ich meine. Oder glaubst du, ich bin blöd? Selbst wenn ich mit Taschen voller Falschgeld oder Heroin herumliefe – du hättest kein Recht, mich kriminell zu nennen, du nicht!
Aber was denn ..., sagte ihre Mutter. Sie näherte sich behutsam und ließ die linke, schmucklose Hand – man sah die Druckstellen der Ringe – auf den Fingern über den Tischrand laufen. – Was fehlt dir denn? Müssen wir uns wieder einmal aussprechen, Herzchen?

Ich hätte mich nicht gewundert, wenn ein frostiger Hauch vor ihrem Mund erschienen wäre. Sonja, die Knie zusammengedrückt, die Zehen ein wenig nach innen gekehrt, zog sich die Jacke fester um die Schultern und starrte ihrer Mutter aus roten Augen entgegen. Das Kinn begann zu zittern, und die Stimme klang kraftlos; etwas von zerknitterndem Silberpapier war darin.
Sie wies mit einer Kopfbewegung auf den Schlafenden.
– Denkst du, ich weiß nicht, wie du das gedreht hast! flüsterte sie. – Wie du ihn erpreßt, ihn eiskalt vor die Wahl gestellt hast damals: Entweder dieses Haus, diesen Trümmerhaufen zu kaufen – Oh, kulante Bedingungen, wir sind keine Unmenschen! –, oder angezeigt zu werden wegen Verführung einer Minderjährigen? Komm mir also nicht mit »kriminell«. Und es geschieht dir nur recht, daß er nicht mehr zahlen kann, daß er dich jetzt...
Ist wahr? unterbrach Irene Sommer und faltete die Wolldecke zusammen. – Sollten wir es wirklich so nennen? Ich meine, wenn du das partout vor all den fremden Leuten abhandeln willst, könnten wir uns um präzisere Formulierungen bemühen, nicht? Erpressung ist ein sehr hartes Wort, Liebling. Ich habe ihm seine Unentschlossenheit genommen. Mit Argumenten, wie er dir bestätigen wird. Im übrigen – hier sah sie *uns* an, knurrig amüsiert –: Er mußte doch sicher nicht viel »verführen«, oder?
Sonja schien die Kontrolle über ihre Züge zu verlieren und momentlang nicht zu wissen, ob sie fluchen oder weinen sollte. Doch schließlich preßte sie: Du Dreck! zwischen den zusammengebissenen Zähnen hervor. – Du scheißverdammt blödes Miststück von einer... Ich habe die Beine für *dich*... Ich war...

Das umfliegende Glas, der klägliche Aufschrei fast gleichzeitig, wenn nicht kurz vor dem Schlag in ihr Gesicht – Ecki schreckte hoch.

Irene Sommer zog und stieß ihre Tochter aus dem Garten und über die Straße, wobei sie jeden mit tränenverwischter Stimme hervorgebrachten Widerspruch, alles Schimpfen und Sträuben mit weiteren ziellosen Schlägen beantwortete und selbst fast aus dem Gleichgewicht geworfen wurde in den Pumps, während Sonja, der die Jacke ihrer Mutter von den Schultern gerutscht war, sich den Hinterkopf mit beiden Händen bedeckte.

Eckis Frackschöße hingen wie zerknitterte Flügel herab. Er blickte verdutzt und wohl auch fragend in die Runde, und als niemand etwas sagte, schob er den Mützenschirm – ein Stoß mit dem Zeigefinger – hoch aus der Stirn und lief auf die Straße. Bückte sich im Laufen und trug den Frauen die Jacke nach.

Alles lauschte, die Katzen auf den Tischen öffneten die Augen. Es gab einen Wortwechsel, den keiner verstand, und da es sich bewölkt hatte und die Nacht jenseits der paar Gartenlichter schwarz war, sahen wir nur Eckis weiße, vor dem Zaun auf und ab laufende Schuhe.

Hat die »Konrad Adenauer« eigentlich immer noch Läuse? murmelte Schnuff. Salzburg grinste. – Mindestens, flüsterte er, und plötzlich erklang ein lautes, von Irene Sommer in die Dunkelheit hinausgesprochenes: *Nein*, habe ich gesagt! – Dann – wir zuckten alle gleichzeitig zusammen – schlug das Gartentor zu, und irgend etwas klirrte wie zerbrechendes Porzellan.

Olé! sagte Meier. Das Fest kann beginnen!

Es dauerte noch eine Weile, bis Ecki zurückkam und sich schwerfällig auf seinen Platz setzte.
Eine beklommene Stimmung machte nun jedes belanglose, in lockernder Absicht gesprochene Wort zu einem Kraftakt, und als Meier ein Wasserglas voll Schnaps über den Tisch schob, griff Move danach und schüttete das Zeug ins Feuer.
Ecki starrte in die Flammen und drehte eine Zigarette, drehte, bis kaum noch Tabak im Blättchen war, und ich holte Atem und sagte: Magst du nicht weiter erzählen? Warum hast du dir keine Stierkämpfe mehr angesehen? Was hat dich mit einem Mal so abgestoßen daran?
Er runzelte verständnislos die Brauen – besann sich aber. Und nickte mit einer Entschiedenheit, die nur zu unterstreichen schien, wie wenig ihn das gerade interessierte. – Richtig, sagte er heiser, die Stierkämpfe.
Erneutes Schweigen, und ich bemerkte, daß die Hand mit der Zigarette etwas zitterte. Er räusperte sich. – In Wahrheit gibt es gar keine Kampfstiere ... Als ich das erfahren hatte, konnte ich mir auch keine Stierkämpfe mehr ansehen.
Aber wieso, du hast doch vorhin... – Er schüttelte den Kopf. – Es sind Züchtungen, verstehst du. Ein Stier in der offenen Wildbahn ist friedlich und würde sich nie zu so einem Spektakel herablassen; frei und von keinem in die Enge getrieben und gequält, will er auch niemanden töten. Das Ungeheuerliche, die Angriffswut dieser Tiere ist von Menschen gemacht!
In seinen müden Blick kam so etwas wie eine Richtung; er sah über die Tische voll zerrissener Papiertücher, zerrupfter Rosen und verschmierter Teller, über die leere Tanzfläche hinweg auf die hohe Silhouette des Sauriers. In seinem Bauch, der kleinen, bunt ausge-

leuchteten Bar, standen noch Gäste, unter anderen die Frau in dem Chiffonkleid. Sie plauderte mit einem Mann, lachte leise kreischend und wich seiner haarigen Hand aus, ein Hüftschwung; um sich im nächsten Augenblick ganz nah an ihn, seine Lederhose, heranziehen zu lassen. – Es gibt keine Kampfstiere, wiederholte Ecki.

Es war Meier, der sagte: Herr, sie haben keinen Wein mehr!, und er sah auf die Uhr und holte noch ein paar Kisten aus dem Auto, Reste aus dem »Blow Up«. Am Ende wußte ich nicht mehr, wie ich die steile Treppe in mein Zimmer hinaufgekommen war; jedenfalls ohne auszurutschen, obwohl lauter Nudelschmuck auf den Stufen lag. Und als ich zum Kühlschrank schwankte, um mir eine Flasche Wasser für den Morgen zu sichern, hörte ich hinter Moves Tür, die nur angelehnt war, warum jene Quietschie diesen seltsamen Namen trug.

Ich befand mich auf dem Weg zum dritten Gebrauchtwagenhändler – die vorigen hatten mir beleidigende Summen für mein Auto geboten – und war wohl entsprechend ungeduldig; die Nase beim Linksabbiegen zu weit in der Spur der Entgegenkommenden, konnte ich wegen eines Lasters im Nacken nicht zurückweichen; doch die Nachsicht der anderen machte es auch nicht nötig, alle steuerten freundlich um mich herum, man fuhr hier ohnehin nicht schnell.
Nur einer blieb in seiner Spur. Er gehörte zu jenen wohlgenährten, brav gescheitelten Angestelltentypen, die – sofern sie nicht gerade Umsätze addieren – eben immer in der Spur bleiben. Oder sich von ausgemergelten Lederhuren Salzsäureeinläufe machen lassen. Einen

Arm auf der Lehne des Nebensitzes, steuerte er seinen polierten Viertürer voller Musterkoffer auf mich zu – nicht schnell genug, um großen Schaden anzurichten, sicher; aber zu schnell, um vor ihm davonzufahren, und ich sah, wie er sah, daß ich ihn auf mich zukommen sah mit Entsetzen, während er sich über die Rechtslage freute, also meine Schuld, über den frühen Feierabend, die Unterbrechung der Langeweile und den neuen Lack: sich freute und keine Miene verzog.
Noch als unsere Wagen zusammenkrachten, Blech knirschte, Glas brach, blickte er mir mit ruhigem, tief im Fett verstecktem Triumph in die Augen und öffnete nur den lippenlosen Mund ein wenig, was beinahe genießerisch aussah, als hätte ihm das Lederweib den Peitschenstiel werweißwohin geschoben.
Nachdem alle Formalitäten erledigt und die Polizisten fortgefahren waren, riß ich den linken, nur noch an einer Schraube hängenden Kotflügel ab und warf ihn in den Kofferraum. Im Gegensatz zu dem Auto des Vertreters war mein billiger »Prinz« erbärmlich zerknautscht, und der Tank hatte ein Leck; die Nadel der Anzeige zitterte dem Nullpunkt zu. Ich steuerte eine Servicestation an und sah das Benzin, das der müde, weit ins Blaue hinausträumende Pächter einfüllte, geradewegs in den Rinnstein laufen. Ich überschlug meine Barschaft und die Werkstattkosten und machte dem Mann das Auto zum Geschenk.
Na was! fügte ich hinzu, als er zögerte: Die Bereifung ist beinahe neu!
Nachdem er den Wagen von allen Seiten gemustert hatte, bat er mich, einen Moment zu warten und verschwand kopfschüttelnd im Kassenraum. Ich fragte mich, warum Pächter abgelegener Tankstellen stets so

betrübt aussahen; nur Bahnhofskellner, als es noch welche gab, sahen trauriger aus. Zwischen den Gummitieren und Warndreiecken im Schaufenster erschien das Gesicht einer älteren Frau, die offenbar überlegte, ob sie die Polizei oder gleich die Landesnervenklinik rufen sollte, und schließlich kam der Tankwart zurück und sagte: Geschenkt können wir's nicht nehmen, das müssen Sie verstehen.
Er schob einen Fünfzigmarkschein über das Autodach und legte, als ich hocherfreut danach greifen wollte, einen kleinkarierten, eng beschriebenen Zettel darüber.
– Wenn Sie hier noch unterzeichnen würden ...
Ich las nur das erste und letzte Wort, »Erklärung« und »verpflichtet«, setzte ein großes, schwungvolles »Ludwig van Beethoven« darunter, gab meinem alten Wagen einen Klaps und ging über die Straße, in eine Imbißbude, wo ich Bier und eine Wurst bestellte.

Die Gegend war übel, ein Spekulantenviertel am Stadtrand. Hinter der Tankstelle ragte ein Dutzend halbfertiger, wieder aufgegebener Hochhäuser in den Himmel; der Beton sah bereits mürbe und hinfällig aus, die Ziegelwände, zwischen denen der Wind heulte, auch wenn er nur sanft blies, waren von herabgelaufenem Regenwasser schwarzgrün gefärbt, die Buden der Bauleitung aufgebrochen oder abgebrannt, und an dem rostigen Kran kletterte Efeu empor.
Auf der anderen Straßenseite befand sich eine Barakkensiedlung, Notunterkünfte für sozial Schwache, denen die Neubauten einmal versprochen worden waren. Es gab kleine, zertrampelte Gärten vor den offenen Fenstern, aus denen fremdländische Musik schallte, überall Autowracks, umgekippte Mülltonnen, räudige

Hunde, und sogar auf den Wellblechdächern lag der Abfall, zerschlagene Fernsehgeräte, zerschlitzte Stofftiere, Scherben.

Es war spät am Nachmittag, und die Bewohner, Männer in billigen, braunen oder blauen Nadelstreifenanzügen und dunkelhäutige, mit allerlei Rüschen und feingehämmertem Goldschmuck herausgeputzte Frauen, standen weit getrennt voneinander in kleinen Gruppen herum; Kinder flitzten wie Kuriere zwischen ihnen hin und her. Nachts war dieses Viertel ein Mekka für Glücksspieler und Liebhaber blutjunger Prostituierter; außerdem konnte man jede erdenkliche Droge kaufen und, sofern man gerade nicht flüssig war, bequem mit dem Leben bezahlen.

Einziger Gast in der Imbißbude, bemerkte ich, daß einige Männer über mich zu sprechen schienen; sie schickten ein Kind vor, das die Nase gegen das Schaufenster drückte und mich in Augenschein nahm. Dann wurde eine kleine milchkaffeebraune, ganz in rote und rosa Rüschen gekleidete Frau herbeigerufen, und ein dicker Daumen zeigte ihr, wo es langging. Sie erwiderte wohl etwas, rückte aber doch ihren Ausschnitt zurecht, knipste ein Lächeln an, näherte sich dem Imbiß, und ich staunte, was alles wippen kann an einem menschlichen Körper. Die Köchin, die ich nach einer Bushaltestelle fragte, zog nur die Schultern hoch.

Doch zum Glück – die Männer zwischen den Autowracks stutzten, das Mädchen, schon fast an der Tür, preßte die Lippen zu einem Strich zusammen und wich, Schritt um Schritt, zurück –, zum Glück hielt in diesem Augenblick ein weißer BMW vor dem Fenster.

Die Rüschen der Kleinen flogen auf wie Schaum, als sie zu den anderen Frauen rannte und etwas rief, das einige bestürzt in die Baracken laufen ließ, während andere sich zwischen die langsam nähertretenden Männer mischten und das teure Auto betrachteten.

Es war ein älteres, wohlgepflegtes Modell, und die Frau in dem weißen, mit glasklaren Knöpfen versehenen Kostüm stellte den Motor ab und blickte nachdenklich vor sich hin. Auch das Kopftuch, das sie wegen des offenen Wagendachs trug, war weiß und hatte einen Saum aus rot aufgedruckten Fragezeichen. Von der Person neben ihr sah ich vorerst nur eine gestikulierende Hand, eine Männerhand voller billiger Ringe, wie ich sie aus den Kaugummiautomaten meiner Kindheit kannte, und Irene Sommer – denn niemand anderes saß am Steuer – begann zu reden. Sie zog die Brauen zusammen, was ihr Gesicht verdüsterte, und schloß immer wieder entnervt die Augen, als erklärte sie etwas zum hundertsten Mal.

Eine zweite beringte Hand wurde sichtbar, die aneinandergelegten Fingerspitzen bewegten sich ungeduldig oder verspielt, und ich bemerkte ein kleines goldenes Saxophon als Manschettenknopf. Dann winkte der Mann ab, es sah erregt aus, machte eine Faust und ließ Finger um Finger daraus hervorschnellen.

Die Frau, während sie zuhörte, wirkte zerstreut und überlegen zugleich, als wäre sie in Gedanken bereits weiter als er mit seinen Worten. Sie starrte auf die Straße, hielt die Lippen etwas geöffnet und klopfte sich mit dem Daumennagel gegen die Zähne.

Der Mann, der begonnen hatte, seine lose um den Hals hängende Krawatte zu binden, unterbrach das und schlug mit dem Rücken der linken auf die Fläche der rechten Hand, einmal erst, dann mehrmals rasch hintereinander, und Irene Sommer, den Mund zu einem

herabgezogenen O geformt, tupfte an ihren getuschten Wimpern herum und betrachtete interessiert die Fingerkuppe.
Doch schließlich nickte sie, nickte überdeutlich bei geschlossenen Augen, gab ihm einen Briefumschlag, und der Mann stieg aus. Und während sie ihm nachsah, stirnrunzelnd, schob sie sich langsam die Zunge hinter die Oberlippe.
Er hatte die Sonnenbrille hoch in das ölige Haar geschoben, und nun erkannte ich das schmale, etwas fahle, von einer schlauen Gewalttätigkeit geprägte Gesicht mit der fast edel gebogenen, wohl einmal gebrochenen Nase und den klaren, eine Spur zu eng beieinanderstehenden Augen, die das Viertel überblickten, als hätten sie es lange nicht gesehen. Er wurde von Kindern umringt, die seinen Koffer tragen wollten, einen alten Gitarrenkoffer, aus dem ein Hemdzipfel und die Ecke einer Illustrierten hervorschauten, und während Richie, wie er wohl hieß, von den Männern mit Handschlag und steifen Umarmungen und von den Frauen mit Küssen auf die Wange begrüßt wurde, verließ ich die Imbißbude, öffnete die Autotür und setzte mich auf den warmen Ledersitz.
Aha, machte Irene Sommer und war scheinbar nicht erstaunt. Sie zog sich in Ruhe die Lippen nach und sah mich erst an, als sie den Stift in die Hülse zurückdrehte.
– Ist es wahr? Darf ich auch einmal etwas für *dich* tun?
Ein Stück weit fuhren wir, ganz wie es ihr Schweigen gebot, wortlos. Sie hatte keine Eile, und der Motor schnurrte so leise, daß ich das Aneinanderscheuern der weißen Strümpfe hörte, wenn sie auf die Pedale trat. Betrachtete ich sie von der Seite, schien sie immer etwas

zu lächeln, ein Eindruck, der durch das erhobene Kinn und die Falten um ihre Mundwinkel herum entstand; überdies gab der winzige Leberfleck neben der Oberlippe, der I-Punkt ihrer erotischen Ausstrahlung, diesem Lächeln etwas Lasziwes, Herausforderndes auch, als dächte sie stets: Du wirst mich zwar kaum befriedigen, aber versuchen können wir's ja mal...
Da sie auffällig wenig interessierte, was ich in dieser Gegend machte, vermutete ich, auch sie wollte nicht auf ihr Hiersein angesprochen werden; summend fingerte sie eine Zigarette aus dem Kartenfach und blies den Rauch sehr fein durch die Nase, als ich fragte: Was haben Sie mit dem Vorstadtgauner zu tun?
Sie schüttelte den Kopf. – Kenne ich nicht. Ein Anhalter.
Ich grinste. – *Sie* nehmen Anhalter mit?
Sie ließ mich ohne Erwiderung, bis ich so etwas wie Scham über die Frage fühlte. – Doch plötzlich wurde sie ganz unmenschlich freundlich und sagte: Erzähl doch mal ein wenig über dich! Außer daß du jung, ganz hübsch und ein bißchen pervers bist, weiß ich gar nichts von dir. Welches Sternzeichen hast du?
Verärgert über diese Wendung, zog ich die Nase kraus, kratzte mich unter der Achsel und sagte: Affe.
Kaum eine Frage war mir so zuwider, seit ich einmal ein Mädchen kennengelernt hatte, das allein wegen meines Sternzeichens nicht mit mir schlafen wollte: Das wäre noch nie gutgegangen. Überhaupt kam mir die wuchernde Unsitte, alle und jeden nach diesen Zeichen zu fragen und einzuteilen, allen und jedem einen Stern zu verpassen, lächerlich vor und bedrohlich zugleich; etwas, das wie Güterzüge und Goldzähne an nichts Gutes erinnerte und einem den Blick in den Nachthimmel

vergraulen konnte, als wären die Sterne Stacheldraht.
Also los, beharrte Irene Sommer, sag mir dein Zeichen!
Ich zuckte mit den Schultern und log: Skorpion.
Aha, das habe ich mir gedacht!
Ach, wirklich?
Weil wir uns so anziehen.
Tun wir das?
Sie gab mir einen Rippenstoß. – Und ob! Hat das Schicksal bestimmt. Skorpione faszinieren mich magisch, können sogar Macht über mich gewinnen, sind mein Widerpart und meine Erfüllung zugleich, besonders in erotischer Hinsicht. Ich bin nämlich: Selbstbewußt, standhaft, vital, ordnungsliebend, eigensinnig, unmäßig, nachtragend ... Na? – Ohne den Verkehr aus den Augen zu lassen, drückte sie mir einen Zeigefinger gegen die Schläfe. – Ich bin *Stier*, mein Lieber!
Im Schwarzen Grund bedankte ich mich fürs Mitnehmen, wollte aussteigen, doch hielt sie mich zurück. – Ich dachte, du kommst noch auf einen Sprung zu mir? sagte sie leise und neigte, wie verlegen, den Kopf. – Sonja ist nicht da, fügte sie schnell hinzu.
Ich bedankte mich abermals, hatte einen Fuß bereits auf dem Trottoir und sagte: Was sollte ich bei Ihnen. Lassen wir ...
Ist ja gut! – Sie betrachtete ihre Hände im Schoß, rührte sich nicht und gab mir so zu verstehen, daß auch ich nicht einfach davongehen konnte, wenn ich kein Unhold sein wollte. Kümmerlich wirkte der Mund nun, hauchfeiner Flaum schimmerte auf den Wangen, und ein Silberreif am Hals unterstrich, wie abgespannt die Haut dort war. Als die Frau aufsah,

huschte der Ausdruck einer furchtsamen Zärtlichkeit über ihre Züge.
Das dünne Lächeln, während sie in die Sackgasse starrte, verblich; sie schloß kurz die Lider und zog ein Tuch mit gehäkeltem Rand aus dem Ärmel hervor. – Aber eine Tasse Kaffee wirst du wohl nicht ablehnen, oder?
Ich weiß nicht, ob ich es wirklich sagte, jedenfalls nicht laut. Dafür klang das Zufallen der Autotür wie ein bestimmtes, vernehmlich ausgesprochenes: Doch.

Ich schlief schlecht in dieser Nacht; ich träumte von Irene Sommer. Sie lag aufgebahrt unter dem hohen Dachgebälk ihres Hauses, und ich ahnte, daß hinter den ovalen Verbandskompressen auf ihren Augen nichts als Löcher waren; Löcher, durch die man bis in den Rosengarten blicken konnte. Sie trug das Haar wie ihre Tochter offen, was sie fast greisenhaft erscheinen ließ. Dann hörte ich einen Schrei, und sie sagte ruhig: Das macht nichts. Im Innern der Schreie keimen die Blumen. Wieder schrie jemand, so verzweifelt, daß man das Geschlecht nicht erkannte, und als ich hochschnellte – in den Fenstern der gegenüberstehenden Häuser, noch im Schatten der Kastanien, glimmte erstes Sonnenlicht –, sah ich den weißen BMW davonfahren.

Kurz darauf, außer Atem, stand Ecki in meiner Tür und streckte eine leere Hand ins Zimmer; er rang derart nach Luft, daß er nicht sprechen konnte, schüttelte aber den Kopf, als ich verschlafen nach meiner Hose griff und einen Geldschein aus den Taschen kramte. – Schlüssel! japste er. – Leih mir mal dein Auto, bitte!
Er trug einen zerfetzten Militäroverall, war barfuß und

sah mit den schweißnassen Haaren, dem roten Gesicht und den fiebrig starrenden Augen wie sein eigener Dämon aus, betrunken, schien auch meine Antwort nicht verstanden zu haben, sagte vielmehr: Bring es gegen Abend zurück.
Ich wiederholte, ich hätte es verkauft und fragte besorgt, was denn los sei. Er betrachtete nur seine leere Hand. – Ich habs geahnt, sagte er ruhiger, wieder bei Atem. Man ist einfach verratzt, wenn man etwas von euch braucht!
Besonders das »euch« beleidigte mich, doch wagte ich keine Entgegnung. Ich gab mir Mühe, nicht beklommen oder ängstlich zu grinsen, und er wurde immer aggressiver und blickte mich noch an, als er einen Schluck aus der Flasche trank, die er bei sich hatte, Schnaps.
Und ich hab dich mal für anders gehalten, sagte er, anders als diese Penner. Was hast du hier eigentlich gemacht die ganze Zeit, wenn ich fragen darf. Dich vollgedröhnt, den Arsch aus dem Fenster gehängt und den Trottel Ecki einen guten Mann sein lassen?
Ich wollte etwas erwidern, doch winkte er ab und sagte: Wie alle.
Ohne um Erlaubnis zu bitten, ging er durchs Zimmer, öffnete die Fensterflügel und lehnte sich hinaus. – Komm schon her, mein Junge! rief er über die Schulter. Laß dir was zeigen! Und als ich zögerte, packte er meinen Arm, zog mich an die Brüstung und wies auf mehrere Stellen des weißen Giebels. – Na? Was haben wir da, Herr Facharbeiter?
Ich zog den Arm aus seinem Griff und sah, obwohl ich wußte, was er meinte, hinunter. – Sie waren mir schon vor Tagen aufgefallen, ohne mich groß zu beunruhigen,

gehörten sie doch in diese Gegend wie Exportbier, Kohle, Taubenschläge oder Kohl: Bergschäden, Risse, die meisten noch fein, wie mit dem Bleistift aufgezeichnet, doch in einige hätte man bereits eine Messerspitze stecken können. Zum Teil verliefen sie an neuen, bis dahin unversehrten Giebelpartien, zum Teil aber auch an Stellen, die ich erst vor Wochen verputzt und überstrichen hatte, und natürlich war mir klar, worauf Ecki hinauswollte. Es wäre lächerlich gewesen, ihm, dem Bauingenieur, etwas über Natur und Grammatik von Erdsenkungen zu erzählen, und ich fühlte, wie ich blaß wurde vor Empörung, als er sagte: Eindeutig, mein Bester, du hast es falsch gemacht! – Er klopfte mir sanft auf die Schulter und ging aus dem Raum.
Du, hast, es, falsch, gemacht!
Dann hörte ich Motorenlärm im Garten, Geräusche, als wäre Sand im Tank, und der alte VW-Bus, der abgemeldet war, rollte vom Bordstein auf die Straße, daß Federn und Achsen krachten und die hintere Stoßstange aus der Halterung brach; Ecki gab Gas, und sie schleifte und sprang noch ein Stück weit funkenschlagend über den Asphalt, ehe er sie, kurz vor der Kurve, ganz verlor.

Bleigrau war der Himmel, welke Pappelblätter wirbelten durch die Luft, gegen die Fenster, erste Kastanien fielen aufs Pflaster, und ging man vor das Haus, schlug einem der Wind wie mit feuchten Laken ins Gesicht: Ein guter Tag, um sich, Bücher und Wein nahebei, ins Bett zu verkriechen, zumal es keinerlei Heizung gab und der elektrische Strom abgesperrt war.
Ich lenkte das Tageslicht mithilfe eines Spiegels auf die Buchseiten, mußte aber bereits am Nachmittag Kerzen anzünden. Sie flackerten in der Zugluft, denn der Wind

blies immer heftiger – keine Stöße, ein entnervend stetes, von heulenden Schornsteinen, klappernden Blechbeschlägen begleitetes Schieben, als sollte das Haus verrückt werden.
Überdies waren die Bretterfugen undicht; wieder und wieder verlöschten die Kerzen, und der rußähnliche Staub unter den Dachziegeln fiel auf Bettzeug und Bücher, Teller und Tassen, schwamm ölig glänzend auf dem Rotwein im Glas und wurde mit zunehmender Windstärke grobkörniger, rieselte über die Haut, knirschte zwischen den Zähnen...
Fluchend versuchte ich, die Verschalung mit Klebeband abzudichten, doch enthielt die Rolle nur einen Rest. Ich stopfte Brotklümpchen, Zeitungspapier, Streichhölzer und Kaugummi in die Bretterritzen – vergeblich. Es staubte weiter, und immer wenn der Wind die Richtung etwas änderte, ging ein Ruck durchs Gebälk, ein böses Knacken, und Kaugummi und Weißbrotklümpchen, Streichhölzer und Papierschnipsel fielen aus allen Fugen auf den Boden. Also warf ich eine Tagesdecke übers Bett, nahm die Flasche und ging aus dem Zimmer.
Salzburg, im Unterhemd, lag auf der Couch und war weder an Wein noch an einem Gespräch interessiert; er las Illustrierte. Da er die Schrägen mit Pin-Up's tapeziert hatte, fiel kein Stäubchen aus der Verschalung seiner Kammer, und als ich sagte, ich sei neugierig, wie es hier oben im Winter würde, knurrte er nur: Kalt. Und blätterte um.
Auch Schnuffs Tür stand offen; er hatte sich bis zum Schopf unter eine rot-weiß karierte, mit Packpapier abgedeckte Daunendecke verkrochen und reagierte nicht auf meinen Gruß. Nur seine Katze sprang auf und verschwand unterm Schrank.

In Moves Zimmer dudelte ein Radio, düstere, von Störgeräuschen zerschrammte Musik, doch als ich klopfte, gab niemand Antwort, und die Klinke ließ sich keinen Millimeter bewegen.
Ich stieg in den zweiten Stock hinunter und schlenderte durch die leeren, halbfertigen Appartements, in denen es warm, ja stickig war, als lagerte noch Sommerluft in zimmergroßen Quadern hinter den Thermoscheiben, abgestanden, eingemacht, Geruch wie von altem Immergrün, und auf den Plastikfensterbänken glänzten tote Fliegen.
Mehr als eine Jahreszeit ging zu Ende, das lag in dieser Luft, der kleinlauten Atmosphäre, dem Atemanhalten im Haus, während draußen der Sturm in die Kastanien fuhr, sie aufwühlte und niederpreßte, schwindelerregend. Wurden die Kronen hinabgedrückt mit Macht, bekam ich das Gefühl, das Zimmer, als hätte es Seegang, führe in den Himmel; rauschten sie wieder hoch, schien es abzusacken in ein dunkelgrünes Loch.
Erste, schwere Regentropfen trommelten gegen die Fenster. In einem der Räume, umstellt von Flaschen, lag Meier im Schlafsack und schnarchte, und ich zündete die Kerze neben seinem Kopf an und betrachtete das Gesicht: Beträchtlich. Die rechte Wange, derart angeschwollen, daß man das Auge nicht sah, war wohl längst ein Fall für die Kieferchirurgie, die Haut über der kupferrot entzündeten Stelle zum Platzen gespannt; vermutlich reichte eine heftige Bewegung, jähes Husten, und was dann zutage quölle...
Regenschauer – man konnte denken, eine Riesenhand schmisse Lametta gegen die Scheiben, und ich setzte mich neben Meier auf den Boden und begann, den Wein auszutrinken.

Daß ich eingeschlafen war in der muffigen Luft, wurde mir erst bewußt, als mich sein verändertes, durch eine neue Lage hervorgerufenes Schnarchen weckte. Allein mit dem Geräusch hätte man einen jungen Rasen mähen können. Nachtschwarz das Fenster des gegenüberliegenden Appartement, Astwerk glänzte im Laternenlicht, und ich räkelte mich und zündete eine Zigarette an. Die Kerze schien durch die Weinflasche, warf einen grünen Schatten auf Meiers Gesicht, und in dem Augenblick, in dem mir einfiel, daß gar keine Laterne vor dem Haus stand, zerbrach, nach einem dumpfen Schlag, das Doppelglas.

Eine Täuschung; herabrinnendes, im Autolicht wie ein Gespinnst aus Rissen wirkendes Wasser, dachte ich noch, als die Scherben und Splitter bereits umherflogen und eine Spitzhacke, nur ihr eisernes Teil, gegen die Wand schlug, zu Boden fiel und über die Schwelle unseres Zimmers kollerte. Ein kalter, durch das sternförmige Loch schießender Windstoß pflückte das Flämmchen vom Docht.

Aufgesprungen, ging ich wieder in die Knie und hob den Kopf so weit wie nötig über die Fensterbank. Wegen der Pappel im Vorgarten sah ich zunächst nicht viel, machte aber hinter dem Rauschen von Wasser und Laub Motorenlärm aus, gedämpfte Musik. Und duckte mich vor einer Blendung.

Hallo, ihr Lieben! Märchenstunde!

Eine Hupe, dunkel wie ein Schiffshorn, röhrte durch das Unwetter. – He! Aufgewacht! Hier ist der Wolf und will die sieben Geißlein ficken!

Meier (sein Schatten schien sich einen Lidschlag früher aufzurichten) schreckte hoch, und trotz aller Verquellungen sah ich das Erstaunen in seinem Gesicht, als ein trapezförmiges Lichtfeld mit riesig vergrößerten, wimmelnden Regentropfen über die Zimmerdecke wuchs. Auf Händen und Füßen bereits im Flur, warf er sich – die Scheibe ging zu Bruch – flach hin und bedeckte den Kopf mit den Unterarmen; doch landete der Stein im Bad, kollerte in der Dusche herum.

Ich erkannte vier Autos, verbeulte, ehemals teure Modelle, sowie ein Dutzend Motorräder. Mehrere Männer, halbe Ziegel, Pflasterbrocken in den Fäusten, standen zwischen den kreuz und quer strebenden Scheinwerferstrahlen, die den Schauplatz durch das niederprasselnde, an Lederjacken, Helmen und Kotflügeln wieder aufsprühende Wasser hindurch in einen milchigen Dunst tauchten. Deutlich sah ich den Plastikrubin an der Hand, die aus einem der Wagenfenster hing: Er glimmte ein bißchen, als Richie, ganz kurz nur, den Zeigefinger hob.

Nun wurden überall, in jeder Etage, allen Erkern, Anbauten und, wie ich zu hören glaubte, auch in meiner Mansarde Scheiben eingeworfen; Meier und ich kauerten aneinandergedrückt in der Ecke und sackten bei jedem Schlag und Knall, als wären auch unsere Knochen aus Glas, etwas tiefer zusammen.

Das Geklirr war mörderisch, Wind und Gegenwind schossen durchs Haus, Bretter und Bohlen schlugen um, Schatten wanderten, Regen wischte über Böden und Tapeten, und während ich mich fragte, ob auch alle Rollos im Parterre herabgelassen waren, flog etwas, das ich zunächst für eine Tüte oder einen Stoffetzen hielt, durch irgendein Fensterloch in den Flur und glitt auf den Scherben in unser Zimmer.

War ich bisher viel zu überrascht und entsetzt gewesen, um Angst zu fühlen – nun riß sie mich hoch, machte mir

Beine und ließ mich von einem Appartement ins andere laufen, wobei ich mir schon vorkam wie jemand, der in Ruinen nach den Räumen sucht, in denen er einst gelebt hat. Ich bemühte mich vergeblich, die panische Leere hinter der Stirn mit Gedanken zu füllen; aus welchem Fenster ich auch blickte, überall lungerten Männer herum, Ledermonturen schimmerten zwischen den Bäumen, Zigaretten glühten im Autowrack, und ich lief zurück und zischte: Verdammt, wir sollten...
Kein Meier, sein zusammengesunkener, vom eigenen Schatten überragter Rest schien in der Ecke zu hocken und kam mir in seiner Trauer und ernsten Gleichgültigkeit unerreichbar weit entfernt vor. Auch als ich ihn anstieß, sah er nicht auf.
Der Kopf des Tiers, das man uns hereingeworfen hatte – er hielt es im Schoß und kraulte sein Fell –, war abgeschnitten, und erst jetzt, nach einem Blick auf die Hinterläufe und den Schwanzstummel, erkannte ich den weißen Hasen. – Meier! flüsterte ich, während der Nebenraum ausgeleuchtet wurde und der riesenhafte Schatten eines Behelmten auftauchte und wieder verschwand: Wir müssen...
Man griff nach meiner Schulter, und ich bekam das Gefühl, die Kopfhaut, jede Haarwurzel, würde schockgefrieren. Das Echo meines Aufschreis hallte durch den Bau und wurde auf der Straße mit meckerndem Gelächter beantwortet; Mister Move hob beruhigend die Hände. Seine Stimme klang heiser. – Alle Türen versperrt?
Ein Knall – da war es hell im Zimmer wie im Innern des Entsetzens: Licht, in dem unsere Gesichter erbleichten und die Schatten zu nichts zusammenschnurrten, um

kurz darauf, die Leuchtkugel schwebte im Vorgarten nieder, lang und breit über die Wände zu wachsen.
Harald, mein Schatz, da b-bist du ja! rief Richie. – Ich *hab* vielleicht gewartet! Wie machen wirs? Öffnest du uns die Bude? Oder sollen wir es tun?
Wieder Gelächter, diesmal aus dem Garten, und da Mister Move nun einmal bemerkt worden war, stellte ich mich neben ihn und sah hinunter. Noch mehr Autos, die Schnauzen dem Haus zu, blockierten die Straße; wedelnde Wischer; aus den Fenstern quoll Rauch. Man klatschte und johlte zu lauter Musik, irgendeinem Knochenrock, die leeren, auf Dächer und Kühlerhauben abgestellten Bierflaschen blitzten im Rhythmus, und über allem, auf einer hoch ausgefahrenen Antenne, schwankte der Kopf des Hasen.
Ein Ohr hing schlaff herab, und Augen und Nagezähne schimmerten in dem diesigen Schein, der die Szene mehr verwischte als erhellte, eine mattgelbe, von einem Hauch Regenbogen umsäumte Lichtschwade, hinter der schwarz und stumm die Nachbarhäuser standen.
Richie, eine Zigarette im Mundwinkel und eine Polizeimütze auf dem Kopf, grinste zu uns hoch. – Scheißwetter, was? Können wir einen Grog bei euch kriegen?
Er sagte das mit einer vollendet gespielten, ironischen Sachlichkeit, die mich fast loslachen ließ, und Mister Move trat nah an das Loch in der Scheibe und rief: Was soll das denn, Richie, laß doch den Quatsch! Du weißt, hier gibt es nichts zu holen ...
Hupen gellten los und hallten wider in dem leeren Haus, daß die Ohren schmerzten. – Holen? Wer spricht von holen? Wir wollen euch was *bringen*, Mann! Wo steckt der Chef?
Mister Move schüttelte den Kopf. – Ecki ist nicht da,

das kannst du dir wohl denken. Weißt du, was so ein Thermofenster kostet?
Richie kratzte sich den Haaransatz und schien momentlang zu grübeln; sein Augenaufschlag wirkte beinahe schuldbewußt, und es klang unsicher, als er sagte: Mehr als ein Grog?
Im Fond seines Wagens brach Kreischen los, und auch er schmunzelte ein wenig; dann schlug er gegen die Tür: Es verstummte.
Was habt ihr denn aus meiner Lieblingsdisco gemacht? rief er. – Wollte gestern abrocken – und? Verrammelt und vernagelt der Laden. Da war ich vielleicht baff! Geht man mal auf eine kleine Reise, schon hat sich alles verändert. Was glaubt so ein Ecki eigentlich? Wie soll ich den Laden beschützen, wenn es ihn gar nicht mehr gibt! Hol den Meister mal ins Bild, bitte.
Eine leise Verzweiflung, etwas Beschwörendes zitterte in Moves Stimme. – Ich sagte dir doch, er ist nicht *da*! Er wird ...
Wovor hast du Pimpf den Laden denn beschützt, schrie Salzburg und stand offenbar über uns, an meinem Mansardenfenster. Richie legte den Kopf weiter in den Nacken, schob sich die Mütze aus der Stirn und sagte: Guten Morgen mein Junge! Pinkelst *du* etwa die ganze Zeit hier runter? Vor mir hab ich ihn beschützt, du Intelligenzbestie, vor mir! Hast du das denn nicht gemerkt, Scheiße?!
Wieder brach Gelächter los in dem Auto, und Salzburg brüllte: Vor einer Wanze braucht man niemanden beschützen! Eine Wanze zertritt man!
Jetzt *machst* du mir aber Angst, sagte Richie, sichtlich erfreut über den Widerstand. – Alter Hüne. Trotzdem muß ich dir leider ein Ei abquetschen.

Wer hier wen zerquetscht, hätten wir in einer Minute geklärt! Du feige Schwuchtel kämpfst doch nur von hinten!
Mister Move, schwitzend, stieß ein kaum hörbares: Idiot! zwischen den Zähnen hervor und Richie sagte: Zack, das zweite Ei. Hast du noch mehr?
Er trat in den Regen, der nur wenig schwächer geworden war, und auch an den anderen Autos erloschen Scheinwerfer, flogen Türen auf, und die Männer klappten im Aussteigen ihre Kragen hoch. Doch Richie winkte ab, scheuchte sie mit ein paar schlackrigen Handbewegungen zurück, legte Pistole und Mütze aufs Wagendach und zog das Sakko aus. Sein Haar schien schwarz gelackt, unter dem dünnen, vor Nässe transparenten Rüschenhemd glitzerten goldene Kettchen, und ich suchte bereits nach einem Messer am Gürtel –
Er trug keins. – Na komm, rief er und krempelte sich die Ärmel hoch. – Komm, Tarzan, du sollst dein Erlebnis haben. Laß dir die Nüsse rupfen.
In der Mansarde polterte es so laut – ich dachte an mein Bücherregal, das Salzburg nun wohl umgerannt hatte; auch die Tür krachte, als wäre er einfach durchs Holz gelaufen, und die steile Stiege zu uns herunter nahm er, wie man mit dem Daumen über die Zinken eines Taschenkamms fährt. Schnuff, in Filzpantoffeln, folgte zögernd.
Obwohl Move sich gegen ihn stemmte, zog Salzburg, der nur ein Unterhemd und eine Trainingshose trug, ihn noch ein paar Schritte mit, ehe er anhielt, schnaubend, und die Augen in äußerster Beherrschung zur Decke drehte. – Los! preßte er hervor. Laß mich los, Harald!

Trotz seiner Erregung sah man, daß er bis vor wenigen Minuten geschlafen hatte; das Jungengesicht war teigig blaß. Aber der beachtliche Körper zitterte, als stände er unter Strom, und die Schultermuskeln wölbten sich derart – der Hals verschwand zwischen ihnen. – Eine Finte! zischte Move. Laß die Tür zu, Mensch! Der kämpft doch nie im Leben fair!
Aber ich! brüllte Salzburg, der sich offenbar schon an seinem Mut berauschte, um dessen Unsinnigkeit zu vergessen. Das Hemd, an dem Move ihn festhielt, zerriß, und er sprang – die Erschütterungen lösten Scherben aus den Rahmen – in großen Sätzen die Treppe hinunter.
Der andere folgte, und ich drehte mich nach Schnuff und Meier um, die auf dem Fußboden hockten, als wäre die Welt bereits versunken. Der Graf, der das tote Tier wie einen Lappen in die Ecke geworfen hatte, blickte düster vor sich hin und reagierte nicht, als Schnuff ihm einen Joint zwischen die blutigen Finger steckte.
Ich ging ins Erdgeschoß; Salzburg war bereits auf der Straße. Move verschloß die Tür hinter ihm, öffnete die Luke im oberen Drittel, und durch ein Ziergitter konnten wir sehen, was er prophezeit hatte.
Die Gegner, in dem dunstigen Licht, schienen manchmal zu verschwinden, Silhouetten, als ständen sie zwischen dünnen Papierkulissen. Salzburg hing das Haar in Strähnen im Gesicht, Wasser triefte von Fingern und Kinn, seine Muskeln, in den Fetzen des Unterhemds, glänzten wie glasiert. Er wartete auf dem Bürgersteig, vorgebeugt, sprungbereit, starr.
Er rührte sich, wie festgezaubert, keinen Zentimeter von der Stelle. Denn sobald er die Schultern spannte, die Stirn neigte und die Ferse zum Absprung hob,

richtete Richie, der vier, fünf Meter entfernt stand und gar nicht daran dachte zu kämpfen, die Pistole auf sein Gesicht. Wobei er eine gelassene, fast seriöse Miene machte, in der sogar etwas Bedauerndes lag, als dächte er: Wäre doch schade...
Nach ein paar Herzschlägen ließ er den Lauf wieder sinken, Salzburg entspannte sich und verschob den Oberkörper nach links, nach rechts, ein lauerndes Pendeln, während sein breiter, von einem Motorradlicht vorausgeworfener Schatten schon über Richie lag. – Der, Brauen gewölbt, Lippen zu einem Flöten gespitzt, legte die Handrücken an die Hüften, wiegte das Bekken und begann, sich vorsichtig umzudrehen, wobei er kleine, schubbernde Bewegungen mit den Füßen machte. Seinen Gegner im Rücken, wendete er den Kopf freilich so, daß er ihn aus dem Winkel heraus im Auge behalten konnte.
Dann zog er einen Aluminiumkamm hervor – er faßte ihn nur mit den Fingerspitzen – und strich sich, ganz langsam, ein paar Strähnen hinters Ohr... Applaus und Lachen in den Autos übertönten die Musik.
Doch kaum ging ein Zucken durch die Muskeln des anderen, schnellte Richie, Waffe erhoben, auf dem Absatz herum; er grinste, und Salzburg, kopfschüttelnd, wich einen Schritt zurück und fuhr sich mit dem Unterarm über die Augen, den Mund.
Jetzt sollst du es haben, Tarzan.
Indem er die Pistole mit beiden Händen hielt, richtete er den Lauf genauer aus, und ein Licht schien durch den Plastikrubin, projizierte einen Fleck auf Salzburgs Gesicht. Richie rief den Leuten etwas zu, das ich nicht verstand, streckte den kleinen Hintern heraus und begann, mit den Hacken zu trappeln wie ein Flamenco-

tänzer; Pfiffe schrillten, Hupen blökten: Und plötzlich warf er den Arm herum und die Waffe auf das Wagendach. Die Körperhaltung unverändert stolz, hielt er Salzburg die Handflächen hin.
Der, wie von dem Schießeisen gezogen, sprang bereits vor, ein Getriebe krachte, die Konturen verwischten im spritzenden Wasser –
Richie, rückwärts, ließ sich auf die Kühlerhaube fallen, machte einen Überschlag, und als er die andere Seite erreichte, lag Salzburg schon im Dreck. Ein Fuß war seltsam verdreht, und der angewinkelte Arm – die Finger zuckten, als wollten sie noch etwas greifen – sank langsam auf das rote, vom Bremslicht einer »Moto Guzzi« überglühte Pflaster.
Das Vorderrad in der Luft, hatte ein Rocker ihn umgefahren, und in den Nachbarhäusern gingen Lampen an und sofort wieder aus. Autotüren flogen auf, einige Männer hoben die Köpfe oder stellten sich auf Trittbretter, um den Verletzten zu betrachten, andere wendeten die Wagen, und Richie brüllte ihnen wohl etwas zu, doch sah ich nur die gespannten Halssehnen, das verzerrte Gesicht, und hörte nichts.
Auch als Move auf mich einredete – er hielt meine Hände am Türriegel fest –, verstand ich kein Wort; irgend etwas, Angst, Schock, sausendes Entsetzen, hatte mich abgeschnitten von jedem Laut, bis auf den Puls in den Ohren, mehr Rauschen als Schlagen.
Der klatschnasse Richie lief zwischen den Fahrzeugen herum, fuchtelte mit den Armen, trat gegen Radkappen, zeigte aufs Haus und konnte doch nicht verhindern, daß über die Hälfte der Leute davonfuhr. Eine Frau in einem silbernen Kleid stieg aus, blickte zum Gehsteig, hob die Hände vor den Mund, und dann,

als kein Unglauben länger schützte, hörte auch ich es.
Wie ein Echo aus jenem Traum kam es mir vor. Dumpfes Stöhnen, das in einen haarsträubenden Schrei überging, wieder und wieder, ein Gellen, das augenblicklich Herzjagen verursachte, Ausstoß von kaltem Schweiß, und sich immer noch lauter und gottverlassener anhörte, je mehr Menschen es in die Flucht schlug, je mehr Wagen abdrehten mit rutschenden Reifen und je dunkler es wurde im Schwarzen Grund, bis sich nur noch ein mattes Standlicht brach: an dem Schienbeinknochen, der aus Salzburgs zerfetzter Hose ragte. – Wenn ein Schrei ein Wesen wäre, schreien könnte, es hätte wohl so geklungen.
Als Move und ich hinausliefen – ein paar Motorräder standen noch vor dem Haus, vier, fünf Autos, Richie sprach mit einem Fahrer – bemerkte ich ein Flackern in den Pfützen, Feuerschein, und sah in den Garten: Der Saurier brannte. Sein Rumpf war nur noch Rauch, und die Flammen krochen am Hals empor und züngelten aus dem Maul.
Wir banden Salzburg, der sich in den Handballen biß und so heftig atmete, als wollten ihn die erstickten Schreie zerreißen, einen Gürtel um den Oberschenkel, und Move setzte ihn auf, schob die Arme unter seine Achseln und bedeutete mir, das gebrochene Bein zu halten, in der Kniekehle, damit der verletzte Teil herabbaumeln konnte. Salzburg – trotz des Regens hörte ich seine Zähne knirschen – stieß sich ab mit dem unversehrten Fuß, und so humpelten wir der Haustür zu.
Als Richie auf uns zielte, sah ich, daß er zitterte. – He! Ich hab gesagt, ihr sollt ihn hinlegen, Harald!

Doch Move ließ sich nicht beirren in seiner Arbeit, umfaßte den Freund nur fester und würdigte Richie keines Blicks. Etwas Verzweifeltes lag in diesem Mut, denn es ging nicht allein darum, den Verletzten in Sicherheit zu bringen; um Selbstachtung ging es. Dabei war ihm fraglos klar, daß Richie die münzgroße Mündung auf *sein* Gesicht gerichtet hatte; und doch klang es völlig ruhig, als er mir sagte, ich müsse das Bein höher halten, und Salzburg, er solle sich mit der Ferse, nicht mit der Fußspitze abstoßen; er sprach ihm sogar noch Mut zu, Trost: Wir hätten es gleich geschafft, wären gleich im Trockenen, dann würde jemand einen Krankenwagen ...
Schade! rief Richie.
Ich hätte nie gedacht, wie schwer ein einzelnes Bein sein kann. Wir erreichten das Treppchen zur Tür, und Move korrigierte seinen Griff, verschränkte die Hände vor Salzburgs Brust und zischte ihm ins Ohr: Jetzt beiß die Zähne zusammen, Alter. Drei Stufen nur. Beiß die Zähne –
Als es knallte.
Oder doch eher klirrte. Irgend etwas zerplatzte auf dem Pflaster, im Steingarten, Splitter spritzten, blitzten durch die Luft, und Richie – er machte eigenartige Verrenkungen, Drehungen, Sprünge, kreuzte die Unterarme vor der Stirn, fletschte die Zähne: Getroffen. Eine Tasse war an seiner Schulter zerschellt, ein wäßriger Blutfleck erschien ...
Eine Tasse? – Als er zwei Leuchtkugeln zum Giebel hinaufschoß – sein Schrei klang fast wie ein Fauchen –, sah ich es überdeutlich: An meinem großen Mansardenfenster standen Meier und Schnuff und warfen offenbar unseren gesamten Bestand an Geschirr und

Besteck herunter, auf die Leute, die Hals über Kopf in die Autos, hinter Bäume oder Zäune stürzten. Auch der rote Futternapf der Katze und das eine oder andere meiner Bücher segelten hinaus, und besonders Meier betrieb das Bombardement mit Eifer und kühler Präzision: Das unverquollene Auge aufgerissen, eine Zigarette im Mund und einen Stapel schmutziger Teller im Arm, pfefferte er einen nach dem anderen wie eine Wurfmaschine in die Nacht, auf Chrom und Blech und Windschutzscheiben, auf rennende Männer hinunter, und im Nu war die Straße übersät von Scherben, die böse knirschten unter den Rädern.
Wir legten Salzburg in den Flur und deckten ihn mit Schlafsäcken zu. Bleich war er, stöhnte im Schüttelfrost, und Move versuchte, ihm Schnaps einzuflößen.

Martinshörner hinter den Häusern, und das letzte Auto, Richies Auto fuhr davon, die Polizeimütze auf dem Dach. Er steuerte nicht; er kauerte auf dem Nebensitz, und ein schön geschminkter Frauenmund stieß Verwünschungen aus, als der Wagen an mir vorüberfuhr.
Ich ging in den Garten. Der Saurier war verbrannt. Glimmende Reste von Tischen und Stühlen zischten im Regen, und die zur Seite, ins Gras gesunkenen Rippenbögen aus fingerdicken Moniereisen erinnerten mich entfernt an die Laternendrähte der Kindheit. Seltsamerweise stand der verspiegelte Tresen fast unversehrt in der Asche, in der ich mit einem Besenstiel herumstocherte. Ich schob zwei Teelöffel und eine kleine, verrußte Spitzkelle beiseite, einen Zacken meines guten Sterns. Ihr Griff war völlig weggebrannt, und während von der Straße erste Blaulichter durch die zerbrochenen

Fenster bis in den Garten, die triefenden Bäume zuckten, empfand ich eine leise, nicht unangenehme Traurigkeit, so, als wäre ich innen ganz mit schwarzem Samt ausgeschlagen. Und wußte plötzlich, was zu Ende gegangen war mit dieser Jahreszeit.

III

Schnaps für die Sektionsgehilfen

»Stopstop.« – Was meinen Nachbarn Klemke betraf: Er hatte sich neuerdings auf so etwas wie Schränkeschmeißen verlegt. Die Erschütterungen waren derart, daß der Tonarm von den Schallplatten hüpfte, und langsam begann ich mich zu fragen, ob seine hartnäckigen Belästigungen – die hölzerne Gangart, das Kind in Bleischuhen, das Zerkleinern von Klötzen über meinem Kopf und die Tatsache, daß er mir bereits zum dritten Mal die Tür eingetreten hatte in der volltrunkenen Meinung, es handele sich um *seine* Wohnung, *sein* verdammtes, klemmendes Schloß –, ob all das womöglich eine zähneknirschende Zuneigung darstellte, ob nicht irgend etwas, das auf eine dunkle Weise logischer und stärker war als er selbst, eine Art diabolischer Magnetismus, ihn in meine Richtung zog und sogar wittern ließ, daß er sich mehr als Lärm ausdenken mußte, wenn er meine Aufmerksamkeit wollte.

Das Reich der Verzweiflung, seine Landkarte, breitete sich über Küchen- und Schlafzimmerdecke aus, nie gesehene Archipele, Kontinente voll zerklüfteter Kordilleren. Die Farbe wurde blasig, blätterte und riß, lehmgelbe Wasserflecken krochen die Wände herunter, und eine ganze Tapetenbahn wellte sich und klappte auf, als wohnte ich in einem Buch.

Held Klemke? Er blickte mißglückt. Stand unter dem Schlamassel, schüttelte den Kopf, murmelte etwas von Waschmaschine, uralt, von Flusensieb, verstopft, und blickte mißglückt. Was tun? Austrocknen lassen, klar, aber keine Versicherung, versteht sich, kein Geld, von Zeit ganz zu schweigen, er wolle nämlich verreisen.

Doch könne er mir Farbe dalassen, fünf Liter weiße Farbe und eine Lammfellrolle, fast neu, sagte er, kaute an seinem Daumennagel und sah mich an wie ein Cockerspaniel, der in den Hauptwaschgang geraten war: Kann jedem passieren. Tut mir leid. Entschuldige.

Und erst als er wieder auf und ab ging über mir, jeder Schritt ein hölzernes Ausrufungszeichen, wurde mir klar: Epochales war geschehen, etwas, das mein Leben in diesem Haus von heute auf morgen angenehmer machen würde – so, wie ein gewöhnliches, mit einer Zahl bedrucktes Stück Papier durch Wasserzeichen kostbar wird. Klemke hatte sich entschuldigt. Bei mir. Mein Klemke.

Während der nächsten Abrechnung nach ihm und unserem derzeitigen Verhältnis befragt, erzählte ich der Vermieterin von dem Schaden und daß wir uns streitlos geeinigt hätten. Sie nickte nur und wechselte das Thema. Doch sah ich Tage später, im Treppenflur, so etwas wie Wut, ja Angriffslust in Klemkes Gesicht. – Ich dachte, wir hätten die Sache unter uns ausgemacht? Die Alte hat natürlich Krach geschlagen, weil ich doch schon mal... Naja. Dabei ist sie über siebzig, hat Asthma und Kreislauf und alles. Der kannst du doch nicht solche Aufregung zumuten! Die wird nicht gesünder, wenn du sie so aufregst, Mann... Überleg dir das mal! fügte er hinzu und ließ mich stehen.

Nach dem allgemeinen Zusammenbruch im Schwarzen Grund hatte ich Wohnung und Arbeit im sogenannten Waldklinikum gefunden, einem malerischen und nur äußerlich alten Krankenhauskomplex am grünen Rand von Essen-Rüttenscheid, abgelegen und zentral zugleich. Hinter dem efeubewachsenen, mit der neu vergoldeten Jahreszahl 1891 geschmückten Torhaus stand auf sanft abfallendem Gelände etwa ein Dutzend drei- oder viergeschossiger Häuser aus gelben Ziegeln und Fachwerkelementen, mit Balkonen, Innenhöfen und verglasten Terrassen. Jedes beherbergte einen der vorhandenen medizinischen Fachbereiche, und am Ende des Grundstücks, in einem ovalen, von Birken und Fichten umstandenen Teich voller Enten und Schwäne, spiegelte sich die Kapelle mit Giebelturm und Sonnenuhr über der Tür.

Der Sanatoriumscharakter der blühenden Anlage wurde unterstrichen davon, daß man selten einen Menschen in Arzt- oder Schwesternkittel zwischen den Beeten und Büschen sah, ebensowenig irgendwelche Liefer- oder Ambulanzfahrzeuge und schon gar keine Betten, die herumgeschoben wurden, denn die Überführung der Kranken, die Versorgung der einzelnen Gebäude und die Abfuhr von Müll fanden unterirdisch statt, alle Abteilungen waren durch ein Labyrinth mehr oder weniger gut beleuchteter Gänge miteinander verbunden, alte Mauergewölbe und neuere, tropfende Betonschächte, in denen die Heizungs- und Abwasserrohre gluckerten und die Hupen der Elektrokarren aus der Zentralküche widerhallten. Auch das Pflegepersonal benutzte diese Tunnel, wenn es in die Laboratorien oder die Kantine ging, und so sahen die Genesenden nichts als Genesende und ihren Besuch, mit dem sie Schach spielten in den Lauben oder den Gärtnern zuschauten, die schallgedämpfte Mähmaschinen über den Rasen zogen und hier und da eine Rose am Stock befestigten.

Nur im Winter, wenn das Laub der Sträucher und

Bäume auf der Erde lag, erkannte man: Das Klinikgelände reichte noch weiter. Hinter dem Weiher, in einem neuen, mit Milchglasscheiben versehenen Flachbau aus Waschbeton befanden sich Pathologie und Sektionssaal, und mehrmals täglich konnte man die Leichenwagen, ihr poliertes Schwarz, hinter dem vereisten Geäst herangleiten sehen.

In diesem Hospital, an dessen Stelle heute ein Großmarkt für Gaststättenbedarf und eine chromblitzende Pharmafabrik stehen, arbeitete ich als sogenannter Pflegehelfer; unterm Strich machte ich dasselbe wie jede examinierte Kraft (nie werde ich die Augen des Mannes vergessen, an den ich mit meiner ersten, zitternden Spritze herantrat), bekam aber weniger Geld. Und wie zum Ausgleich dafür durfte ich eine ganze Krankenstation allein bewohnen. Sie befand sich im Parterre eines Gebäudes, das »Bazillenburg« genannt wurde, einer Art Zweigstelle der Abteilung »Innere Medizin«, die nur Infektionskranke beherbergte. Tagein tagaus konnte ich sie hüsteln hören hinter dem schön geschnitzten Geländer eines Balkons, der um das ganze Gebäude lief und so breit war, daß kaum Tageslicht ins Erdgeschoß drang. Auch hier hatte man eine Zeitlang Patienten untergebracht, doch da sie in dem Schattenreich schneller welkten als die mitgebrachten Blumen, erklärte man die sieben, etwas muffigen Räume kurzerhand zum Wohnheim für Pflegekräfte, von denen freilich niemand über die Schwelle zu bewegen war, auch nach der dritten demonstrativen Mietsenkung nicht. So sah ich immer nur meine eigenen feuchten Fußspuren, die von der Dusche auf der einen Seite des langen Ganges an sein anderes Ende führten, zum Klo.

Es war stets Abend in dieser Etage, meine beste Zeit,

und ich genoß den zentralbeheizten Aufenthalt um so mehr, als mir der neue Job genug Freiheit ließ, mich halbe Wochen in diese Höhle, in mein Zimmer Nummer fünf zurückzuziehen und im Licht einer kleinen Messinglampe zu lesen und zu schreiben. Hinter dem Haus, zwischen krummen Kiefern, flitzten Eichhörnchen wie Flämmchen durch die Sonnenflecken, und ich konnte die Terrasse der Hautklinik sehen, wo die Aussätzigen – Köpfe bis auf Mund- und Augenlöcher bandagiert – rauchend zu mir herüberblickten, auf mein stilles Glück unter der Leselampe.

Ich arbeitete nicht ungern in dem Krankenhaus, mein Vertrag sah fünfundzwanzig Wochenstunden bei passabler Bezahlung vor, und der Milieuwechsel ging ohne größere Schwierigkeiten oder nennenswertes Befremden vonstatten. Zunächst wunderte ich mich natürlich darüber, wie wenig Wesen hier vom Sterben gemacht wurde, wie alltäglich der Tod war; die Ärzte unterschrieben den Schein und gingen dann essen. Und am Anfang brachte ich noch Pflegepläne und Dienstabläufe durcheinander in der Meinung, hier würden Menschen behandelt, Leidende, denen man in ihrer Not auch einmal eine Viertelstunde zuhören sollte. Bis man mir beibrachte: Irrtum. Hier wurden keine Menschen, sondern Krankheiten behandelt, Krankheiten mit zeitraubenden, sperrigen und möglichst ruhigzustellenden Personen drumherum, und es war unkollegial, sich ihnen mehr als unbedingt nötig zu widmen, unkollegial und verdächtig: Wollte man sich vor der übrigen Arbeit drücken?

Ich begann zu verstehen, warum Ärzte und Pfleger wenigstens ebensoviel Alkohol tranken wie zum Beispiel Maurer, wenn auch feineren, Sekt, Cognac, Wein,

und daß der Unterschied zum Bau womöglich gar nicht so groß ist. Auch hier wurden oft nur Gewichte bewegt, Drainagen gelegt und Schäden kostengünstig ausgebessert; auch hier arbeitete man mit Meißel und Säge, schnitt auf, riß ab, warf weg, hatte laufend Termine, Labortermine, Operationstermine, Revisionstermine im Nacken und wußte nichts mehr von Zeit, die einmal alle Wunden heilte. Und schließlich betrat auch ich die Zimmer mit jenem Ausdruck im Gesicht, der die Patienten von vornherein abschrecken sollte, Extrawünsche zu äußern, blickte auf die Uhr und sagte: Wie geht es uns denn ... Dann wollen wir mal ... Was haben wir da ..., zack. Ich wusch die Kranken, wie es alle taten, »wie man Bänke wäscht«; und wie alle sah auch ich eines Tags keine Leidenden mehr in den Betten, sondern den Herzinfarkt, den Ulcus oder das Carzinom, und hatte ich einen Toten in die Pathologie zu schieben, war das nicht mehr Frau Grimm oder Herr Sander, es war ein Exitus. – Kai, bring den Ex weg!
Nach einigen Anlernwochen auf verschiedenen Stationen arbeitete ich in der »Inneren Medizin«, Dialyseabteilung, auch »Künstliche Niere« genannt, eine Tätigkeit, die mehr technisches Verständnis als pflegerische Begabung erforderte. Hier wurde das Blut von Menschen, die an akutem oder chronischem, bis dahin tödlichem Nierenversagen litten, durch einen *arteriellen* Schlauch in Maschinen voller Ventile, Filter, Druckmesser und Temperaturanzeiger geleitet und per Osmose von den Giftstoffen gereinigt, die die kranken Nieren nicht mehr abbauten. Um dann, durch einen *venösen* Schlauch, in den Patienten, der gerade eine Fußballübertragung anschaute oder etwas Pudding löffelte, zurückgepumpt zu werden.

Das Verfahren war damals noch nicht alt, und die Apparate und ihr Schlauchsystem, das bezeichnenderweise Takelage genannt wurde, sahen so furchterregend kompliziert aus – die meisten Pfleger und Schwestern schreckten davor zurück und waren weder mit Gehaltserhöhungen noch mit besonderen Dienstzeiten auf die Station zu locken. Angesichts solcher Personalnot und einem fast mühelosen, freilich mehr intuitiven als sachlichen Verstehen der Maschinen, avancierte ich vom klinischen Hilfsarbeiter, vom Bettenmacher und Aborttöpfe-Leerer, rasch zum begehrten Blutwäscher, der mehrere Apparate gleichzeitig auftakeln, abtakeln, überwachen und bedienen konnte und dabei noch Bücher las. Zum Blutwäscher, mit dem sogar Staat zu machen war.

Denn immer wenn Oberarzt Dr. Voigt, der auch Krankenschwestern ausbildete, eine neue, kurz vor der Prüfung stehende Klasse über den Flur führte in der Hoffnung, einige Schülerinnen würden sich nach dem Examen für die Dialyse entscheiden – ich hörte schon von weitem sein ständiges: Halb so schlimm! Alles halb so schlimm, meine Damen! –, mußte ich als Paradestück herhalten.

Nehmen Sie zum Beispiel unseren lieben Herrn Carlsen. Kein Vierteljahr hier, schon bedient er die Maschinen aus dem Handgelenk und kann dabei sogar noch lesen, sieh an. Was liest er da? – Er drehte das Buch um, »Naked Lunch« von Burroughs, und legte es wortlos weg. – So entspannt geht es zu auf dieser Station. Doch denken Sie bitte nicht, Herr Carlsen hätte je eine Krankenpflegeschule von innen gesehen. Er ist – hier legte er mir gewöhnlich eine Hand auf die Schulter, als hätte er persönlich mich aus dem ewigen Eis gegraben –, er ist

Maurer, meine Damen! Ganz gewöhnlicher Maurer, jawohl! Und da wollen *Sie* mit Fachkompetenz und staatlichem Examen sich einschüchtern lassen von den paar Schläuchen und Knöpfen?! – Und so weiter.

Mag es heute in vielen Hospitälern üblich sein, daß Ärzte und Pflegekräfte einander beim Vornamen rufen und duzen; zu meiner Zeit gab es noch eine Trennungslinie zwischen diesen Klassen des Personals, so fein wie das Profil von Oberarzt Voigt – und bei näherem Hinsehen konnte man nur froh darüber sein. Denn dieses Krankenhaus war ein Karrierepferch, in dem ein Schwein dem anderen die Ohren abbiß, und die Erfolgsleitern, die aus allen Fenstern in den Himmel wuchsen, wurden aus den Knochen der Patienten gezimmert.

Wenn Dr. Voigt zum Beispiel sagte: Und bitte vergessen Sie nicht, meine Herren, die Frau liegt privat!, dann hieß das: Schleift sie durch, was es auch kostet. Und wenn sie hundertmal sterben will: Schleift sie durch, Jungs, jeder Tag, den sie hier liegt, bringt soundsovieltausend Mark; und falls die Leber nicht mehr mitmacht, baut ihr eine Ziegenleber ein, ihre Kasse zahlt den vierfachen Satz! Denkt an meine Bilanz, dann denke ich an eure … Und schon drängte man einander mit immer neuen Therapien und notfalls mit den Hüften von der Bettkante weg, und ich staunte, wie gemessen es dabei zuging; noch die Schweißausbrüche wirkten dezent.

Einer der wenigen, die kraft Persönlichkeit ohne Hornhaut an den Ellenbogen auskamen und Karriere nicht mit dem Leben verwechselten, war Dr. Diego Hernández, Kolumbianer und ebenfalls Arzt auf der Dialysestation. Seine heitere Ruhe, seine Hilfsbereitschaft und

die ehrlichen, aufmerksamen Fragen nach dem Befinden erfreuten die Patienten und verstörten die knurrigsten Krankenschwestern, zumal er sehr gut aussah, ein trainierter Mann mit kultiviertem Gesicht und dunkelblonden Haaren, die, glatt aus der Stirn gekämmt, in vitalen Locken auf den Kittelkragen fielen. Er trug eine havannabraune Hornbrille, die Bügel kaum dicker als Zündhölzer, und mir gefiel der Gedanke, es sei ein Gestell aus Vogelknochen.
Überdies ging etwas faszinierend Freies von ihm aus. Sein Gang und seine Gesten teilten mit, daß er sich weniger wichtig nahm, als es die zugeknöpften Internisten von ihresgleichen erwarteten, und doch ließ er sich nie zu der hemdsärmligen Lazarettpose so vieler Chirurgen herab. Er hatte an der Sorbonne studiert, nicht nur Medizin, wie ich hörte.
Eines Tages, in der Kantine, setzte er sich an meinen Tisch, und nachdem wir ein paar Sätze über das Essen und den Dienstplan gewechselt hatten, fragte er ohne Umschweife, weshalb ich eigentlich nur fünfundzwanzig Stunden in der Woche arbeitete, was ich denn in der übrigen Zeit täte. – So viel freie Zeit! fügte er bewundernd hinzu.
Ich sagte, daß ich meistens läse, und wir kamen auf meine gerade beendete Lektüre zu sprechen, den »Ulysses« von James Joyce, wobei Dr. Hernández große, begeisterte Augen machte. – Ein schreckliches Buch, nicht wahr! Aber man sollte es kennen, Sie haben recht. Ich finde, es wird überschätzt. Das ist kein Gesang aus freier Lunge, wissen Sie, das ist geschriftstellert, knarrt vor Willenskraft und läßt bei aller Großspurigkeit doch kalt. Überhaupt ein fragwürdiges Seelchen, dieser Joyce. Denken Sie nur an die Briefe an Nora ...

Ich hatte diese Briefe nicht gelesen – mich aber derart lange und mühevoll durch den »Ulysses« gearbeitet, daß ich ihn jetzt unbedingt verteidigen wollte. Nur wie? Im tiefsten Herzen war mir das »Jahrhundertbuch«, von einigen Passagen abgesehen, tatsächlich immer fremd geblieben.

Dr. Hernández lächelte. – Wenn man vorher »Ein Portrait des Künstlers als junger Mann« gelesen hat, ist man zwangsläufig enttäuscht über die seltenen Auftritte seines Idols, oder?

Natürlich, das war es. Stephen Dedalus, der einsame Dichter im schwarzen Mantel, war mein Held in jener Zeit, mein Halt in vielen Lebenslagen, sein unabhängiger Geist schwebte mir vor als Ideal, ihm eiferte ich nach in der Kunst des Alleinseins und der Liebe zu Shakespeares Sonetten. Und wenn ich mir wegen meines geringen, oft schnell verjubelten Gehalts keine neuen Schuhe leisten konnte, tröstete ich mich damit: Auch Dedalus war auf zerrissenen Sohlen durch Dublin gegangen, und stolz geblieben, und frei.

Doch nach so wenigen Sätzen so treffsicher erraten zu werden von dem Arzt, das machte meinen Taschenadel im Nu zunichte, und ich stocherte stumm in den Linsen herum, ein ganz gewöhnlicher Sonderling also, ein Dutzend-Dedalus mit Tinte am Finger und unsinnig rotem Kopf. Und Dr. Hernández – er sah nun, daß ich nicht antworten würde, und senkte den freundlich forschenden Blick –, auch Dr. Hernández wurde verlegen.

Wenn ich nicht in Bibliotheken saß oder, mit mehr oder weniger billigem Wein versorgt, in meinem Zimmer schrieb, das heißt, herauszufinden versuchte, warum ich selten über den ersten beglückenden Einfall hinauskam und meine Texte wie umgekehrte leere Flaschen aussahen: oben bauchig, unten offen, und ein blasser Tropfen sauren Krätzers rann ans Licht; herauszufinden versuchte, warum mich alles Geschriebene schon am nächsten Tag derart anwiderte, daß ich es kaum mehr lesen mochte, ging ich ins Folkwang-Museum. Es war an Werktagen recht leer, oft stand ich als einziger Besucher vor den Gemälden und versuchte, mir Gedanken zu machen, eine Wahnsinnsarbeit in jenem Alter, in dem der Körper allergisch war gegen Abstraktionen jeder Art und sich mit Kribbeln und Kitzeln und völlig zusammenhangslosen Erektionen wehrte, bis ich es aufgab und einfach nur starrte; ich starrte die Bilder an, und sie machten mir Augen.

»Frühling« hieß ein Gemälde von Ferdinand Hodler. Ein nackter Jüngling saß auf einem Wiesenstück, eigenartig verzückt, der geschwungene Mund war leicht geöffnet, und die Augen, hell und klar, blickten über den Betrachter hinaus in eine Ferne, die in Wahrheit in seinem Innern lag. Die Haltung der Hände wirkte geziert und selbstverliebt zugleich und schien um einen Moment Ruhe und Besinnung zu bitten, denn offensichtlich nahm der Jüngling Erstaunliches in sich wahr, Unerhörtes, das allenfalls in einem Hauch Wangenröte zutage trat und ihn derart bannte, daß er keinerlei Beachtung für die vier oder fünf etwas kantigen Grazien hatte, die in dünnen dunkelblauen Kleidern und halb abgewendet hinter ihm standen und ihm sehnsüchtige, kokette oder auch beleidigte Blicke zuwarfen – beleidigt von den Liebesqualen, die er ihnen noch gar nicht zugefügt hatte.

Schon gestern sah ich Sie vor diesem Bild, sagte Dr.

Hernández und setzte sich zu mir auf die schmale Marmorbank. Er trug Jeans und eine rehbraune Wildlederjacke, und in seinem Gesicht war ein Ausdruck, der mich leise beunruhigte, etwas Belustigtes. – Dabei sehen Sie aus, als nähmen Sie es gar nicht wahr, als wäre es Ihnen nur Vorwand für Ihre Träumereien, fügte er hinzu. Gefällt es Ihnen?
Natürlich konnte ich schlecht zugeben, hier zu sitzen, weil es ein sonniger Winkel mit einer halbwegs bequemen Marmorbank war; andererseits fürchtete ich mich vor einer inhaltlichen Diskussion mit dem Arzt und zog etwas ratlos die Schultern hoch.
Ein seltsamer Schinken, sagte er. – Ganz schön verlogen. Vielleicht ist es ja sogar arrogant, aber manchmal denke ich, nur ein Schweizer kann so den Frühling darstellen. Das Bild sieht doch aus wie auf Loden gemalt, finden Sie nicht? Ein Könner, ohne Frage, aber vor lauter Stil hat er die Kunst aus den Augen verloren.
Denn der Frühling ist kein Ornament, sagte er mit einem Nachdruck, der mir fast übertrieben vorkam. Er läßt sich nicht in Bildgesetze pferchen und hat niemals Stil. Der Frühling, besonders der eines jungen Mannes, das ist eine Hölle in Blüten, ein unablässiger Sturm, der ihn täglich zichmal in die Wolken reißt, zichmal auf die Erde schmeißt und ihn mit seiner Sehnsucht quält, seiner Lust, die er wieder und wieder unterdrücken muß und mehr: Auch die Zeichen und das Leid dieser Unterdrückung muß er unterdrücken, und wenn er dann die Jugend überstanden hat, ohne sich aufzuhängen, ist er genau das gepreßte, quadrierte Häufchen Elend, das Staat und Kultur für ihre Fundamente brauchen, so ein stilvoller Maler halt …

Aber, aber! sagte ein weißhaariger Mann im Vorübergehen und zwinkerte uns zu. – Der Frühling ist doch auch ein Glück!
Dr. Hernández stutzte – und lachte dann, ein bestätigendes, über die Einmischung erfreutes Lachen, das zu sagen schien: Sie haben völlig recht! Ich sehe das vermutlich viel zu eng.
Der Mann, dessen Schneidezähne auch bei geschlossenem Mund über die Unterlippe ragten, trat in den Nebenraum, wo fünf oder sechs Arbeiten von Paul Klee hingen, die er, Hände auf dem Rücken verschränkt, nun der Reihe nach betrachtete – weniger wie ein müßiger Museumsbesucher, mehr wie ein Inspekteur, der Lichtverhältnisse und Hängung überprüft; auch pustete er einmal etwas Staub von der Lasur. Schließlich blickte er sich verstohlen um – kein Wachpersonal in der Nähe –, zwinkerte uns abermals zu, ging von Klee zu Klee und schlug mit den Fingerrücken gegen die Rahmen.
Die Alarmanlage blieb stumm, und der Mann, als hätte er das erwartet, nickte und zündete sich eine Zigarette an. Sekunden später ertönte die Brandwarnung, eine widerlich orgelnde Sirene, Uniformierte tauchten auf und rissen Feuerlöscher von den Wänden, und ein massiger Mann, Anzug und Krawatte, stürzte auf den Rauchenden zu, griff nach seiner durchaus zarten Hand, schüttelte sie mit beiden Pranken und rief: Herr Klee! Was für eine Überraschung! *Sie* im Haus?!
Der Weißhaarige lächelte scheu und erzählte, daß er gerade in der Nähe zu tun habe, ein Vortrag in Mühlheim, und nur einmal wieder seine Leihgaben ansehen wolle; sich freilich wundere, sie gänzlich ungesichert zu finden? – Aber klar sind die gesichert! Wir werden die

Werke Ihres Vaters doch nicht ... – Der Dicke stieß ein Bild an: Stille. Er faßte sich an den Kopf. – Wie konnte ich das vergessen! Wir haben Handwerker da, Wartung der Anlage, sehen Sie ... Er packte einen dieser Brancusi-Reiher beim Hals und schüttelte ihn: Alles tot! Alarm brach los, ein schriller Klingelton, den offenbar niemand abstellen konnte, an den Eingängen schnappten Schlösser zu, und der Museumsdirektor neigte die Stirn und lächelte mit gefletschten Zähnen ...

Dr. Hernández und ich trafen einander nun öfter außerhalb der Klinik, und wenn ich auch wußte, er lebte mit Frau und zwei Kindern in winziger Wohnung und litt an der Enge, fragte ich mich doch, warum dieser fünfunddreißigjährige, umfassend gebildete Arzt sich immer wieder mit mir verabredete; er lud mich ins Theater ein, in Kinos oder Weinstuben, und alles, was ich dem Mann bieten konnte, war meine freibeuterische Art zu fragen und eine gewisse Unersättlichkeit im Zuhören.

Denn er hatte etwas zu sagen, kannte sich aus in Philosophie und Literatur, Geschichte und aktueller Politik, und sein Denken und Fühlen schienen im festen Glauben an die Kräfte der Vernunft zu wurzeln, daran, daß Geist und Kunst von Belang sind in dieser Welt und Kultur den Alltag humanisiert.

Das bewunderte ich zwar, bezweifelte es aber auch mit dem ganzen Körper, kam ich doch aus einer Sphäre, in der nichts als die nackte Gewalt von Geld und Geldmangel zählte und das Wort »Kunst« höchstens im Zusammenhang mit Honig, Rasen oder Dünger verwendet wurde, während man bei »Geist« an Gespenster dachte.

Und doch hörte ich ihm gebannt zu, wenn er mir die

Vorsokratiker erklärte oder den Existentialismus, Horkheimers Menschlichkeit und Adornos Stacheldrahtsprache, wenn er voll Wärme von Faulkner und Scott Fitzgerald erzählte und Brinkmann bissig, aber zahnlos nannte, wenn er Gedichte von Vallejo und Machado rezitierte oder aus dem Stegreif übersetzte und mir erläuterte, was neu war an Giacomettis späten Skulpturen und was erhaben über alt und neu in den Bildern von Soutine.

Freilich führte das dazu, daß ich nach jedem unserer Abende ein wenig niedergeschlagener in mein Zimmer zurückkehrte, die Lücken im Bücherschrank anstarrte und mich fragte, wie ich eigentlich dastand vor dem Mann. Unwissend, bis zur Dösigkeit verträumt und darüber hinaus so eitel, jeden Widerspruch auf meine spärlichen Äußerungen als Zurechtweisung zu empfinden, konnte ich diesem Freund rein gar nichts bieten; nicht einmal bezahlen ließ er mich. Was also hatte er von mir? – Er überschätzt dich, dachte ich und bekam bereits Angst vor dem Augenblick, in dem es ihm aufgehen würde.

Bisher war mir immer nur ein Bier spendiert worden, damit ich später ein Bier spendierte.

»Zur süßen Mutter« hieß ein Lokal in Rüttenscheid, das im Gegensatz zu allen anderen in der Stadt bis um vier Uhr früh geöffnet war; ein altes Restaurant mit einer bauchigen Zapfsäule aus Kupfer auf dem Tresen, dunkelgrünem Paneel, weiß gedeckten Tischen und kleinen, mit schiefen Pergamentschirmen versehenen Lampen an den Wänden. Da ließ sich bis Mitternacht gut reden, Wein trinken, essen – die Gulaschsuppe, mit Málaga abgeschmeckt, war berühmt –, und die Kellner umsorgten die Gäste mit ruhiger Aufmerksamkeit und hatten oft noch Zeit, das Abendblatt zu lesen an dem Tisch, der in einer Ecke voller Fotos für Theaterleute freigehalten wurde.

Die Polizeistunde in der Stadt kündigte sich mit dem schneller aufeinanderfolgenden Ticktack der Pendeltür an. Wirt und Kellner begannen, die zur Dekoration bestimmten Rotweinflaschen von den Wandregalen zu nehmen, Brotkörbe einzusammeln, Speisenangebote bis auf Brathähnchen und Bohnensuppe von den Tafeln zu wischen und die kleinen Biergläser in den Schrank und kartonweise große auf den Tresen zu stellen. Und immer neue, aus den schließenden Kneipen vertriebene, mit geröteten Gesichtern und erwartungsfroh glänzenden Augen hereinbrechende Nachtschwärmer suchten nach Plätzen, begrüßten einander so grölend, als hätten sie sich zuletzt vor Jahrzehnten, nicht vor zehn Minuten an einer anderen Theke umarmt und verursachten ein nahezu undurchdringliches, rauchverhangenes Gedränge, während die Stimme der Kellner nach jedem: Wer wollte hier alles noch Bier?! etwas krächzender klangen inmitten des Lärms, der Musik, des Tanzens und Treibens bis morgens um vier, das skandiert wurde vom Ticktack der Pendeltür.

Als ich nach mehreren Gläsern den Versuch machte, mit Dr. Hernández über Marleen zu sprechen, eine junge, vielleicht etwas auffällige, von Gerüchten umwitterte Krankenschwester, die mein Leben seit Tagen seltsam komplizierte, schüttelte er nur knapp den Kopf und winkte einem Kellner; als wäre der Abend mit dieser unerfreulichen, nach Klatsch und Tratsch riechenden Wendung für ihn beendet. – Zwar war mit ihm über alles mögliche zu reden wie mit keinem, doch

kam das Gespräch auf das andere Geschlecht oder so etwas wie Liebe, wurde er einsilbig und beinahe scheu; er konnte begeistert über Modiglianis Akte oder den Don-Juanismus im Werk von Camus referieren; aber als ich ihn auf einige Frauen am Nebentisch hinwies, kichernde, kettenrasselnde Schönheiten, die sich um einen Blick von ihm bemühten, sah er *mich* an mit einem Ausdruck freundlicher Nachdenklichkeit im Gesicht, einem melancholischen Verständnis, das ich fast kränkend fand. Als wüßte er mehr von mir als ich selbst. Dann goß er den Rest aus unserer Karaffe in mein Glas und zog sich bald zurück.
Der alte Beleuchter war vielleicht eine Nummer! rief jemand am Theaterstammtisch, als ich mich, auf einen letzten Schnaps, zum Tresen drängte. – Sagt der doch zum Regisseur: Sie sind ein schmutziges Licht. – Und der? – Helle! Feuert den Mann und baut den Satz ins Stück.

Da man frisch operierte, inmitten sensibler Apparate und einem Gewirr aus Kabeln und Drainagen liegende Patienten selten transportieren konnte, mußten sie im Fall eines Nierenversagens auf der chirurgischen Wachstation dialysiert werden, eine Arbeit, die ich besonders gern mochte, weil es keine Arbeit war. Meistens wurde einem eine erfahrene, in der Intensivpflege ausgebildete Krankenschwester zur Seite gestellt, und man hatte nicht einmal mehr auf den Blutdruck, lediglich auf die Dialysemaschine zu achten, ein älteres Modell von der Größe eines Kühlschranks, das durch das viele Herumschieben in den unterirdischen Gängen schon etwas wackelig geworden war und manchmal unmotivierte Schnarrtöne von sich gab; die freilich

nach einem dezenten Fußtritt oder Stoß mit dem Ellenbogen verstummten; dann konnte man weiterlesen.
Nicht doch! sagte der dicke Pfleger Geel und versuchte angestrengt, der bewußtlosen Patientin eine Magensonde zu schieben (sie war vor einer Woche eingeflogen worden, Lungenriß und schwerste Verbrennungen an Rücken und Gesäß; zudem litt sie an Fettsucht; dreieinhalb Zentner). – Nicht so einen gewöhnlichen Slip oder Minislip, oder wie die Dinger heißen. Einen *Tanga*! Kommt wohl aus Brasilien und ist letzter Schrei. Und zwar in Leder! Süß, sag ich dir – Na was, Mutter, arbeite doch mal ein bißchen mit, verdammt! –, einfach Zucker. Würde dir auch stehen. Du mußt nur aufpassen, daß dieses Riemchen in der Furche geschmeidig bleibt, weißt du, Lederfett oder Creme, sonst – Herrgott, Alte, würg doch nicht so rum! Ich krieg das Ding ja doch rein! –, sonst scheuerst du dich wund... Na bitte! – Er wischte die Hände am Kittel ab und musterte sein Werk. – Steriler gehts nimmer.
Pfleger Geel, zwei Zentner, besaß neben der zupackenden Fühllosigkeit, die das Personal der Chirurgie allgemein kennzeichnete, einen ausgeprägten Sinn für männliche Schönheit, und so hingabevoll er einen verrenkten Leistungssportler oder einen bleichen, herzoperierten Jüngling umsorgen konnte, so gleichgültig waren ihm weibliche Patienten.
Hast du Waschpulver drin, sagte er, als ich die Maschine einschaltete und das Blut der Frau, die rasselnd schnarchte, langsam durch das transparente, bernsteinfarbene Schlauchsystem lief; dann zog er mich hinter den Wandschirm, wo wir einen Schluck Weichspüler nahmen – so nannte er den Mandellikör in dem silbernen Flachmann, den er stets bei sich trug. Und während

er mit Infusionen und Fieberkurven beschäftigt war, stellte ich mich an die große Scheibe, die das Zimmer vom Flur trennte, und blickte in die anderen Pflegeboxen.
Wenn man die Operierten auch kaum ausmachen konnte unter den Schläuchen und Kabeln – hinter jeder Glaswand ging es um Leben oder Sterben. Und sah man die ruhig konzentrierten Handgriffe der Pflegekräfte, konnte man glauben, alles sei tatsächlich nur eine Frage des guten Willens und der Technik, ja mehr: Angesichts der hochaufgetürmten, fiependen, blinkenden Geräte – und mit einem Schluck »Amaretto« in den Adern – bekam man den etwas respektlosen Eindruck, daß hier nicht mit dem Tod gerungen, sondern geflippert wurde.
Ich bemerkte eine Schwester, die sich den Handrücken gegen die Schläfe drückte. Lange starrte sie einen Patienten an, und mir fiel der weiße, in dem Rückenschlitz des sterilen Überwurfs sichtbare Kittel auf, kurz wie ein Hemdchen. Sie schaltete ein Kontrollicht aus.
Guck dir den an, sagte Geel und zeigte auf den Mann mit Mundschutz und Kopfhaube, der gerade aus dem Operationssaal kam. – Der wandelnde Blutfleck ist Dr. Raaben. – Und? – Der möchte Schwester Marleen ficken. – Aha. – Und der mit dem graumelierten Vollbart ist Dr. Graffe; liebt angeblich seine Frau, den Dackel und das Reiheneigenheim und würde doch alles in die Wupper kippen für eine Stunde mit Marleen... Das Grünvermummte da vorn, das ist Dr. Rohwedder. Sie arbeitet seit zehn Jahren an »Pimose und Neurose«, oder umgekehrt, und wünscht sich was? Genau, auch sie. Und der in der letzten Box – So lange Finger! Der kann sich beide Ohren mit einer Hand zuhalten! –, das

ist Medizinstudent Mangoldt. – Ich nickte. – Laß mich raten. Der möchte Schwester ... – Falsch, sagte Geel. Den möchte *ich* ficken! Oder würdest *du* mir ein bißchen die Nülle kitzeln?

Da gab es Gott sei Dank Alarm. Ich hatte den Arm der Frau, aus dem der sogenannte Shunt, die externe, zum Anschluß an die Maschine bestimmte Verlängerung von Arterie und Vene ragte, offenbar nicht fest genug fixiert; sie fuchtelte damit herum, die Schläuche knickten, die Pumpe lief leer, und Signallicht um Signallicht glühte auf.

Als ich nach der Hand griff, um den Arm in die richtige Position zu rücken, antwortete die Frau mit erstaunlichem Gegendruck. Ich mußte einen Großteil meines Körpergewichts aufwenden, um zu verhindern, daß sie ein Malheur anrichtete, und Geel tätschelte ihre massigen Wangen, blickte in die schleimig-trüben Augen und rief: Schön ruhig, gute Frau! Getanzt wird später.

Sie brabbelte etwas Unverständliches, Speichelblasen platzten vor dem Mund, und nur mit Mühe kriegte ich ein Schlauchstück frei, das ihr zwischen die Finger geraten war. Nun versuchte sie, aus der Seitenlage heraus auf den Rücken zu kommen, was wegen der Verbrennungen unter keinen Umständen erlaubt werden konnte; Geel stemmte sich gegen ihre Schulter.

Verdammt, mach keine Faxen! rief er, und die Frau knirschte mit den Zähnen und begann zu strampeln. Ich sah das Blut in der abgeknickten oder überstraff gespannten Takelage bereits dunkler werden, konnte aber nichts machen, denn während ich mit der linken Hand versuchte, den Arm so weit hinunterzudrücken, daß nicht der Shunt aus den Adern riß, hielt sie meine rechte wie im Krampf umfaßt.

Trotz blockierter Räder verrückte das Bett, und die Patientin trat nach dem Pfleger. Nicht allein ein Mensch: Über drei Zentner Wut, Verzweiflung, Todesängste schlugen mit jedem Stoß ihrer unbeschreiblich fetten Beine gegen das Brett am Fußende, daß es krachte, splitterte und schließlich aus der Fassung brach.
Heiliger Strohsack! rief Geel. – Die zerhaut sich die Knochen!
In diesem Moment riß der arterielle Schlauch an ihrem Arm. Das Blut schoß hoch, mir über die Kittelbrust, unters Kinn, in die Augen, und ich tastete nach einer Klemme, die ich auf den Shunt setzen konnte. Böses Klatschen, Geel schrie auf, und jemand kam ins Zimmer gerannt, hantierte zwischen den Geräten. Immer noch blind vor Blut, drückte ich die Klemme irgendwohin – da wich alle Spannung aus der Kranken, sie gab meine Finger frei und stieß einen lauten Seufzer aus, erlöst.
Ich wischte mir die Augen. Eine Schwester in dunkelgrünem Kittel zog die Nadel aus dem venösen Schlauch, in den sie das Beruhigungsmittel gespritzt hatte. Zwar trug sie einen Mundschutz, doch war zu vermuten, daß sie lächelte, spöttisch lächelte über mich und mein besudeltes Gesicht, über Geel und seine Blässe. Sie warf die Spritze in den Abfall, deckte die Schnarchende zu und sagte mit überraschend dunkler, samtiger Stimme: Na, ihr Kämpfer? Die hätte euch ja fast gefickt ...

Das nächste Mal traf ich sie an einer Kreuzung unter der Erde, wo sie versuchte, ein Bett um die Ecke zu schieben, was wegen der schlecht geölten Radscharniere nicht gelingen wollte. Sie preßte Flüche zwischen

den Zähnen hervor, hob, um dem sperrigen Gestell Stöße zu versetzen, immer wieder ein Knie und zeigte mir so, wie kurz der gewöhnliche weiße, nun von keinem Überwurf verdeckte Kittel war, den sie trug; noch nie hatte ich einen derart kurzen Kittel an einer Krankenschwester gesehen. Und angesichts ihrer Beine war denn auch klar, warum jeder... – Glotz nicht so dämlich, sagte sie. – Hilf mir gefälligst!
Der Weg, den sie eingeschlagen hatte, führte nur in eine Richtung, und da es nicht mehr lohnte, sich vor Feierabend irgendwo blicken zu lassen, begleitete ich sie in die Pathologie, einen Ort, den ich wegen der beiden Sektionsgehilfen immer wieder gern aufsuchte. – Oho! machte Marleen, die natürlich dachte..., na ja. Und überließ es augenblicklich mir, das störrische Bett, den verdeckten Toten zu schieben; sie legte, um lenken zu können, eine Hand auf den Chrombügel des Fußendes und ging summend voraus.
Wie die meisten jungen Schwestern trug sie keine Haube, und ihr etwas mehr als schulterlanges, leicht krauses und im Nacken zusammengebundenes Haar war von beeindruckender Fülle. Unter den vereinzelten Glühbirnen schien es braun, ein rötliches Kastanienbraun, und als wir ein paar Schritte durch Sonnenlicht machten – ein Gitterrost hoch über uns –, bemerkte ich einige hellere Korkenzieherlocken darin, florentinisches Blond. Sie hatte dunkelblaue Augen und wenige Sommersprossen auf der kurzen, vorn sanft herabgebogenen Nase und den stark ausgeprägten Wangenknochen. Dem Mund zufolge war sie immer etwas traurig, und neben der Oberlippe, deren Linie an die schlichte Art erinnerte, in der man unerreichbar weit entfernte Vögel zeichnet, gab es zwei winzige, übereinanderliegende

Leberflecken: In dem leeren Gang klang ihre Stimme, das Summen, noch dunkler und erzeugte zusammen mit der trägen Hüftbewegung und dem herbsüßen Parfüm, das mich über die Nasenspitze des Toten hinweg anwehte, jene selige Unruhe, die den Kopf peu à peu in eine Art Bienenkorb verwandelte und das Herz, diesen sonst so monotonen Muskel, in eine Balsampumpe.
Schieb nicht so! Wir haben doch Zeit, oder?
Der Weg war abschüssig. Die Wände wurden feucht und moosig, wir befanden uns tief unterm Teich des Klinikparks, und Marleen zeigte auf die Kabel an der Decke, die Versorgungsrohre, zwischen denen hier und da – die Glühbirnen spiegelten sich als Glutpunkte in ihren Augen – Ratten erschienen und ein Stück weit mitliefen.
Sie öffnete die Kühlraumtür, und gemeinsam hoben wir den Toten, einen hageren Greis, in eine der vielen Zinkblechwannen, die kreuz und quer herumstanden oder aufrecht an den Kachelwänden lehnten. Nur eine war belegt: Ein verkrümmter, blau angelaufener Säugling, eine Totgeburt mit seltsam verzogenem Gesicht, dem man ein zufriedenes, irgendwie hämisches Grinsen anzusehen meinte. – Nochmal davongekommen, murmelte Marleen.
Ich schloß das Kühlhaus, und sie schaute durch einen Spalt der gegenüberliegenden Eisentür in den Saal, in dem Bubi und Mormone arbeiteten – wenn sie nicht gerade im Pausenraum hockten und schwitzende Assistenzärzte beim Poker ausnahmen.
Die beiden Sektionsgehilfen, denen eine gemeinsame Vorliebe für harte Spirituosen und die konzentrierte Geistesabwesenheit, mit der sie im Totenreich operierten, einen ähnlich müden, unbeweglichen, durch die

schmutzig-gelben Skleren verschmiert wirkenden Blick gegeben hatten, waren auch außerhalb der Dienstzeit unzertrennliche Freunde; auf der Frühjahrskirmes hatte ich sie zusammen in einem Achterbahnwagen gesehen. Bubi, ein großer, knochiger Glatzkopf, ein Wiener, der die Österreicher haßte und für den Ärzte allesamt Deppen, Oberärzte Oberdeppen und Professoren Fuzzis waren, übernahm dabei den aktiven, mitunter lärmenden und stets beschützenden Part: Wehe dem Mediziner, der seinen scheuen Freund Mormone respektlos behandelte, seine Empfindsamkeit mißachtete, die künstlerisch-penible, also zeitaufwendige Arbeitsweise oder gar den Schnapskonsum des kleinen Mannes mit dem pomadisierten Haar und den langen Koteletten kritisierte: Der wurde nicht froh in der Pathologie; der stand plötzlich allein inmitten zentnerschwerer Leichen, fand seine Befunde nicht mehr oder stolperte, wo kein Mensch stolpern würde und bat den Klinikleiter schon bald um Versetzung. Eine Bitte, der immer schnell entsprochen wurde, denn Ärzte gab es schließlich mehr als genug; Sektionsgehilfen dagegen ...

Offenbar hatte Bubi gerade einen derart in Ungnade gefallenen Doktor vor sich, als wir in den Saal schauten. – Was?! raunzte er, ohne seine Zigarette aus dem Mund zu nehmen: Eine Milz? Kein Mensch braucht eine Milz, Mann!, woraufhin der verdatterte Arzt: Nun gut, sagte. Schön. Dann geben Sie mir halt die Leber.

Der stille Mormone hingegen lächelte immer, ein Lächeln, das wie festgewachsen aussah in seinem fettig glänzenden Gesicht, und wenn er einmal lachte, dann nicht krachledern laut und Speichel verspritzend wie Bubi; er öffnete nur etwas weiter den Mund, tonlos,

wobei sein blaurotes Zahnfleisch und die zwar vollständigen, doch ungewöhnlich kurzen, wie abgeschliffen aussehenden Zähne überraschten.
Er stand neben dem zweiten Seziertisch, hielt die Hände in den langen, bis zu den Ellenbogen reichenden Handschuhen hinterm Latz seiner weißen Gummischürze verschränkt und begrüßte uns mit einem Kopfnicken. Dann – ein spöttischer Seitenblick – wies er auf den Arzt, der in Hemdsärmeln an der Leiche einer jungen Frau arbeitete und irgend etwas auf dem Tisch zu suchen schien.
Verdammt, sagte er, hob mehrere Operationstücher hoch, schob das blonde Haar der Frau zur Seite, sah in einer Achselhöhle nach und sogar unter dem Tisch – vergeblich. Auf dem Bauch der Toten lag ein Edelstahlteller, worauf drei winzige Fleischstreifen schimmerten, Augenmuskeln, die der Arzt soeben aus der linken, mit einer Art Schraubzwinge offengehaltenen Höhle herauspräpariert hatte: in die er nun wieder den Augapfel fügen wollte. Und eben den konnte er nicht finden. –
Hab ich ihn denn vorhin in die Kitteltasche...
Kopfschüttelnd verließ er den Raum, und kaum war die Milchglastür zugefallen, öffnete der Sektionsgehilfe den Mund zu dem erwähnten Lachen und sah uns mit einem schalkhaften Lauern in den Augen an. Marleen packte meinen Arm und holte hörbar Luft.
Mir fiel noch immer nichts auf. Ich schaute verständnislos von der Frau, den abstehenden Metallteilen in dem schönen Gesicht, zu Mormone, der weiterhin die Hände hinterm Schürzenlatz verschränkte, und erst als er den Blick einmal kurz auf seinen rechten Fuß hinunterblitzen ließ, bemerkte ich es.
Er hatte seine weiße Schuhspitze daraufgestellt und

preßte die elastische Kugel, die fast die Größe eines Pingpongballs hatte, zu einem scheinbar zwinkernden Oval zusammen. Verringerte er den Druck, wurde das Auge wieder groß, ganz Glotzen, und Marleen, entsetzt, hielt sich eine Hand vor den Mund.
Zwinkern, glotzen, zwinkern, glotzen, und ich sah noch, wie sie grinste hinter den Fingern – da drückte Mormone die Schuhspitze derart auf das Auge, daß es darunter hervorglitschte und quer über den Estrich auf uns zugeflitzt kam.
Du Sau! schrie Marleen und drängte sich an mich mit übertriebener Heftigkeit, hauchte ein rauhes, aufregend unglaubwürdiges: Hilfe! und hielt mich noch umklammert, als das Auge längst zwei Meter neben uns gegen die Wand geprallt und zurück in die Raummitte gekollert war, wo es wie erstaunt ins Neonlicht starrte, blau.
Marleenchen mit die schönen Beenchen! rief Bubi von seinem Seziertisch herüber, und sie machte sich nicht nur los, sie stieß mich sogar ein bißchen weg. – Hallo, ihr Aasgeier! Habt ihr mal einen Schluck Formalin?

Eine Weile sahen wir uns nicht; entweder sie hatte Nachtdienst oder Urlaub oder war krank – ich wagte nicht, mich danach zu erkundigen, schon gar nicht bei Geel, der mich sofort in die Reihe derer eingefügt hatte..., und so weiter. Dabei beunruhigte mich weniger ihr Körper. Wenn ich ehrlich war, fühlte ich mich dem kaum gewachsen. Vielmehr machte ich die Erfahrung, daß ich offenbar mit den Ohren liebte: Ich war verrückt nach ihrer zartdunklen, wie mit Seidenpapier belegten Stimme, verrückt nach dem seltsamen Rieseln,

das ihr Klang in mir erzeugte, selbst wenn sie nur den Dienstplan vorlas.
Rauch und Rauhreif waren in dieser Stimme, etwas Zimtenes auch, und ich hörte sie sogar im Traum, schreckte hoch unter dem vollen Mond, lief in den Flur, ans Wandtelefon... Doch so oft ich die Nummer ihrer Station wählte, so viele sonore, durch den Mundschutz verdunkelte Stimmen ich hörte am anderen Ende: Nie war es das Echo meiner Sehnsucht, jenes tiefe Oho!, das mich für heute beruhigt hätte, festgefügt in mir selbst.
Dann, an einem warmen, fast heißen Sonntag im Mai, in der stillen Stunde vor Mittag, sah ich sie auf der Straße. Es war eine durchsonnte Seitenstraße in der Nähe der Klinik, wo sie ein Stück weit vor mir unter blühenden Kastanien ging in einem schwarzen, rückenfreien Kleid. Wieder trug sie das Haar im Nacken zusammengebunden – eine Spange, ein gläserner Notenschlüssel –, und ihre Schuhe, die kurzen Pfennigabsätze, sahen schiefgelatscht und angestoßen aus. Doch gaben sie dem Gang, den Bewegungen von Schultern und Hüften, genau jenen gelassenen Schwung, der alles in Atem hielt, und ich bemerkte, wie fett sie geworden war in ihren Ferien, die Schöne. Wann immer sie – um einem hupenden Auto nachzublicken oder spielenden Kindern –, wann immer sie den Oberkörper etwas drehte, zeigten sich glänzende Falten auf dem Rücken, kleine Wülste, und auch an den Innenseiten der Schenkel gab es ein aufregend zitterndes Zuviel.
In der linken Hand eine Zigarettenschachtel, in der rechten eine Flasche Sekt, schien sie sich mehr und mehr Zeit zu lassen auf ihrem Weg; sie betrachtete die verstaubten Auslagen eines Schusters und einer aufgegebenen Drogerie, las ein Plakat, und zwei kleine Mädchen,

Arm in Arm, folgten ihr ein paar Schritte weit und fragten: Willst du unsere Freundin sein?
Ein Radler, als sie die Straße überquerte, fuhr einmal klingelnd um sie herum; sie dankte mit einem strahlenden Lächeln. Fest am Hals hielt sie die Flasche etwas hinter sich, damit das beschlagene Glas ihr Bein berührte, und plötzlich wurde mir klar: Sie ging zu einem Mann. Ja mehr: Sie bewegte sich bereits in seinem wer weiß wie weit entfernten Verlangen, beantwortete es schon, stachelte es auf mit diesem zögernden Schlendern und war sich des Glücks der nächsten Stunde, war sich der Liebe offenbar so sicher – durch Trommelfeuer, durch einen Wald aus Messerstechern ginge sie jetzt unverletzt.
Zigarette im rotglänzenden Mund, blieb sie vor einem großen Mietshaus stehen, blickte hoch und schloß kurz die Lider, als der Türöffner summte, ohne daß sie geklingelt oder gepfiffen hätte.

Poesie ist ein Rohstoff der Freude, sagte Dr. Hernández in der »Süßen Mutter« und gab mir den Umschlag mit Gedichten zurück, die ich ihm auf seinen Wunsch hin überlassen hatte. – Oder sollte es doch sein...
Übrigens – er hob die Stimme gegen den zunehmenden, vom Theatertisch herüberdringenden Lärm –, was Ihren Plan betrifft, in eine Großstadt zu ziehen, so haben Sie völlig recht. Die Atmosphäre einer Metropole kann einem Menschen in Ihrem Alter nur guttun und wird Sie jedenfalls davor bewahren, Schöngeist zu werden. Nur, daß sie dort das Abitur nachmachen und Germanistik, Literaturwissenschaften oder dergleichen studieren wollen: Lassen Sie das. Schreiben lernen Sie nicht in Universitäten; dann schon eher auf der Ladefläche

eines Lasters, der durch Mexicos Steinwüsten brettert. Denn die Gedichte oder das, was Sie einmal verfassen werden, Geschichten oder Stücke: Die sind immer schon da. Nur Sie befinden sich noch woanders. Denken Sie daran, Sie haben keine Kraft. Wie jeder Mensch *sind* Sie eine Kraft.
Die Schauspieler klatschten und pfiffen und blickten in das Innere der Nische, wo ihnen ein dicker, in rotschwarz kariertes Flanell gezwängter Mann den Rücken zukehrte. Einen Ellbogen auf der Tischkante, machte er blumige Bewegungen mit der Hand und sprach auf eine kleine, rauchende Frau ein.
Nun laßt ihn halt in Ruh! sagte sie. Ihre Stimme klang irgendwie blechern. – Wo er mir grad eine Liebeserklärung macht!
Tanzen soll er! rief ein Mann. – Gott Cash soll tanzen, verdammt!
»Schöne Maid, hast du heut für mich Zeit?« – Auch die anderen Gäste, ironisch johlend, begannen zu klatschen, und »Gott Cash« hob den schwitzenden, von herbstrotem Weinlaub umkränzten Kopf und blickte sich über die Schulter um, schmunzelnd.
Schneller als man es seiner Körperfülle zugetraut hätte, sprang er auf die Bank, den großen Tisch, und alles hob die Gläser und klopfte mit den Knöcheln auf die Kante. Er kippte einen Cognac, und noch während er sich das Hemd in die Hose stopfte, machte er die ersten zierlichen Schritte, eine Art Hupfauf, drei vor, drei zurück, überraschend leichtfüßig und immer schwungvoller. Dabei legte er die Handgelenke an die Hüften und ließ die Finger, voller Ringe, wie Flügelchen flattern. Der Kopf mit den verzückt gespitzten Lippen ruckte nach Vogelart herum.

Auch an den nackten Füßen, den Fesseln trug er Schmuck, Glasperlenketten, Silberdrähte, und seine sandfarbene Cordhose war bis in Kniehöhe zu daumenbreiten Fransen zerschnitten, die aufflogen bei jedem Schritt. Das Weinlaub, Pappe oder Plastik, rutschte ihm über die Augen, und wann immer er mit dem Kopf gegen den Kupferschirm der Lampe stieß oder mit dem Hintern wackelte wie ein Huhn, lachten und kreischten die Theaterleute, wobei die kleine Frau besonders weit den Mund aufriß. Ihre grauen Zähne, die Falten, Tränensäcke und Reste von Theaterschminke an Nase und Kinn standen in traurigem Gegensatz zu dem langen, frisch blondierten Haar und dem schwarzen Samthalsband.
Die Musik wurde abgedreht, doch der Tanz ging weiter. Erst als der breitschultrige Wirt herantrat – er trug eine halbe Lesebrille und besah sich das Treiben wortlos –, verstummte das Klatschen nach und nach, und auch der Tänzer, der die Hände an die Schläfen legte, wie Ohren bewegte und noch einmal, ein letzter Ruck, den Bauch wippen ließ, stand schließlich still.
Schon gut, Häuptling, bleib Mensch, sagte er und wies auf die Schauspieler zu seinen Füßen: Sekt für die Bande, klar?
Jubel brach los. Der Wirt ging davon, und Ecki – kein anderer –, Ecki sprang vom Tisch, drängte sich in die Menge, in der ich stand, und zog mich in eine enge Umarmung. – Mein Bester! – Er flüsterte fast. – Was machst *du* hier?
Er hielt meine Schultern fest und sah mich mit einem Ausdruck zärtlicher Wehmut an, wobei mir die Schatten in seinen Lidwinkeln auffielen. Immer wieder, als könnte er es nicht glauben, schüttelte er den Kopf und

umarmte mich – so lange, daß es mir peinlich wurde vor den Leuten und ich die Hände sinken ließ. – Nun ja, sagte ich, wir trinken hier etwas Wein und ...
Ohne auf mein zaghaftes Widerstreben zu achten, führte er mich zu den Schauspielern, und da im nächsten Moment einige von der Toilette kamen und wir nachrücken mußten auf der halbrunden Bank, saß ich plötzlich mitten unter ihnen und konnte unseren Tisch und Dr. Hernández nicht mehr sehen.
Es waren etwa zwanzig Männer und Frauen verschiedenen Alters, alle mehr oder weniger betrunken, und einige kamen mir bekannt vor; jedenfalls schien der Kahle mit der Hornbrille auf dem signierten Foto an der Wand derselbe zu sein, der im Original darunter saß und mir Feuer gab.
Eine Frau, deren riesiger Busen den rosa Pullover fast durchsichtig spannte, zeigte auf mich. – Da hast du es, Annelie! sagte sie zu der Blonden mit dem Samthalsband. – Kaum läßt du deinen Gott aus den Augen, schon pickt er sich was Knackiges heraus. Vielleicht probierst du es doch mal mit Gurkenmilch?
Einige prusteten oder neigten sich tiefer über ihre Gläser; ein Sektkorken knallte und der glitzernde Blick des Glatzkopfs sprang zwischen den Frauen hin und her.
Ich steh zu meinem Alter, sagte Annelie gelassen. – Jedenfalls bin ich rank und schlank und trage meinen Arsch nicht auf der Brust, wie du.
Gelächter, und die Dicke sackte zurück und zupfte an ihrem Pullover herum. Ecki hob sein Glas. – Frieden! rief er. Fangt nicht schon wieder an. Laßt uns endlich auf die Vorstellung trinken. Ihr wart wunderbar, Kinder, und nur das ist wichtig. Ganz wunderbar!

Ich auch? fragte Annelie und zwinkerte ihrem Gegenüber zu, einem blassen Ersatzhamlet, der sein süßliches Grinsen hinter den Fingerspitzen verbarg. – Du?! rief Ecki. Du warst unbeschreiblich, Liebes! Überhaupt, das wollte ich euch noch sagen: Heute Abend ist mir aufgegangen, was einen guten Schauspieler ausmacht, was unentbehrlich ist in seinem Beruf ...
Lümmeltüten, sagte ein Mann in Lederjacke und Krawatte und schob die Zellophanhülle seiner Zigarettenschachtel hin und her.
Quatsch! rief Ecki. Hört doch zu! Kurz vor dem letzten Akt, in der Szene im Salon, als Annelie an der vereisten Scheibe stand und dieses unnachahmliche »Niemals, mein Herr, ich bin doch sein!« hauchte, wurde mir klar, daß ein Schauspieler, wenn er groß und ernsthaft sein will, vor allem eines braucht: *Demut!* – Versteht mich richtig! Nicht im Sinn von Unterwürfigkeit oder so. Ich meine es eher übertragen, wißt ihr, metaphysisch ...
Einige verzogen die Gesichter, als begriffen sie nicht, und der Kahle fragte mit Augenaufschlag: Demut? Hört sich *geil* an. Was'n das?
Ein alter, über einem Rotweinglas grübelnder Schauspieler – seine Hand zitterte, als er nach dem Feuerzeug griff – hob den Kopf mit dem grauen Schnauzbart und sah traurig in die Runde. – Eine Halstablette, sagte er. Woraufhin ein derartiges Lachen losbrach, daß Ecki es aufgab, sich zurücklehnte und trank.
Du siehst, was ich mit denen auszustehen hab, sagte er heiter resigniert. – Aber im Grunde sind sie herzensgut. Große Künstler. Was hatten wir schon für Spaß miteinander. – Und leiser, als verriete er mir ein Geheimnis: Nennt mich »Gott Cash«, die verrückte Bande.

Während er eine Zigarette drehte, sah ich ihn verstohlen von der Seite an. Auch wenn er sich herausgeputzt hatte wie der letzte überlebende Hippie: Aufzug und Betrunkenheit waren nicht Ausdruck von Lebensfreude oder Übermut; obwohl er immer wieder mit diesen Menschen lachte, anstieß oder sang, nahm er in Wahrheit nicht teil an all dem; sein Lachen war freudlos, der Gesang mechanisch und er selbst wirkte irgendwie erloschen auf mich, Überbleibsel seiner selbst, dem nicht nur die Meinung irgendwelcher Leute, dem alles egal war, scheißegal. Und schon fragte ich mich, worin genau sie damals eigentlich bestanden hatte, die leise, unaufdringliche Vorbildlichkeit dieses Mannes ...
Doch wen hätte das jetzt interessiert. Man wollte Sekt und endlich Champagner, und obwohl Ecki Runde um Runde bezahlte, schien er demütig wie ein Clochard, den man eine Zeitlang im Warmen duldet. – Was soll ich schon machen, antwortete er auf meine Frage. – Ich treib mich rum.
Auch im Sitzen leicht schwankend, drehte er immer noch an der viel zu dicken Zigarette, schloß die Augen und stieß kurz die Luft durch die Nase, als amüsierte ihn etwas, eine Erinnerung, ein Gedanke oder auch nur die eigene Betrunkenheit, der er sich offenbar noch überlegen fühlte.
Ein Mann, dem sie alles genommen haben, sagte er heiser, und den die alten Freunde nicht mehr kennen, was macht der wohl, Kai? Er geht den Bach runter, siehst du. Er denkt, Freunde, leckt mich am Arsch. Mädchen, leck mich am Arsch. Haus, am Arsch. Brauch euch nicht.
Er artikulierte mühevoll, seine Stimme leierte vor Selbstmitleid. – Hab ich etwa nicht gewußt, daß ich

beschissen werde, mein Junge? Immerzu! Aber irgendwann reicht es eben nicht mehr, eine Geschichte zu haben. Irgendwann brauchst du ein Schicksal. Das ist tragisch, aber wahr. Dann erkennst du: Diese oder jene Frau ist mein Ende. Aber du liebst sie und legst dich krumm dafür. Sie zieht dich über den Tisch, buttert dich unter, tritt deine Würde mit Füßen, aber du liebst sie. Und bist vor Gott vielleicht sogar im Recht mit dieser komischen Liebe – für sie und ihre Leute bist du ein Dreck. Tragisch ist das, aber wahr.
Na komm, sagte die Blonde mit dem Halsband: Nicht tragisch werden! – Sie schob eine kleine grüne Flasche über den Tisch. – Mehr Wasser trinken!

Während er sich wieder den Schauspielern widmete mit hochgeschreckter Fröhlichkeit, bedachte ich das Gesagte, besonders den Satz von den alten Freunden, die ihn angeblich nicht mehr kannten – ein herber Schulterschlag.
Und ich erinnerte die Tage und Wochen nach dem Überfall, in denen von Ecki jede Spur gefehlt hatte, während Polizisten, Gerichtsbeamte und Versicherungsangestellte sich die Klinke in die Hand gaben und wir mit Bangen dem Winter entgegensahen; in dem das notdürftig zugenagelte, nicht beheizbare Haus denn auch unbewohnbar wurde und man sich in alle Windrichtungen zerstreute. Von Schnuff und Salzburg hörte ich später, daß sie in Düsseldorf arbeiteten, im »Paraíso«; Mister Move reiste mit seiner Quietschie zu irgendeinem indischen Yogi, und nur Graf Meier sah ich bald schon wieder.
Er lag in der Kieferklinik, wo man ihm die dicke Backe richtete, auf Staatskosten, und gelegentlich spazierte

er von Station zu Station, um bunte Pillen zu schnorren.
Bunte Pillen? fragte ich. Was denn für bunte Pillen?
Egal. – Er setzte sich auf den Bettrand, zu der Patientin, die ich gerade dialysierte, griff in die Tasche seines »geliehenen« Arztkittels und zeigte mit eine Handvoll verschiedenfarbiger Tabletten. – Die verkaufe ich draußen als Trips, sagte er strahlend. Du weißt ja, in dieser Woche sind rote hip, in der nächsten eben grüne ...
Die Patientin, mit großen Augen, rückte ab von dem seltsamen Doktor, und Meier, offenbar völlig nüchtern, tätschelte beruhigend ihre Hand. – Und dieser Schlauch, Gnädigste, führt direkt zu Ihrem Herzen?
Von ihm hatte ich Näheres über die mehr oder weniger eleganten, mehr oder weniger gelungenen Manipulationen Irene Sommers gehört, Geheimnisse so uninteressant wie die Abenteuer in ihrem Schlafzimmer, wenn auch mit vergnüglicherem Ausgang. Zwar hatte sie Eckis Zahlungsfähigkeit fürs erste wiederhergestellt. Doch war es ihm gelungen, das Geschäft auf seine Weise zu stornieren und sich allen Gläubigern zum Trotz mit der Versicherungssumme aus dem Staub zu machen ...
Und deine Tante? fragte ich. – Die hockt nun wieder auf dem Trümmerhaufen und erwartet den nächsten Dummen, sagte Meier. – Oder hat ihn sogar schon gefunden.

Gebacken und gebraten, sagte Ecki. Mindestens ein Dutzend Stück. Und frische Salate, Tomaten, Pilze, geraspelter Rettich. Tun Sie auch etwas Sherry an das Dressing, oder Senf. Und dann müßten wir eigentlich noch Suppen haben, was? Welche gibts?

Da steht es doch! – Der Kellner wies mit dem Bleistift hinter sich, auf eine Tafel. – Ich wiederhole: Zwölf halbe Hähnchen, Pommes Frites, zwölfmal Salat ... – Wieso zwölf halbe Hähnchen, sagte Ecki. Bringen Sie uns ein Dutzend Gummiadler, wir halbieren sie schon selbst, stellen Sie einen Topf Bohnensuppe auf den Tisch ... – Moment! – Der Mann hob die Stimme. – Also: Zwölfmal Salat, vierundzwanzig halbe Hähnchen mit Pommes Frites, und Suppen ... Wieviel jetzt? Sechs Terrinen oder zwölf Tassen?
Als er gegangen war, legte Ecki mir einen Arm um die Schultern und fuhr in dem betrunkenen Lamento fort.
Es gibt keine Versöhnung zwischen uns und ihnen, mein Junge. Es bleibt ein Leben lang Krieg. Eine begehrte Frau hat sich noch stets irgendwann stark gemacht vor meiner Schwäche, die einfach darin bestand, sie zu lieben – und mich kaltlächelnd abserviert. Und was hilft da die Einsicht, daß sie gar nicht so schön oder klug oder herzzerreißend ist, wie du glaubst, daß nur der Blick der Liebe dein Milchmädchen funkeln läßt wie einen Weinpokal? Krieg bleibt Krieg.
Eine Lücke war entstanden zwischen den Gästen: Dr. Hernández saß immer noch an unserem Tisch. – Vielleicht, sagte ich und wand mich ein wenig. – Es kommt mir aber unmännlich vor, Frauen als Sündenböcke hinzumodeln. Ich will nicht mit ihnen kämpfen. Ich möchte mit ihnen tanzen.
Ecki lachte, zog mich enger an sich und drückte die schweißfeuchte Stirn gegen meine. – Alter Poet! Das hast du aus deinem Notizbuch, stimmts? – Es stimmte, und verärgert war ich froh, als Kellner und Küchenpersonal das Essen brachten und ein Durcheinander aus

kreuz und quer strebenden, Körbe und Teller herumreichenden Armen entstand, aus dem ich mich davonstehlen konnte.
Sie brauchen sich nicht entschuldigen, sagte Dr. Hernández. Ich langweile mich eigentlich selten. Bleiben sie doch bei Ihrem Freund. Übrigens wollte ich mit dem klugen Zeug vorhin nicht andeuten, Ihre Gedichte seien ... – Er ist nicht mein Freund, unterbrach ich, und natürlich bemerkte er den falschen Ton; sah aber rücksichtsvoll auf seine Uhr, als er die Stirn runzelte.
Vermutlich wurde ich rot. Gleichzeitig fühlte ich Eckis Blick vom Theatertisch herüber – und obwohl er nichts gehört haben konnte, schien er zu verstehen. Denn plötzlich stand er bei uns, schob sich das Weinlaub hoch in die Haare, zeigte mit einem Hähnchenknochen auf Dr. Hernández und sagte: Auch wenn ich dir und deinem feinen Kumpel auf die Nerven gehe, Kai, ich erzähle noch eine Geschichte ...
Er trank einen Schluck von meinem Bordeaux. – Da gab es mal eine Marille, mußt du wissen, ein Mädchen aus der Nachbarschaft, die hat es mir besorgt; die hat mir ein für alle Mal verklickert, was eine Frau sein kann. Sie war vielleicht zwölf oder dreizehn Jahre alt, ich zehn, und sie wußte, daß ich vor nichts mehr Angst hatte als vor meiner immer grundlos prügelnden Mutter. Eines Tages fragte sie mit so einem lauernden Ausdruck in den Augen: Willst du unter mein Kleid sehn?, und ich erschrak und ging weg. Das wiederholte sich, und irgendwann im Sommer, ich hatte mir gerade ein Eis gekauft, stellte sie sich vor mich hin, hob das Kleid bis an den Hals und sagte: So, du hast mir zwischen die Beine gesehen. Das erzähle ich deiner Mutter! – Damit wars um mich geschehen. Ich schenkte

ihr nicht nur das Eis, das sie als Preis für ihr Schweigen wollte, ich zahlte, was mein Taschengeld hergab, und erledigte alle möglichen Arbeiten und Einkäufe, die ihre Eltern ihr aufgetragen hatten. Und die Leute amüsierten sich, weil sie glaubten, ich sei verliebt in diese Marille – ein geschlagenes Jahr lang; bis ihre Familie in die Nachbarstadt zog.
Er grinste bitter, schmiß den Knochen in die Ecke. – Und zum Schluß noch etwas für dein Notizbuch, mein Bester: Ein Mann kann nicht fallen. Ein Mann ist immer schon unten. Na?
Nun wäre ich gern noch tiefer, nämlich in den Boden gesunken und winkte der Bedienung, um zu zahlen.
Weil er wußte, daß ich mich für ihn schämte, benahm er sich so peinlich – das und die Angst, mein neuer Freund könnte die sichtlichen Vorbehalte gegen Ecki oder seine Äußerungen auf mich ausdehnen, war das Unerträgliche an der Situation. Als der müde Kellner mir zu lange mit dem Rückgeld zögerte, zog ich die Note derart rasch zwischen seinen Fingern hervor, daß sie riß.
Ecki hatte sich umgewendet. Er gestikulierte vor dem Tisch der Schauspieler, die einander in Jacken und Mäntel halfen, lachend.
Aber das Essen! rief er. – Kaum angerührt alles! Das schöne Zeug! Wartet doch, bis ich die Rechnung ... Wir könnten ein paar Taxen ...
Komm halt nach! rief die Blonde über die Schulter zurück, und er stutzte. – Nachkommen? Wohin denn?
Die Dicke in dem rosa Pullover drängte sich an ihm vorbei und trällerte in beeindruckendem Alt: Jetzt gehn wir ins »Maxim«, da wird es ganz intim!
Und das Essen? Wieso habt ihr denn ... Ria! Laß dir

was einpacken, Mensch! Die Hähnchen kann man auch kalt ... – Die Frau, schon fast an der Tür, schüttelte sanft den Kopf und pustete ihm einen Handkuß zu.
Der Mann in der Lederjacke steckte eine Flasche Champagner ein. – Ehrlich, Kurt! beteuerte sein alter Kollege. – So kleine, silberne Dinger. Kriegten wir früher immer vor dem Auftritt: »Dr. Demuth's Halspastillen«.
Ecki kratzte sich den Nacken. – Na gut, sagte er. Ich komm vielleicht nach. Wie hieß das? »Maxi«? Verrückte Bande. Der Droschkenfahrer wirds ja kennen. Und er setzte sich auf die Bank und betrachtete Teller und Schüsseln, zupfte Bierdeckelschnipsel und Zigarettenkippen aus dem Salat, pustete Asche vom Brot und bog ein verdrehtes Hähnchenbein zurecht. Schließlich hängte er das Weinlaub an die Wand, löffelte etwas Bohnensuppe und lud die nähertretenden, verlegen grinsenden Zecher mit einer Handbewegung an den Tisch.
Als wir uns durch den langen, immer noch überfüllten Schankraum mühten, wurde Dr. Hernández von einem Kollegen begrüßt, einem Chirurgen aus der Ambulanz, der unbedingt einen Schnaps spendieren wollte und lauthals den Vollmond verfluchte, die Hundebisse und Fensterstürze, die er dann immer zu behandeln hatte. – Bis zum Arsch im Blut jede Nacht! Könnt ihr mir sagen, warum diese Idioten laufend aus dem Fenster hüpfen müssen? Es gibt doch weiß Gott hygienischere Selbstmordarten!
Und während wir anstießen mit den eisbeschlagenen Gläsern, sah ich mich noch einmal nach Ecki um, konnte ihn aber nicht mehr ausmachen hinter all den Leuten im Rauch, schloß die Augen und kippte den Schnaps.

Danach war die kleine, von den Kellnern stets freigehaltene Fläche zwischen Pendeltür und Kasse nicht mehr leer.
Stiefel, Strümpfe, Rock und Jacke, alles schwarz. Sie hielt eine Zigarette in der Hand, und die herbe, spöttische Andeutung eines Kußmunds machte ihre Wangen etwas schattig und hohl. Suchte sie jemanden? Wollte sie gefunden werden? Sie überhörte ein paar anerkennende Pfiffe, schaute prüfend auf die Kupfersäule, die Spiegelung des kastanienfarbenen Haars, und drehte sich um mit einem Schwung, der von dem des Glockenrocks wie beschwipst unterstrichen wurde, ein lautloses »Voilà!«. Dann ging sie.
Vor der Kneipentür stand kein Mensch. Die Straße, über der es zaghaft graute, war dunkel und leer, und erst als das hölzerne Ticktack hinter mir verstummte, hörte ich, wie seine Fortsetzung weiter weg, Marleens Schritte auf dem Pflaster einer Seitengasse. Ich schlug meinen Kragen hoch und bog in eine parallele ein, bewegte mich eine morgenstille Häuserzeile lang im Widerhall ihrer Absätze, dem Versmaß meiner Schüchternheit – bis er jäh verstummte und ich, an der Ecke, mit einer Zeitungsfrau zusammenstieß; die mich »Hornochse« schalt.

Ich hatte die dicke, immer noch bewußtlose Patientin vier Stunden lang dialysiert und takelte die Maschine gerade ab, als Oberarzt Dr. Voigt und Dr. Hernández auf die Wachstation kamen und in der Schleuse verschwanden, in dem Bereich, in dem sich die Chirurgen wuschen und die übliche Berufskleidung gegen sterile Kittel, Hauben und Handschuhe tauschten. Das bedeutete ein weiteres Nierenversagen, und ich desinfizierte die Maschine und takelte sie wieder auf.

Dabei hoffte ich, während der Shunt-Operation nicht assistieren zu müssen, denn abgesehen davon, daß mir oft schon beim ersten, halbkreisförmigen Schnitt in den Unterarm, beim Anblick des blutig hervorquellenden Fettgewebes schlecht wurde und ich die folgenden Handreichungen nur mit weggewendetem Gesicht hinter mich brachte, war jede Arbeit in der Nähe des peniblen, oft cholerischen Dr. Voigt eine Strapaze. Das galt besonders, wenn er gezwungen war, den Shunt nicht auf der Dialysestation, sondern in der Chirurgie zu bauen, unter den Augen »richtiger« Operateure, die er – Adel des Internisten – in vielem verachtete. Was sie – Chuzpe der Chirurgen – natürlich belachten. Entsprechend seiner Gewohnheit, schon während des Eingriffs die medikamentöse Behandlung anzuordnen, nannten sie ihn »Professor Milligramm«, und wenn er, über die Wunde gebeugt und zwischen Muskeln und Sehnen nach geeigneten Gefäßen prokelnd: Später spritzen wir dann einen Milliliter A! sagte, oder: Den Tropf mit drei Milligramm B nicht vergessen!, hob garantiert ein Chirurg den Kopf und rief durch den hallenden Saal: Quatsch Milliliter! Quatsch Milligramm! Wegschneiden alles! Wegschneiden, Mann!
In dem Maß, in dem der grüne Mundschutz das Gelächter der anderen dämpfte, betonte er die Röte im Gesicht des Internisten, und wer jetzt einen Fehler machte an seinem Tisch, Wundhaken nicht richtig hielt oder falsche Fäden von der Rolle riß, der handelte sich ein Fauchen ein, daß ihm Hören und Sprechen verging.
Zum Glück sollte ich nicht assistieren. Durch die Glastür der Schleuse sah ich, wie Dr. Hernández sich mit Marleen besprach und ihr an den Fingern abzählte, welche Instrumente gebraucht wurden – was die erfah-

rene Operationsschwester natürlich auswendig wußte. Vage lächelnd stand sie vor dem großen Mann, hielt die Lider gesenkt und drehte an einem seiner Kittelknöpfe, als suchte sie einen anderen Sender. Daraufhin trat er einen Schritt zurück und sprach energischer auf sie ein, stemmte auch die Fäuste an die Hüften; er kam mir strapaziert vor, blaß, und schien sich mit allem Ernst, mit aller gebotenen Sachlichkeit zu wehren gegen den Zauber dieser Frau. Während Marleen, obwohl sie ihm nur bis zum Kinn reichte, gelassen auf ihn hinuntersah. Sie spielte an seinem Kittelknopf.

Es gab irgendwelche Schwierigkeiten im OP. Schnellte die Schiebetür auf, hörte ich Kommandos oder Flüche, rasch klappernde Holzabsätze, verstärkte Herztöne, hektisch, und immer neue Transfusionen kamen aus der Blutbank. Einer Weisung gemäß hielt ich die Maschine nun schon eine Stunde lang bereit, und schließlich verdrückte ich mich in die Kantine, aß ein Sandwich, trank Kaffee.
Der Neubau mit den hohen Fenstern war nahezu leer, und mein Zigarettenrauch wölkte pompös durch die Strahlen der tiefstehenden Sonne, in der die Blumenbeete vor dem Haus, die frühen Schmetterlingsgladiolen, wie halbtransparentes Glas aussahen. Fliegen trippelten über die Schleiflacktische, und ihre Schatten, Ungetüme, wälzten felsengroße Schatten winziger Krumen herum, während ich an die Szene in der Schleuse dachte und mich fragte, ob ich nun ein Leben lang an diesen Luschen leiden, ihnen ein Leben lang hinterherhecheln würde; und wenn ja, warum eigentlich?
Was empfand ich wirklich, wenn ich an Marleen dachte? Ich ahnte dunkel, daß meine Sehnsucht nach

einer alles zerschmelzenden, im Kinoglanz daherkommenden Leidenschaft mich unsensibel machte für die Nuancen des Gefühls; und das Wort »Liebe« war vielleicht ihr schlimmster Feind.

Aber was immer Marleen mir bedeutete, es hatte auf eine rätselhafte Weise mit dem Licht zu tun, dem scheidenden Sonnenlicht, dem die Fliegen von Tischreihe zu Tischreihe folgten, als hätten sie Freude an ihren phantastischen Schatten, die ihnen eine Kraft vorspiegeln mochten, mit der sie länger leben konnten als nur diesen Tag.

Ach, zum Teufel! Vermutlich faszinierte mich die Frau auch nur, weil sie niemals eine Handtasche trug.

Auf dem Weg in die Chirurgie spazierte ich an der gynäkologischen Klinik vorbei, einem efeubewachsenen Gebäude, in dem gerade zu Abend gegessen wurde; leises Klappern, Klirren von Geschirr und Besteck drang aus allen Zimmern, und auf den Fensterbänken blitzten frisch gespülte Babyfläschchen und Parfümflacons. Eine mir flüchtig bekannte Schwester entließ die letzte Patientin aus der Ambulanz und schloß hinter ihr ab; und da ich mich fragte, warum sie mir auf meinen grüßenden Wink hin die Zunge herausgestreckt hatte – die Spitze flachgedrückt am Glas der Tür –, nahm ich die andere Frau zunächst gar nicht wahr.

Erst als sie Kai! sagte und nochmals, leiser: Kai! drehte ich mich um.

Obwohl wir uns fast ein Jahr nicht gesehen hatten, gab es keinen Hauch von Überraschung in ihrem nun fülligen, aber fahlen Gesicht. Das fettige Haar unfrisiert, blickte sie angstvoll und trotzig zugleich, und ihre Mundwinkel hingen noch etwas trauriger herab als ehedem; in einer Hand, den Zeigefinger zwischen den

Seiten, hielt sie ein Buch, die andere ruhte auf ihrem Bauch. Greta war hochschwanger.
Zwei Wochen noch, sagte sie, vielleicht auch früher. Kannst du mich nach Hause fahren?
Diese graue Ungerührtheit... In meinem Strahlen, der heiteren Verblüffung über die Begegnung fand ich mich fast blöde – und plapperte nur nervöser drauflos. Denn so war es immer: Traf ich Leute nach längerem wieder, freute ich mich wie ein junger Hund, fragte ihnen ein Loch in den Bauch und wurde nicht selten angeschaut, als trüge ich eine Narrenkappe und redete Konfetti.
Greta, deren Schweigen mir schon wie eine Waffe vorkam, eine gefährliche Klinge im Futteral ihrer Sprache, hatte offenbar keine Lust zu erzählen, wie es ihr ging oder ergangen war in letzter Zeit; sie glotzte maulfaul ins Leere, kratzte sich den Bauch und sagte nur: Kein Auto mehr? Da ist man ganz schön unbeweglich, was?
Seltsam: In meiner bisherigen Vorstellung war sie alles mögliche zwischen Barfrau und Nonne gewesen, nur Mutter nicht; vor allen Dingen deshalb nicht, weil es mir undenkbar schien, daß ein Mann ihre abweisende Aura, den beleidigenden Ekel vor dem Körperlichen ignorierte und die Hülle aus gekühltem Zellophanpapier, in der sie lebte, zerriß, um mit ihr zu schlafen. Neugierig fragte ich nach dem Vater des Kindes, doch sie schüttelte nur den Kopf. – Es sind zwei. – *Was?* – Zwillinge, sagte sie, während wir durch das Torhaus gingen, die Eingangshalle aus Malachit.
Und der Vater? beharrte ich. Sie zuckte mit den Schultern. – Irgendein Kerl halt.
Irgendein Kerl, natürlich... Ich hielt die Tür auf, wir standen im Zug, und Greta zeigte mir das Buch, Texte

von Ingeborg Bachmann; sie hob es in Gesichtshöhe, und ich bog mich – Reflex – ein wenig zurück.
»Die Männer sind unheilbar krank«, zitierte sie. Wußtest du das?
Ich verneinte, begleitete sie auf den Bürgersteig, der übersät war mit zertretenen Kastanienblüten, und winkte ein Taxi herbei. – Hoffentlich haben sie sich da nicht bei den Frauen angesteckt, was? Machs gut. Viel Glück.
Sehr witzig, sagte sie und zog die Wagentür zu.

Die Dicke! flüsterte Geel, als ich auf die Wachstation kam. Er kicherte. – Sie hat eurem Voigt in den Bauch getreten! Halbtot, und mischt den ganzen Laden auf.
Man hatte sie in den hinteren Teil der Pflegebox geschoben, um Platz für das neue Bett zu schaffen, das derart umstellt war von Ärzten, Schwestern und Stativen voller Infusionen und Konserven – man konnte den Patienten nicht sehen. – Na bitte, sagte Dr. Voigt mit ein paar Millilitern Säure in der Stimme: Da ist ja auch unser geschätzter Herr Carlsen. Nett, daß Sie uns Ihre kostbare Zeit opfern, junger Freund. Möchten Sie erst noch eine Zigarette rauchen, oder dürfen wir anfangen, den todkranken Mann zu dialysieren? Was denken Sie, Carlsen?
Ich dachte, daß die dicke Frau nicht fest genug zugetreten hatte, sagte aber nichts und präparierte die Maschine, die in weniger als einer Minute startklar war. Doch als Dr. Hernández die Schläuche an den Operierten schließen wollte, verneinte der Oberarzt und wies auf die Blutdruckanzeige. – Auch wenn es Ihr erster Shunt ist, Herr Kollege: Warten wir einen Moment...

In Ordnung, sagte der andere und zog seine Gummihandschuhe aus. – Dann gehe ich rasch in die Küche, einen Joghurt löffeln. – Er lächelte verlegen. – Hatte den ganzen Tag noch keine Pause. – Tun Sie das, murmelte Dr. Voigt und schrieb etwas ins Krankenblatt.

Ich half den Schwestern, Ordnung zu schaffen in dem Kabel- und Drainagengewirr und den Patienten, der ohne Bewußtsein war, von überflüssigen Operationsutensilien, Stauschläuchen, Klemmen und Tüchern zu befreien. Der Mann, offenbar ein Unfallopfer, hatte tiefblaue, fast violette Ringe unter den Augen, sein Brustkorb war zerschürft und die rechte, über dem Beckenknochen liegende Seite, an der man gerade die Kompressen auswechselte, furchtbar zerfleischt; mit ihren kreuz und quer verlaufenden Tabaksbeutelnähten sah sie überdies aus, als hätte sie ein Schuster oder Sattler geflickt.

Bitte auch gleich extubieren, sagte Dr. Voigt, und Marleen nickte. – Und den Magenschlauch ebenfalls raus! – Dann streifte er sterile Handschuhe über, bedeutete mir, beiseite zu treten, und schloß den Patienten, dessen Blutdruck trotz aller Infusionen nicht stieg, an die Maschine. Die Pumpe, fast leerlaufend, machte ein schmatzendes Geräusch.

Der Narkosetubus und die Magensonde waren mit unsinnig vielen Pflastern fixiert, die Marleen nun Streifen für Streifen abriß, wobei sie das Gesicht verzog, als klebten sie auf *ihren* Lippen, *ihrer* Nase, *ihrem* Kinn.

Dr. Hernández, erstarrt, blieb im Türrahmen stehen. – Was ist *das*? Jetzt haben Sie ihn *doch* angeschlossen? rief er und wischte sich ein paar Krümel vom Mund. –

Also verdammt, was soll das denn? Habe ich den Shunt gebaut oder nicht?!
Dr. Voigt blickte nicht einmal auf; er regulierte ein Druckventil an der Maschine und sagte: Sie waren doch nicht da, Herr Kollege. Und gewöhnlich laufe ich den Leuten nicht hinterher, wissen Sie.
Was heißt hinterherlaufen! schrie der andere. – Ich sagte Ihnen ... Er riß sich zusammen, stopfte die Fäuste in die Kitteltaschen und wendete sich ab. Dr. Voigt, mit einer Klemme, tippte mich an.
Und nach der Dialyse spülen wir die Schläuche bitte mit 250 Milli ... – Er schloß die Augen, als Dr. Hernández gegen einen Rollwagen voller Nachttöpfe trat –, 250 Millilitern Glukose. Hallo, Herr Carlsen? Träumen Sie? Nicht Kochsalz – Glukose, verstanden?
Marleen, über den Patienten gebeugt, hatte Tubus und Magensonde herausgezogen und entfernte gerade einen letzten Streifen Pflaster von seiner Oberlippe, die sich verzog, als wäre sie aus Gummi und nur langsam – es sah schon leblos aus – in ihre natürliche Form zurückfand, in einen Gesichtsausdruck, der trotz der Lidschatten gelöst und zufrieden wirkte und mich noch eine Sekunde im Zweifel ließ, einem Zweifel, der im Kern die absurde Hoffnung war, das Schicksal würde diesen Moment benützen, um rückgängig zu machen, worüber es keinen Zweifel mehr geben konnte, auch wenn Seele und Körper sich noch gegen das Entsetzen sträubten, nur mildes, ungläubiges Staunen zuließen, mit dem man sich wohl auch schützen würde, wenn ein längst Verstorbener zwinkernd aus dem Zeitungsladen träte. So daß es vor Schreck fast heiter klang, als ich: Mensch, Alter! sagte. – Ecki!
Nach wie vor bewußtlos, schien er doch etwas gehört

zu haben und gab einen traumverlorenen Laut von sich. Er hob den rechten Arm – oder das, was davon übrig war, einen kurzen, mullverpackten Stumpf –, verzog das Gesicht und begann zu husten, spuckte hustend Schleim und Blut.

Es gab in der Klinik die Möglichkeit, sogenannte Sitzwachen bei Schwerkranken zu machen, und ich trug mich in die entsprechende Liste ein.
Als ich am nächsten Nachmittag auf die Station kam, hing der widerliche Geruch irgendeiner besonderen Art von Desinfektionsmittel in der Luft. Der Patient an Eckis Stelle – ich brauchte einen Augenblick, um es zu erkennen – war niemand anderes als Ecki; doch hatte man ihn geschoren, nur noch eine kurze, zunächst wie Schmutz anmutende Stoppelschicht bedeckte die Kopfhaut, auf der die Spuren der Klinge unübersehbar waren.
Hier, sagte Geel und hielt mir eine Klarsichttüte voller Haare hin. – Dein sauberer Freund hatte Läuse! – Er warf sie angewidert in den Abfall. – Ist doch dein Freund, oder? – Ich strich das Bettuch glatt und nickte.
Eckis Blutdruck stieg nicht; doch weil die linke Niere ganz gut arbeitete – die rechte war nahezu tot –, sollte er nur jeden zweiten Tag dialysiert werden. Er bekam flüssige Nahrung, einen Schmerzmittel-Tropf und war nicht ansprechbar. Den verschwitzten Kopf tief in den Kissen, atmete er mit weit offenem Mund, und anfangs blieb kaum mehr zu tun, als die Schleimhäute zu befeuchten oder blutige Krusten von der Zunge zu lösen. Dabei fiel mir auf, daß er einen Goldzahn hatte. Eigenartig. Ich hätte nie gedacht, Ecki könnte einen Goldzahn tragen.

Die Falten von den Nasenflügeln abwärts kamen mir täglich tiefer vor. Unter den dünnen Lidern zeichneten sich die Pupillen ab, ihr unruhiges Zucken, und manchmal hielt er den Atem an, runzelte die Stirn und schien irgend etwas in seinem Innern zu belauschen, einen Krampf, der ganz langsam näher ... – dem plötzlich entspannten Gesicht zufolge aber wieder verschwand. Jedenfalls zwei, drei Herzschläge lang. Dann begann seine Hand mit zittriger Eilfertigkeit über die Bettdecke zu tasten, die Füße, ihre Innenseiten, schlugen gegeneinander, und schließlich durchzuckte ihn der Schmerz derart, daß er den offenen Mund noch weiter aufriß, lautlos, und die Lippenhaut platzte.

Es war zwar verboten, doch löste ich, sobald sich diese Anfälle zeigten, die Sperre des elektronischen Tropfenzählers: Morphium, schußweise, fuhr ihm ins Blut.

An den Abenden, wenn es auf der Station etwas ruhiger zuging, Sonne, die hinter den Jalousien verglühte, ein schräges Streifenmuster über Kissen und Maschinen warf und die überall hängenden Infusionsflaschen blitzten, als enthielten sie flüssiges Kristall, entspannte auch Ecki eine Zeitlang. Einmal schloß er sogar die Lippen um den Schnabel der Tasse, die ich ihm hinhielt. Doch konnte er nicht schlucken; das Wasser lief aus den Winkeln heraus.

Dagegen wurde er nachts besonders unruhig, drehte den Kopf mit endloser, schmerzvoller Taktmäßigkeit hin und her und riß sich immer wieder Kabel vom Körper, Drainagen aus den Wunden. Dann mußte ich ihn anschnallen – so fest, daß er höchstens den Stumpf bewegen konnte, den er wohl noch für den ganzen Arm hielt; und vor Wut darüber, die Riemen nicht in die Finger zu kriegen, knirschte er mit den Zähnen.

In der Frühe schlief er meistens ein paar Stunden, und auch die dicke Frau, für die sich, schien's, keiner mehr zuständig fühlte, schnarchte leise hinter dem Wandschirm. Außer einigen Signalschaltern brannte dann nur eine kleine Leselampe, und ich kontrollierte ein letztes Mal Eckis Blutdruck, schob zwei Stühle zusammen und hörte den unregelmäßigen Atemzügen der Kranken zu, bis auch ich in einen kurzen, hölzernen Schlaf fiel.

Aus dem ich eines Morgens von einem Geräusch geweckt wurde, das ich noch im Hochschrecken als Eckis wohlgemute Stimme erkannte...

Ein Traum. Er schlief. Es dämmerte hinter den Doppelfenstern, ein kühles Blaugrau, und ein einzelner Vogel, irgendwo, formulierte eine Frage, die er, nach genauen Pausen, immer dringlicher zu stellen schien.

Erst als ich eine zweite Lampe anknipste, sah ich den heiteren, wegen der leicht erhobenen Brauen auch ironisch anmutenden Ausdruck in Eckis Gesicht: Wann immer der Vogel verstummte, bewegte er die Lippen, und obwohl ich keine Silbe verstand, obwohl das Geflüster nur Atem blieb, war ein begründender Ton, etwas Beteuerndes unüberhörbar. Ich rief seinen Namen – er schüttelte kurz den Kopf: Ganz wie jemand, der im Moment nicht gestört werden will, der erst, mit wem auch immer, etwas klarstellen muß. Und wisperte weiter.

Dr. Hernández schickte mir eine Kopie des Unfallberichts aus der Ambulanz herauf. Demnach hatte Ecki in der Wohnung einer Frau, die der Polizei als drogenabhängige, illegal arbeitende Prostituierte bekannt war, Unmengen Alkohol getrunken – 2,6 Promille – und

mindestens vier verschiedene Sorten Schlaftabletten geschluckt, diese aber nach kurzer Ohnmacht größtenteils erbrochen.
Benommen verließ er die Wohnung und torkelte, Weinbrandflasche in der Faust, kreuz und quer über den dichtbefahrenen Viehofer Platz, wobei sich zwei Auffahrunfälle mit Blechschäden ereigneten.
An der Straßenbahnhaltestelle stieg er in die Linie 8 nach Altenessen, doch weigerte sich der Fahrer, ihn mitzunehmen; erstens war er betrunken und besudelt, zweitens halbnackt, das heißt, nur mit einer zerlumpten Cordhose bekleidet, und drittens hatte er kein Geld, um eine Fahrkarte zu lösen. Auch sonst machte er den Eindruck bedrohlicher Unzurechnungsfähigkeit, rief er doch wiederholt: Man stirbt nicht, Alter, das ist ja das Schlimme! Nichts hört auf mit dem Tod, verstehst du! Kein Ende! Fahr los!
Der Fahrer weigerte sich weiter, und da der Verrückte nicht freiwillig aussteigen wollte, drängte er ihn vom Trittbrett und verschloß die Tür. Woraufhin Ecki die Stirn gegen das Glas rammte, Verbundglas, das zu einem Haufen stumpfer Splitter zerfiel. Von der Wucht des Kopfstoßes zwei, drei Schritte zurückgedrückt, stolperte er an der Kante der schmalen Verkehrsinsel und stürzte auf die Schienen, vor die andere, in diesem Augenblick in die Kurve biegende Bahn.
Verwandte oder Bekannte des Verunglückten seien, wie ich in einem Zusatz las, nicht zu ermitteln. Eine Krankenversicherung bestehe nicht.

Nach einer Woche – man hatte das Bett ein wenig aufgerichtet und eine Schnabeltasse voll Milchbrei zwischen die Monitore gestellt – traf ich Ecki zum ersten

Mal wach an. Doch weder erkannte er mich, noch erwiderte er meinen erfreuten Gruß; er gähnte, starrte ins Leere und ließ apathisch mit sich machen, was zur Dialyse nötig war.
Das Schnaufen und Röcheln der dicken Frau wurde unregelmäßiger; oft vergingen zehn Pulsschläge und mehr zwischen den Atemzügen, und alle paar Stunden kam Geel herein und erneuerte die Infusion mit dem Beruhigungsmittel oder überprüfte den Sitz der Schnallen und Gurte, die sie in ihrer Lage fixierten. Wie ich erfuhr, hatte er bereits mit Mangoldt um eine Flasche Likör gewettet, daß sie Pfingsten nicht überleben würde ...
Eckis Augen waren erstaunlich klar, das Weiß der Skleren schien zu leuchten in dem stoppeligen Gesicht und befremdete mich; hätte der Blick nicht getrübt sein müssen vor Fieber, Schmerzen, Schock und Angst? Und bei genauerem Hinschauen fand ich denn auch keinerlei Spiegelung darin, keine Tiefe; diese reinen Kinderaugen in dem aufgeriebenen Körper, sie hielten nichts und wollten nichts mehr sehen.
Doch als ich ihn an die Takelage schloß, wendete er den Kopf, stieß Luft durch die Nase und sagte kaum hörbar, ein Hauchen: Du hier?
Er schluckte, und rasch trat ich näher und faßte seine braunen, von der Jodtinktur verfärbten Finger, die zu kraftlos waren, sich um meine zu schließen.
Nun las ich den Ausdruck trauriger Freude in seinem Gesicht und fühlte so etwas wie Stacheln in der Kehle; mein Kinn begann zu zittern; fast hätte ich gestottert. – Wie geht es dir? Schmerzen?
Du hier, sagte er heiser, im Ton einer Feststellung. – Das ist ein feiner Zug, Mensch. – Sein Daumen strich

vage über meinen Handrücken. – Du als einziger kommst mich besuchen. Ein verdammt feiner Zug ist das.
Willst du etwas trinken? fragte ich, doch er antwortete nicht, blickte auf den angeschnallten Unterarm und folgte dem Verlauf der Schläuche mit den Augen. Als er den bandagierten Stumpf hob, glaubte er wohl, auf die Maschine zu zeigen. – Ist das mein Blut?
Ich nickte, drückte seine Finger etwas fester. – Es wird da gereinigt. Wie ist es, soll ich dir Saft holen? Wasser?
Er seufzte ungeduldig, schloß die Lider. – Aber nein, sagte er. – Was heißt denn Zigarettenpaste? Reden Sie doch keinen Scheiß, Herr Doktor! – Dann schlief er ein.

Wegen der Pfingstfeiertage war nur ein Notfall operiert worden, und so hatte man wenig zu tun auf der Wachstation und feierte Mangoldts Geburtstag. Im qualmverhangenen Dienstzimmer brannten Kerzen – einige auf einem violetten Kuchen mit grellgrüner Füllung –, und die Gesichter glänzten heiter und erhitzt: Das eine oder andere ein unverhohlenes »Aha!«, als Marleen, die ich vor lauter Arbeit kaum beachtet hatte in der letzten Woche, mir einen auffällig langen Blick schenkte. Doch lachte sie auch schon auffällig viel und redete zu laut.
Schön, daß du gekommen bist! sagte Mangoldt. Seinem neuen Alter gemäß hatte der Medizinstudent fünfundzwanzig Flaschen »Moet Chandon Brut Imperial« in den Kühlschrank gestapelt und damit bei Schwestern und Ärzten dasselbe leicht spöttische, leicht beleidigte Erstaunen erregt, das sie immer wieder an den Tag legten, wenn er seinen fabrikneuen »Porsche Targa« neben ihre Gebrauchtwagen parkte. Er drückte mir ein

Zahnputzglas in die Hand; höflich stieß ich mit ihm an.
– Ich hab doch Dienst, erwiderte ich, kippte den Champagner und drängte mich zum Schreibtisch, wo ich eine Urinflasche voll Rosen beiseiteschob und ein Telefonbuch aufschlug.
Mangoldt war mir unsympathisch. Nicht nur, weil der rotblonde, sommersprossige Sportsmann mit den kräftigen Zähnen und dem abstoßenden, da berechnenden Lächeln keine Gelegenheit ausließ, auf die Firmen seines Vaters und die Kunstsammlung der Mutter anzuspielen und vor den Oberärzten Kratzfüße machte. Gerade mir gegenüber verhielt er sich oft herablassend, ja zurechtweisend, überprüfte Puls- und Blutdruckwerte meiner Patienten, ordnete die Krankenblätter neu oder nahm mir das Buch aus der Hand, in dem ich gerade las. Und das er dann längst kannte.
Doch am ärgsten beleidigte mich, wie er sich an Marleen heranschmiß mit seinem Geldglimmer; und das, obwohl sie ihm vor versammelter Belegschaft gesagt hatte, man sehe ihm an, daß er nur in bester Beleuchtung von sich denke. Ein Denken wie schmutzige Hände. – Außerdem paßt dein »Porsche« nicht zu meinem Lippenstift!
So? Na dann..., war die müde hervorgebrachte, von einem Schnuppern an den Fingern begleitete Antwort gewesen: Dann lasse ich die Karre halt umspritzen.
– Und seitdem tat Marleen ein wenig zu oft, als hielte sie ihn für ein Scheusal.
Unsere beiden Picassos? rief er. – Nein, Frau Dr. Rohwedder, die Gemälde meine ich, nicht die Gouache. Nächste Woche kommt der Rahmenmacher, und dann gehen sie für einen Monat nach Chikago. Danach können wir freilich einen Termin vereinbaren, ich

werde mit meiner Mutter reden. Herr Dr. Raaben? Noch etwas von dem Prickelzeug?

Sommer, Sommer, Sommer – es gab Hunderte im Essener Telefonbuch, doch fand ich keine Irene darunter; auch einen Sebastian – so hatte ihr Mann geheißen – suchte ich umsonst, entdeckte nur einen oder eine Sommer, I. Allerdings war die Adresse nicht Schwarzer Grund, sondern Backwinkelstraße, und als ich trotzdem anrief, meldete sich ein Ignatz Sommer. – Wie? fragte ich verblüfft. *Ignatz?* – Jaaa, mein Gott! So ungewöhnlich? sagte die Frau, und ich legte auf.

Jemand drehte das Radio laut, Ärzte und Schwestern begannen zu tanzen in ihren weißen, an den Knickstellen perlmuttartig schimmernden Kitteln, und ich nahm ein Stethoskop aus dem Schrank und ging zur Tür. – *Geknutscht* hat er den? rief hinter mir Geel. – Wie süß! Dann müßt ihr demnächst ein Schild drankleben: Bitte keine Kunstwerke küssen!

Mit ihrer langen Reihe halbdunkler Pflegeboxen und den unbezogenen Betten kam mir die Station wie evakuiert vor; nur am Ende des Ganges, wo Maschinen, Stative und Herzlinien durch die Glaswände hindurch vervielfacht schienen, brannte eine Arbeitsleuchte über dem Giftschrank.

Ecki, dem man dicke Kissen unter den Rücken gelegt hatte, starrte vor sich hin und reagierte nicht auf meinen Gruß. Erst als ich seinen Arm berührte, wendete er das Gesicht und lächelte vage, ein Zucken der Mundwinkel nur. – Ach du, flüsterte er. Gehst du?

Ich verneinte. – Bin gerade gekommen. Wie fühlst du dich? Brauchst du was?

Keine Antwort. Ich strich ihm über die Haarstoppeln; er schloß kurz die Augen.

Hör mal! Meinst du wirklich, die modeln die Dinger zu Särgen um? Das können die doch nicht machen, oder?
Bestimmt nicht, sagte ich und entwirrte das Kabel des Elektrorasierers, den jemand auf den Nachttisch gelegt hatte.

Sobald Ecki den Scherkopf auf der Wange spürte, benahm er sich klar und folgerichtig, hob das Kinn, verzog den Mund oder spannte die Oberlippe, damit ich den Winkel unter der Nase rasieren konnte. Als ich fertig war, befühlte er das Resultat, nickte zufrieden, und erst eine Weile später – ich hatte die dicke Frau gewaschen und die Brandwunden und Druckstellen an Rücken und Gesäß mit Wasserstoff gereinigt, hatte den entnervenden Piepton der Ekg-Geräte ausgestellt und wollte mich mit einem Buch unter die Lampe setzen – fragte Ecki zur Zimmerdecke hoch: Ihr habt wohl kein »Pitralon«?

Es gab nur eine Pflegecreme, und ich beeilte mich, sie ihm in die Haut zu massieren. – Danke, sagte er. Danke millionenmal!

Während der stündlichen Blutdruckkontrolle wurde das Dienstzimmer geöffnet, Tanzmusik schallte über den Flur, und Gerüche von Alkohol, Rauch und Parfüm, die mit Marleen in den Pflegeraum kamen, machten ihn momentlang größer und weniger grau. Als hätte sie sich davongestohlen, ging etwas Erhitztes, eine festliche Verwegenheit von ihr aus, doch blickte sie seriös, solange ich arbeitete.

Dein Freund hat ein gutes Gesicht, glaubte ich zu hören und nahm das Stethoskop aus den Ohren. – Was? – Ein interessantes Gesicht, wiederholte sie und kniff mir in den Hintern.

Mit der Hüfte drückte ich sie weg, trug den Wert ins

Krankenblatt ein, und sie lachte. – Na bitte. Endlich mal einer, der mich verstößt. Was sagst du dazu, Marga? – Sie ging an das Bett der Dicken, strich die Decke zurecht. – Sind das noch Männer heute, oder was?
Schritte auf dem Flur, beschlagene Absätze und Gelächter so schrill, als wäre ein Klirren leerer Flaschen darin: Mangoldt. Schon in der Tür, drehte er sich noch einmal um und brüllte: Aber klar, Herr Raaben! Damit Sie nachher nicht sagen, meine soziale Ader wäre atrophiert!
Kopfschüttelnd zog er die Lippen zu einem süßlichen Schmunzeln zusammen und legte alles, was er an Persönlichkeit besaß, in seinen Blick: Ein blödes Glänzen. – Hab ich euch erwischt.
Er hielt mir einen schlappen Pappteller hin. – Bitte sehr, mein Freund. Wenn du der einzige im Dienst bist heut Nacht, sollst du wenigstens nicht leben wie ein Hund. Probier doch mal den Kuchen, den Marleen mir gebakken hat!
Nach dem letzten Satz – in ihre Richtung gesprochen – machte er wieder diesen Schmunzelmund, der mich, ich muß es leider sagen, an ein Arschloch erinnerte; aber ehe er den Teller immer schräger halten und die grünviolette Pampe auf den Boden kleckern würde, nahm ich das Zeug entgegen und warf es zum Müll.
Mit der dösigen Verspätung, die für den Grad seiner Betrunkenheit normal war, stutzte er, sah mich an und sagte: Marleenchen! Wie sollen wir das verstehen? Verschmäht deine Torte, der Bub!
Zwischen Scherben, Spritzen und blutigen Tupfern zog er den Teller hervor und hielt ihn hoch. – So geht man doch nicht mit Geschenken um! Wie ist es, vielleicht will unsere Dicke ein bißchen?

Ich war nahe daran, ihm ein Knie in die Porscheeier zu rammen – als ich hinter mir das leise »Klick« des Kippschalters hörte: Einen Laut, der auf dieser Station so alltäglich war wie mein Raucherhusten oder das Klappern der Gesundheitslatschen und der doch immer wieder jenes kurze Atemanhalten erzeugte, nach dem das Herz ein wenig heftiger schlug.
Unsere Dicke? sagte Marleen und löste die Elektroden von ihrer Brust. – Unsere Dicke will gar nichts mehr.

Nachdem ein Arzt den Tod bestätigt und das Kärtchen mit Namen und Nummer am Fuß unterschrieben hatte, drehten wir die Frau, die laut Bettwaage immer noch drei Zentner wog, zu dritt aus der Seitenlage auf den Rücken, und ich wickelte eine Mullbinde um ihren Kopf, fixierte, vor der Starre, das Kinn. Dabei fiel mir zum ersten Mal auf, wie winzig ihr Gesicht war zwischen den massigen Backen; ich hätte die geschlossenen Lider, die Nase und den Mund mit einer Hand verdekken können. Sie schien zu lächeln, ein entspanntes, trotz Augenschatten heiteres Lächeln dünner Lippen, als amüsierte sie sich mit Mangoldt und Marleen über den Anblick der Mullbinde, die gewöhnlich so lang war, daß sie selten ganz ausgerollt wurde; oft blieb ein daumendicker Rest auf dem Scheitel der Verstorbenen, wo er aussah wie ein einzelner Lockenwickler.
So, sagte Marleen, nachdem wir das Bett in den Aufzug manövriert hatten. – Und wer fährt jetzt mit mir in den Keller?
Mangoldt wischte sich die Finger an der Hemdbrust ab und drängte an mir vorbei. – Zur Hölle würde ich mit dir fahren! sagte er, eine verrutschte Herausforderung im Ton.

Oho! – Die Schöne machte eine Pause, in der sie die Lippen nicht schloß. – Da unten ist es aber *heiß* ... Geh, nimm uns etwas Sekt mit, ja?
Er holte hörbar Luft, zwinkerte mir zu, lief ins Dienstzimmer – und sah zu spät, wie Marleen mich am Kittel durch die Lichtschranke zog. – Das ist Unsinn! hörte ich ihn hinter der Tür und schon ein Stück höher rufen. Die Dicke ist doch viel zu schwer für euch!
Wir blickten uns an. In der jähen Abgeschiedenheit der Kabine, in der Stille, die von der Frau unter dem Laken ausging, kam eine seltsame, fast zärtliche Verlegenheit auf, und Marleen, lächelnd, hob Brauen und Schultern, als wollte sie sagen: So, mein Lieber, bin ich nun mal.
Der Aufzug hielt mit einem Ruck, es gluckerte in den Därmen der Toten. Geruch abgestandener Luft schlug uns aus den Gängen entgegen, in denen es wegen der hohen Junitemperaturen bereits so schwül war, daß Kondenswasser von der Decke, den Generatoren und Abflußrohren tropfte und man nach wenigen Schritten schwitzte. Überdies quietschten die Räder des Bettes entnervend schrill; noch das Echo schmerzte in den Ohren.
Du hast dem Knallfrosch also einen Kuchen gebacken! rief ich, und Marleen, die vorausging und am Fußende zog, oder so tat, wendete den Kopf. – Wie? Wenn du etwas Mürbeteig und Lebensmittelfarbe Kuchen nennst ...
Das Atmen machte Mühe, die Luft war muffig, als würden Vorjahressommer verdaut in den Katakomben, und mein Schweiß fiel in dicken Tropfen auf das Laken; die Hände rutschten immer wieder von der Chromstange ab. – Der will dich natürlich nur als

Trophäe über seinem Kamin, preßte ich hervor. Ich dachte, du magst den Laffen nicht.
Sie ließ sich Zeit mit der Antwort, summte irgendeine Melodie, und ich hatte das ungute Gefühl, die Tote ganz allein zu schieben. – Tu ich auch nicht besonders, sagte Marleen. Wenn er mir sympathisch wäre, hätte ich ihm doch einen richtigen Kuchen gebacken, oder?
Da es, nach der Talfahrt unter dem Teich hindurch, eine Steigung hinaufging, drückte ich das Bett weiter, indem ich die Schulter gegen das Rückenbrett stemmte; meine Schuhe knarzten auf dem Estrich. – Überzeugend klingt das nicht! keuchte ich. Am Ende ist so ein Porsche doch was Feines, oder? Man wird gleich viel ...
Sie trat beiseite, verschränkte die Arme vor der Brust. – Sag mal, spinnst du?
Es klang entrüstet und traurig zugleich; ich stand allein am Gefälle. – Was gehen *dich* denn meine Freunde an? Was willst du? Sind wir einander versprochen? Nur weil ich mit dir in den Keller gefahren bin, mußt du dir keine Schwachheiten einbilden, mein Herz. Unser Verhältnis ist und bleibt ein Dienstverhältnis, klar?
Vor Anstrengung, das Bett zu halten, zitterten mir Arme und Knie, und ich kniff die Lippen zusammen und antwortete nichts. Unter dem weißen, von meinen Schweißtropfen durchnäßten Laken erschienen Brauenbögen, Nasenspitze und schließlich das ganze Gesicht der toten Frau; deutlich zeichneten sich die schwarzen Wimpern ab.
Klar?! wiederholte Marleen. Ich schloß die Augen, die brannten vor Salz, und nickte. Ich nickte zähneknirschend, und sie ließ noch paar Sekunden Ewigkeit vergehen, ehe sie wieder nach dem Chrombügel griff.

Na, vielleicht hätten wir den Mangoldt doch mitnehmen sollen, sagte sie ruhiger. – Stark ist er ja. Und wenn ich dich so schwitzen sehe ...
Vor dem Kühlhaus hatte ich plötzlich Lust, sie zu ohrfeigen; jedenfalls würde das meine diffusen Empfindungen für sie beenden und mit Schuld und Haß eindeutige Zustände schaffen ... Ich hob die Hand, wollte ein Haar von ihrem Kragen nehmen, doch zuckte sie zurück und sah mich an, als hätte ich einen Stich. Reglos blieben wir voreinander stehen, und wenn man Schweigen denn dicht nennen kann: An unserem wäre eine Fliege abgeprallt. – Da entspannte sich Marleen und sagte leise: He, Mann! Machst du mir etwa den Hof?
Ich riß mich los von ihrem Anblick – Dir? – und legte den Hebel der Stahltür um. – Höchstens den Hinterhof, murmelte ich. Und wir atmeten auf in dem Schwall kalter Luft, der aus dem Raum drang.
Bis sie anfing, nach Desinfektionsmitteln, nach rohem Fleisch und geronnenem Blut zu riechen. Es war Pfingstsonntag früh gegen zwei, und die Sektionsgehilfen hatten seit Freitag Mittag nicht gearbeitet. Wohl aber der Tod. Das Kühlhaus war überfüllt, in allen Regalen und Zinkblechwannen auf dem Kachelboden lagen Leichen, in manchen sogar zwei, einige von Laken bedeckt, die meisten nackt, derart viele Menschen, daß ich einen stumpfen Moment lang – Lichtreflexe in den Lidschlitzen hier und da – gar nicht an ihren Tod glauben konnte; daß es mir vorkam, als hätten alle nur den Atem angehalten.
Neben den bleigrauen Augenschatten in den fahlen, manchmal wie gepudert wirkenden Gesichtern zeigten viele Körper die unglaublichsten Verfärbungen, es gab

rosa und himbeerrote, dunkelviolette und schwarze, schwefel- und eitergelbe Flecken, sogar einen Schimmer Grün, und wo aus den Wandregalen ein Fuß herabhing oder eine Hand, wurden die Nägel bereits blau.
Einigen Toten war noch der Schreck oder das Erstaunen über den Augenblick anzusehen, der sie aus allem herausgerissen hatte; doch die meisten, ob alt oder jung, entspannt oder verkrampft, aufgedunsen oder ausgezehrt, hatten ihre eigene Stille dabei, eine Aura aus Abkehr und Frieden.
Nun gaff mal nicht ewig, sagte Marleen. – Faß an!
Sie stand am Kopfende einer Wanne, in die man zwei Kinder gelegt hatte, hielt die Handgelenke eines sieben- oder achtjährigen Jungen umfaßt und bedeutete mir, Kinnbewegung, dasselbe mit den Fußgelenken zu tun.
Wir hoben ihn ein paar Wannen weiter, auf einen knochigen Mann um die sechzig, in dessen Gesicht – senkrechte Stirnfalten, strichdünne Lippen – ich den Ausdruck schmerzvoller Resignation zu sehen meinte. (Während wir nach einem zweiten Platz suchten, hörte ich deutlich das knisternde Geräusch, das der langsam zur Seite sinkende Knabenkopf auf der borstigen Männerbrust machte.)
Das etwa zehnjährige Mädchen legten wir auf die Leiche einer Frau, die bis zum Scheitel von Laken bedeckt war, plazierten die Kleine so, daß ihr Kopf zwischen den Brüsten Halt fand. Sie hatte Sommersprossen und schien sich auf die Unterlippe zu beißen, ein Eindruck, der durch etwas vorstehende Schneidezähne entstand. Ihre Augen waren nur halb geschlossen, und am linken Ohr gab es ein winziges Ringloch, entzündet... Nicht mehr entzündet. Marleen stieß die leere Wanne mit einem Fußtritt in den Flur.

Mangoldt hatte recht gehabt. Die Frau, ihr Gewicht, war natürlich zuviel für zwei. Am Anfang gelang es uns nicht einmal, sie an den Matratzenrand zu rücken, bekamen wir sie doch nirgends recht zu fassen vor Fett, verschoben nur, als wäre sie festgewachsen darin, das Bett. Außerdem erkannte ich bald: Marleen war viel zu beschwipst, um wirkungsvoll zupacken zu können.
Je vergeblicher wir zogen und drückten, desto mehr kicherte sie, und auch wenn sie das eine oder andere Mal Hau-Ruck! sagte, täuschte sie Anstrengung nur vor. Um im nächsten Moment schon wieder loszuprusten. – Uff! machte sie. Nun arbeite doch mal mit, liebe Marga!
Als ich sie anblickte, verärgert, hielt sie sich eine Hand vor den Mund und senkte scheinbar reuevoll die Lider. Dann holte sie Luft, umklammerte die Beine wie Teppichrollen – und gickste wieder, wobei ihre Stimme von Mal zu Mal heiserer klang, irgendwie porös, als wäre zuviel Kohlensäure darin: Bis auch meine Lippen zitterten vor unterdrücktem Grinsen und ich immer kraftloser zufaßte.
Wir machten einen erneuten Versuch. Doch als der Toten nun noch ein langes Darmgeräusch entfuhr, war die letzte Selbstbeherrschung dahin. Laut hallte unser Lachen in den Gängen wider, und während wir atemlos an den Wänden lehnten und ich mich fragte, wie um alles in der Welt wir die Frau ins Kühlhaus kriegen sollten, sah ich den Schwanz einer Ratte zwischen zwei moosigen Rohren verschwinden.
Schließlich war es uns doch gelungen, die Tote bis an den Bettrand zu rücken, das heißt, sie auf die Seite, den Hüftknochen zu drehen, auf dem ich sie nun mit aller

Kraft und ganzem Gewicht – mein Becken drückte ich gegen den Bauch, die linke Hand unter ihr Kinn, die rechte auf ein Knie – in der Balance hielt. Während Marleen die Wanne heranzog.
Dabei brach sie sich einen Nagel ab, den sie dann erst einmal begutachten mußte ...
Ganz langsam rutschte einer der teigigen Arme der Leiche über die Kante und hing, ein Ruck, jäh schlaff herab. Da er dick war wie mein Oberschenkel, veränderten sich die Gleichgewichtsverhältnisse sofort. Nicht nur Schultern und Brust sackten träge nach, auch das Bett, trotz gesperrter Räder, rückte millimeterweise ab von mir. Doch mußte ich mich derart anstrengen, die Frau nicht wieder in die Matratzenkuhle oder aber auf den Boden fallen zu lassen – kein Hilferuf, nur ein Zischen drang zwischen meinen Zähnen hervor.
Als Marleen die Wanne endlich herangeschoben hatte und die Fußgelenke der Toten umfaßte, war der Gleichgewichtspunkt so weit überschritten – es gab kein Halten mehr. Obwohl ich mich festkrallte im Fett: Das Bett schnellte weg, an die Wand, und die Frau, ich sprang zur Seite, entglitt mir wie nichts und schlug auf das Blech. Bäuchlings.
Die Stille danach kam mir wie ein Geräusch vor, wie das Echo einer weit größeren Stille, und Marleen schloß die Augen und sagte: Mein Gott ...
Ich wollte fluchen, doch legte sie mir einen Finger an den Mund.
Natürlich gelang es uns nicht mehr, die Tote umzudrehen; nicht einmal das Laken, das sie mitgerissen hatte, vermochten wir unter ihr hervorzuziehen. Mit allerletzter Kraft schoben wir die Wanne – das Zinkblech knirschte nicht, es kreischte auf den Kacheln – über die

Schwelle ins Kühlhaus zurück und lehnten uns gegen die Türpfosten, keuchend.

Wieder bei Atem, fiel mein Blick zuerst auf Marleens Füße. Die Nägel in den Riemchenschuhen waren elegant lackiert, und die Fesseln nahmen sich schmal aus und zart im Verhältnis zu den Beinen, die wegen ihrer Art, die Dienstkleidung umzuschneidern, länger wirkten als sie waren; so knapp bedeckte der Kittel die Schenkel – man sah die sanften Mulden, die zu ihrer Körpermitte führten.
Ich hob den Kopf. – Marleen musterte mich ebenfalls, und zwar seit einer Weile, wie es schien, las ich doch ein zärtliches »Na endlich!« in ihrem geneigten, etwas blassen Gesicht. Sie umfaßte meine Hände, zog mich näher heran, momentlang so nah, daß unsere Kittelknöpfe leise gegeneinanderklickten, roch an meinem Hals und fragte: Bist du denn verliebt in mich?
Ich schluckte, irgend etwas war verdreht in der Kehle; trotzdem brachte ich ein rauhes: Ich glaube! heraus, und Marleen, mit beiden Fäusten, boxte mich zurück und sah ins Kühlhaus.
Du *glaubst*? Interessant. Und wieso glaubst du das?
Weil ich nicht mit dir schlafen will ...
Ohne die Augen von den Toten zu lassen, lächelte sie; es kam mir nachsichtig vor, als wüßte sie es im Grunde ihres Herzens besser, und ich bemerkte zwei hauchfeine, sichelförmige Fältchen um ihre Mundwinkel herum. – Das ist schön! flüsterte sie. Sag es noch einmal!

Bis auf den Umstand, daß es zweieinhalb Meter hoch in der Luft hing, sah das Haus im Schwarzen Grund genauso aus wie im vorigen Jahr. Die Fenster und Türen waren mit Brettern vernagelt, die vielen Risse unverputzt, und wo Dachziegel fehlten, wuchsen durchsonnte Grasbüschel in den Himmel. Die Pappel und die Kastanien – ich fand noch eine Frucht aus dem Herbst im Schutt – waren jedoch abgeholzt, die Stämme, zu kopfgroßen Brocken zersägt, lagen aufgestapelt an dem Platz, an dem der Zirkuswagen gestanden hatte.

In einer Baubaracke saßen Maurer und Monteure, Pause, und auf einem Schild am Straßenrand las ich: Hier wurde, von Land und Gemeinde finanziert, ein Verfahren zur Rettung bergbaugeschädigter Häuser probiert. Man hatte Eisenträger unter das Erdgeschoß gezogen, auf Stempel geschweißt und, von einigen tragenden Wänden abgesehen, den ganzen verrotteten Keller mitsamt den Fundamenten weggehauen, um einen neuen aus reißfestem Spezialbeton an seiner Stelle zu errichten.

Noch aber stand der verschachtelte Bau auf baumdikken Stützen aus Stahl, zwischen denen ein bunt bemaltes Kind mit einem Bogen herumschlich und kleine Pfeile abschoß.

Weißer Mann! rief es zu mir hoch und zeigte auf einen Streifen Sand. – Echte Hasenspuren!

Weder am Zaun noch an der Tür des gegenüberliegenden Hauses gab es ein Namensschild. Doch hinter den blitzblanken Scheiben hingen dieselben Gardinen wie ehedem, sorgfältig gefältelt, und auf den Fensterbänken standen nach wie vor die Topfpflanzen mit den spitz zulaufenden Blättern, die Irene Sommer einmal »Bajonettpflanzen« genannt hatte. (Das war wirklich ihr Name; aber einem Gärtner in der Klinik zufolge hießen sie außerdem »Frauenzunge«.)

Das Klingeln war kaum verstummt, da wurde die Tür aufgerissen mit einem Ruck, der mich erschrocken zurückweichen ließ.
Ich hatte den mittelgroßen, etwa fünfzigjährigen Mann in Kniebundhosen und weißem Hemd noch nie gesehen: Stoppelkurzes Grauhaar, braune, hervorquellende Augen, flache Nase, kantiger Kiefer. – Und?
Gebannt von seinem Blick, stammelte ich einen Gruß, entschuldigte mich für die Störung und fragte nach Familie Sommer: Woraufhin er verwundert die Stirn runzelte, angriffslustig verwundert, und ich ihm schnell erklärte, daß ich ein ehemaliger Nachbar sei, vielleicht sogar ein Freund ...
Bitteres Grinsen; er kratzte sich den Nacken. – Die Sommers? fragte er knarrend. – Die Sommers gibts nicht mehr, junger Mann! – Horizontaler Handkantenschlag. – Hab ich ausradiert!
Er entblößte die Zähne, große Zwischenräume; der Kopf wurde rot, staurot, die Schläfenadern schwollen, und was ihm zunächst lautlos den Bauch geschüttelt hatte, sein Lachen, brach nun feucht und keuchend hervor und klang nach einer Weile, als hackte jemand mit einem Spaten in rohem Fleisch herum.
Liebes? Was ist denn?
Der zurechtweisende Ton ließ sein Gesicht zu einer Fratze des Frohsinns erstarren, und er drehte die Augen und stierte verärgert und ängstlich zugleich in den Flur.
Irene Sommer trug einen mattglänzenden Morgenrock, rosa, und Hausschuhe mit flaumigem Besatz. Unter dem Handtuch, das sie um den Kopf gebunden hatte, schauten Lockenwickler hervor, und ihr Gesicht war dick mit weißer Paste bestrichen.

Kai! rief sie scheinbar erfreut und schoß einen ungnädigen Blick auf den Mann ab; der zog ihr die Tür etwas weiter auf. Eine Flasche Nagellack in der Linken, das Pinselchen in der Rechten, hielt sie mir ein Handgelenk hin, und ich drückte es sacht. – Ein Besuch in der alten Heimat? Wie nett. Kommen Sie! Kommen Sie einen Moment herein!
Ich wand mich an dem Bauch des Mannes vorbei und folgte ihr ins Wohnzimmer, dessen Einrichtung sich nicht verändert hatte. Allerdings schimmerten ein paar silberne Plaketten zwischen den Stilleben, Kegeltrophäen, und auf dem Sideboard standen drei Frischlinge, so ausgestopft, als blickten sie zu dem großen Wildschweinkopf hoch, der über ihnen an der Wand hing.
Das ist mein Mann, sagte Frau Sommer und zeigte auf den Lacher: Dr. Wolfgang Brock. Und dies, Liebling, ist Kai Carlsen. – Sie wies mit dem Pinselchen Richtung Straße. – Ein früherer Nachbar.
Er kriegte wieder seinen waidmännischen Blick und nahm nur meine Fingerspitzen. – Ach so, einer von denen.
Oh nein! Kai war anders, Schatz. Er hat... – Sie sah in irgendeine Ferne und suchte wohl nach der Besonderheit, die mich »von denen« unterschied. – Ach ja! Die Mauer zum Beispiel, die ist von ihm.
Dr. Brock hob die Brauen. – Donnerwetter, gute Arbeit! Gelernter Maurer? Mußte ganz schön wuchten, bis ich das Ding umgelegt hatte. Irgendwas trinken? Bier, Cola, Apfelkorn?
Er verschwand in der Küche, und ich hockte mich auf die Kante des halbkreisförmigen Sofas und sah Irene Sommer beim Lackieren des letzten kleinen Nagels zu – ein dunkelroter Punkt, den sie hinter unser verlegenes

Schweigen setzte. Als sie mich aus der Maske heraus anblickte, war ein deutliches: Was soll das? Was gibts? in den Augen.
Schon kam der Gemahl zurück, und sie verschraubte das Fläschchen und lachte, als befänden wir uns mitten im Gespräch. – Wie das eben so geht zwischen Nachbarn, Kai. Ein Plausch über die Mauer hinweg, ein Abendessen bei Kerzenschein, und plötzlich ist man in den Flitterwochen, nicht wahr, Schatz?
Dr. Brock reichte mir einen Bierkrug. – Worauf du Gift nehmen kannst! – Er starrte mich an, bös vergnügt, und wies mit einer Kopfbewegung auf seine Frau. – Was anderes als Flitterwochen kann man mit so einem famosen Stück Weib doch gar nicht machen, oder? Ihre Tochter, das Biest, hat uns Glocken unters Bett gebunden. Und ich schwöre – er hob einen Zeigefinger, ein fettes Ausrufungszeichen –, ich schwöre, sie bimmeln *jede* Nacht!
Brock! rief sie, heiter entrüstet, und er wischte sich Bierschaum vom Mund und brüllte: Und am Wochenende – Tot will ich sein, wenns nicht stimmt! –, am Wochenende auch jeden Morgen, Sakra!
Nach seinem Lachanfall, dem wieder und wieder losbrechenden Wiehern, bei dem ich unwillkürlich die Augen geschlossen hatte, kamen mir die Rosen hinter der Terrassentür viel blasser vor, und ich trank einen Schluck und nutzte die Erwähnung Sonjas, um ohne Umschweife nach ihr zu fragen: Ob ich sie einmal sprechen könne?
Dr. Brock, der sich Tränen aus den Augen wischte, und seine Frau, die mit den Händen in der Luft herumwedelte – beide stutzten, und einen beklommenen Moment lang schien das Prickeln im Krug den ganzen

Raum auszufüllen. Der Mann trat an das Sideboard, rückte die Wildschweine gerade, zupfte Flusen aus ihrem Fell, und Irene Sommer legte den Kopf schräg und lächelte mich an. Ein Lächeln aus Plastik. – Wieso? Was wollen Sie denn von ihr?
Ich wußte nicht, was die beiden so verstörte; es interessierte mich auch kaum. Irgend etwas in der Atmosphäre sagte mir schon jetzt, daß ich umsonst gekommen war, und ich steckte eine Zigarette an und erzählte halb in den Steinkrug hinein, was sich ereignet hatte. Wie schwer verletzt Ecki war, wie verwirrt, wie er behandelt wurde und wie die Prognosen der Ärzte aussahen: Düster. Und ich beschrieb seine Augen, die in ihrer Klarheit, ja Schönheit nur noch eines auszudrücken schienen: Daß er genug hatte. Daß er im Herzen seines Herzens nicht mehr wollte.
Die leere Aufmerksamkeit der beiden und das leise Widerhallen meiner Worte in dem Krug gaben mir vollends das Gefühl, ein Selbstgespräch zu führen, und so genierte ich mich kaum noch darzulegen, was ich mir gedacht hatte: Der Besuch eines lieben Menschen, Sonjas Besuch zum Beispiel, würde ihn womöglich freuen; der Klang einer lieben Stimme, Sonjas Stimme, könnte den Schleier seiner furchtbaren Gleichgültigkeit zerreißen und vielleicht sogar den Lebenswillen wieder heben...
Dr. Brock setzte sich aufs Sofa. Irene Sommer trank von seinem Bier. Sie wischte mit dem Handballen Creme vom Krug und nickte, ein nachdenkliches, scheinbar verständiges Nicken, in Wahrheit aber ein vertikales Kopfschütteln.
Ja, ich habe davon gehört, sagte sie ohne aufzusehen. – Und ehrlich gesagt, es hat mich nicht besonders er-

staunt, Kai. Wenn dieser Mann jemals konsequent war, dann doch wohl im Herunterkommen. Dabei kein schlechter Mensch, das nicht. Eher haltlos, möchte ich meinen, ohne wirklichen Kern. Das hätte mich damals schon skeptisch machen sollen: Jemand, der so ein Lokal betreibt... Und war dabei doch Ingenieur! Was glauben Sie, wie bitter ich für meine Gutmütigkeit bezahlt habe, nicht nur nervlich! Hier standen Staatsanwälte vor der Tür!

Auch wenn man gute Ratschläge in Ihrem Alter noch belächelt, Kai: Verbinden Sie niemals Geschäftliches mit Privatem, hören Sie? Niemals! Hätte Wolfgang, hätte mein Mann uns nicht diese Unterstützung aus Landesmitteln verschafft...

Er nahm ihr das Bier fort, schüttelte den Kopf. – Man muß sich eben alles unterschreiben lassen. Das war der Fehler. Du hattest nichts in der Hand. Und wie ich immer sage: Von verliebten Augen und schönen Worten kann ich mir nichts kaufen. Unterschrift, fertig.

Irene Sommer, die Arme im Schoß gekreuzt, bewegte ihre Schultern, als wollte sie eine Verspannung lokkern. – Ich sagte ja, ich war zu gutgläubig, Wolfilein, zu...

Ach was! bellte er und setzte den Krug nochmal ab. – Du warst zu *blöd*, das warst du! Ich hätte der Kleinen von Anfang an so einen Umgang aus dem Kopf geschlagen! Ein Mann baut etwas auf oder wird zerstört, so geht das! Aber der und sein Gesocks, diese Sozialfälle, die lagen den ganzen Tag im Gras, und deine Tochter ist die Leidtragende. Erst rasselt sie durchs Abi und wird dick gemacht. Dann wiegt sie weniger als ihre Kleider, und schließlich krebst sie in diesem Entziehungs...

Gut jetzt! stieß seine Frau zwischen den Zähnen hervor; ihre Halshaut wurde scharlachrot. – Was redest du denn da!
Sie erhob sich, stellte einen Aschenbecher, eine kleine Urne auf schmiedeeisernem Stativ vor mich hin und sagte in einem Ton, der nicht nur den Ausfall ihres Mannes als unsachliches Geschwätz abtat, sondern auch meinen Besuch für beendet erklärte: Wir haben sie ins *Internat* gegeben, Kai.
Dr. Brock, verärgert oder spöttisch, schnaubte; ich zerdrückte meine Kippe.
Durch ein Fenster über der Empore fiel Sonne herein, Strahlen voll Staub, und die Hausherrin stand so übertrieben gerade da – gipsern kam sie mir vor in ihrer Maske, eine Statue mit lebendigen, ängstlich geweiteten Augen; während draußen auf den Beeten Spatzen stritten, daß die Rosenblätter flogen. – Als sie die Lider schloß, war ihr Gesicht ganz weiß.

Die zweite Pflegestelle blieb leer. Tropfenzähler, Ekg- und Beatmungsgerät, mit transparenten Plastikhüllen überzogen, sahen vage und verschwommen aus, wie unter dickem Eis.
Man hatte das Fußteil des Bettes hochgestellt; laut Krankenblatt war der Blutdruck beträchtlich gesunken, und die Herzlinie auf dem Monitor hatte etwas Zittriges; Ecki schnarchte leise.
Doch kaum berührte ich seine Hand, zuckte er zusammen, als hätte er einen Stromstoß erhalten: Mein Gott ...
Ich wischte ihm den Schweiß ab. Sein fahles Gesicht war mager geworden. Der Schwung der Stirn über den Brauen, die vorstehenden Jochbeinknochen, auf denen

die Haut etwas glänzte, die einwärts gewölbten, stoppeligen Wangenlinien bis hinunter zum Kinn – der Mann verkörperte einen Ernst, wie er vollkommener nicht sein konnte, ohne Hoffnung, aber auch ohne Furcht.

Obwohl er selten logisch antwortete und meistens in einer Art Halbschlaf dalag, solange ich im Raum hantierte, fühlte er doch, wenn ich mich der Tür näherte, öffnete die Augen und fragte zur Decke hoch: Gehst du?

Ich war ins Dienstzimmer gerufen worden, Telefon. Marleen, die auf der Schreibtischkante saß, hielt mir den Hörer entgegen und sah mich vorwurfsvoll an. Dann schickte sie einen Kuß durch die Luft und lief hinaus.

Ein fremdartiger, meinen Ohren durchaus widerlicher Akzent färbte das Gebell, dem ich zunächst nur anhörte, daß ich beschimpft wurde, ja verflucht; er war wie geschaffen, um mit seinen vielen betonten E's oder Ä's alles und jeden verächtlich zu machen, zu schmähen, in den Dreck zu ziehen: Der Akzent der Wiener. Der *miesen* Wiener.

(Wird man von einem Bayern »Depp« genannt, kann sich das je nach Umstand liebenswürdig anhören, wie eine zärtliche Zurechtweisung gar; das gleiche Wort von einem Wiener ausgesprochen, klingt meistens wie ins Gesicht gespuckt, und man möchte ein Messer zücken.)

Bubi, der Sektionsgehilfe, ließ keinen Einwand zu, und ich hatte den Verdacht, daß er nicht mehr ganz nüchtern war. Wann immer ich Moment! oder Hör mal! oder Bitte! sagte, rief er: Des is oarg! Patzg wiast a no! Willst a Fotzn?!, und wegen des erwähnten Ekels ver-

suche ich erst gar nicht, seinen Tonfall weiter abzuschreiben.
Was hast du hier eigentlich gelernt! raunzte er. Wie man Schwestern auf dem Kittel kniet? Oder bist du von der anderen Sorte und nur Pfleger geworden, weil dein Freund schon Friseur ist?
Hast *du* die Dicke ins Kühlhaus geschoben? Ja oder nein! Und wie? In der Wanne? Natürlich, Depp, im Koffer bestimmt nicht. Aber *wie* in der Wanne? Hat dir keiner gezeigt, wie Verstorbene liegen müssen? Donnerwetter. Und weißt du, was Leichenflecken sind und warum sie entstehen? Weißt du, daß der Rücken normal gebetteter Toter nach zwei Tagen blau ist, weil sich alles Blut den tiefsten Punkt sucht, bevor es gerinnt? Das weißt du. Dann kannst du dir auch denken, wie eine Leiche ausschaut, die man über Pfingsten auf der Nase liegen läßt. Kannst du dir das vorstellen, Depp? Als hätte man ihr Tinte unter die Haut gespritzt; wie eine Zwetschge. Und nun sag mir mal, was ich den Bestattern erzählen soll, die sie hier abholen. Und was *die* den Angehörigen erzählen sollen, die ihre Verstorbene ein letztes Mal betrachten möchten, schön aufgebahrt zwischen Blumen und Kerzen, ein letztes Mal küssen möchten das liebe Gesicht? Und komm mir bloß nicht irgendwann als Leiche unter die Finger. Dann lasse ich dich hinter die Heizrippen rutschen und so lange schmoren –
Er stockte. Eine Streichholzschachtel fiel vom Schreibtisch auf den Boden; sie war dunkelblau, und ich zermalmte sie mit einem Tritt.
Seltsamerweise schien Bubi gar keine Begründung oder Entschuldigung zu erwarten, zeigte sich vielmehr überraschend schnell versöhnt von meinem bestürzten Ge-

stammel und knurrte: Schon gut. Bist nicht der erste, dem sowas passiert. Schon gut, du Depp, beruhig dich. Bring eine Flasche Schnaps vorbei, und die Sache ist gewaschen.
Er hängte ein. Rauchend blickte ich hinaus. Besucher eilten durch den Klinikpark, viele mit Blumen, und das Klarsichtpapier, in der Sonne, sah aus, als brächten sie Bündel kleiner Blitze. Ich dachte daran, nie irgendeinen Menschen am Bett der Frau bemerkt zu haben, auch nicht kurz vor ihrem Tod – stand sie womöglich ganz allein, ohne Familie oder Freunde, die sie noch einmal, ein letztes Mal anschauen wollten? Während ich die Akte suchte, klingelte das Telefon, und nach zwei Worten erkannte ich an der hohen, gleichsam grinsenden Stimme Mormone, den anderen Sektionsgehilfen. – Aber Cognac! ergänzte er und legte auf.

In der Zwischenzeit hatte Ecki eine neue, den Blutdruck stabilisierende Infusion erhalten.
Vergeblich. Benommen war er wieder in jenes atemlose Wispern und Flüstern verfallen, von dem ich, obwohl er öfter: Hör doch! hauchte, kaum etwas mitbekam. Neigte ich mich über ihn, nahm ich allenfalls Wort- oder Satzfetzen wahr: Vater... keine Grippe... rohe Leber... Sansibar. – Aber einmal sah er mich lange an und fragte völlig klar: Du verstehst nichts, oder?
Verlegen schüttelte ich den Kopf. Und meinte in dem folgenden Lächeln ein traurig amüsiertes: Soweit ist es also schon... zu lesen.

He! Das geht nicht! hörte ich Mangoldt rufen. – Sind Sie denn komplett verrückt?! Dies ist eine Intensivstation!

Ärzte, Schwestern, Pfleger – aus allen Boxen kamen sie und scharten sich um etwas, das ich wegen der vielen Überkittel und bauschigen Haarhauben zunächst nicht erkennen konnte und das dem einen oder anderen ein Lachen entlockte und Marleen ein gerührtes: Wie süß!

Es hing aber ein seltsam vertrauter, brackiger Geruch in der desinfizierten Luft, und eine heisere, mir ebenfalls nicht unbekannte Stimme sagte: Dies? Das ist Bernado, meine Dame. Prost!

Ich drängte mich zwischen die Leute und starrte den auf und ab ruckenden, knorpelig knackenden Adamsapfel des Trinkers an, dessen glänzend verdreckte Kleidung die Frage provozierte, welche Art von Pilzen er wohl darunter züchtete. Er hatte sich nicht nur einen kleinen Bauch, sondern auch einen Vollbart zugelegt, was die Augen größer und verträumter erscheinen ließ.

Aber natürlich waren es nicht Graf Meier und seine Weinflasche, die das Entzücken des Personals bewirkten. Mit der rechten Hand durch eine Plastikwäscheleine verbunden, saß ein weißes, vermutlich erst wenige Wochen altes Angorakaninchen neben seinem Schuh, ein Schneeball mit Pfötchen, wie Marleen sagte, wobei sie in die Hocke sank und über die flaumweichen Haarbüschel der Ohrspitzen strich. Während das Tier am Saum ihrer grünen OP-Schürze knabberte.
– *Wie* heißt es?

Besuch wurde hier nur selten erlaubt, und die Männer, die nun durch die Glastür traten – sie trugen Kopfhauben und sterile Kittel –, machten auf den ersten Blick den Eindruck, als wollten sie Meier aus dem Dienstbereich zerren. Doch ging es darum, auch ihm diese

Kleidungsstücke anzulegen – wogegen er sich lauthals sträubte.
Benehmt euch bitte! Ich bin kitzlig! Dies ist eine Intensivstation!
Aber Mister Move und Salzburg waren stärker, und während der eine ihn festhielt und der andere den Kittel auf seinem Rücken zuband, stülpte Schnuff ihm eine Haube über und zog den Saum hinab bis auf die Brauen. – Keinen Mundschutz! protestierte Meier. Ich ersticke unter sowas! Oder gibts einen mit Zigarettenloch?
Dr. Hernández, der die vier auf die Station gelassen hatte und nun jedem ein Paar Plastiküberschuhe reichte, bedeutete mir mit einer Kopfbewegung, sie an Eckis Bett zu führen, und einige Schwestern und Pfleger sahen sich stirnrunzelnd an. – Ach so, murmelte Mangoldt. Wir sind hier ja in Bogotá.
Auf dem Weg durch den Flur begrüßten wir einander mit mehr oder weniger verlegenem: Hallo!, mit Schulterklopfen, sanftem Rempeln, und obwohl Ecki, was die Pflege betraf, in tadellosem Zustand dalag, wäre ich in meiner Freude gern vorausgeeilt, um seine Haarstoppeln zu bürsten, die Kissen aufzuschütteln, Laken glattzustreichen ... Plötzlich fiel mir auf, daß Salzburg am Stock ging. Es war ein Spazierstock ganz aus klarem Plexiglas.
Die vier, als besuchten sie eine Raumstation, blieben immer wieder stehen, betrachteten die Patienten, bestaunten die Geräte, und ich erklärte ihnen dies und das und sagte mehrfach: Halb so schlimm, Leute! Alles halb so schlimm ...
Vor Eckis Box legte ich einen Finger an die Lippen, ein Hinweis, der besonders Meier meinte, und er stellte

die Weinflasche fort und nickte ernst, gespannt. Während die anderen große Augen machten und mit ihren offenen Mündern aussahen, als wollten sie so durchlässig wie möglich werden für jeden erdenklichen Schreck oder Schock. Dabei war noch gar nichts zu erkennen in dem Zimmer, hell wie im Zentrum der Blendung; erst nachdem ich mich zum Fenster vorgetastet und die Lamellen der Jalousie verstellt hatte, tauchten Schränke und Maschinen aus der Abendglut ans Licht.

Das Bett, wegen des Blutdrucks, stand schräg, und Ecki schlief ein wenig kopfunter und atmete röchelnd durch den Mund, was seine Wangen noch eingefallener erscheinen ließ. Die Augen waren nicht ganz geschlossen, weiße, schleimig glänzende Schlitze im unrasierten Gesicht, von dem die vier, so angewurzelt sie am Fußende warteten, allenfalls die Nasenlöcher sehen konnten; darum schob ich Nachttisch, Ekg-Gerät und Tropfenzähler beiseite und lud sie mit einer Geste ein, sich links und rechts neben den Kranken zu stellen.

Meier, wie elektrisiert, wich zurück, und Schnuff und Salzburg rührten sich nicht vom Fleck. Nur Move trat näher und blickte ihn ruhig und lange an, wobei er den Kopf zur Seite neigte und eine der schweren, strohblonden Strähnen unter dem Haubensaum hervorsackte. Zwar biß er sich einmal auf die Unterlippe, doch entdeckte ich in seinen klaren, etwas starren Augen keinen Schimmer von Sentimentalität – dann schon eher eine zärtliche Neugier, für die es im wesentlichen nichts Neues gab; gütig kam er mir vor und streng zugleich, als dächte er: Na, Alter, was haben wir da wieder angestellt... Die Armbänder, die Muscheln und Perlen aus Holz und Glas, sie klickerten leise, als er über Eckis Haarstoppeln strich.

In der allgemeinen Beklommenheit wurde auch mir das Atmen momentlang schwer: So nüchtern war ich also schon bei der Sache, so kühl ... Und rasch und ein bißchen wichtigtuerisch machte ich mich an Arbeiten, die genausogut später erledigt werden konnten, wechselte den Urinbeutel aus und beschriftete Röhrchen für das Labor.

Als Move seine Schulter berührte, wurde Ecki wach. Erstaunt blickte er in das Gesicht mit dem Schnäuzer, den lächelnden Augen und der Knastträne auf der Wange, zog die Brauen zusammen und bewegte die Lippen, als läse er eine Schrift. – Ach du, sagte er endlich und schloß die Lider. – Müssen wir wieder Blutdruck messen?

Move machte mir Platz, und ich tätschelte Eckis Hand und rief mit derselben barschen Freundlichkeit, die ich bei anderen Pflegern so widerlich fand: Besu-huch! – Woraufhin er den Stumpf hob und: Jaaa! sagte. Ist gut! Haut endlich den Gips weg, Mensch! Der Scheißarm liegt wie Blei!

Nun kamen auch die anderen näher, hielten die Köpfe über das Bett und schauten zu ihm hinunter: Aus seiner Sicht vermutlich ein erschreckendes, gar beängstigendes Bild, denn er schluckte und betastete immer wieder die Elektroden auf der Brust.

Unruhig forschend sah er von einem zum anderen, ein Blick, in dem ein verblüfftes Erkennen aufging, räusperte sich und sagte matt, doch erfreut: Nanu. Alle hier?

Niemand brachte ein Wort heraus, einen Gruß, und er kniff die Augen so fest zu, daß sich das Gesicht verzog und flüsterte: Nein. Wie Gespenster ...

Schnuff sank auf den Stuhl, boxte die Fäuste in die

Taschen und starrte ins Leere; erbost sah das aus, voll Groll gegen Gott und die Welt, und war doch wohl dieselbe Bestürzung, die Salzburg verfärbte, blaß, während er mir die Glycerinstäbchen hielt, mit denen ich Eckis Lippen bestrich. – Alter Kumpel..., murmelte er. – Wer kommt ihn denn sonst noch besuchen? Die Mutter?
Hat er denn noch eine? fragte ich leise und zeigte auf die Akte im Regal. – Von Verwandten steht da nichts.
Doch, doch, sagte Meier. – Er saß auf dem Nachbarbett und fütterte das Kaninchen mit dem Milchbrei aus der Schnabeltasse, das heißt, er tauchte den kleinen Finger hinein und ließ ihn abschlecken von dem Tier, das ganz wild darauf war; man konnte es saugen und schmatzen hören. – Eine Mutter muß es noch irgendwo geben. Sie waren bißchen wie Katz und Maus, er schwieg gern darüber. Nach dem Tod seines Vaters hatte sie wieder geheiratet, mehrmals, vielleicht ist sie deswegen nicht so leicht aufzufinden...
Für die Verwaltung schrieb ich eine Notiz und ging ins Dienstzimmer, warf sie in den Rohrpostschacht.
Als ich zurückkam, standen alle am Bett, neigten sich über den Kranken, und Move winkte mich aufgeregt heran. – Er will was sagen! Hat deinen Namen gerufen. Doch mehr war nicht zu verstehen.
Auch für mich nicht, und ich streichelte Eckis Wange. – Was ist, mein Junge? Sprich lauter! Was brauchst du?
Er schnaubte, machte ein ungeduldiges Gesicht. – Wie oft soll ich es denn wiederholen, sagte er bei geschlossenen Augen. – Ich will eine Zigarette!
Momentlang war ich derart verblüfft, daß die anderen mehr über mich als über Ecki lachten – ein zunächst hocherfreutes, schließlich gespielt dreckiges, fast schril-

les Lachen, das einiges Aufsehen in den Nachbarboxen erregte; dann wühlten alle unter ihren Kitteln nach Zigaretten, wobei sie einander albern vom Bett wegdrängten und Meier um ein Haar das Kaninchen strangulierte; es hing, an der Leine, schon kniehoch überm Boden.
Salzburg zückte eine Schachtel »Gauloises«, aber so lange wir auch kramten in den Taschen, keiner fand Zündhölzer. Als wir daraufhin Schnuff anblickten, wich er zurück, ans Regal, und zeigte uns seine leeren Hände. Dabei stieß er mit dem Ellbogen gegen einen Infrarotstrahler, ein Hochleistungsgerät, und während wir über das jähe Rubinlicht staunten, fing der Wattetupfer, der davor lag, Feuer.
Ich hielt Ecki die Zigarette an den Mund, doch hatte er wohl wieder vergessen, daß er rauchen wollte, erschrak und fragte: Was gibts?
Ich zeigte ihm die »Gauloise«, und nach einigem Grübeln lächelte er. Alle traten erwartungsvoll näher, und er befühlte die Zigarette mit den Lippen, konnte sie aber nicht darum schließen und sah mich aus großen Augen fragend an.
Ziehen! rief ich. – Du mußt ziehen, Mann!
Er nickte, versuchte es, zwei unsagbar schwache Atemzüge, bekam aber nichts hervor, keinen Hauch von Rauch. Er hustete unter Schmerzen und schüttelte kurz den Kopf.
Nun riefen auch die anderen: Ziehen! Zieh doch! und Meier wölbte den Brustkorb und schnaufte laut, woraufhin der Kranke, als konzentrierte er sich mit aller Kraft, noch einmal die Brauen runzelte und jenen Fischmund machte, tastend, saugend... Es ging nicht.

Ich reichte Salzburg die Zigarette und wischte Tabakkrümel vom Bett.
Ecki sah zur Zimmerdecke hoch, ein gelassener, fast heiterer Blick nun, während ich ihn rasierte und Move ihm die Fußnägel schnitt, mit seinem Knipser.
Unruhe, Stimmen im Raum, die verschiedenen Menschen, die sich um ihn sorgten, das gefiel ihm wohl, und als Schuff seine Wangen eincremte, sagte er: Ganz wunderbar! Great! – Dann zog er sich das Laken bis zum Kinn, und ich hatte den Eindruck, daß er tiefer und entspannter schlief als sonst.
Meier hockte auf der Fensterbank und drehte an der Kurbel der Jalousie, bis die Lamellen messerscharf gerade standen und wir in einen spätroten Himmel mit Silhouetten von Dächern und Schornsteinen sehen konnten. Ein einzelner Stern.
Move, die Beine lang ausgestreckt, besetzte den Stuhl, Salzburg und Schnuff hatten es sich auf dem anderen Bett bequem gemacht, und ich lehnte am Tisch – eine Konstellation, die sich im Lauf des Abends mehrfach änderte, ohne daß viel geredet wurde. Was auch. Als wir gerade etwas Wein aus Meiers Flasche tranken, kam Oberarzt Voigt vorbei, das Donnerwetter, wie ich dachte. Aber er blickte nur durch die Glastür, verfolgte die Herzlinie wie eine Schrift und ging.
Ecki schnarchte leise, und manchmal hoppelte das Kaninchen zwischen uns herum oder nagte an den Gummirädern der Maschinen. Doch meistens blieb es ruhig auf dem Fußboden sitzen und schien ein wenig zu leuchten in dem dunkler und dunkler werdenden Zimmer.

In der Nacht, als die vier lange fort waren, kontrollierte ich Eckis Blutdruckwerte, und er wartete, bis ich das Stethoskop aus den Ohren genommen hatte und fragte: Geht ihr?
Ich verneinte.
Gegen Morgen, ich fuhr aus meinem Halbschlaf hoch, saß er plötzlich aufrecht im Bett. Mit zitternden Fingern strich er die Decke zurecht, lächelte mich an, und ich erschrak. Es war jenes warme, von melancholischem Verständnis für alles und jeden beseelte Lächeln, das einem inmitten aller Widrigkeiten immer schon als Lösung vorkam, als geheimes Zeichen, daß alles ganz leicht sei.
Ich sah in seine Augen: Er nahm mich gar nicht wahr.

Zwei Chirurgen in fleckigen Kitteln streiften die Handschuhe ab, zogen sie armlang und länger und schossen sie den kichernden, im Dienstzimmer verschwindenden Schwestern nach – durchsonnte Gummihände, die gegen das Türholz klatschten und schlaff zu Boden fielen.
Ich hatte mich gerade in die Sitzwachenliste eingetragen, als Ecki, umringt von Ärzten und Pflegern, die Transfusionen und Plasmaflaschen hochhielten oder das hektisch piepende Ekg-Gerät schoben, aus dem Operationssaal gebracht wurde. Eine Revision: Innere Blutungen, Ursache des dauernden Druckabfalls.
Wegen eines Atemstillstands hatte man einen Luftröhrenschnitt gemacht, und daraus ragte ein blaßgrüner Plastiktubus hervor, durch den er im Moment wieder selbständig atmete; doch wackelte der Kopf mit den halbgeschlossenen Lidern und dem verschleimten Mund – wenn der Brustkorb sich hob oder senkte – wie

ein lebloses Zubehör. Als das Bett in der Box installiert war, legte der Anästhesist einen Blasebalg neben das Kissen.

Ein seltsamer, zwischen Urin und saurem Wein schwebender Geruch ging von Ecki aus, und Dr. Hernández, der seine Dialysetauglichkeit beurteilen sollte, winkte ab. Zu niedrig, der Blutdruck.

Während ich aufräumte und das Beatmungsgerät, den sogenannten »Bird« bereitstellte, schaute der Arzt, leise flötend, aus dem Fenster.

Es ist absurd, sagte er nach einer Weile. Bei dem Zustand seiner Nieren stirbt er sicher an Harnvergiftung, wenn wir ihn nicht dialysieren. Tun wir es aber, stirbt er an einem Kreislaufkollaps – was ein rascher und vermutlich schmerzloser Tod wäre. Nun kann das schwere, von Krämpfen und Anfällen begleitete Sterben an Urämie eine beachtliche Weile dauern. Und daß wir mitunter verpflichtet sind, die Todesart zu wählen, die den Patienten so lange wie möglich am Leben hält, auch das nennt man Medizin.

Er stutzte, griff zwischen zwei Schränke und zog etwas hervor, das ich erst in der Sonne als Stock erkannte: Salzburgs Krückstock aus Plexiglas. – Ich lächelte, und Dr. Hernández sagte: Sie scheinen strapaziert, mein Lieber. Gehen wir mal wieder ins Kino. Und hinterher ein Glas Wein... Ich rufe Sie an!

Dann watschelte er mit weit nach außen gekehrten Schuhspitzen zum Lift und ließ den Stock wie einen Propeller wirbeln.

Vor Freude über diesen Freund und seine Darbietung achtete ich zunächst nicht auf das Schnarren hinter mir, hob meinerseits die Augenbrauen und einen unsichtbaren Hut...

Da fuhr der Arzt herum, und ich begriff.
Schnurgerade war die orangefarbene Linie, die im Rhythmus des Signals über den Monitor lief, rechts abbrach und links von neuem begann, endlos ein Ende unterstreichend, auf das ich in der ersten Verblüffung mit einem Faustschlag gegen die Maschine, ihr hallendes Gehäuse reagierte.
Mehr als der Ton, der nun verstummte, klang die Stille wie ein Alarm. Überall glühten Warnlichter auf, doch konnte ich kein Lid rühren; die Tropfen der Infusionen und Blutkonserven hingen reglos unter den Flaschen.
Eckis Kiefer sank langsam herab.
Dr. Hernández faßte meinen Arm, stieß mich grob ans Bett. – Was glotzen Sie denn?! Reanimieren!
Auf das Paßstück, das aus dem Hals ragte, steckte er den kugelförmigen Blasebalg, drehte das Ekg-Gerät so, daß er den Monitor im Auge behalten konnte, verstellte ein paar Knöpfe und Regler und öffnete mit dem Fuß die Schublade, in der das sogenannte Notfallbesteck lag, Spritzen, Ampullen, Schockgerät.
Ich kreuzte die Hände auf Eckis Brustkorb und preßte ihn zweimal schnell zusammen – ein mit den Ballen erzeugter, jedoch von der viel zu weichen Matratze verschluckter Druck. Also packte ich ihn bei den Schultern und riß ihn hoch, während der Arzt das für diesen Zweck stets parate Brett unter seinen Rücken schob.
Drei, vier Mal pumpte er Luft in den Toten, drei, vier Mal massierte ich das Herz im entsprechenden Rhythmus – vergebens.
Gesicht und Hals verfärbten sich schon, eine zartviolette, vom Sauerstoffmangel verursachte Maserung, und Dr. Hernández, der auf den Monitor gestarrt und Komm! Na komm! geflüstert hatte, blitzte mich an.

Verdammt, was machen Sie da eigentlich?! Soll ich Ihretwegen hinter Gitter? *Reanimieren* Sie!
Er befand sich völlig im Recht mit seiner Wut, kam es mir doch wie immer anmaßend, ja unwürdig vor, den Verschiedenen »zurückzuholen«, so der Jargon. Wer waren wir denn. Man durfte nicht leben, wie man wollte, nicht sterben, wann man sollte – was für ein idiotisches Theater. – Tot ist tot, dachte ich während der Herzmassage, die freilich auch deswegen so schwach ausfiel, weil ich dem alten Freund... Es war kaum zu sagen: Ich wollte Ecki nicht wehtun.
Das schien Dr. Hernádez nun zu verstehen. – Rüber hier! befahl er, und wir wechselten die Seiten. Er streifte die Kittelärmel hoch, stemmte seine muskulösen Arme gegen den Thorax und drückte ihn derart schnell und wuchtvoll zusammen – der Kopf hob sich aus den Kissen, wieder und wieder, und hörbar brachen Rippen.
Ein einzelner Ton wurde laut, ein zweiter – dann liefen erneut Nullinien über den stumpfschwarzen Monitor, strichen alle Bemühungen durch, und der Arzt, nach einem letzten Versuch, riß fluchend das Schockgerät aus der Lade, schob dem Toten die tellergroße Stahlscheibe unter die Schulterblätter und drückte den hantelartigen Stempel auf sein Herz.
Weg vom Bett! rief er. – Kein Metall anfassen!
Hier bemerkte ich es zum ersten Mal. Es kam wohl aus dem Baumlaub hinter den Doppelscheiben und war so leise, daß es in der Hektik der Wiederbelebung kaum aufgefallen wäre: Ein Zirpen, seltsam irreal, als würde Gott, in seiner Langeweile, etwas Silbersand zwischen Daumen und Zeigefinger zerreiben. Doch das Bedrückte, Verzagte darin, der reine, von Tier oder

Mensch völlig unabhängige Klang der Angst machten es so eindringlich – man hätte dies Zirpen im Kriegslärm gehört.

Ein kurzer, trockener Knall, und der tote Körper, vom Stromstoß durchzuckt, bäumte sich und schlug auf das Brett zurück. Die Nullinie wurde unterbrochen, ein paar Zacken, ein Rauschen fast wie im Radio, und ich preßte den Blasebalg zusammen.

Blutiger Schaum quoll aus Eckis Mund; Dr. Hernández schob ihm einen Gummikeil zwischen die Zähne. Auch die Füße verfärbten sich nun, doch das Flimmern auf dem Sichtschirm blieb, ein lichtes Gekritzel, ein Piepton dann und wann ... Und konnte noch eine Störung sein, Wackelkontakt. Wieder setzte der Arzt den Stempel an, trat so weit wie möglich zurück vom Bett und erhöhte die Voltzahl.

Der Vogel vor dem Fenster wurde lauter. Ich sah ihn nicht in dem Kastanienlaub, dachte ihn mir aber unwillkürlich grau. Hellgrau mit rotbraunen Augen, einem weißen Fleck an der Kehle und unsagbar zarten Krallen. Er formulierte wieder seine immer gleiche Frage, die er, nach kurzen Pausen, immer dringlicher zu stellen schien, und Dr. Hernández drückte auf den Knopf.

Die Wucht des Stromschlags verdrehte Eckis Körper derart, daß sein Kopf mit der herausfahrenden, Keil und Schleim hervorstoßenden Zunge an der einen, das linke Bein an der anderen Bettseite herabhing und er alles, was in ihm war, unter sich ließ. Doch konnte man wieder Pulstöne hören. Sie folgten schnell, fast rasend aufeinander, als liefe der Muskel noch leer, und der Arzt schlug eine Ampulle an der Tischkante auf und spritzte das Medikament mit einer langen Nadel direkt

in Eckis Brust. Während ich den Schlauch des Beatmungsgeräts auf seinen Tubus schraubte.
Nachdem wir den Patienten zurechtgerückt hatten, wischte Dr. Hernández sich das verschwitzte Gesicht und sah mich erleichtert an. Ich erwiderte sein Lächeln nicht und bemerkte, daß dem übrigen Personal die Unruhe in unserer Box nicht entgangen war; man drängte sich hinter rauchgrauen Scheiben und starrte auf den Monitor, als würde dort ein Sportkampf gezeigt.
Nanu, sagte Oberarzt Voigt und griff nach den Krankenblättern. – Was gabs denn? – Er sah uns abwechselnd an, und Dr. Hernández, der eine weitere Spritze präparierte, deutete auf die regelmäßige, nun halbwegs stabile Herzlinie und legte mir eine Hand auf die Schulter. – Hier, sagte er, während die Infusionen und Blutkonserven wieder zu tropfen begannen und draußen, im Laub, jenes Zwitschern verstummte: Der Junge hat ihm das Leben gerettet.

Als ich am nächsten Tag zum Dienst kam, war Ecki fort. Das Zimmer stand offen, überall lagen Klemmen, Elektroden, Binden und Pflasterstreifen herum, und an den Stativen, den halbvollen Flaschen und Beuteln, hingen die Schläuche mit den blutigen Nadeln; auch das Fieberthermometer auf dem Nachttisch war noch nicht heruntergeschüttelt.
Schloß man die Tür, wurde es vollkommen still im Raum. Nur manchmal knackten die Gehäuse der Tropfenzähler und Ekg-Geräte in der Sonnenwärme, als entspannte sich die Materie. Der Himmel über dem Klinikpark war wolkenlos blau, und ich zog meinen Kittel aus und staunte, kaum mehr zu fühlen als leise

Scham: Über den Gedanken, daß der Nachmittag nun frei blieb ...
Was bedeutete das? Eckis Sterben nach all den Wochen der Nähe nicht gespürt zu haben – kein geheimer Wink, kein innerstes Aufmerken, nichts –, das war zwar etwas beleidigend, ließ sich aber hinnehmen. Doch warum empfand ich jetzt, inmitten seiner erdrückenden Abwesenheit, nicht wenigstens einen Hauch von Traurigkeit oder Wut? Hatte diese Arbeit mich schon an den Nagel gehängt? Mich zu einem jener seelenlosen Pfleger ausgedörrt, für die das Leben nur noch ein Blutdruckwert oder eine Fieberkurve war und die Liebe eine Drüse oder ihr Sekret?
Marleen und Mangoldt, soeben aus der Pathologie zurück, saßen im Dienstzimmer, tranken Sekt und sprachen über irgendein neues Schwimmbad. Ich strich meinen Namen aus der Liste.
Eckis Akte lag auf dem Schreibtisch, eine unter vielen, der Adressenteil leer. Ich rauchte und malte müßig »Blow Up« hinein. »Ihr Treffpunkt im Herzen der City. Ihr Lichtblick am Arsch der Welt. Inhaber: Eckhart Eberwein.« – Und wußte plötzlich, daß ich fortgehen würde.
Was hat er eigentlich gemacht, dein Freund? fragte Marleen, die nett sein wollte. War er so eine Art Künstler? – Ich rührte in meinem Kaffee, zuckte mit den Schultern. – Ja, so eine Art.
Mangoldt grinste. – Lebenskünstler vermutlich. Wenn ich an den Plastikbeutel mit seinen Klamotten denke ...
Er verzog das Gesicht. – Was ist, fragte er, als sie auf seine Schuhspitze trat: Fahren wir?
Ja, ich würde weggehen hier ... Und noch hätte es fast jeder Ort sein können, sofern er nicht schon hinter mir

lag, noch hatte die Richtung mich nicht gewählt: Da las ich sie auf einer anderen Akte und dachte an Dr. Hernández und eines unserer Gespräche in der »Süßen Mutter«, in dem es um Zufälle gegangen war und seinen Glauben, daß es im Dasein eines wachen Menschen keine gibt, daß alles, was ihm geschieht, ein Arrangement schöpferischer Notwendigkeit ist. Ich nahm das Blatt vom Tisch. – Berlin? Klingt gut. Warum also nicht Berlin?
Fahren wir endlich? beharrte Mangoldt und stand auf. Marleen blieb sitzen, hielt mir eine Tasse hin, und ich goß ihr den restlichen Kaffee ein, samt Satz. Was sie aber nicht bemerkte, schenkte sie mir doch gerade einen ihrer *tiefen* Blicke (sie hatte die Dinger in allen Formaten) und wurde scheinbar sogar verlegen, als ich ihn ruhig erwiderte. Ob sie es jemals lächerlich oder pietätlos finden könnte, in diesen hemdchenkurzen Kitteln zwischen Todkranken herumzuhüpfen?
Nur wenn Kai mitkommt ...
Er wollte ihr den neuen Whirlpool seiner Mutter vorführen, und ich hatte natürlich überhaupt keine Lust, mit den beiden in die Villa nach Kettwig zu fahren, schon gar nicht auf dem Notsitz seines »Porsche«. Außerdem entging mir nicht, wie sehr Mangoldt mich zur Hölle wünschte; alles an ihm, jede Pore dünstete Ablehnung aus, der Blick war ätzend. – Also dann ...
Ich öffnete die Tür. – Dann hole ich rasch meine Badehose.

Auf dem Flur stand Oberarzt Voigt und hörte einer Besucherin zu: Er machte das seriöse, Mitgefühl simulierende Gesicht, das Ärzte zu den Visiten aufsetzen, während sie innerlich ganz woanders sind. Sie legte ihm

eine Hand auf den Arm und krallte sich in den Kittelstoff – eine kleine, in ein nachtblaues, flusiges Kostüm gekleidete Frau mit grauem Haarknoten, der in einem Netz steckte, grauen Augen, etwas wäßrig, und einem riesigen Kropf unter dem zierlichen Kinn. Er war breiter als ihr Kopf und hing, von violetten Adern durchzogen, schwer über dem Kragen der Spitzenbluse.
Aber ja, sagte der Arzt, gewiß, gute Frau. Und schauen Sie, hier kommt auch schon unser Herr Carlsen. Er hat Ihren Jungen bis zuletzt gepflegt, nicht wahr, und begleitet Sie jetzt gern in die Pathologie, da können Sie die Sachen in Empfang nehmen. – Er senkte die Stimme. – Es gab offenbar eine Tüte mit Kleidern und so weiter. Seien Sie so freundlich ...
Nu, sagte die Frau. – Und Wertsachen wohl? Hausschlüssel, Uhr?
Alles, erwiderte Dr. Voigt. – Alles was hier war, finden Sie dort. Und dürfen Ihren Sohn auch nochmal ansehen und Abschied von ihm nehmen.
Sie riß die kleinen Augen auf und nickte eifrig, wobei das Kinn im Kropf versank, der mattglänzend vorquoll. Die Zungenspitze schnellte über die Lippen. – Und Brieftasche, Papiere? Wird das nicht in der Verwaltung ... – Dr. Voigt drückte ihre Hand, legte sie mir auf den Unterarm. – Herr Carlsen, sagte er, ohne mit einer Silbe danach zu fragen, ob ich überhaupt im Dienst war: Herr Carlsen wird Ihnen alles zeigen. Guten Tag.
Die Frau starrte mich an, und ich lächelte mein Alte-Damen-Lächeln (ich habe ein Lächeln für kleine Mädchen, eins für ältere Damen), und wies einladend auf den Lift. Sie hängte sich ihre Kunstledertasche in die Ellenbeuge, und obwohl der Arzt längst im Stationszimmer

verschwunden war, wendete sie noch einmal den Kopf und sagte respektvoll: Wiedersehn!

Dann, unter Schwierigkeiten, setzten wir uns in Bewegung: So kleine Schritte ich auch machte, Eckis Mutter brauchte wenigstens drei für einen, wobei sie ihre bandagierten, in zerschlissene Schuhe gezwängten Füße über die Fliesen schubbern ließ und wiederholt: Ach Gott! Ach Gottchen! flüsterte.

Kurz bevor wir den Aufzug erreicht hatten, fuhr er davon, und sie stutzte und sagte: Nu! Jetzt hätt er auch noch warten können.

Sie hielt sich an einem Bett fest, das leer auf dem Flur stand, und während ich meinen Kittel wieder anzog, besah ich sie unauffällig näher. Sie war in einem Alter, das ich kaum mehr schätzen konnte, und anfangs fand ich nichts in ihrem Gesicht, das an Ecki erinnerte, nicht entfernt. Doch als sie mich flüsternd fragte, ob die Leute in den Glaskabinen alle im Sterben lägen, bemerkte ich, daß sie annähernd denselben Mund hatte wie er: Klein und freundlich, wenn sie sprach, und überraschend breit, wenn sie – ich holte ihr einen Hocker –, wenn sie lächelte. Ja, als ich mich ganz auf ihre Lippen konzentrierte, hatte ich eine Schrecksekunde lang das Gefühl, noch einmal mit ihrem Sohn zu reden.

Meinen Sie, ich kriege das Taxigeld irgendwo erstattet? fragte sie. – Hat fast dreißig Mark gekostet von Bottrop bis hierher, siebenundzwanzig vierzig, mit Trinkgeld achtundzwanzig. Und dann muß ich doch auch zurück. Oder gibt es eine Straßenbahn bis Pferdemarkt?

Im Fahrstuhl kniff sie die Augen zu, zwei Stockwerke lang, und öffnete sie erst wieder im Parterre.

Große Pfingstrosen blühten vor dem Haus, bordeaux-

rot, altrosa, weiß, und kamen mir in ihrer Kraft und Eleganz fast hohnvoll vor neben der ärmlich gekleideten Frau, die sich durch ihre Schatten mühte. Wir sprachen eine Weile nichts, eine lange Weile, wie ich dachte, aber dann hatten wir erst die verschachtelten Gebäude der Chirurgie passiert, während der Komplex der Hals-Nasen-Ohren-Klinik, »Bazillenburg«, Hautklinik und die Westseite des Weihers noch vor uns lagen – und ich den Arm der Frau etwas fester faßte, um ihrem Gang einen sanften Nachdruck zu geben.
Sie blieb stehen.
Gott, wie heiß! hauchte sie und versuchte, einen Blusenknopf zu öffnen, was wegen der gichtigen Finger aber nicht gelingen wollte. Sie drehte die Augen, ein bittender Blick, und als ich ihr half, berührte ich unvermeidlich den Kropf, mußte ihn sogar beträchtlich eindrükken, um an den Kragen zu kommen, und staunte, wie weich der Auswuchs war.
Was haben Sie denn *da* drin! sagte ich freundlich forsch, um die Situation ein wenig zu entkrampfen und von meiner Ungeschicklichkeit, dem Kampf mit dem Knopf abzulenken. Vermutlich war ich nicht der erste, der das fragte. – Koks und Kartoffeln! erwiderte sie, und von meinem Lachen und ihrem Kichern beschwingt, gingen wir drei, vier Schritte etwas schneller.
Doch dann verfiel sie wieder in ihr zentimeterweises Schlurchen, und als wir ins Zwielicht einer Akazienreihe traten, bemerkte ich das silberweiße Glitzern in den Augen der Frau.
Nu kann ich den auch begraben, sagte sie. – Wer soll das verstehen. Erst wollen sie gar nicht hoch, fallen immer wieder auf den Windelhintern, in die Bauklötze,

und dann sind sie große Männer und tot. Naja, der Allmächtige wird sich was gedacht haben. Aber mal ehrlich: Jungsein wäre schon besser, oder?
Wie alt genau ist er eigentlich geworden? fragte ich, obwohl es mir bekannt war; doch schien sie etwas zügiger zu gehen, wenn sie sprach.
Sie zuckte mit den Schultern. – Ach, ich weiß nicht.
Nun war ich es, der anhielt. – Aber Frau Eberwein! Sie müssen doch wissen, wann Ihr Sohn geboren wurde!
Sie blinzelte in den Himmel, lächelte verlegen. – Selbstverständlich. Aber ich hatte fünf, nicht wahr, fünf Söhne. Und das ist alles schon so lange her... Auf jeden Fall war er mein Jüngster.
Wir bewegten uns weiter, und sie murmelte: Liebe Güte. Die Hauptsache ist, er hatte eine leichte Sterbestunde...
Übrigens heiße ich nicht mehr Eberwein, Herr Doktor, schon lange nicht mehr. Ich heiße Klimanek, wie mein letzter selig. Nur damit Sie sich nicht wundern, wenn ich nachher die Quittung für die Wertsachen unterschreibe. Ich bin die rechtmäßige Erbin, das ist sicher.
Oder?
Plötzlich überkam mich eine böse Lust, irgendwelche Frauen oder Enkel zu erfinden, doch der Gedanke, sie könnte noch langsamer werden, stehenbleiben gar, hielt mich davon ab. – Wahrscheinlich, sagte ich. Verheiratet war er ja nicht.
Sie schüttelte den Kopf, bekümmert. – Natürlich war er verheiratet.
Was? Ecki?
Wir erreichten das Gebäude der Hals-Nasen-Ohren-

Klinik, vor dem Stauden großer, mir unbekannter Blumen wuchsen. An den daumendicken, stabartig aufragenden, vielfach übermannshohen Stengeln hingen unzählige glöckchenartige Blüten von einem matten, mit zunehmender Höhe heller werdenden, in den Spitzen fast durchsichtigen Blau, während die Staubblätter orangefarben waren – Glockenspiele für die Gehörlosen, die in Morgenmänteln an den Fenstern standen und zu uns herunterblickten.

Ich sagte, daß ich nicht nur Eckis Pfleger, sondern auch ein Freund gewesen sei; von einer Ehe habe er nie erzählt ...

Seine Mutter kramte ihre Börse aus der Tasche und hielt mir eine Schwarzweißaufnahme in zerschrammter Klarsichthülle hin, ein Portraitfoto, Brustbild, auf dem er vermutlich Anfang zwanzig war. Er trug eine schmale Krawatte und die Andeutung einer Rock'n Roll-Frisur: Leicht zerzauste Stirnlocke und zurückgekämmte, an den Seiten mit Wasser oder Brillantine befeuchtete Haare.

Selbstgewisse Ruhe strahlte es aus, dieses klare, rundliche Gesicht mit dem klugen Blick; eine Ruhe, die trotz der Jugend etwas Väterliches hatte und wie eine Reaktion auf die Ausgelassenheit der Frau neben ihm wirkte. Da sie sich bewegt, den Kopf an seine Schulter gelegt hatte während des Kamerablitzes, waren die Züge nicht sehr scharf, was ihr Lachen unter dem herumwirbelnden Blondhaar umso strahlender erscheinen ließ. Und obwohl ich wußte: Unsinn, unmöglich (sie war zu dem Zeitpunkt noch gar nicht geboren), sagte ich: Sonja? Das ist Sonja!

In meiner Verblüffung blieb ich ein wenig zurück; Eckis Mutter sah sich schmunzelnd nach mir um. – Eine

Hübsche, nicht? Ja-ha, die stellte etwas dar! Damals kamen sie öfter zu mir, und ich hab immer alles aufgetischt, auch den Schinken und die selbstgeräucherten Forellen und echten Bohnenkaffee. Und mein Mann, der Klimanek, ist sogar mal rauf in den Schlag und hat ihnen zwei Täubchen geschlachtet, gerupft und in Folie verpackt: Abendbrot für die Verliebten. Das hat der gemacht ...
Sie runzelte die Brauen, nahm mir das Foto fort, betrachtete es prüfend und fächerte sich Luft damit zu. – Wieso Sonja? Nein, nein. Das ist Carolin.
Ich drängte sie etwas zur Seite, um eine beschädigte Gehsteigplatte herum. – Na, sie war aber auch ein Besen, will ich Ihnen sagen. Die wußte, was sie fordern konnte mit ihrer schönen Schnute, oh ja! Der Junge mußte viel aushalten, besonders wenn sie einen Servus hatte. – Sie hob die zitternde Hand an den Mund, kippte ein unsichtbares Glas. – Dann wurde sie richtig böse. Beschimpfte ihn immer mit so einem Spezialwort, warten Sie, das hat man damals oft gesagt, Spinner nicht, *Spicker* oder so. – Spießer? fragte ich. – Oder so. Sie wollte dauernd, daß er alles hinschmeißt, erst das Studium und später die Stelle, und mit ihr durch die Welt bummelt, Jupheidi! Dabei waren wir so froh, wie er Bauingenieur wurde. Mein einziger Studierter. Das war eine richtige Leidenschaft bei dem, dies Bauen, schon in der Kinderzeit, der konnte umgehen mit Werkzeug und allem – doll! Aber sie nannte ihn ... Wie? – Spießer. – Ja, so war das. Und als ich ihr sagte: Warum fährst du nicht allein in deine Welt hinaus? Laß mir den Jungen doch in seinem Beruf, wo er sich wohlfühlt. Soll er werweißwas kriegen in dem Chile oder Indien und nachher so verhungert zurückkommen wie die? Da

schüttelte sie den Kopf: Mutter, das verstehst du nicht.
Natürlich nicht, denn ich bin ja blöd. Aber daß sie mir den ganzen Aufgesetzten leergesoffen und die Gardinen vollgequalmt hat, das hab ich verstanden. Und daß sie Klimaneks Täubchen zwei Straßen weiter in die Mülltonne geworfen hat, das hab ich auch verstanden. – Sie stopfte das Foto in ihre Tasche zurück. – Die!
Nach einigen Schritten blieb sie wieder stehen. – Ach Mensch, nichtmal mehr weinen kann man in der Sonnenglut. Und die Füße tun mir so weh. Darf ich mich nicht einen Moment setzen?
Wir befanden uns erst in Höhe der »Bazillenburg«, mußten noch an der Hautklinik und dem Teich vorüber, und ich wies auf eine Bank zwischen Ginsterbüschen und rauchte eine Zigarette. – Und dann? fragte ich neugierig. – Was wurde mit ihnen? Scheidung?
Erschrocken sah sie auf. – Um Gottes Willen! *So* nun auch wieder nicht!
Sie beugte den Oberkörper, streckte die Arme, kam aber nicht an die Schuhe heran. – Besucht hat sie ihn da draußen, auf Montage. Und getrunken mit den Arbeitern, klar. Dann sind sie sich wegen irgendwas in die Haare, und sie hat ihn blamiert vor den Leuten, beschimpft und geohrfeigt sogar. Sie war sehr gern theatralisch. Wie oft hab ich ihr gesagt: Krieg Kinder, dann ist es dir nicht mehr langweilig, du wirst ruhiger und brauchst auch nicht immer trinken. Nein, sie wollte erst was sehen von der Welt, nannte es Selbstverwicklung oder so ... Die hatte vielleicht ein Deutsch am Kopp.
Ich bückte mich, knüpfte ihre Schuhe auf. – Selbstver*wirklichung*? fragte ich. – Ja, wollte sich dauernd selbstverwickeln. Und dazu paßte ihr mein Junge wohl

nicht, danke. Der war eher häuslich und liebte seine Arbeit. Der hatte ihr nicht genug Feuer unterm Hintern. Da kann ich gleich mit einem Zementsack tanzen, hat sie gesagt, natürlich blau. Und dann ist sie heulend raus auf diese Baustelle, im Sauerland. – Maria hilf, wie das schon klingt: Sauerland. Wie Jammertal. – Raus auf die Brücke, und die war mitten in der Nacht zu Ende. Wie abgehackt.
Sie nickte heftig, der Kropf quoll vor. – Vielleicht hat sie es nicht gesehen. Vielleicht aber doch. Sechsunddreißig Meter.
Und Ihr Sohn?
Ecki? Na was wohl. Auf den Bau ist er jedenfalls nicht mehr gegangen, das hat sie erreicht. Diese Brücke kriegte er noch fertig. Aber schließlich ... Saß in meiner Küche, schob das Brot weg, Aufschnitt, gute Butter, und sagte: Was soll ich jetzt? Was?
Froh sein sollst du! konnte ich schlecht sagen. Knacks ist Knacks. Der wuchs mir nicht wieder an, auch wenn er sich später immer solche Rauschgoldengel suchte; waren ja manchmal zum Verwechseln. Doch das klappte nicht mehr.
Sie zog ein Taschentuch unter der Manschette hervor, zupfte es umständlich auseinander. – Er hat dann wohl eine Gaststätte geführt, sagte sie leiser; es klang beeindruckt und verschwörerisch zugleich. – Ein Restaurant. Stimmt das?
Ich bejahte. – Etwas ähnliches.
Ein Schäferhund mit weit heraushängender, von Sonne durchglühter Zunge lief an den Teich; ein Schwan glitt vom Rand in die Mitte. Ich zertrat meine Zigarette, räusperte mich, stand auf... Die Frau rührte sich nicht. Sie hob nur den Blick und sagte:

Glauben Sie, man kann was zum Trinken bekommen? Es ist so warm.

Mein Seufzer war hörbar ungeduldig; doch schämte ich mich sofort und ließ den Laut in eine Art bestätigendes Stöhnen übergehen. – Ja, ich habe auch Durst.

Quer über den Rasen eilte ich in mein Parterrezimmer, wo es so schattig war, daß mir alles im Negativ vorkam und ich neben die Klinken griff. Ich nahm eine Dose Mineralwasser aus dem Kühlschrank und steckte meine Badehose und den Schnaps für Bubi und Mormone in die Kitteltasche.

Die Aussicht auf eine Erfrischung hatte die Frau heiterer gestimmt. Den Kopf im Nacken, beobachtete sie zwei blasse, über ihr durch die Luft kapriolende Zitronenfalter und ließ die Füße, die bei weitem nicht auf den Boden reichten, etwas pendeln.

Das zischt, sagte sie nach den ersten, winzigen Schlukken; sie hielt die Dose mit beiden Händen.

Man hat es nicht leicht mit den Alten, oder? Ich lag ja auch erst im Krankenhaus, wissen Sie. Phillipus-Stift. Da hatte ich Thrombose.

Mein Gott, fünf verkalkte Schachteln waren wir in dem Zimmer. Wenns der einen zog, wars der anderen zu stickig. Und die Röder, die hatte Tumor und jammerte immer, wie hart das ist mit dem Altwerden, den Gebrechen und so; die maulte und knötterte den ganzen Tag. Unglaublich. Und da sagte die Schnabel – also was *die* alles hatte, dagegen war die Röder ein Springinsfeld: Aber älter werden ist doch auch schön, Luise. – Und wissen Sie, ja, da ging mir das zum ersten Mal auf. Es stimmt...

Während wir uns weiterbewegten, lächelte sie, als

träumte sie irgendwelchen Erinnerungen nach und bemerkte nicht, daß ich ihr zwei verwelkte Ginsterblüten vom Haar nahm.
Ist Tumor denn schlimm? fragte sie, und ich zog die Schultern hoch. – Je nachdem. Gewöhnlich ist es Krebs. – Wie?! Machen Sie keinen Quatsch! *Tumor* hat der Arzt gesagt, nicht Krebs!
Obwohl wir noch ein Stück vom Weiher entfernt waren, klang das drohende Fauchen des Schwans herüber.
Ich mag keine Schäferhunde, murmelte sie. Hab sie nie gemocht. Wir hatten meistens Pudel, auch wenn sie etwas teurer im Unterhalt sind. Die müssen doch alle sechs Wochen zum Kapper, zum Friseur, und der nimmts vom Lebendigen... »Diese Quadrathunde, diese kleinen bellenden Hecken!« hat Ecki immer gesagt. »Die magst du lieber als deine Kinder!« – Sie kicherte, schüttelte den Kopf. – Aber das ist nicht wahr. Das glaube ich nicht.
Ein von Stirn bis Fuß bandagierter Mensch – er trug himbeerrote Gummistiefel – wusch vor der Hautklinik Stühle ab, ein Dutzend nebeneinanderstehender, in der Sonne blitzender Rollstühle.
Je näher wir der Pathologie kamen, desto langsamer wurde die Frau – oder schien es mir in meiner Ungeduld nur so? Sie sah jetzt beinahe fahl aus, verloren, als wäre ihr mit einem Mal klargeworden, daß sie das Folgende ganz allein durchmachen mußte. Die flaumige Wangenhaut zitterte leicht bei jedem Schritt, und ein hilfloser Ausdruck, banges Starren kam in ihre Augen. Schloß sie die faltigen Lider und bewegte die Lippen, tonlos, rief sie sich wohl Ermahnungen zu, Mut... Und plötzlich fühlte ich mich völlig deplaciert, wie in Fami-

lienangelegenheiten fremder Menschen, und hätte sie, vor der Schwelle zur Pathologie, am liebsten einer Sekretärin übergeben.
Im Erdgeschoß wirkte das Gebäude aus damals modernem Waschbeton wie ein beliebiger, medizinisch-technischer Bürokomplex, und angesichts der vielen Topfpflanzen, Gemäldereproduktionen und Sessel aus Leder, vor denen ein Springbrunnen lauter plätscherte als die Musikberieselung, kam es einem überhaupt nicht in den Sinn, unter dem geschmackvollen, in hell-dunkler Tabakfarbe gemusterten Teppichboden könnten Leichen zerstückelt werden.
Doch schon im Aufzug roch es nach Formalin, und ich hatte bereits auf den Knopf gedrückt, Kellergeschoß, da winkte mir eine Laborantin zu und hielt einen Telefonhörer hoch. Kauend lächelte sie so breit, daß ich mich wunderte, wieso ihr der Gummi nicht aus dem Mund fiel.
Verdammt nochmal, wo bleibst du denn! bellte Mangoldt. – Meinst du, wir leben ewig? Schick die Alte nach Hause und tanz gefälligst ... Au!
Halloo? – Das war Marleen. – Du machst dich aber kostbar, Süßer. Wir haben bald keinen Sekt mehr. Kommst du jetzt mal bitte? Andernfalls ...
Andernfalls was? fragte ich.
Pause. Im Hintergrund Stimmen, Gelächter, Gläserklang; das Dienstzimmer schien voll zu sein. – Na, andernfalls eben andernfalls, sagte sie, und ich blickte hinaus. Der Schäferhund schwamm durch den Teich.
Dann fahr halt mit dem Knilch! rief ich. – Hau endlich ab!
Das Schweigen in der Leitung sollte eine Strafe sein. Ich aber war Masochist.

Ich will nicht mit irgendeinem Knilch fahren ... sagte sie leiser; ihr Ernst nahm mir momentlang die Luft; überdies klang die Stimme, als hielte sie ihre Finger um die Sprechmuschel, und der Spearmintgeruch, den ich an meiner bemerkte, kam mir wie ihr Atem vor; dann löste sich mein innerster Mensch und trudelte durch die Jubelkurve: ... sondern mit *dir*!
Hallo? Kai? In zehn Minuten?

Ich holte den Aufzug, holte Eckis Mutter wieder hoch.
– Ein Notfall? – Ich nickte.
Während wir hinunterfuhren, legte sie beide Hände auf die Magengegend und sah mich und die beruhigende Miene, die ich zu machen versuchte, immer unruhiger an. Erst als der Lift stoppte, ein Ruck, kniff sie die Augen zu.
Hinter der Milchglastür am Ende des gekachelten Ganges hörte man das Klappern und Klirren von Instrumenten, das Sirren einer Schneide- oder Bohrmaschine, gedämpfte Musik. Unsere Schritte, auf dem Estrich, hallten wie hoch über uns, und ich öffnete eine Stahltür und führte die Frau in den Pausenraum, der ebenfalls bis unter die Decke gefliest und mit Blechschränken und Küchenmöbeln ausgestattet war. Auf einem der Stühle ein Pornoheft, und ich warf die Tageszeitung darauf und bat Eckis Mutter, zu warten.
Durch einen Korridor, in dem sich Waschbecken und Kleiderständer voller Gummischürzen befanden, ging ich in den Sektionssaal; Bubi und Mormone, die gemeinsam an einer Leiche arbeiteten, blickten grußlos auf.
Der Verstorbene oder seine Organe wurden gerade für irgendeine Vorführung präpariert. Auf einem Rolltisch

aus poliertem Metall lagen bereits das cremefarbene, in fingerdicke Scheiben geschnittene Gehirn, die große, von schwarzgrünen Geschwüren überzogene Leber und die wie Brötchen in vier Hälften zerteilten Nieren. Bubi gab ein paar weitere, dem Magen-Darm-Trakt entnommene Innereien in ovale Glasschalen, die Mormone, offenbar nach dekorativen Gesichtspunkten, zwischen die anderen Organe stellte. Neben dem Kopf des Toten dudelte ein Transistorradio.
Ecki, auf dem zweiten Tisch, war mit einem Laken bedeckt; nur der Fußzettel schaute hervor, und ich wunderte mich, wie klein die Leiche auf der wuchtigen Sektionsbank wirkte, ein Bündel.
Noch einmal, einen Herzschlag lang, hatte ich die absurde Hoffnung, dies alles wäre gar nicht wahr. Denn da ich mich selbst im Grunde für unsterblich hielt – irgendwie käme ich schon davon –, konnte ich auch nicht glauben, daß mir je der Tod von Vater, Mutter oder Freunden zugemutet würde, und langsam nahm ich das Tuch weg.
Ich zog es bis unter Eckis Kinn. Das Gewebe knisterte über den Bartstoppeln, deren Länge und Dichte mich erstaunten, hatte ich ihn doch erst am Vortag rasiert. Die Nase schien etwas spitzer zu sein, und wenn es eine Idee der Endgültigkeit gibt, waren seine geschlossenen Lider ihr Sinnbild. Ein seltsamer, zu Lebzeiten nie gesehener Ausdruck herrschte vor in dem knochigen, gelblich-blassen Gesicht, eine schmunzelnde Bitternis, als dächte er: So ist das eben, mein Bester. Die Faxen sind vorbei ... Ich strich mit dem Handrücken über seine unwirklich kalte Wange; eine Fliege flog aus dem Augenwinkel auf.
Lautlos war Mormone hinter mich getreten. Er griff

nach der Schnapsflasche und betrachtete das Etikett: Alter Drei-Sterne-Cognac. Mit einem fast gesungenen: Kumma! wendete er sich Bubi zu, der wieder nur kurz aufblickte von seiner Arbeit und, zwei senkrechte Falten über der Nasenwurzel, ein knarrendes: Korrekt! hören ließ.
Ich wies auf Ecki und flüsterte: Was macht ihr noch mit ihm? – Nichts, antwortete Mormone in normaler Lautstärke. Der wartet auf den Bestatter. – Und wo sind seine Sachen? – Sachen? Hatte er Sachen? – Einen Plastikbeutel ..., sagte ich. – Ach so. Hab ich auf den Müll geschmissen. Aber warte, ich hol ihn wieder.
Er stieg die Treppe zum Hof hinauf, und ich ging in den Pausenraum zurück, der allein von einem schmuddeligen, unter der Decke liegenden Fenster aus Glasbausteinen erhellt wurde und in dem Eckis Mutter saß, wie ich sie zurückgelassen hatte, die Hände mit dem Taschentuch im Schoß. Das trübe, schräg einfallende Licht erzeugte einen flaumigen Schein um die Haare herum, ihre Augen waren geschlossen.
Ich räusperte mich. Sie zuckte zusammen. – Schön kühl, sagte sie leise. – Wird er hier eingesargt?
Ehe ich antworten konnte, flog die Stahltür auf, und Mormone hielt mir eine zerschrammte »Pennymarkt«-Tüte hin. – Er stutzte, als er die Frau bemerkte, und grüßte stumm, ein Nicken. Das sie, die vor Schreck die Hände, das Taschentuch vor die Brust gehoben hatte, mit einem höflichen, fast unterwürfigen: Guten Tag! beantwortete.
Man hätte den Ausdruck in seinem fettig glänzenden Gesicht, das langsam darin aufgehende Lächeln verlegen nennen können, linkisch auch, wäre nicht der kalt faszinierte, stechende Blick gewesen, und Eckis Mutter

rutschte auf dem Stuhl herum und fragte erneut, was denn hier mit ihrem Sohn geschehe ...
Als wir nichts antworteten, zupfte, rupfte sie noch heftiger an dem Tuch und schaute den pomadigen Mormone, seine langen Gummihandschuhe, die verschmierten Blutflecken auf der Schürze und die Instrumente, die aus der Brusttasche ragten, mit immer bedrückterer Miene an.
Was macht man denn hier? wiederholte sie fast weinend und schlug mehrmals schnell die Füße, die Innenseiten ihrer Schuhe gegeneinander. – Um Himmels Willen, Herr Doktor, was *macht* ...
Mormone, die Hände hinterm Schürzenlatz verschränkt, schien sie überhaupt nicht zu hören. Sein Lächeln war derart, daß man zwar keine der kleinen Zähne, wohl aber bläuliches Zahnfleisch sah, und er schob den Kopf etwas vor, neigte ihn langsam nach links, nach rechts und hatte nur Augen für ihren Auswuchs, den Kropf.
Nichts, Frau Klimanek, gar nichts! sagte ich. – Er wird hier eingesargt ...
Sie seufzte – Denn ist gut! – und sank zurück. – Das muß sein. Hoffentlich macht er euch nicht zuviel Arbeit. Er war immer schwer, schwerknochig, wissen Sie.
Der Blick des Sektionsgehilfen wurde milder; doch klang seine hohe Stimme belegt. – Bißchen düster, nicht? Lampe ist wohl kaputt, werde mal in der Werkstatt ... Sind Sie hier aus Rüttenscheid?
Eckis Mutter putzte ihre Nase. – Wer? Ich? fragte sie durch das Tuch hindurch. – Nein, ich bin aus Bottrop. Pferdemarkt, Emmastraße 22. Ich habe extra ein Taxi ...

Kaum war der Ortsname gefallen, wendete sich Mormone ab; er berührte meine Schulter, reckte den Daumen in Richtung Flur. – Nochmal zeigen?
Ich dachte an die andere Leiche, die ausgebreiteten Organe im Neonlicht des Saals, dachte an Mangoldt und Marleen, sah auf die Wanduhr und schüttelte den Kopf. Mormone runzelte die Brauen. Ich schüttelte den Kopf.

In einem Rollstuhl aus der Hautklinik schob ich die Frau zum Torgebäude hoch und wiederholte, daß sie ihren Sohn schließlich vor der Beerdigung zu Gesicht bekäme, in feierlichem Rahmen, schön aufgebahrt zwischen Kränzen, Blumen, Kerzen, und sie nickte und sagte: Ja, ja, schön teuer! Und griff immer wieder ungläubig in die Tasche jener sandbraunen, zerfransten Cordhose – neben einem Schlüpfer alles, was der Beutel hergab.
Mein Gott, nichtmal Zigaretten, sagte sie. – Kein Schlüssel, nichts. Wovon hat der Junge denn gelebt?
Sie zog ein kurzes, mit grünem Kreppapier umwickeltes Stück Draht aus der Tüte. Ein Weinblatt hing daran, Kunststoff oder Pappe, herbstfarben, und sie drehte es eine Weile um und um, beroch es sogar, schien zu grübeln, und warf es weg.
Vor der Klinik wies ich auf die Plattform, an der Busse stoppten, Straßenbahnen, und verabschiedete mich. – Möglicherweise wird doch etwas im Büro aufbewahrt, sagte sie, im Tresor ...
Möglicherweise, antwortete ich. Dann schickt man es Ihnen sicher zu. Alles Gute!
Ja, Wiedersehn. Wiedersehn. Und ein gesundes Leben.

Zwanzig Minuten später, als Mangoldt seinen »Porsche« aus der Tiefgarage auf die Straße lenkte und trotz grüner Ampel halten mußte, weil ein anderer Fahrer den Motor abgewürgt hatte – er hämmerte auf die Hupe und freute sich über die Nervosität des Mannes, während Marleen einen Sender im Radio suchte –, wartete die Frau immer noch auf der Verkehrsinsel. Sie machte kleine, schubbernde Schritte mal in eine, mal in die andere Richtung, wobei sie tränenlos ins Leere starrte und die Lippen wie im Selbstgespräch bewegte. Eckis Hose, zusammengelegt, hing ordentlich über ihrem Arm.

*

Decken und Wände wieder rein und weiß, fast neu.
Auch der Lärm im Haus, oder das, was ich dafür gehalten hatte, war erträglich geworden im Vergleich zu dem Knarren, Knirschen und Splittern dessen, was man das Rad der Geschichte nennt. Plötzlich lebte man also nicht mehr auf der buntscheckigen, feuchtfröhlichen, funkensprühenden Narreninsel West-Berlin, plötzlich steckte man mitten in Deutschland... Ein Umstand übrigens, der die alltägliche Existenz, bei entsprechend heikler Seelenlage, in eine derart ungute Spannung versetzte – ich sage nur: Schwarz-rot-goldene Sockenhalter! –, daß die Kofferschlösser von allein aufsprangen.
Aber noch konnte ich mich nicht entscheiden; ich hatte zuletzt recht gern in diesem Hof gewohnt. Auch das Verhältnis zu meinem Nachbarn war halbwegs normal geworden seit dem Wasserschaden, und trafen wir im Flur aufeinander, erwiderte er sogar meinen Gruß.
Über mir das Rauschen seiner Waschmaschine, wie Seegang in Dosen, und ich spülte Pinsel und Fellrolle

aus und ging auf eine Stunde in die Kneipe, um Briefe zu schreiben.

Das Lokal war beinahe leer: Zwei Teenager eng umschlungen in der dunkelsten Ecke; eine junge Familie beim Abendbrot; ein Greis, der seinem Spaniel Wurst zuwarf. Ich hatte diese verwinkelte Katakombe immer gern gemocht, denn es gab weder Flippermaschinen noch Bier, und man blieb von dem Gegröle dazugehöriger Schaumschläger verschont und konnte in Ruhe ein paar Gedanken fassen; oder laufen lassen.

Als ich aufsah von meinem Blatt, der Kellnerin winkte, bemerkte ich ihn.

Er hockte allein an einem großen runden Tisch und goß sich aus einer Flasche mit leuchtendem Etikett »Zigeunerglut« ein, den billigsten der eigentlich preiswerten Rotweine hier, den er wohl nur zum Nachspülen brauchte; hauptsächlich kippte er irgendeinen Klaren, von dem ihm gerade das dritte Pinnchen gebracht wurde.

Die Hände auf dem Tisch verschränkt, interessierte er sich für nichts und niemanden in seiner Nähe; hob er den Kopf, um zu trinken, schloß er die Augen. Er trug ein rotbraunes, mit brokatfarbenen Ornamenten besticktes Hemd und eine dicke Wolljacke, unter der die Schultern breiter schienen als sie waren. Umrahmt von dem halblangen, in der Mitte gescheitelten und an den Seiten hinter die Ohren gelegten Haar wirkte sein Gesicht wie das eines alten Indianers, und beim Anblick der vielen tiefen, vom Kerzenlicht hervorgehobenen Falten fragte man sich unwillkürlich, durch welche Feuer dieser Klemke schon gegangen sein mochte.

Saß dort nicht der Überlebende einer Zeit, die zumindest an ihren verblichenen Rändern auch meine gewe-

sen war? (Noch vor Tagen, bei offenen Fenstern, hatte ich die zerkratzte Musik von CAN und John Cale in seinen Räumen gehört ...) Stellten Ernst, Trauer und Melancholie in den Zügen nicht die Schattenseiten einst blühender Verheißungen wie Liebe oder Frieden dar? Und war das nun mein drittes oder erst das zweite Glas?
Als ich mit einer Flasche »Bardolino Classico Superiore« an seinen Tisch trat, rührte er sich nicht, hob nur kurz die müden Lider und fragte: Nanu, wie komm ich'n dazu? – Seine Stimme schwamm bereits im Alkohol.
Ich schenkte ein und sagte: Prost!
Er stieß etwas Luft durch die Nase und goß den Wein fast ohne zu schlucken in einem Zug hinunter; erst dann wies er auf einen Stuhl und betrachtete mich genauer. Argwöhnisch kniff er die Augen zusammen. – Hör mal, kenn ich dich? Bist du nicht mein Nachbar?
Ich nahm die Brille ab, und er sagte: Ah ja! und verschränkte wieder die Finger, die voller Schrammen waren, voller Leimflecken und Holzstaub in den Nagelbetten.
Sein Schweigen hatte eine seltsame Autorität, eine Art umgekehrte Schwerkraft: Nach einer Weile stieg es zu Kopf und lähmte jeden Willen, auch nur durch Räuspern zu stören; ein Schweigen, wie es in dieser Konsistenz und Dauer einzig den Menschen seiner Generation, den Hippies der ersten Stunde gelang. Kenner aller künstlichen Paradiese, konnten sie so geborgen oder gleichmütig verloren im Sichtbaren sitzen, als wären sie eigentlich nichts, Sinnestäuschung, und auch Klemke hatte uns wohl längst vergessen im Dämmer seiner Innenwelt, in dem freilich hier und da eine Wegmarke blitzte: Die von der Kellnerin fraglos servierten Schnäpse.

Bin nicht sehr unterhaltsam, sagte er plötzlich und schob mir seinen Tabak zu.
Ist okay, erwiderte ich. Wie wars in der Toscana?
Nun hob er den Kopf und machte ein derart verwundert-bedrücktes Gesicht – der Cockerspaniel drehte sich um.
Na, wieso? Na, gut! – Mehr antwortete er nicht; er wischte Flusen und Krümel vom Tisch. Dann noch ein Versuch in Umgänglichkeit: Alle Oliven erfroren ... Und wieder versank er in Schweigen.
War ich zudringlich geworden?
Ich erinnerte dunkel, daß mir die Vermieterin von einem Unglück in der Toscana erzählt hatte, einer Tragödie gar, vor langer Zeit. War nicht von einem alten, ausgebauten Haus die Rede gewesen, einem Heizungs- oder Wasserkessel, explodiert? Von Frau und Kind, gestorben? – Und nun kam mir der müde Ernst in seinem Gesicht auch wie die Inschrift dieser Katastrophe vor, einer Erfahrung, die vermutlich alles und jeden ins Läppische rückte, selbst den eigenen Tod.
Italien gibt es gar nicht, sagte er leise, griff nach dem Wein und stieß, ein Versehen, das halbvolle Schnapsglas um. Die neuartige, etwas irre Schwingung in der Stimme bestätigte mir, daß ich ein heikles Thema angesprochen hatte, und schnell goß ich »Bardolino« in seine »Zigeunerglut« und sagte: Klar. Zieht dein Küchenofen auch so schlecht?
Es sei denn, in den Wolken, fuhr er fort. Aber das kann ich keinem erklären. Wozu auch.
Er kratzte sich einen Handrücken, kratzte Striemen in die staubige Haut. – *Bastl*, hat sie immer gesagt, nicht *basta*, verstehst du? »Ich will mein' roten Löffel, und damit bastl!« Sowas geht dir nicht aus dem Kopf, ein

Leben lang. Bißchen Joghurt zum Frühstück, ein Fingerschnippen, und alles hinüber. Drei Jahre ...
Er schwieg, und die Kellnerin, nach einem überraschten und besorgten Blick auf Klemke, der hier offenbar Stammgast war, funkelte mich ungnädig an.
Ich drehte mir eine Zigarette von seinem »Schwarzen Krauser«, und er beugte sich vor und sagte: Hör zu, ich wohn nicht hinterm Mond! Ich bin Handwerker, Mensch. Ich weiß, was ein Thermostat ist und wie man das einbaut. Nur, verklicker denen das mal auf Italienisch. Es war natürlich gebraucht, ein neues konnten wir uns nicht leisten. Hatte aber noch Garantie! Jedenfalls stand das auf dem Zettel, den nachher keiner mehr fand. Die hätten sich sonst dämlich gezahlt an Schadensersatz!
Er zerwischte den Schnaps mit dem Daumen. – Naja, zum Glück war die Kleine gleich weg. Mußte nicht lange leiden ...
Wie?
Ich erschrak. – Bestimmt nicht.
Zwar bemerkte ich die feuchten Augen, sein Zittern, doch schien er nicht ungern über das Erlebte zu sprechen; der verschämte Stolz, mehr als eine gewöhnliche Geschichte zu haben, war hörbar. Und als ich nach seiner Frau fragte, lächelte er sogar und entblößte eine beträchtliche Zahnlücke, seitlich.
Genaugenommen war die nicht meine Frau. Heiraten wollte sie nie, auch nicht, als das Kind kam. Aber immer zu mir gehalten, die Gute. Keine Schönheit vielleicht, trotzdem Gold wert. Olle Dampferjule. Der konntest du Nägel auf dem Kopf geradekloppen – die hat gelacht.
Doch sie kriegte nichts geschenkt zum Schluß, mußte

sich quälen. Und ich steckte fest in der verdammten Untersuchungshaft; der Kerl vom Konsulat brauchte ewig. Erst als sie gestorben war, ließen sie mich zu ihr, nach Deutschland. Die hatten sie ja ausgeflogen.
Nichtmal mehr ansehen durfte ich sie in der Kapelle; angeblich schon zu lange tot. Der Sarg blieb zu, und ich davor mit meine drei Blumen und ihren Namen gerufen, leise, klar, und wo unser Mädchen begraben liegt, auf dem Kirchhof in Prato nämlich. Und daß ich den Löffel gefunden hab, das Plüschtier, und noch Garantie auf dem Thermostat war. Und wie ich das Bad dann streiche, und so'n wirres Zeug.
Aus der Schnapslache auf dem Tisch war ein vielstrahliger Stern geworden, der nun, eine Handbewegung, verschwand.
Drei Jahre, wiederholte er. Drei kleine Jahre, und so einer wie ich wird fünfzig. Kannste echt vergessen den ganzen Scheiß ...

Am folgenden Tag, ich ging nach dem Einkaufen durch meine Straße, fiel mir ein Mann in der Telefonzelle auf. Er drückte den Hörer mit der Schulter ans Ohr und schrie erregt in die Muschel hinein – was, konnte ich trotz der Lautstärke nicht verstehen. Afrikaner. – Damit ein anderer Mann außen vor blieb, blockierte er die Tür. Es war ein strohhaariger, schnauzbärtiger Hüne im Jogging-Kostüm, der mit Fäusten und Füßen gegen das Häuschen trommelte und immer wieder: Raus! brüllte: Genug gequasselt, Bimbo! Raus da! Here is Germany, kapiert? Germany, kapiert?!
Obwohl betrunken, achtete er darauf, niemals die Scheiben der Zelle, stets die Metallteile zu treffen, und als der Schwarze schließlich den Hörer fallen ließ, nach

einer Sporttasche griff und ängstlich, doch erhobenen Hauptes herauskam, sprang der Weiße zurück und wiegte sich in einer professionell aussehenden Boxerhaltung.
Der Fremde, in seiner gutturalen Sprache, redete pausenlos auf ihn ein, stellte dem Ton nach Frage um Frage, und erst als ich zwischen die beiden trat und Gesten machte, die ich für beschwichtigend hielt, wich der Ausdruck der Verständnislosigkeit in seinem Gesicht dem von Entsetzen: Als wären hier alle irre geworden. Er blickte hoch zu den Wohnungsfenstern, den blühenden Balkonen, spuckte vor uns aus und lief davon.
Der Hüne klopfte mir auf die Schulter. – Dank dir, Kumpel. Den hätt ich auch allein geschafft.

Wieder in meinen Räumen, wußte ich momentlang nicht mehr, wo ich war ...
Aber der Schwindel verging. Und was immer draußen knirschen mochte, das Rad der Geschichte oder die Müllabfuhr – meine Zähne, im Verhältnis, knirschten lauter, während ich, Quark und Milch in den Kühlschrank stapelnd, die Küchendecke besah, die soeben frisch geweißte –
Sie war bis in den letzten Winkel, böser Zauber, wieder braun, fleckenweise tiefbraun: Eine kopfunter hängende, aus blätternden Farbfetzen, Rissen, Klüften und kraterartigen Blasenreihen bestehende Mondlandschaft ... Augenscheinlich hatte er mich abgeworfen, der kleine, warme Prosaplanet, auf dem ich so lange glücklich über diesem Stadtteil gekreist war, und drohte nun, mich mit seiner übelriechenden, tropfenden Kehrseite zu erdrücken.
Klemke, in dem holzverschalten Korridor, zerbiß ein

Radieschen und nickte. – Tut mir leid, Mann. Der Schlauch meiner Waschmaschine... Kann passieren, oder?

Er war relativ nüchtern, und da er es nicht für nötig hielt, das Schlamassel auch nur anzuschauen, erwähnte ich den Zeit- und Geldaufwand der letzten Renovierung, die Risse im Putz, und daß mir die faulende, von Ungeziefer wimmelnde Altbaudecke wohl bald auf den Kopf bröckeln würde!

Er biß den Rest des Radieschens ab, begutachtete den winzigen Strunk zwischen den Fingern. – Naja, sagte er kauend: Es gibt Schlimmeres. Koche gerade Spaghetti. Willste'n paar mitessen?

Ich war so empört, ich schlug ihm seine eigene Tür vor der Nase zu.

Und nachdem der Hausrat zum Trödler gebracht, die Bücher bei Freunden verstaut und die Koffer gepackt waren, nachdem ich eine Weile dieses rauschhafte, zwischen Angst und Übermut flackernde, die Kräfte belebende Gefühl ausgekostet hatte (Brücken brennen; Zukunft dunkel, aber offen), wäre ich vermutlich enttäuscht gewesen, wenn Klemke *nicht* noch einmal unsere Wohnungen verwechselt und das arg zerbeulte, mehrfach gerissene und wieder zusammengenagelte Türholz mit Fußtritten traktiert hätte. Doch blieb ich dieses letzte Mal im Bett und rief nur: Falsch! durch den Flur: Falsch, alter Junge! – Woraufhin er, nach deutlichem Stutzen, hicksend und hustend weiterstieg.

*Ralf Rothmanns Bücher
im Suhrkamp Verlag*

Messers Schneide. Erzählung. 1986. 133 Seiten
Auch: *suhrkamp taschenbuch 1633*

Kratzer und andere Gedichte. 1987. 85 Seiten
Auch: *suhrkamp taschenbuch 1824*

Der Windfisch. Erzählung. 1988. 133 Seiten
Auch: *suhrkamp taschenbuch 1816*